Für meine Oma, die immer an mich und
meine Geschichten geglaubt hat.

Prolog

Sie trugen immer mehr Leichen auf die Lichtung. Suvi stand am Waldrand und suchte mit einer Hand Halt am pfeilgeraden Stamm einer Kiefer, während sie mit der anderen ein Tuch vor ihren Mund drückte. Zu ihren Füßen schimmerte die dunkle Mischung aus Blut, Harz und Fischschuppen, mit der sie den Ritualkreis auf die nackte Erde gezeichnet hatten. Die Magie lag dick in der Luft und pulsierte durch den Baumstamm unter Suvis Fingern.

»Das reicht.« Alya hielt die Männer und Frauen auf, die weitere Tote holen wollten. »Wir versuchen es erst mal mit denen hier. Tretet zurück.«

Die Menschen, alle mit den schmalen, dunklen Gesichtern der Lumi, wichen auf der Stelle zurück und verschwanden im Wald. Sie gingen nicht weit – Suvi spürte sie noch zwischen den Bäumen, wie sie sich aneinanderdrückten, voller Hoffnung und Angst. Die Flammen ihrer Leben zuckten im Rhythmus der Magie.

Als Alya Suvi am Waldrand entdeckte, stieß sie einen ungeduldigen Seufzer aus.

»Jetzt komm! Und nimm das verdammte Tuch runter. Die Leichen sind nicht mehr ansteckend, das weißt du doch!«

Sie wusste es. Trotzdem fiel es ihr schwer, das Tuch vom Mund zu nehmen und die faulige Luft einzuatmen. Instinktives Grauen ballte sich in ihrer Brust zusammen, als sie in den Blutkreis eintrat. Die Geräusche des Waldes verstummten wie abgeschnitten. Suvi spürte weder die kühlen Finger des

Windes auf ihrem Gesicht noch die Wärme der Sonnenstrahlen. Unter ihren nackten Füßen wanden sich dünne Baumwurzeln wie Würmer in der Erde.

Sie waren zu dritt: Suvi, Alya und Pekko. Die einzigen Schamanen, die von der Seuche verschont geblieben waren. Unter ihnen war Suvi die Einzige, die gar nicht erkrankt war. Pekkos Bein war erlahmt, Alyas Gesicht war ein Feld von Narben. Aber sie waren die Glücklichen. Die Unglücklichen lagen zwischen ihnen auf dem Boden.

Suvi zwang sich, genau hinzusehen. Sie kannte alle Toten mit Namen. Die geschorenen Köpfe, die wächserne Haut und die schlichten weißen Gewänder verliehen ihnen eine Ähnlichkeit, die ihre individuellen Lebensgeschichten auslöschte. Egal, was sie getan hatten, hier lagen sie alle beisammen, getötet von einem unsichtbaren Gift in ihrem Blut. Von der Grausamkeit ihrer Feinde.

»Wir sollten sie den Vivaara vor die Füße werfen«, stieß Suvi aus. »Sollen sie sehen, was sie angerichtet haben!« In der geräuschlosen Welt des Kreises hallte ihre Stimme unnatürlich laut wider.

»Und auf unsere einzige Verteidigung verzichten? Nein.« Pekko legte ihr kurz eine knorrige Hand auf die Schulter. »Denk nicht an Rache. Wir sind hier, um unser Volk zu retten. Denk an die Zukunft.«

»Was für eine Zukunft können wir schon haben?« Suvi breitete die Arme aus, als könnte sie die Berge berühren, die sie von allen Seiten umschlossen. »Wir sind gefangen in diesem Tal! Sie haben uns hierher getrieben, damit wir sterben! Und wenn wir tot sind, zünden sie alles an und ernten unsere Asche!«

»Nicht wenn wir heute Erfolg haben«, sagte Alya grimmig. Ihr Blick ruhte auf einem Toten vor ihr, einem Jungen mit verkrusteten Händen und Füßen. »Die Toten werden uns verteidigen. Niemand wird dieses Tal betreten, wenn wir es nicht erlauben.«

»Und dann?«, fragte Suvi bitter. »Wir sind immer noch gefangen! Sie sind immer noch tot! Wir zögern das Unvermeidliche nur hinaus!«

Alyas Hand schnellte vor und packte Suvi am Kinn. Ihre Finger waren heiß und voller Magie.

»Willst du aufgeben, ja? Dann leg dich hier hin und stirb!« Suvi bleckte die

Zähne, bereit, die Frau wegzustoßen, aber da drehte Alya ihren Kopf grob herum, zurück in Richtung des Waldes. »Das ist die Zukunft! Willst du sie aufgeben?«

Dort, wo Suvi eben noch gestanden hatte, am Rande des Kreises, drückte sich nun eine schmale Mädchengestalt gegen den Baumstamm. Verschiedenfarbige Augen, braun und grün, starrten erschrocken zu den Schamanen herüber.

Suvi riss sich von Alya los und zischte das Mädchen an. Es zuckte zusammen, rührte sich aber nicht vom Fleck.

»Dummes Gör«, murmelte Suvi und wandte sich ruckartig ab. In ihrem Rücken spürte sie die Lebensenergie des Mädchens wie einen munteren Bach, der auf dem Weg den Berg herunter nur weiter anschwellen würde, bis er sich in einen unergründlich tiefen See ergoss. Die Magie schwamm darin wie ein flinker Fisch.

Alya und Pekko sahen ihr abwartend entgegen. Ohne Suvi konnten sie das Ritual nicht durchführen. Der Gesang benötigte mindestens drei.

»Na schön«, sagte sie schließlich gepresst. »Aber die Vivaara werden büßen! Dieses Tal wird nicht unser Grab werden!«

»Ein Grab ist nicht das Ende«, sagte Pekko.

Suvi ließ ihren Blick über die ordentlich aufgereihten Toten wandern. Sie warteten: still, entstellt, hilflos.

»Hier nicht«, sagte sie.

Schneeschellen

Es flatterte in Inaris Brust. Sie blieb einen Moment lang liegen und ließ den Atem von ihrem Bauch bis zu ihrer Nase rollen. Wie immer fühlte sich ihr Körper kurz nach dem Aufwachen anders an – als hätte sich in Abwesenheit ihrer Seele in der Nacht etwas anderes darin ausgebreitet, das ihre Glieder hölzern und fremd wirken ließ.

Hinter der Wand hörte sie das vertraute Kratzen des Besens über die Holzdielen. Ihre Mutter war natürlich schon auf den Beinen und fegte den Boden, so wie sie es schon vor dem Zubettgehen getan hatte. Gleich würde sie den Besen beiseitestellen und einen Lappen in den Wassereimer bei der Tür tunken, um die Dielen zu wischen, als hätte sich dort in der Nacht unsichtbarer Schmutz abgelagert.

Inari legte ihren Unterarm über die Augen. Ihre Haut roch nach Schweiß und dem würzigen Rauch der Sauna. Sie sog den Geruch tief ein, um den Rest der Fremdheit zu vertreiben, der sich in ihrer Brust eingenistet hatte. Aber der Druck verschwand nicht. Ihr Körper fühlte sich an wie ein vertrautes, durch jahrelange Nutzung glatt und formlos geschliffenes Ding.

Als nebenan das Klatschen des nassen Lappens zu hören war, setzte Inari sich endlich auf. Blasse Sonnenstrahlen fielen durch einen Spalt in der Fensterlade in die Hütte. Ein vertrauter Anblick: die Feuerstelle in der Ecke, Töpfe und Becher in den Regalen an der einen Wand, die schwere Eichentruhe und ein kleiner Tisch an der anderen, Kräuterbündel, die von den Holzbalken herabhingen, Inaris Bettstatt aus ausgebreiteten Fellen. Es roch nach Kräutern, nach Fisch und nach Rauch. Inari erinnerte sich nicht daran, je anders aufgewacht zu sein.

Die kleine Vogelfigur aus Holz neben Inaris Kissen beobachtete, wie sie das Bärenfell abwarf und ihre braunen Haare geschickt zu einem Zopf flocht. In den runden Augen der Eisente schien ein Abglanz der Traumwelt zu liegen, an die normale Menschen wie Inari sich nicht erinnern konnten. Ohne eine solche Holzfigur, von Schamanen geschnitzt und gesegnet, würde sich die Seele eines Schlafenden im Traum verirren und den Rückweg in dessen Körper nicht mehr finden. Inari kannte die Geschichten ebenso gut wie die anderen Lumi und steckte den Vogel vorsorglich in einen Lederbeutel, den sie sich um den Hals hängte.

»Guten Morgen!« Niska hörte nicht auf zu wischen und sah nicht einmal auf, als Inari das schwere Fell vor dem Eingang in ihr Zimmer beiseiteschlug. »Hast du gut geschlafen?«

Wie eine Tote, lag es Inari auf den Lippen. Aber das war eine veraltete Redewendung. Hier im Tal schliefen die Toten nicht.

»Ja, danke.«

Sie beobachtete einen Moment lang ihre Mutter: ihren gebeugten Nacken, halb bedeckt von einem hellen Haarknoten, die starken, faltigen Hände, die den Lappen auswrangen, die Lippen, die sich lautlos bewegten, während Niska irgendetwas zählte, das nur für sie einen Sinn ergab. Die Luft in ihrem Zimmer war warm und abgestanden, die Fensterläden seit Jahren geschlossen.

»Der Dorfvorsteher will mich heute sehen«, sagte Inari schließlich. Sie achtete darauf, die Türschwelle nicht zu überschreiten. »Brauchst du etwas von unten?«

»Oh, frag Ronna bitte, ob sie einen Krug Bier für uns hat! Wir müssen doch auf deinen Vater anstoßen!«

Inari ließ den Blick fallen, dorthin, wo ihre in dicke Socken gehüllten Füße an die unsichtbare Schwelle stießen, die Niskas Welt von ihrer trennte. Es war zwei Jahre her, seit ihre Mutter es zuletzt geschafft hatte, Inari zu berühren.

»Ich werde sie fragen.«

***

Als Inari nach draußen trat, saß Taavi schon erwartungsvoll neben der Saunahütte und hatte die Ohren aufgestellt. Seine gelben Augen hingen mit leuchtender Aufmerksamkeit an Inari, aber er rührte sich nicht von seinem Wachposten.

»Komm!«, rief sie. Sofort sprang er auf und lief auf sie zu. Sein geschwungener Schwanz schlug aufgeregt von einer Seite zur anderen. Sie warf ihm einen der kleinen Fische zu, die vom gestrigen Fang übrig waren, und er fing ihn in der Luft auf. »Gut gemacht, Brummbär!« Inari musste sich kaum bücken, um dem Hund durchs kurze schwarz-weiße Fell zu streichen. Hechelnd drängte er sich gegen ihre Beine.

Das erste Tageslicht tat sich schwer damit, durch die dichte Nebeldecke zu dringen, die im Herbst über dem Tal lag. Inari konnte die dunklen Stämme der Kiefern und Fichten jenseits der Saunahütte nur erahnen, die die Grenze des Waldes markierten. Der nahende Winter lag in der frostigen Luft, im blassen Sonnenlicht, in dem aufsteigenden Atem vor Inaris Gesicht. Die Kälte war früh dran in diesem Jahr.

Als sie sich aufrichtete und den Bogen an ihrer Schulter zurechtschob, fiel ihr Blick auf ein zartes Weiß auf dem Baumstumpf, den sie zum Holzhacken benutzte. Taavi blieb an ihrer Seite, als sie herüberging und den Tau auf ihren hohen Stiefeln sammelte.

Es waren Schneeschellen. Die kleinen weißen Glockenblüten waren unberührt vom Frost, frisch und lebendig, als wären sie gerade erst gepflückt worden.

Inari hob die Blumen vorsichtig hoch, als könnten sie sich unter ihrer Berührung auflösen wie der Nebel. Die Blüten wippten leicht in ihrer Hand.

Sie hatte seit Monaten keine Schneeschellen mehr gesehen. Ihre Blüten verschwanden, bevor der Sommer an Kraft gewann.

Und doch lagen sie hier, wie ein Gruß des Frühlings.

Ein Schauder lief Inaris Rücken herunter. Um den Holzblock herum wuchs kaum Gras, ein Pfad führte in den Wald. Es war schwer, in dem harten Boden Spuren zu erkennen. Wachsam spähte Inari in die Schatten zwischen den

Bäumen, aber dort rührte sich nichts. Trotzdem fühlte sie sich beobachtet. Taavi schnaubte warm gegen ihre Hand.

»Du hättest Alarm geschlagen, wenn hier nachts jemand herumgeschlichen wäre, oder?«, fragte sie ihn halblaut. Er wedelte noch energischer mit dem Schwanz und schaute ebenfalls in Richtung Wald. »Ja, wir gehen gleich.«

Einen Moment lang betrachtete sie noch die Schneeschellen in ihrer Hand, so zart und unmöglich, dass Inari erwartete, sie zwischen ihren Fingern zergehen zu sehen. Aber sie erzitterten nur leicht im Wind.

Inari seufzte und legte die Blumen zurück auf den Holzblock. Sie hatte keine Zeit für Unmögliches.

»Na gut, an die Arbeit.«

Taavi bellte zustimmend.

***

Der unbehagliche Schauder hatte sich in Inaris Nacken festgesetzt, aber im Wald atmete sie etwas auf. Hier war alles vertraut. Die dunkelgrünen Nadelbäume zeigten sich unberührt vom kalten Herbst. Die Heidelbeersträucher waren rot entbrannt und die dicke Moosdecke von Pilzkappen durchsetzt. Hoch oben zwitscherten Vögel, ein Eichhörnchen huschte den nächsten Ast hoch. Taavi drehte den Kopf und schnüffelte unsichtbaren Spuren am Boden nach.

Auch hier hing zwischen den Bäumen noch Nebel, aber Inari hätte den Weg auch im Dunkeln gefunden. Ihre erste Falle war leer, aber in der zweiten hatte ein Moorschneehuhn sein Leben ausgehaucht. Inari verstaute das Federbündel in der Tasche, die sie um ihre Schulter geschlungen hatte, und spannte die Falle neu.

Wieder hatte sie das Gefühl, dass ein schwerer Blick auf ihr ruhte. Abrupt stand sie auf und sah sich um, aber der Wald verriet nichts. Inaris Herz schlug hart gegen ihren Brustkorb. Taavi schien ihre Unruhe zu bemerken und spannte sich an, die Ohren gespitzt.

Irgendwo über ihnen ertönte der hallende Ruf eines Kuckucks.

Inari rieb sich hart über das Gesicht.

»Es ist nichts, Brummbär«, sagte sie und kraulte Taavi abgelenkt hinter den Ohren. »Nur Geister.«

Ihre Mutter hätte jetzt gesagt, dass sie zu viel Zeit allein im Wald verbrachte. An Morgen wie diesen drohte die Sehnsucht nach Inaris Vater sich mit scharfen Krallen einen Weg aus ihrer Brust zu graben. Sie vermisste seine breitschultrige Gestalt auf den Waldwegen vor ihr; sein abgehacktes Nicken, wenn er einen Hirsch erspäht hatte; die Lieder, die er auf dem Heimweg gesungen hatte. Inari hatte keine Angst vor dem Wald und der Einsamkeit, aber selbst nach acht Jahren hoffte sie immer noch, Spuren auf dem Boden zu entdecken, die nicht da sein konnten.

Nachdem sie alle Fallen geleert und neu aufgestellt hatte, nahm sie den Bogen in die Hand.

»Such«, sagte sie zu Taavi und er verschwand zwischen den Bäumen. Sie folgte langsam und suchte sich einen möglichst lautlosen Weg zwischen Sträuchern und herabgefallenen Ästen.

Ihre Gedanken kreisten immer noch um ihren Vater. Niska beharrte jedes Jahr darauf, an seinem Todestag auf ihn anzustoßen und Erinnerungen an ihn auszutauschen, aber je älter Inari wurde, desto bitterer wurde diese Tradition.

Als sie noch ein kleines Mädchen gewesen war, hatte er mit ihr getobt wie mit seinem Hund und sie überall mit hingenommen. Sie hatte auf seinen Füßen gestanden und geschworen, größer als er zu werden. Er hatte gelacht und sie in den Fluss geworfen.

Sie hatte ihn vergöttert – den Mann, der weder Bär noch Wolf fürchtete und die Sprache des Waldes kannte.

Aber je älter sie geworden war, desto mehr hatte er sich von ihr entfernt. Während er tagelang durch den Wald streifte, musste Inari sich um ihre Mutter kümmern, die sich seit dem Ausbruch der Fleckenseuche immer enger in ihren Kokon aus Ängsten eingewoben hatte und immer seltener das Haus verließ. Wie sollte Inari sich nun mit Liebe an einen Mann erinnern, der sie schon allein gelassen hatte, bevor ein gestürzter Baum ihm den Tod gebracht hatte?

Taavi bellte in der Ferne und riss sie aus ihren Gedanken. Inari beschleunigte ihren Schritt. Sie hatte schon seit fast einem Monat kein Reh und schon gar keinen Elch erlegt. Selbst ihre Spuren waren selten geworden. Mit dem Winter vor der Tür wurde es höchste Zeit, dass sie wieder größere Beute machte. Felle konnte Inari in der Siedlung gegen Salz eintauschen, das sie dringend brauchten, um ihre Vorräte haltbar zu machen.

Taavi bellte wieder, aber es klang falsch. Es war nicht das aggressive Bellen und Knurren, mit dem er einen Hirsch stellte, sondern ein fast schon freudiger Laut. Hatte er einen anderen Jäger getroffen? Die Südseite dieses Berges war eigentlich Inaris Jagdgebiet, sie hatte es von ihrem Vater geerbt.

Vorsichtig, den Bogen in der Hand, schlich sie voran, auf das Bellen zu.

Als die Kiefern um sie herum plötzlich zurücktraten, erstarrte Inari. Vor ihr stieg der Waldboden etwas an und öffnete sich zu einer kreisrunden Lichtung. In der Mitte stand eine Gruppe von Birken, dicht an dicht. Ihre hellen Stämme badeten im Licht, als hätte es den Nebel nie gegeben. Um einzelne Äste waren weiße Bänder gebunden und wehten sanft im Wind.

Inari war so sehr in Gedanken versunken gewesen, dass sie nicht gemerkt hatte, wie nah sie dem Totenhain gekommen war.

Die Vogelstimmen waren verstummt, eine tiefe Stille strömte ihr entgegen. Sie senkte hastig den Bogen und neigte ehrerbietig den Kopf. Zu Füßen dieser Birken wurden die Seelenvögel der Verstorbenen vergraben, damit sie wieder mit dem Land eins wurden. Der Hain war vor elf Jahren gepflanzt worden, nachdem die Lumi ins Tal gekommen waren. Die meisten dieser Toten waren Opfer der Seuche geworden. An dieser Stelle hatten die Schamanen damals auch das Ritual durchgeführt, das die Körper der Toten wieder auferstehen ließ.

Nun war der Hain ein Ort des Gedenkens und der Trauer, eine Verbindung zum Leben vor dem Tal und das größte Heiligtum der Lumi. Niemand sollte ohne Segen der Schamanen hierherkommen. Es fühlte sich falsch an, die Seelenbäume auch nur anzusehen.

Taavi kläffte wieder und Inaris Kopf fuhr in die Höhe. Sie entdeckte den Hund auf halbem Weg zum Hain. Schwanzwedelnd schaute er zu ihr zurück.

»Taavi, nein!«, zischte sie und schnalzte mit der Zunge. »Komm her!«

Er stellte die Ohren in ihre Richtung auf, sah aber wieder zum Hain. Inaris Magen verkrampfte sich. Riefen die Seelen nach ihm? So alt war er doch noch nicht, sie konnte ihn nicht auch noch verlieren ...

»Taavi!«

Zögernd verließ sie den Schutz der Bäume. Die Stille legte sich auf sie wie eine dicke Decke. Sie meinte wieder das Flattern in ihrer Brust zu spüren, das jeden Morgen die Rückkehr ihrer Seele in ihren Körper begleitete. Jeder Atemzug fiel ihr schwer. Ihre Beine bewegten sich träge, als würde sie durch ein Moor waten.

Die lichtdurchflutete Baumgruppe vor ihr wirkte sehr weit entfernt, wie am Ufer eines großen Sees. Trotzdem konnte Inari die einzelnen Birken ganz genau erkennen – die weißen Trauerbänder, die eingeritzten Namen in der Borke, die verstreuten Schneeschellen im Gras.

Schneeschellen.

Frisch und lebendig wie im Herzen des Frühlings.

Taavi stupste seine feuchte Schnauze gegen Inaris Hand. Sie spürte es kaum.

Eine Gestalt trat hinter der nächsten Birke hervor. Ein Mann mit kahl geschorenem Kopf und breiten Schultern. Er ließ eine Hand auf dem Baumstamm ruhen, während die andere reglos an ihm herabhing. Sein Blick unter der gerunzelten Stirn ging an Inari vorbei ins Leere.

Es war ihr Vater.

Die Toten und die Lebenden

Inaris Atem stockte. Ihr Herz warf sich schmerzhaft gegen ihren Brustkorb, als würde es sich einen Weg nach draußen bahnen wollen. Sie wagte es nicht zu blinzeln. Ihr Vater stand keine zehn Schritte von ihr entfernt.

»Taavi«, flüsterte sie. Der Hund drückte sich gegen ihre Beine und sie vergrub ihre Finger in seinem dicken Fell, dankbar für die Stütze. Ihre Beine fühlten sich schwach und wackelig an. Taavis Haltung war wachsam, aber nicht ängstlich oder angriffsbereit. Er sah von Inari zu Aleksi, als würde er auf die Erlaubnis warten, seinen alten Herrn zu begrüßen. Aleksi rührte sich nicht vom Fleck.

Er sah so lebendig aus. Nicht so blass und steif wie bei der Totenwache. Ohne sein rotes Haar wirkten seine Ohren größer und sein Gesicht länger, aber Inari hatte ihn trotzdem sofort erkannt. Die Falte zwischen seinen Augenbrauen war vertraut. So hatte er einen Baum betrachtet, den er fällen wollte, oder ein Wespennest unter dem ausgekragten Dach des Saunahäuschens.

»Papa …?« Inari musste mehrmals schlucken, um das Wort hervorzubringen. Es rauschte so laut in ihren Ohren, dass sie Angst hatte, seine Antwort nicht zu verstehen.

Aber Aleksi sagte kein Wort. Falls er sie gehört hatte, gab er es durch nichts zu erkennen. Seine braunen Augen, zu Lebzeiten warm und oft gedankenversunken, wanderten ziellos über die Bäume hinter Inari. Sein Gesicht war seltsam schlaff und ausdruckslos.

Die Erinnerung daran, wie die Männer aus dem Dorf Aleksis Leichnam nach Hause gebracht hatten, der Hinterkopf eine einzige blutige Masse, traf Inari mit der Wucht eines Steinschlags. Sie krümmte sich vornüber und kniff die Augen zusammen. Übelkeit trieb ihr kalten Schweiß aus den Poren. Taavis stinkender Atem traf ihre Wange. Seine warme Nähe half ihr, sich wieder auf die Gegenwart zu besinnen.

Langsam stieß Inari den angehaltenen Atem aus. Sie rieb sich mit der Hand über die Brust, wie um ihr rasendes Herz zu besänftigen.

»Er ist es nicht«, sagte sie, eher zu sich selbst als zu Taavi. Es half, ihre Stimme in dieser drückenden Stille zu hören, auch wenn sie dünn und fremd klang. »Es ist nur sein Körper. Papa ist tot, Taavi.«

Der Hund wedelte mit dem Schwanz und stupste sie mit seiner Schnauze an. Zögernd sah Inari auf. Aleksis leerer Blick traf ihren und sie erstarrte.

Es war nur ein kurzer Moment, in dem sie einander ansahen. Sein Gesicht blieb ausdruckslos. Dann drehte er sich um und verschwand wieder im Totenhain.

Inaris Beine wollten nicht aufhören zu zittern. Sie fiel auf die Knie und grub ihre Hände in die feuchte Erde, als könnte sie daraus neue Kraft ziehen. Alles schien sich um sie herum zu drehen.

»Nur seine Leiche«, murmelte sie und presste ihr Gesicht gegen Taavis warme Flanke. Er leckte ihr über die Stirn.

Inaris Gedanken nahmen taumelnd wieder an Fahrt auf. Sie sog tief Luft in ihre Lungen und drängte die Übelkeit zurück.

Seit wann wanderten die Toten durch den Wald? Die Schamanen teilten sie eigentlich alle auf die drei Pässe und andere kleinere Zugänge ins Tal auf, wo sie dann unermüdlich Wache hielten. Inari hatte noch nie davon gehört, dass einer von ihnen seinen Posten verließ oder gar den Totenhain betrat.

Ihr Blick fiel wieder auf die Schneeschellen, die das Gras vor den Birken tupften. Ein neuer Schauder lief ihren Rücken herab.

War der Tote bei ihrem Haus gewesen?

»Nein«, sagte sie halblaut. Sie nahm Taavis Schnauze in ihre Hände und sah ihm entschlossen in die gelben Augen. »Es ist ein Zufall, stimmt's? Du hast ihn nicht bei unserem Haus gesehen?«

Er bellte, froh, dass sie wieder halbwegs normal klang. Ungebeten kam Inari der Gedanke, dass er sie genauso unbekümmert zum Hain geführt hatte. Hätte er bei dem Toten, der einmal Aleksi gewesen war, überhaupt Alarm geschlagen oder ihn schwanzwedelnd begrüßt?

Die Übelkeit lief in Wellen durch Inaris Körper. Sie fuhr sich über das Gesicht und wischte den kalten Schweiß ab. Ihre Tasche fühlte sich auf einmal an wie mit Steinen gefüllt.

»Keine Hirsche heute«, sagte sie schließlich und stand auf, immer noch auf Taavi gestützt. »Was hältst du von Lachs?«

***

Niska fragte nicht nach, warum Inari mit Fischen nach Hause kam statt mit Wild. Sie machte sich ans Ausnehmen, während Inari sich für den Besuch im Dorf eine selten getragene langärmelige Tunika anzog – die dunkelblaue, die ihre Augen betonte, wie Niska jedes Mal sagte.

Aleksi hatte die hellen Leinenkleider getragen, die Inari ihm eigenhändig für die Totenwache angezogen hatte. Sie konnte nicht aufhören, die Begegnung mit ihm in ihrem Kopf durchzuspielen.

»Du warst doch gut mit dieser Schamanin befreundet«, sagte sie schließlich, nachdem sie ihre Haare gebürstet und zu einem neuen Zopf geflochten hatte. »Hat sie dir je etwas über den Totenhain erzählt?«

Niskas Messer flog nur so, während sie den Lachs entschuppte. Ihr Gesicht war konzentriert, ihre Lippen bewegten sich – sie zählte, wie oft sie mit der Klinge über den Fischleib fuhr. Erst nachdem sie fertig war, sah sie zu Inari auf.

»Das ist lange her. Wir waren als Mädchen befreundet, ja, aber nachdem Suvi ihre Pflichten als Schamanin übernommen hatte, war sie zu beschäftigt für mich. Und damals hatten wir ja noch keinen Totenhain. Vor dem Ausbruch der Seuche haben wir unsere Toten verbrannt und begraben. Bevor wir ins Tal gekommen sind, sind wir doch durchs Land gezogen wie die Vivaara – erinnerst du dich gar nicht mehr daran?«

»Ein wenig.« Inaris vage Erinnerungen an das Leben vor dem Tal kamen ihr eher wie Bruchstücke eines Traums vor. Sie war sechs gewesen, als die Fleckenseuche angefangen hatte um sich zu greifen – zehn, als ihr Vater gestorben war. Nun, mit achtzehn Jahren, fiel es ihr schwer, sich vorzustellen, dass ihr Leben je anders ausgesehen hatte.

»Es war schön.« Niska seufzte. »Ich vermisse es, übers Land sehen zu können, ohne sofort auf Berge zu stoßen.«

Ihr Blick drohte sich in Erinnerungen zu verlieren und Inari hakte schnell nach.

»Suvi ...?«

»Ah, ja. Wie gesagt, wir hatten nur noch wenig Kontakt vor ihrem Tod. Sie ist kurz nach deinem Vater gestorben – ich habe nie erfahren woran. Sie hatte eine Tochter in deinem Alter, aber ich habe sie nie kennengelernt. Aleksi konnte sie nicht leiden. Und nachdem sie sich geweigert hat zu kommen, als ich so krank war ...«

Niskas Gesicht verzerrte sich. Sie klopfte mit ihren Fingerknöcheln gegen den kleinen Tisch, an dem sie stand, zuerst mit der einen, dann mit der anderen Hand. An einem schlechten Tag wäre es damit nicht getan und sie hätte geklopft, bis ihre Finger wund wären. Heute war ein guter Tag.

Inari lenkte das Gespräch hastig von der Seuche weg, bevor ihre Mutter ihr wieder entglitt.

»Aber du hast doch zumindest mal mit ihr gesprochen. Hat sie dir erzählt, ob die Toten den Hain betreten können?«, fragte sie.

Niska zuckte mit den Schultern und widmete sich dem nächsten Fisch.

»Warum sollten sie? Sie bewachen das Tal – warum sollten sie ihren Posten verlassen?«

»Ich weiß nicht. Um ihre Seelenbäume zu besuchen?«

»Inari.« Niska schaute sie stirnrunzelnd an. »Die Toten denken nicht, sie empfinden nicht. Sie erinnern sich nicht einmal daran, wer sie waren, geschweige denn daran, wo ihre Seelenbäume stehen. Es sind nur Körper, das weißt du doch, leere Hüllen. Ihre Seelen sind längst ins Land eingegangen.«

Inari sah auf ihre Hände herunter. Aleksi war tot. Sie wusste das.

Aber wieso hatte er dann die Schneeschellen vor ihr Haus gelegt?

Niska beobachtete sie immer noch, der Fisch für einen Moment vergessen.

»Ich vermisse ihn auch«, sagte sie sanft.

Inari drehte sich abrupt um und machte sich daran, ihre Stiefel anzuziehen. Ihre Hände zitterten.

***

Auf dem Weg herunter in die Siedlung wählte Inari den Pfad, der in großen Schleifen am südlichsten Pass vorbeiführte. An dieser Stelle trafen zwei Bergflanken aufeinander, die mit niedrigen Büschen bewachsen waren, zwischen denen sich ein verwachsener Weg entlangwand. Hier oben schien der Himmel zum Greifen nah und der Wind drückte das Gras dicht an den Boden.

Jenseits des Passes wurde das Land flacher und fiel bis zum Meer herab, aber Genaueres wusste Inari nicht. Sie versuchte sich nicht mit Dingen zu befassen, die außerhalb ihrer Reichweite lagen und es für immer bleiben würden. Zwischen ihr und dem Rest der Welt standen die Berge und die Wut der Vivaara. Und die Toten, die Tag und Nacht Wache standen, damit niemand ins Tal eindrang und die Lumi endgültig ausrottete.

Inari wollte dem Pass nicht zu nahe kommen, aber auch von weitem sah sie die reglosen Gestalten auf dem Weg stehen. Männer, Frauen, Jugendliche – alle, die in den letzten elf Jahren im Tal gestorben waren, fanden ihren Weg an einen der Pässe und traten dort ihren Dienst an.

Es war schwer sich vorzustellen, dass es nötig war, diesen kargen Landstrich zu bewachen. Doch Inari wusste, dass die Schamanen damals einen guten Grund gehabt hatten, das Tal abzuschotten. Der mit den Lumi verfeindete Vivaara-Clan hatte den Ausbruch der Fleckenseuche dazu genutzt, die Überlebenden aus ihrem angestammten Land zu vertreiben und möglichst viele von ihnen zu töten. Das Tal sollte die letzte Grabstätte der Lumi werden. Stattdessen hatten die Schamanen, vor denen die Vivaara sich immer am meisten gefürchtet hatten, das Tal zu ihrer Zuflucht gemacht.

In den ersten Jahren nach der Besiedlung des Tals hatten die Vivaara immer wieder Vorstöße an den Pässen unternommen, doch die Toten waren unermüdliche Kämpfer, die sich von jeder Verletzung erholten. Irgendwann mussten die Vivaara die Sinnlosigkeit solcher Angriffe eingesehen haben. Seitdem lagen die Zugänge zum Tal in trügerischer Ruhe da. Aber wann immer Lumi es gewagt hatten, die Reihe der toten Wächter hinter sich zu lassen, fand man am nächsten Tag ihren abgetrennten Kopf an der Grenze – nicht genug, um den Toten wieder auferstehen zu lassen, doch mehr als ausreichend für eine Warnung. Die Zuflucht war zum Gefängnis geworden.

Obwohl die Totenmagie ein Teil des Lebens im Tal war, durchfuhr Inari bei dem Anblick der toten Wächter ein Schauder. Sie kannte die meisten der Toten, hatte sie zumindest mal in der Siedlung getroffen und war bei ihrer Totenwache dabei gewesen. Es war schwer, sie jetzt wieder zu sehen und sich daran zu erinnern, dass sich hinter den vertrauten Gesichtern nichts Bekanntes mehr verbarg.

Aleksi war nicht unter ihnen.

Inari blieb einen Moment lang auf dem Pfad stehen und kaute unentschlossen auf einer Ecke ihres Schals herum. Was bedeutete es, dass ihr Vater nicht an seinem Posten war? Bewachte er jetzt den Totenhain? Sollte sie im Wald nach ihm suchen?

Sie seufzte und rückte den Schal wieder zurecht. Das war nicht ihr Vater, egal ob er nun Blumen vor die Haustür legte oder nicht. Was erwartete sie – dass sie mit ihm sprechen konnte? Es hatte keinen Sinn, sich etwas vorzumachen.

Resolut drehte sie dem Pass den Rücken zu und setzte ihren Weg fort.

***

Alle drei Siedlungen im Tal waren um den großen See herum entstanden, der nach Westen hin in ein Moorgebiet überging. Zu Fuß dauerte es eine halbe Tagesreise, von einem Dorf ins nächste zu kommen, aber wenn es nicht gerade etwas zu feiern oder zu tauschen gab, nahmen die Menschen den Weg selten auf sich. Auch Inari war nur ein paarmal in Alyaheim und Mirhausen gewesen, da sie es nicht wagte, ihre Mutter lange allein zu lassen.

Savholt, benannt nach dem Dorfvorsteher Savo, war die erste Siedlung, die die Lumi im Tal gegründet hatten. Aus den Zelten und Feuerstellen vor elf Jahren waren inzwischen feste Bauten aus Kiefernstämmen geworden – Wohnhäuser, Saunahütten, Werkstätten. Felder, auf denen Roggen angebaut wurde oder Ziegen herumliefen, fächerten sich um die Häuser herum auf. Auf Holzgestellen am Seeufer trockneten Fische. Es gab eine einzige Straße, die sich parallel zum Ufer bis zum großen Haus des Dorfvorstehers zog – das einzige Gebäude, das von einem Wall umgeben war. Zwischen den Häusern wuchsen duftende Sandnelken, Sanddornbüsche und Beerensträucher.

Im Sommer, wenn die Nächte kurz und hell waren, schliefen alle draußen auf dem Marktplatz und ließen Gesänge hin- und herwandern. Manchmal stieg Inari dann vom Berg herab und schloss sich den Feierlichkeiten zum Mittsommer an. Jetzt im späten Herbst war an Tänze unter freiem Himmel jedoch nicht mehr zu denken. Neben den Häusern stapelten sich Holzscheite für die Öfen und die Menschen legten dicke Westen aus Rentierfell an.

Als Inari auf das Haus des Dorfvorstehers zuging, versuchte sie die Blicke zu ignorieren, die an ihr hängen blieben. In einem Hundertseelendorf gab es nur bekannte Gesichter. Alle wussten, wer sie war – die Tochter des toten Jägers und der verrückten Frau. An manchen Tagen nahm Inari die Blicke gern auf sich, um der Einsamkeit zu entkommen, die sie so oft zu ersticken drohte. An anderen krochen sie ihr wie Spinnenbeine über die Haut. Im Wald fühlte sie sich einfach wohler. Vielleicht hatte sie die Distanziertheit gegenüber anderen Menschen von ihrem Vater geerbt.

Zumindest Ronna freute sich, Inari zu sehen. Sie war die beste Freundin von Inaris Mutter gewesen, als Niska noch für Savo gearbeitet hatte, auch wenn ihre Besuche in der Hütte inzwischen selten geworden waren. Ihr breites braunes Gesicht leuchtete auf, als sie Inari entdeckte, wie sie sich einen Weg zwischen den Gänsen auf dem Hof bahnte.

»Ah, Liebes, wie gut, dich zu sehen!« Sie drückte Inari mit ihren mehlbedeckten Händen an sich. Die Wärme des Lehmofens, an dem sie in einem Unterstand neben dem Haupthaus arbeitete, schien sich in ihrer Haut und ihren angegrauten Haaren festgesetzt zu haben. »Du stinkst nach Hund!«, rief sie aus und Inari konnte sich bildlich vorstellen, wie sie die Nase kräuselte. »Wie geht es Niska?«

»Gut.« Inari hatte keine Eile, sich aus ihrer Umarmung zu lösen. Ronnas kräftige Arme schienen etwas in ihr wieder zurechtzurücken, was unaufhaltsam auseinanderdriftete, seit ihre Mutter sie nicht mehr berührte. »Sie bittet um einen Krug Bier, falls du einen übrig hast.«

»Aber natürlich!« Ronna fasste sie an den Schultern und musterte sie stirnrunzelnd. Sie musste zu Inari aufsehen, aber das änderte nichts an ihrem kritischen Gesichtsausdruck. »Wie geht es denn dir, Liebes? Es ist nicht gut, dass du immer nur dort oben im Wald hockst und nie eine Menschenseele siehst! Dein treues Tochterherz in allen Ehren, aber du kannst nicht die ganze Zeit nur an Niska denken! Wann willst du eine eigene Familie gründen?«

Inari genoss den Redeschwall wie einen unerwarteten Sommerregen. Es war jedes Mal das Gleiche und doch war Ronnas Sorge immer wieder tröstlich.

»Ich habe schon eine Familie«, sagte sie, wie jedes Mal. »Taavi und meine Mutter reichen mir.«

Ronna schnaubte und ließ sie los. Inari hielt sich gerade noch davon ab, sich wieder an sie zu drängen wie Taavi, wenn er gekrault werden wollte.

»Du kommst wirklich ganz nach deinem Vater.« Bei ihr war es schwer zu sagen, ob das etwas Gutes oder Schlechtes war. Mit einem Seufzen wandte sie sich wieder dem hohen Tisch zu, an dem sie den Teig für die Piroggen ausrollte. »Hat Savo dich gerufen?«

»Ja. Weißt du, was er von mir will?«

»Hm, vielleicht hat es irgendetwas mit dem Schamanen zu tun. Ich habe kein gutes Gefühl, seit er hierhergekommen ist. Er hat uns verboten, nachts das Haus zu verlassen, kannst du das glauben?«

Inari zögerte. Sie konnte Ronna nicht sagen, dass sie ihren Vater gesehen hatte – dann würde es bis zum Abend ganz Savholt wissen. Aber wenn es Neuigkeiten gab, erfuhr Ronna als Erste davon.

»Besucht er eigentlich mal die Toten?«, fragte Inari wie beiläufig.

»Savo?«

»Nein, der Schamane.«

Ronna pustete sich eine Haarsträhne aus den Augen, ohne beim Ausrollen innezuhalten. Ihre hochgekrempelten Ärmel entblößten kräftige Unterarme, die von wulstigen Narben gezeichnet waren. Sie hatte schwer mit der Seuche zu kämpfen gehabt.

»Ab und zu geht er hoch zum Pass. Aber ich würde es nicht Besuch nennen – da kann man ja genauso gut einen Stein besuchen!«

»Warst du mal da?« Um von der Frage abzulenken, machte Inari sich daran, den Schal von ihrem Hals zu wickeln.

»Aber nein, was soll ich denn da?« Sie machte sich daran, den Teig in kleinere Stücke zu schneiden und Steckrübenmus darauf zu verteilen. »Mir läuft ein Schauder über den Rücken, wenn ich nur daran denke ... Hat schon gereicht, Leevi nach der Totenwache von der Bahre aufstehen zu sehen, mit diesen leeren Augen.« Sie schüttelte sich.

Inari senkte den Blick. Die Wärme, die sie eben noch so angenehm und sicher umhüllt hatte, fühlte sich auf einmal drückend an. Unwillkürlich rieb sie sich über die Brust.

»Ich gehe dann mal und finde heraus, was Savo von mir will«, sagte sie, ohne aufzusehen.

»Vergiss nicht, das Bier mitzunehmen, wenn du gehst!«

***

Der Dorfvorsteher war gerade im Stall und redete leise auf eine schöne braune Stute ein.

»Das Fohlen hat es nicht geschafft«, sagte er zu Inari, bevor diese auch nur ein Grußwort herausbringen konnte. Sein graues Gesicht verriet, dass er die ganze Nacht wach geblieben war. »Eine Schande. Das ist schon das dritte in diesem Jahr.«

»Das tut mir leid.« Inari blieb neben ihm stehen und streichelte die weiche braune Nase. Die Stute schnaubte, ebenso müde wie ihr Herr. Savo seufzte.

»Deinem Hund geht es gut?«, fragte er.

»Ja, ich habe ihn bei meiner Mutter gelassen.«

»Pass gut auf ihn auf. Beim Rudel in Mirhausen sieht es gar nicht gut aus, sie wissen nicht, ob es im nächsten Jahr überhaupt noch Nachwuchs geben wird. Jedes Tier ist kostbar.«

Inari nickte. Sie hatte Ronna gegenüber die Wahrheit gesagt, als sie Taavi als Mitglied ihrer Familie bezeichnet hatte.

»Du wolltest mich sehen?«, fragte sie.

»Lass uns ein Stück gehen.« Nach einem letzten Klopfen gegen die geschmeidige Flanke wandte Savo sich ab und verließ den Stall. Das Sonnenlicht gab seinen Wangen wieder etwas Farbe zurück, betonte aber die tiefen Falten in seinem Gesicht und das graue Haar an seinen Schläfen. Als er Inari endlich seine volle Aufmerksamkeit widmete, straffte sie unwillkürlich die Schultern unter seinem durchdringenden Blick. Sie war größer als er. »Ich weiß, du bist nicht meine Waldhüterin, Inari, aber niemand verbringt so viel Zeit da oben wie du. Ist dir in letzter Zeit etwas Ungewöhnliches aufgefallen?«

Vor ihrem inneren Auge sah sie blitzartig die Schneeschellen vor ihrem Haus, die Gestalt ihres Vaters zwischen den Birkenstämmen, Taavis wedelnden Schwanz.

»Was genau meinst du?«, fragte sie vorsichtig.

Er strich sich über seinen Vollbart und ließ seinen Blick über den Hof wandern, wo zwei Halbwüchsige gerade damit anfingen, Körner für die Gänse zu streuen. Das Geschnatter der Vögel war so laut, dass Savo die Stimme heben musste.

»Ich mache mir Sorgen, dass eine Krankheit unter dem Wild grassiert. Oder vielleicht stimmt mit dem Wasser etwas nicht. Wir fangen weniger Fische als sonst.«

Inari gab ein nachdenkliches »Hm« von sich. Ihre Haltung entspannte sich etwas. Das war vertrautes Terrain.

»Es wird dieses Jahr früher kalt. Die Wildgänse sind auch schon nach Süden gezogen«, gab sie zu bedenken.

»Wir haben gestern eine tote Hirschkuh in der Nähe des Dorfes gefunden –

jung, gesund, ohne äußere Verletzungen. Es sieht aus, als wäre sie einfach tot umgefallen.«

Inari runzelte die Stirn. Savo musste ihr die Sorge in seinem Tonfall nicht erst erklären. Falls sich im Tal tatsächlich eine Krankheit unter den Tieren ausbreitete, könnten sie hier nicht mehr überleben.

»Ich schaue mir den Kadaver mal an«, sagte sie. Er nickte. Dann richtete sich sein scharfer Blick wieder auf sie und er senkte die Stimme.

»Vielleicht ist es auch Gift.«

Inaris Augenbrauen schossen in die Höhe.

»Gift? Hast du jemand Bestimmten in Verdacht?«

Er spuckte aus und verzog das Gesicht.

»Die verdammten Vivaara, wen denn sonst? Sie wollen das Tal für sich! Sie warten schon seit Jahren darauf, dass wir endlich krepieren!«

Inari musste sich sehr beherrschen, um einen nichtssagenden Gesichtsausdruck zu wahren. Wenn er von den Vivaara sprach, meinte er Mikael und Kerttu – sie waren die einzigen Vivaara in Savholt, vermutlich die einzigen im ganzen Tal.

»Mikael und Kerttu leben schon seit ihrer Geburt bei uns«, sagte Inari mit Nachdruck. »Ihre Familie wurde zusammen mit unserem Clan hierher getrieben. Warum sollten sie uns jetzt verraten?«

Savo musterte sie forschend, bevor er schließlich den Kopf schüttelte und wegsah.

»Du kannst es nicht sehen, Inari. Aber hör auf meinen Rat – halte dich von ihnen fern. Wenn unsere Toten nicht das Tal bewachen würden, hätten die Vivaara uns längst überrannt. Und deine … Freunde würden ihnen helfen, ohne mit der Wimper zu zucken.«

Die Art, wie er *Freunde* aussprach, schien sich um Inaris Hals zu schließen und ihr die Luft abzudrücken. Es dauerte einen Moment, bis sie wieder Worte herauspressen konnte.

»Ich werde mir die Hirschkuh ansehen«, sagte sie flach. »Falls ich etwas finde, sage ich es dir.«

Er nickte. Seine Aufmerksamkeit war wieder woanders – zwei Fischer hatten den Hof betreten, mit ihrem Fang über den Schultern, und winkten Savo herüber. Er marschierte zu ihnen, ohne sich von Inari zu verabschieden.

Sie wickelte sich langsam wieder den Schal um den Hals, den Kerttu ihr gestrickt hatte.

Nea

Ronna drückte ihr nicht nur das versprochene Bier in die Hand, sondern auch eine süß duftende Pirogge. Statt sofort in den Wald zu gehen, um den Kadaver zu untersuchen, wanderte Inari durch Savholt und drehte die Teigtasche in ihren Fingern. Es war lange her, dass sie eine gegessen hatte, aber der Gedanke an Niska ließ sie zögern. Sollte sie die Pirogge nicht ihrer Mutter mitbringen? Die Wärme der Teigtasche zog sich verführerisch von ihren Händen durch ihren ganzen Körper. Wie lange war es her, dass sie sich etwas gegönnt hatte, etwas nur für sich allein?

Schließlich biss sie hinein, schuldbewusst, aber umso gieriger. Die Süße der Steckrübenfüllung explodierte in ihrem Mund, die Stückchen knirschten befriedigend zwischen ihren Zähnen. Inari schlang die Pirogge hinunter wie Taavi Hirschfleisch, als könnte ihr jeden Moment jemand ihre Beute wegnehmen. Schließlich leckte sie sich über die Lippen und seufzte. Die klebrige süße Zufriedenheit mischte sich schon wieder mit Reue.

Bevor sie Savholt verließ, führten ihre Beine sie wie von selbst zu einem vertrauten Haus am Dorfrand. Es unterschied sich auf den ersten Blick kaum von seinen Nachbarn, aber Inari wusste, worauf sie achten musste: die Holzschindeln auf dem Dach, wo die anderen Häuser mit Reet gedeckt waren, das kunstvoll verzierte Bündel schwarzer Federn, das sich über der Tür im Wind drehte, die gelbe Farbe, die auf der Innenseite der Fensterläden zum Vorschein kam. Spuren einer Kultur, die es im Tal sonst nirgendwo gab.

Mikael und Kerttu hatten zwar ihr ganzes Leben unter den Lumi verbracht, aber Kerttu klammerte sich hartnäckig an allen Vivaara-Bräuchen fest, die sie kannte – sie hängte Krähenfedern auf, um Unglück abzuwehren, trank keinen Alkohol, außer zur Wintersonnenwende, und trug ihre Haare immer offen. Sie waren die Letzten ihrer Familie, beide Überlebende der Seuche, und Kerttu ließ sich auch durch gelegentliche Feindseligkeiten von den anderen Dorfbewohnern nicht davon abhalten, dieses Erbe zu ehren.

Dieser sture Stolz war es, der Inari zuerst zu ihr hingezogen hatte, doch jetzt gingen ihr Savos hasserfüllte Worte nicht mehr aus dem Kopf. War das nur Gerede oder schwebten die Geschwister tatsächlich in Gefahr?

Ohne dass sie es bemerkt hatte, waren ihre Schritte langsamer geworden und sie war vor dem Haus stehen geblieben. Das Fischerboot war nicht da, also musste Mikael draußen auf dem See sein. Kerttu wälzte sich wahrscheinlich noch im Bett herum – wenn es keinen Notfall gab, der ihre heilkundigen Hände erforderte, schlief sie gern in den Tag hinein.

Inari könnte zur Tür gehen und klopfen – oder wie im Sommer durchs Fenster direkt in Kerttus Schlafzimmer klettern, unter ihre Bettdecke gleiten, ihr schlafwarmes Gesicht küssen ...

Inari leckte sich den Rest Süße aus dem Mundwinkel und wandte sich abrupt ab. Sie würde nicht wieder angekrochen kommen, nur weil sie sich einsam fühlte. Kerttu wollte heiraten – irgendeine Verehrerin aus dem Dorf. Oder zumindest hatte sie das bei ihrem letzten Streit behauptet. Vielleicht war das auch nur eine Lüge gewesen, um Inaris Gefühle auf die Probe zu stellen. Es wäre nicht das erste Mal. Aber diesmal war Inaris Geduld am Ende. Sollte Kerttu doch heiraten oder auch nicht. Sie tat ohnehin immer nur das, was sie wollte.

Die Gedanken waren bitter, resigniert. Inari beschleunigte ihre Schritte, um sie hinter sich zu lassen.

***

Savo hatte ihr beschrieben, wo sie die Hirschkuh gefunden hatten. Die Stelle war nicht weit von Savholt entfernt, gleich an dem ersten der Bergflüsse, die östlich des Dorfes im See mündeten. Ein guter Ort, um Gift zu streuen, falls Savo Recht hatte.

Inari machte viel Lärm, damit Bären ihr ausweichen konnten, wenn sie sie hörten. Sie wünschte sich, Taavi dabeizuhaben oder zumindest ihren Bogen. Ihr Jagdmesser war zwar scharf, aber keine Hilfe gegen große Raubtiere. Aber der Wald war ruhig um sie herum – fast schon zu ruhig. Als hielte er den Atem an.

Als Inari jemanden am Fluss knien sah, war sie nicht überrascht. Aber sie hatte mit einem anderen Jäger gerechnet, vielleicht mit einem von Savos Männern, nicht mit einem Mädchen in ihrem Alter.

»Hallo«, sagte sie vorsichtig. »Ist alles in Ordnung? Brauchst du Hilfe?«

Das Mädchen sah langsam auf, als wäre es nicht überrascht von Inaris Ankunft. Es hatte ein rundes, ernstes Gesicht und einen zierlichen Körperbau. Die aschblonden Haare wirkten im Schatten der Bäume grau und fielen ihr nur bis zum Kinn. Geschnitzte Knochenringe hingen an ihren Ohren und um ihren Hals.

Nachdem sie Inari einen langen Moment betrachtet hatte, ohne ihren Gruß zu erwidern, senkte sie ihren Blick wieder. Jetzt erst entdeckte Inari den Kadaver zu ihren Füßen – die Hirschkuh, wegen der sie hier war. Auf den ersten Blick hatte Savo recht: Es gab keine äußeren Verletzungen, das Tier wirkte jung und gut genährt. Es war noch nicht lange tot.

»Fass es lieber nicht an«, sagte Inari zu dem Mädchen, nachdem sie neben ihm in die Hocke gegangen war. »Es könnte krank sein.«

Das Mädchen schüttelte den Kopf und bewegte seine Hände in einer schnellen Abfolge von Fingerzeichen. Inari blinzelte überrascht.

»Kannst du das etwas langsamer wiederholen?«, bat sie. »Ich bin ein wenig aus der Übung.«

Diesmal sah sie genauer hin und verstand die Bedeutung.

»Es ist nicht krank«, sagte das Mädchen mit seinen Händen. »Sonst hätten die anderen Tiere es nicht angerührt.«

Inari folgte ihrem Kopfnicken und sah die aufgerissenen Stellen im Bauchbereich, wo sich offenbar ein Fuchs oder ein Wolf schon an dem Kadaver gütlich getan hatte. Die Wunden wirkten frisch. Vielleicht hatte das Mädchen die Tiere von ihrer Beute vertrieben.

»Nicht jede Krankheit wird von anderen Tieren erkannt«, gab Inari zu bedenken.

Das Mädchen zog die Augenbrauen zusammen.

»Und was machst du dann hier? Hast du keine Angst, dich anzustecken?«

»Savo hat mich gebeten, mir den Kadaver anzuschauen.« Inari begleitete ihre Worte zögernd mit den Händen. Viele Überlebende der Seuche hatten ihr Gehör verloren, manche auch ihr Augenlicht. Mit Mikael hatte Inari auch nur in der Gebärdensprache reden können, aber wegen ihres Streits mit Kerttu war es eine Weile her, dass sie ihn zuletzt gesehen hatte. Ihre Hände bewegten sich langsam, als müssten sie erst aus dem Winterschlaf erwachen.

»Das brauchst du nicht.« Das Mädchen machte eine ungeduldige Handbewegung, als würde es Inaris ungeübte Gebärden abwehren. »Ich kann dich hören.«

Inari hob die Augenbrauen, aber das Mädchen führte nicht aus, wie es seine Stimme verloren hatte.

»Ich heiße Inari«, sagte sie schließlich. »Ich wohne oben auf dem Berg, in der Nähe des südlichen Passes.«

»Ich bin Nea.« Der Name war ein elegantes Flattern ihrer Finger. Auch am linken Handgelenk trug sie einen Knochenreif, der so eng anlag, dass Inari sich fragte, wie sie ihn je abnahm. Keine Narben, zumindest nicht dort, wo man sie sehen könnte. Neas Hände waren so weich und glatt, dass Inari sich fragte, ob sie jünger war, als sie sie eingeschätzt hatte.

»Ich habe dich noch nie im Dorf gesehen«, sagte Inari.

Nea zuckte mit den Schultern.

»Ich bin viel unterwegs.«

Bevor Inari sie davon abhalten konnte, berührte Nea die Schnauze der Hirschkuh und strich ihr in einer zarten Liebkosung über die Nase. Ihre Lippen waren fest zusammengepresst, sie wirkte gequält. Vielleicht hatte sie noch nie zuvor ein totes Tier aus solcher Nähe gesehen.

Inari seufzte. Wenn sich das Mädchen nicht belehren lassen wollte, konnte Inari es zu nichts zwingen. Stattdessen stand sie auf und sah sich den Boden rund um den Kadaver an. Fuchsspuren verrieten, wer sich an dem toten Fleisch gelabt hatte. Es gab einige Stiefelabdrücke, die von Savo und seinen Männern stammen mussten. Falls jemand die Hirschkuh vergiftet hatte, hatte er das Gift schon vor Tagen ausgelegt.

Inari hockte sich wieder neben dem Kadaver hin und ignorierte den Geruch der einsetzenden Fäulnis. Routiniert zog sie die Kiefer auseinander und studierte die Zunge und das Zahnfleisch. Kein Schaum, keine Verfärbungen. Obwohl Inari schon oft tote Tiere gesehen hatte, zog es bei diesem Anblick unbehaglich in ihrer Brust. Es sah wirklich so aus, als wäre die Hirschkuh einfach zum Trinken hergekommen und dann tot umgefallen.

Das Wasser?

Nea folgte ihrem Blick und schüttelte den Kopf, als sie Inaris alarmierten Gesichtsausdruck bemerkte.

»Wenn irgendetwas im Wasser wäre, wären längst alle in der Siedlung krank.«

»Vielleicht sind sie es, ohne es zu wissen«, murmelte Inari.

Ihre Kehle schnürte sich zusammen, als sie sich an die ersten Tage der Fleckenseuche erinnerte. Sie war noch ein Kind gewesen, gerade sechs Jahre alt, aber die Panik in den Gesichtern der Erwachsenen hatte sich in ihr Gedächtnis eingebrannt. Am Anfang war es nur ein schweres Fieber gewesen, das rasch um sich gegriffen hatte, dann kamen Rückenschmerzen und Schüttelfrost hinzu. Und gerade als das Fieber wieder sank und eine Besserung in Aussicht schien, breiteten sich die ersten Pusteln aus …

»Die Hirschkuh ist schnell gestorben«, wandte Nea ein und riss Inari unsanft aus ihren Erinnerungen.

»Trotzdem.« Sie schüttelte den Kopf. »Ich will den Kadaver nicht einfach so hier liegen lassen. Hilfst du mir, ihn zu Onni zu tragen?«

Nach kurzem Zögern nickte Nea. Als sie aufstand, ging sie Inari gerade mal bis zum Kinn. Aber trotz ihrer zierlichen Statur scheute sie nicht davor zurück, den Kadaver an den Hinterbeinen zu ergreifen und hochzuhieven, während Inari vorne das Gleiche tat. Zusammen machten sie sich langsam auf den Weg ins Dorf.

Onni war ein guter Freund von Savo und kümmerte sich darum, Kadaver von kranken Tieren zu entsorgen. Er nickte nur, als Inari ihn darum bat, die Hirschkuh restlos zu verbrennen. Sein Blick blieb neugierig an Nea hängen, aber er sagte nichts.

»Wo wohnst du?«, fragte Inari das Mädchen, nachdem sie Onni verlassen hatten. Nea warf ihr einen Blick von der Seite zu, als würde sie ihr Misstrauen spüren.

»Bei Savo«, antwortete sie dann.

»Arbeitest du für ihn?«

Nea schüttelte den Kopf. Inari wartete, aber eine weitere Antwort bekam sie nicht. Sie runzelte die Stirn.

»Wie hast du den Kadaver überhaupt gefunden?«

»Ich bin den Fußspuren gefolgt.«

Hatte Savo auch sie gebeten, sich das Tier anzusehen? War sie vielleicht eine Heilerin aus einem der anderen Dörfer? Oder bloß neugierig? Inari konnte sie überhaupt nicht einschätzen.

Sie gingen die Straße entlang, die um einiges leerer war als am Morgen. Die Menschen, denen sie begegneten, folgten ihnen mit überraschten Blicken, aber Inari wusste nicht, ob sie ihr galten oder Nea.

Nea stieß sie mit dem Ellbogen an, um ihre Aufmerksamkeit zurückzugewinnen.

»Du hast Angst, dass die Hirschkuh an der Seuche gestorben ist«, sagte sie. »Das musst du nicht.«

Inari versteifte sich.

»Woher willst du das wissen?«

»Für Tiere ist sie nicht tödlich.« Nea zögerte. Als sie wieder die Hände bewegte, waren ihre Gebärden langsamer, weicher. »Hast du jemanden an die Seuche verloren?«

»Meine Großeltern, einen Onkel. Meine Mutter war sehr krank, aber sie hat überlebt.« Inari war nicht danach, das Schicksal ihres Vaters zu erläutern, und Nea bohrte nicht weiter nach. »Und du?«

»Nicht an die Seuche.«

Inari zupfte geistesabwesend an ihrem Schal. Sie wusste immer noch nicht, was sie von Nea halten sollte. Aber es fiel ihr schwer, sich vorzustellen, dass das Mädchen im Wald herumlief und Tiere vergiftete – falls überhaupt Gift im Spiel war.

»Was wirst du Savo sagen?«, fragte Nea, als könnte sie Inaris Gedanken lesen. Sie waren schon fast beim Haus des Dorfvorstehers angekommen.

»Gar nichts. Ich werde mich erst noch etwas im Wald umsehen. Wenn es nur die eine Hirschkuh war, müssen wir uns keine Sorgen machen.«

»Es ist nicht nur die eine«, sagte Nea.

Inari sah sie scharf an.

»Wie kommst du darauf?«

»Savos Fohlen ist tot auf die Welt gekommen. Schon das dritte. Die Gänse haben weniger Eier gelegt.«

»Was hat das mit der toten Hirschkuh zu tun?«, wollte Inari wissen. Sie standen nun vor dem Tor im Schutzwall. Die Sonne spielte auf Neas Knochenschmuck.

»Sieh dich im Wald um«, sagte Nea, anstatt ihr zu antworten. »Frag die Leute im Dorf.«

Inari straffte die Schultern. Ärger kochte in ihr hoch. Sie hatte nicht vor, sich von dunklen Andeutungen einschüchtern zu lassen. Aber bevor sie nachbohren konnte, ergriff Nea ihre Hand und drückte sie kurz.

»Pass auf dich auf. Bleib oben auf deinem Berg.«

Ihre Berührung zuckte Inaris Arm hoch wie ein Blitz. Neas Haut war so warm, als hätte sie Fieber. Zum ersten Mal bemerkte Inari, dass ihre Augen nicht bloß grün waren, sondern sich eines davon in goldenes Braun verlief. Sie konnte nicht wegsehen.

Mit einem schiefen Lächeln, als wüsste sie genau, was in Inari vorging, wandte Nea sich ab und betrat den Hof.

Inari blieb stehen, als hätte sie Wurzeln geschlagen. Aus irgendeinem

Grund warf sich ihr Herz gegen den Käfig ihrer Rippen. Sie wusste nicht, wann sie sich das letzte Mal so wach und lebendig gefühlt hatte.

Sie ließ Nea nicht aus den Augen, als diese den Hof überquerte. Ein Mann öffnete ihr die Tür des Haupthauses – groß, breitschultrig, mit einem struppigen Bart und einem braunen Gewand. Inari wusste, wer er war. Ronna hatte ihn vorhin beschrieben.

Der Schamane. Einer der drei, die die Toten kontrollierten wie Puppenspieler.

Nea blieb vor ihm stehen, noch kleiner, als sie neben Inari gewirkt hatte. Sie wechselten einige Worte, beide mit ihren Händen, bevor der Schamane ihr die Tür aufhielt und sie eintreten ließ.

Sein Blick fing Inaris auf. Hastig trat sie einige Schritte zurück und verbeugte sich. Als sie wieder aufsah, waren beide im Hausinneren verschwunden.

Lieder im Dunkeln

Am Abend sangen Inari und ihre Mutter Lieder.

Es waren alte Lumi-Lieder über die Jagd und den Fluss und den Mond – Lieder, die mit dem Clan gewandert waren und von Generation zu Generation weitergegeben wurden. Niska spielte dazu die Kantele. Mit ihren Fingern entlockte sie den fünf Rosshaarsaiten einen glockenhellen Klang, der die Hütte bis in den letzten Winkel erfüllte.

Trotz des aufwühlenden Tages gab Inari sich Mühe, die Stimmung ihrer Mutter aufzuhellen. Sie tanzte sogar zum Ktikko-Lied, das die Abenteuer eines naiven Jägers und seiner Schwanengeliebten erzählte. Niska lachte und klopfte mit einer Hand gegen den Birkenholzlaib der Kantele, während Inari mit den Armen flatterte und dabei fast einen Topf aus dem Regal fegte. Die Erinnerung daran, wie Aleksi ihr den Tanz und das Lied beigebracht hatte, brannte wie ein helles Feuer zwischen ihnen.

Als die Nacht draußen herankroch und der Regen gegen das Dach trommelte, floh zusammen mit dem Licht auch die Freude im Haus. Niska trank mehr Bier und sang über Herzschmerz und Verlust, während Inari aus dem Fenster sah.

Trag mich übers Land des Mondes,
Wo der Traum zu Hause ist,
Zeig mir, wo der Fluss sich weitet,
Der den Abstand zu dir misst.

Hier, wo weiße Blumen blühen,
Wiegt mein Atem uns dahin.
Bis der Flügelschlag uns trennet
Und ich wieder einsam bin.

Inari rieb sich über das Brustbein, dort, wo sie jeden Morgen das Flattern des Seelenvogels zu spüren glaubte. Man sagte, dass die Seelen im Schlaf die Zwischenwelt besuchten, die die Toten und die Lebenden miteinander verband. Begegnete sie im Schlaf vielleicht ihrem Vater? Kam sie deshalb immer so schwer von ihren Träumen los? Dauerte es deshalb so lange, bis sich die wache Welt wieder real anfühlte?

Acht Jahre war er nun tot und Inari erinnerte sich immer noch genau daran, wie er sie auf seine Schultern gehoben hatte, damit sie dem Himmel näher wäre. Sie hatte gedacht, sie bräuchte nur die Hand auszustrecken, um den Mond zu berühren.

Jetzt konnte Niska nicht einmal an die Haustür treten, um den Mond zu betrachten. Sie saß auf ihrer Seite der Türschwelle und Inari auf der anderen, in dicke Felle eingewickelt. Der süße Geruch des Biers vermischte sich mit dem Rauch der Feuerstelle. Inaris ausgestreckte Beine waren nur eine Handbreit von Niskas Arm entfernt. Der Mond konnte nicht ferner sein.

Nachdem Niska verstummt war und ihre Hände reglos auf der Kantele lagen, erzählte Inari von ihren Gesprächen mit Ronna und Savo. Sie hatte den Verdacht, dass ihre Mutter ein wenig verliebt in den Dorfvorsteher war, den sie noch als schneidigen jungen Mann in Erinnerung hatte. Früher hatte es sie gestört, aber jetzt war sie froh um die leichte Röte in Niskas Wangen, wann immer sie Savos Namen erwähnte.

»Ronna hat Recht, weißt du«, sagte Niska, nachdem Inari geendet hatte. »Du solltest ins Dorf ziehen, heiraten, Kinder kriegen … Was ist aus Mikael geworden? Du erzählst gar nichts mehr von ihm.«

Inari nahm einen Schluck Bier und ließ die Wacholdernote über ihre Zunge rollen.

»Ich habe ihn schon eine Weile nicht mehr gesehen, er hat vor dem Wintereinbruch viel zu tun. Und du weißt, dass wir nur Freunde sind. Ich kann mit Männern nichts anfangen.« Eigentlich wusste ihre Mutter das, aber es fiel ihr schwer, die Hoffnung auf Enkelkinder zu begraben. Und Kerttu hatte sie eh noch nie leiden können, auch wenn sie nichts von dem neuesten Streit zwischen ihnen wusste. »Und ich will nicht ins Dorf ziehen«, fügte Inari hinzu. »Mein Leben ist hier.«

Niska schnaubte. Einen Moment sah es so aus, als wollte sie Inari tadelnd auf den Fuß klopfen, aber im letzten Moment zuckte ihre Hand zurück. Inari sah weg.

»Du kannst nicht den Rest deines Lebens damit verbringen, meinen Nachttopf zu leeren«, sagte Niska vorwurfsvoll.

Inari schloss die Augen und lehnte ihren Kopf gegen die Wand zurück. Die Wärme der Feuerstelle und das Bier ließen ihre Gedanken ineinanderschwimmen. Sie wollte heute nicht mehr nachdenken.

»Das ist nicht das, was dein Vater für dich gewollt hätte ...«

Inari erhob sich etwas schwankend und raffte mit einer Hand ihr Bärenfell um sich.

»Ich schau mal nach Taavi«, murmelte sie. Niska seufzte, versuchte aber nicht, sie aufzuhalten. Es war nicht das erste Mal, dass sie dieses Gespräch führten.

Nasskalte Luft schlug Inari entgegen, als sie aus der Tür trat. Der Regen hatte aufgehört, aber der Wind schüttelte immer wieder Tropfen aus den Baumkronen frei. Der Himmel hing tief und wolkenschwer über den Bergen.

Sie nahm noch einen Schluck aus ihrem Becher und wanderte zur Saunahütte hinüber, wo Taavi unter dem Unterstand für das Holz lag. Er hob den Kopf von seinen Pfoten und hechelte ihr entgegen, den Mund zu einem hündischen Grinsen geöffnet.

»Na Brummbär«, sagte sie und hockte sich neben ihn, um ihn im Nacken zu kraulen. »Du willst auch lieber hierbleiben, hm?«

Er schob seine Nase in ihr Haar und schnaubte ihr nass ins Ohr. Inari kicherte und schlang die Arme um seinen Hals.

Es knackte. Inari fuhr herum und das Fell rutschte von ihren Schultern.

Aleksi stand am Waldrand.

Im Dämmerlicht zwischen den Bäumen war vor allem seine Leichenkluft zu erkennen, in der sich das wenige Mondlicht fing. Obwohl Inari seine Augen nicht sehen konnte, spürte sie seinen Blick.

»Papa«, flüsterte sie. Er sah sie an. Erkannte er sie?

Hastig richtete sie sich auf, immer noch den Becher in einer Hand. Taavi sprang ebenfalls auf und schüttelte sich kräftig.

»Papa?« Ihre Stimme klang kratzig und viel zu leise. Sie räusperte sich und versuchte es noch mal: »Weißt du, wer ich bin?«

Er reagierte nicht. Der Anblick seiner bewegungslosen Gestalt trieb Inaris Herzschlag in die Höhe. Mit der freien Hand rieb sie sich über die Augen, aber auch als sie sie wieder öffnete, stand er noch da.

»Hast du ... hast du uns die Schneeschellen gebracht?«

Vorsichtig stellte sie den Becher ab und trat unter dem Unterstand hervor. Der kalte Wind ließ ihr Gänsehaut über die entblößten Arme laufen. Ein Teil von ihr wollte zu Aleksi stürzen und ihn in die Arme schließen, aber der Rest war wie benommen vor Angst. Was, wenn er sich so kalt und steif anfühlte wie die Hirschkuh?

Sie blieb beim Holzklotz stehen, an dem sie die Schneeschellen gefunden hatte. Die Blumen lagen immer noch da, die Glöckchenblüten eingedrückt vom heftigen Regen. Inaris Beine weigerten sich, auch nur einen weiteren Schritt zu tun. Schwer sank sie auf den Klotz nieder.

»Sag etwas«, bat sie. »Irgendetwas. Bist du da drin, Papa?«

Tränen zitterten in ihrer Stimme. Aleksi zuckte zusammen. Inaris Atem stockte, aber mehr passierte nicht. Er sagte nichts, bewegte sich aber auch nicht fort. Warum sollte er hier stehen, wenn er sie nicht erkannte? Vielleicht erinnerte er sich an den Tag, an dem er gestorben war? Sie war froh, dass sie seinen Hinterkopf nicht sehen konnte, eingedrückt von dem Baum, der ihn getötet hatte. Dann fiel ihr ein, dass alle Wunden der Toten wieder verheilten. Vermutlich trug Aleksi keine Spuren seines Todes mehr.

»Mama würde dich bestimmt gern sehen«, sagte Inari rau. »Aber sie kann das Haus nicht mehr verlassen. Willst du mit reinkommen ...?«

Er schwieg.

Inari atmete tief durch und versuchte sich zusammenzureißen. Die Dunkelheit senkte sich Stück für Stück über alles.

»Wir haben dich nicht vergessen. Wir sitzen schon den ganzen Abend zusammen und singen deine Lieblingslieder.« Sie schluckte schwer. »Willst du sie hören?«

Keine Antwort. Aber Inari holte trotzdem Luft und fing an zu singen.

Hier kommt der Lachs – er springt, er springt!
Schau, wie er glänzt und winkt und winkt!
Schwimmt er den Berg hoch, schwimmt er zum Meer,
Wir singen und schwimmen hinterher …

Es war ein albernes, fröhliches Kinderlied, das in der Tiefe der hereinbrechenden Nacht völlig verloren wirkte. Aber das schien Aleksi nicht zu stören. Es war schwer zu erkennen, aber Inari meinte zu sehen, dass seine Haltung sich entspannte und er sich gegen die Kiefer lehnte, neben der er stand. Inaris Stimme gewann mit jedem vertrauten Vers an Sicherheit und Kraft.

Nach dem Lachs-Lied sang sie ein anderes und noch eins und noch eins. Sie traute sich nicht, noch mal aufzustehen und das Bärenfell oder den Rest Bier zu holen. Jeden Moment rechnete sie damit, dass Aleksi sich wieder in der Dunkelheit auflöste. Aber er blieb. Taavi legte den großen, zotteligen Kopf auf ihren Schoß und schlief ein.

Trotz der Kälte breitete sich in Inaris Brust eine Wärme aus, die sie lange nicht mehr gespürt hatte. Sie spürte, wie sich auf ihr Gesicht ein Lächeln stahl. Aleksi sagte zwar nichts, aber er war nie der große Redner gewesen. Die Verbundenheit zwischen ihnen, dieses wortlose Einvernehmen, das sie während ihrer Wanderungen durch den Wald entwickelt hatten, war nach wie vor lebendig und stark. Sie fühlte seine Gegenwart wie einen warmen Mantel der Sicherheit und Zuversicht.

Inari hatte keine Zweifel mehr – tot oder nicht, das hier war ihr Vater. Er war wieder zu ihnen zurückgekehrt.

Als ihre Stimme dünn wurde und ihr Kopf nur noch erschöpft summte, verstummte Inari endlich. Aleksi war kaum mehr zu erkennen, nur noch eine Andeutung im Dunkeln.

»Papa ...?«, versuchte sie es noch mal leise. Ein Seufzen drang zu ihr herüber, wie ein warmer Windhauch. Dann verschwand er.

Der geheime Winkel

Am nächsten Tag stand Inaris Entschluss fest: Sie würde ihren Vater wieder nach Hause bringen, egal ob es als unmöglich galt oder nicht. Inari würde es möglich machen. Sie würden wieder eine Familie sein.

Aber dafür musste sie zuerst verstehen, was mit ihm geschah. Sie hatte versucht, seiner Spur im Wald zu folgen, aber selbst Taavi verlor die Fährte im dichten Moos. Aleksi hatte sich wieder erfolgreich in Luft aufgelöst.

Als Nächstes ging Inari zum südlichen Pass, dorthin, wo ihr Vater zusammen mit den anderen Toten Wache halten sollte. Sie näherte sich ihnen diesmal auf Steinwurfweite, aber ihr Vater war wieder nicht unter ihnen. Nachdem sie all ihren Mut zusammengenommen hatte, sprach sie einen der Toten an, aber er zeigte mit keinem Wimpernzucken, dass er sie überhaupt wahrnahm.

Vielleicht reagierten die Toten nur auf Personen, die ihnen im Leben nahegestanden hatten?

Inari musterte die Reihe bewegungsloser Menschen, etwa drei Dutzend, alle in der hellen Leinenkleidung, in die ihre Angehörigen sie für die Totenwache gekleidet hatten. Einige, wie ihr Vater, waren schon seit vielen Jahren tot, andere hatten vor wenigen Monaten noch gelebt. Die Magie der Schamanen hielt ihr Fleisch vom Verfaulen ab, konnte aber nichts gegen das Schaudern tun, das Inari in ihrer Nähe befiel. Es war, als ob sich alles in ihr gegen die Gegenwart des Todes sträubte.

Ihr Blick fiel auf eine wie ausgeblichen wirkende Frau mit glatt geschorenem Kopf und großen dunklen Augen. Trotz des wächsernen Gesichts war die Ähnlichkeit mit Kerttu so groß, dass es Inari wie ein Schlag in den Magen traf. Elsa war eines der letzten Opfer der Seuche gewesen, besonders grausam, weil sie ihr ungeborenes Kind mit in den Tod genommen hatte. Inari erinnerte sich noch gut an ihre Totenwache: wie Kerttu ihrer großen Schwester mit steinernem Gesicht das Haar abrasiert hatte, während Mikael ohne Unterlass schluchzte. Es schnürte Inari immer noch die Kehle zu, auch nur daran zu denken.

Aber es brachte sie auch auf eine Idee.

Sie verbrachte den ganzen Weg herunter ins Dorf damit, sich selbst zu sagen, dass sie das lieber nicht tun sollte. Es war vorbei. Sie hatte sich selbst versprochen, nicht noch mal auf Kerttus Spielchen hereinzufallen. Wollte sie diesen Entschluss wirklich wieder ins Wanken bringen?

Aber es schien, dass sie keine andere Wahl hatte.

Inari betrat Savholt diesmal nicht, sondern bog kurz vorher ab und schlug sich durchs dichte Gras am Seeufer. Nach dem gestrigen Regensturz waren die Wolken heute weitergezogen und hatten einen glatten blauen Himmel zurückgelassen. Die Sonne schien sich noch mal alle Mühe zu geben, den Winter zumindest für einen Tag zurückzudrängen. Es war so warm, dass Inari ihren Schal abnahm. Am See roch es nach Schlamm und Schilf. Frösche quakten empört, als Inari sie mit ihren Stiefeln aufstörte. Das Wasser war grün und funkelte in der Sonne. Eine Familie von Schwänen segelte majestätisch an Inari vorbei und sie verbeugte sich voller Respekt.

Die Fischerboote waren weit über den See verteilt, schaukelnde dunkle Kähne. Inari wusste nicht, welches davon Mikael gehörte, aber das musste sie zum Glück auch nicht. Sie wusste, wo sie ihm auflauern konnte.

Schließlich erreichte sie eine kleine Bucht, die von einigen Weiden überschattet war. Hier ließ das Brennen der Sonne endlich nach und sie atmete auf.

Wann war sie zuletzt hier gewesen? Es kam ihr vor wie eine halbe Ewigkeit, aber es musste im Frühling gewesen sein. Das Eis auf dem See war gerade erst geschmolzen, da hatte Mikael schon darauf bestanden, mit seinem Boot hinauszufahren. Inari fühlte sich nicht sehr wohl auf dem Wasser, aber sie hatte sein Angebot, mit ihm zu kommen, nicht ausschlagen wollen. Mikael blühte auf dem Wasser erst so richtig auf.

Sie waren schon befreundet gewesen, bevor Kerttu Inaris Leben auf den Kopf gestellt hatte, und es hatte gutgetan, im Wirbelwind dieser Tage einen Ort zu haben, an dem sie ihre alte Verbundenheit pflegen konnten. Einen geheimen Winkel nur für sie zwei. So sehr Inari auch Kerttus wilden Übermut mochte, so sehr genoss sie es doch auch, mit Mikael Momente der Stille und Gedankenversunkenheit zu teilen. Sein Puls schlug wie ihrer im Rhythmus der Jahreszeiten, stetig und zuverlässig. Sie hatte immer Kraft aus der Gewissheit geschöpft, dass er in ihrem Leben bleiben und die Einsamkeit erträglich machen würde.

Allein die Erinnerung entrang Inari ein Seufzen. Am Ende hatte der Wirbelwind auch diese Freundschaft entwurzelt.

Sie setzte sich auf einen moosbewachsenen Stein am Ufer und spielte geistesabwesend mit den halb verwelkten Schneeschellen in ihren Fingern.

Die Sonne war bis zu ihrem höchsten Punkt geklettert, als sich endlich eines der Fischerboote der Bucht näherte. Inari spannte sich instinktiv an, zwang sich aber, ruhig sitzen zu bleiben.

Mikael musste sie schon von weitem gesehen haben, aber er drehte nicht ab. Seine Ruderzüge waren so sicher und gelassen wie eh und je. Er hatte sich im Sommer die Haare geschnitten, so dass sie ihm nicht mehr in einer krausen Welle in den Nacken fielen, sondern sich nur noch in kleinen Locken oben auf dem Kopf sammelten. Sein Gesicht war braun gebrannt und auch im Winter voller Sommersprossen. Vivaara-Männer ließen sich keinen Bart wachsen und mit dem glatten Kinn wirkte Mikael von weitem immer wie ein halbwüchsiger Knabe. Aber seine muskulösen Arme und die Fältchen um seine Augen verrieten, dass er etwas älter war als Inari.

Mit wenigen kräftigen Zügen steuerte er das Boot in die Bucht. Er hob das zusammengerollte Seil zu seinen Füßen auf und warf es ohne Zögern Inari zu, die es am Stein festmachte, auf dem sie saß – ganz wie früher. Die Bewegungen, der Geruch, das Knistern der Libellen im hohen Gras, alles war so vertraut, dass es ihr Herz zusammenzog.

Mikael trat vom Boot aufs Ufer, seinen Proviantbeutel über die Schulter geworfen. Im Boot schimmerten dunkle Fischleiber.

»Hallo«, gebärdete Inari, als er seine dunklen Augen endlich auf sie richtete. »Guter Fang heute?«

Er legte den Kopf leicht schief und zog die Augenbrauen zusammen, eine wortlose Antwort: nicht schlecht, aber auch nicht sonderlich gut. Inari nickte.

»Die Jagd ist zurzeit auch nicht sehr gut«, sagte sie. Nach der Begegnung mit Nea gestern hatte sie den Rest des Tages immer wieder Gebärden trainiert, damit ihre Bewegungen nicht mehr stockten. Das kam ihr nun gelegen.

Mikael nickte und setzte sich neben sie, so selbstverständlich, als hätten sie sich gestern zuletzt gesehen. Sein Blick fiel auf die Schneeschellen in Inaris Händen und er runzelte die Stirn.

»Woher hast du die?« Seine Gebärden waren fließend. Er hatte aufgrund der Seuche das Gehör, nicht die Stimme verloren, doch Inari hatte ihn noch nie reden hören. Kerttu hatte ihr verraten, dass er es nicht mochte, nicht zu wissen, wie er sich anhörte.

»Sie lagen vor unserem Haus.« Inari hielt ihm die Blumen hin, aber er hob abweisend die Hände.

»Sie sollten jetzt nicht wachsen. Das ist unnatürlich.« Seine Augen bohrten sich in ihre. »Wer hat sie dorthin gelegt?«

Inari atmete erleichtert aus. Natürlich wollte Mikael keine alten Streitigkeiten klären, sondern kam gleich zum Punkt. Zumindest musste sie sich jetzt nicht überlegen, wie sie auf das Thema zu sprechen kommen sollte.

»Mein Vater.«

Mikael verzog den Mund und krächzte abwertend.

»Das glaubst du doch nicht wirklich?«

»Doch. Ich habe ihn gesehen.« Sie erzählte es ihm, versuchte ihre Gebärden knapp und präzise zu halten. »Er war da, ich schwöre es dir. Und er war mehr als eine leere Hülle. Warum sonst sollte er Kontakt zu seiner Familie suchen?«

Mikael stieß einen scharfen Atemzug durch die Nase aus und schüttelte den Kopf. Aber obwohl Inari darauf brannte, seine Meinung dazu zu hören, wandte er sich erstmal seinem Proviantbeutel zu und packte sein Mittagessen aus. Ohne zu fragen, hielt er Inari einen Kanten Brot und ein Töpfchen gelb schimmernden Schmalzes hin.

»Danke.« Trotz ihrer Ungeduld biss sie hungrig in das Brot und gab einen zufriedenen Laut von sich. Obwohl Mikael sie nicht hören konnte, schien er ihr die Reaktion anzusehen und schmunzelte.

Sie aßen. Obwohl Inari vor Aufregung die halbe Nacht über nicht geschlafen hatte, sickerte nun Ruhe in sie ein. Mikaels Körper an ihrer Seite war warm und solide. Fast hätte sie sich gegen ihn gelehnt.

Nachdem er sein Stück Brot aufgegessen hatte, leckte er sich die Finger sauber und formte wieder Worte. Inari war schon von der ersten Bewegung an klar, dass sie nicht wissen wollte, was er zu sagen hatte.

»Warum kommst du uns nicht mehr besuchen?«

Der Frieden, der in Inaris Brust gewachsen war, fiel wieder in sich zusammen. Sie riss ihren Brotrest entzwei und hielt Mikael die Hälfte hin, nur um seine Hände weiter zu beschäftigen. Er schlang das Stück in einem Bissen herunter. Inari seufzte.

»Du weißt warum.«

»Kerttu hat es nicht so gemeint.« Obwohl er seine Stimme nicht benutzte, schafften es seine Handbewegungen und sein Gesichtsausdruck, Wärme zu vermitteln, als er den Namen seiner Schwester sagte. »Sie will nicht heiraten. Es gibt niemand anderen.«

»Es gibt immer jemanden – sie selbst. Sie ist nur in sich selbst verliebt.« Inari zog ihre Knie an und legte ihren Kopf darauf ab, so dass sie Mikael nur aus dem Augenwinkel sehen konnte. »Ich will nicht mehr.«

Er ließ scharf seinen Atem ausströmen. Jemand, der ihn nicht so gut kannte, hätte den Laut für Ungeduld oder Ärger gehalten, aber Inari wusste, dass er besorgt war. Er berührte sie leicht am Arm, um sicherzugehen, dass sie ihn ansah.

»Ich weiß, dass sie nicht einfach ist, aber sie liebt dich. Sie vermisst dich.« Er schenkte ihr ein angedeutetes Lächeln. »Ich vermisse dich auch.«

Wider Willen lächelte Inari zurück. Sie vermisste ihn auch – ihn und Kerttu, trotz ihrer selbstsüchtigen Allüren. Es war gut gewesen, ein Leben jenseits der Wände ihrer Hütte zu haben, mit anderen Menschen zu lachen als mit Niska, sich willkommen und begehrt zu fühlen.

»Ich mache mir Sorgen um dich«, fuhr Mikael fort. »Was auch immer die Rückkehr dieses Toten bedeutet, es kann nichts Gutes sein. Hast du gar keine Angst?«

Ihr Lächeln verschwand. Sie versteifte sich.

»Er ist mein Vater, warum sollte ich Angst vor ihm haben?«

Mikael verzog das Gesicht.

»Er ist seit acht Jahren tot. Fragst du dich nicht, warum er ausgerechnet jetzt vor eurer Tür auftaucht?«

Inari runzelte die Stirn, konnte jedoch nichts einwenden. Es war eine gute Frage: Warum hatte Aleksi so lange gewartet?

Mikael spürte ihre Anspannung und drückte seine Schulter gegen ihre.

»Ich sage nicht, dass du es ignorieren sollst. Aber sei vorsichtig, ja?« Er sah suchend in ihr Gesicht. »Frag doch den Schamanen – wenn es etwas zu wissen gibt, weiß er es.«

Inari dachte daran zurück, wie sie den Schamanen zusammen mit Nea in Savos Hof gesehen hatte. Sie wusste nicht, wie sie Mikael das seltsame Gefühl erklären sollte, das sie dabei durchzuckt hatte. Die Erinnerung reichte aus, um ihr einen Schauder über den Rücken zu jagen.

»Ich habe eine andere Idee«, sagte sie. »Ich will wissen, ob es nur meinen Vater betrifft oder auch die anderen Toten. Würdest du mit mir zum Pass kommen?«

Er zog die Schultern hoch und rückte von ihr ab.

»Ich kann nicht.« Seine Handbewegungen waren ruckartig, voller Widerwillen. Er machte Anstalten aufzustehen, aber Inari griff nach seinem Arm und hielt ihn auf.

»Bitte!«, entkam es ihr laut, bevor sie ihn wieder losließ und eilig gebärdete. »Bitte, es dauert auch nicht lange – ich will nur sehen, ob Elsa auf deine Anwesenheit reagiert …«

Er stand auf und schnürte seinen Proviantbeutel wieder zu. Die Ablehnung war in jede Linie seines Gesichts gegraben.

»Ich kann nicht«, wiederholte er. Er weigerte sich, Inari anzusehen, was dem Gespräch effektiv ein Ende bereitete.

Schuldbewusst beobachtete sie, wie er das Seil einholte und wieder ins Boot sprang.

»Es tut mir leid!«, rief sie ihm zu. Mikael gab nicht zu erkennen, ob er ihre Lippenbewegungen gesehen und verstanden hatte. Er stieß sich mit dem Ruder vom Ufer ab und war kurze Zeit später wieder auf dem See. Inari sah immer noch die steife Art, wie er seine Schultern hielt.

Sie rieb sich über das Gesicht und atmete langsam in ihre Handflächen.

Das Lied

Heute war kein guter Tag.

Inari wusste es, kaum dass sie das Haus betreten hatte. Eigentlich hatte sie sich nach der Jagd darauf gefreut, sich vor dem Abendessen noch in der Sauna zu entspannen und hinterher im Fluss den Schweiß von ihrer Haut zu spülen. Aber sobald sie die Tür öffnete, drangen ihr Laute entgegen, die ihr Herz verkrampfen ließen: ein hartes Scheuern und unterdrücktes Schluchzen.

»Mama?«, rief sie voller Angst. Sie ließ ihren Beutel mit einem Kaninchen und zwei Hühnern neben der Tür fallen und stürzte zum Fell, das wie ein Vorhang den Hauptraum der Hütte von Niskas Zimmer abtrennte.

»Nein, komm nicht rein!«, kam es sofort zurück. Niskas Stimme war schrill und zittrig. Inari riss das Fell beiseite.

Ihre Mutter kniete auf ihrem Bett, über die Seite gebeugt, so dass sie in den Wasserbottich greifen konnte, der auf dem Boden davor stand. Ihre Haare hatten sich aus ihrem ordentlichen Knoten gelöst und flatterten um ihr verzerrtes Gesicht. Sie schrubbte sich die Hände mit einer groben Bürste. Ihre Haut war bereits wund gescheuert, aber Niska machte trotzdem weiter.

»Mama.« Inari versuchte ihre Stimme ruhig zu halten, gelassen, obwohl sich ein großes Gewicht auf ihre Brust zu legen und ihr den Atem herauszupressen schien. In ihrem Hinterkopf sagte eine erschöpfte Stimme: nicht schon wieder. »Was ist passiert?«

»Ich werde sterben.« Niska hörte nicht auf zu schrubben, hob aber eine Hand, um sich mit dem Handrücken Tränen von den Wangen zu wischen. Es strömten gleich wieder neue nach. »Es ist in meinem Blut, unter meiner Haut, Inari, ich spüre schon, wie sie anschwillt und Blasen wirft ...« Sie hielt die Bürste so fest umklammert, dass ihre Fingerknöchel weiß hervortraten.

Inari wäre so gern zu ihr herübergegangen und hätte sie in den Arm genommen – alles in ihr schrie danach –, aber sie wusste aus bitterer Erfahrung, dass das alles nur schlimmer machen würde. In diesem Zustand war Niskas Umwelt ihr schlimmster Feind.

»Du wirst nicht sterben«, sagte Inari fest. Es war aussichtslos, ihre Mutter davon überzeugen zu wollen, dass ihre Ängste unbegründet waren, aber Inari konnte die Worte nicht zurückhalten. Als sie sah, dass das Wasser im Bottich sich schon rosa mit Blut gefärbt hatte, stieg Übelkeit in ihr auf. »Ich hole jetzt frisches Wasser, Mama«, sagte sie gepresst. »Sauberes Wasser aus dem Fluss – der Fluss ist gut, oder?«

Niska hielt endlich inne. Ein Schauder ging durch ihren schmalen Körper und sie kniff die Augen zusammen.

»Ja«, stieß sie atemlos aus. »Ja, der Fluss ist gut. Und Kiesel, ja, bring mir Kieselsteine mit?«

Inari stürmte aus dem Haus und ignorierte Taavis fragendes Bellen. Hastig schlitterte sie über die abschüssige Ebene zum Bergbach, der hinter der Hütte verlief. Hier holte sie morgens immer Wasser zum Kochen und Waschen. Nun warf sie den Eimer, der an einen Baumstamm am Ufer gebunden war, in den Fluss und zog ihn gefüllt wieder zu sich. Das eiskalte Wasser schwappte über den Rand und durchnässte ihre Hose, aber Inari bemerkte es kaum. Sie sammelte noch einige vom Wasser glatt geschliffene Kieselsteine auf und trat den Rückweg an, so langsam und vorsichtig, wie ihr hämmerndes Herz erlaubte.

Niska hatte zum Glück aufgehört, ihre Hände weiter blutig zu scheuern. Stattdessen hielt sie sie vor sich wie ein glühendes Eisen und wiegte sich auf dem Bett hin und her, lautlos die Namen von Sternbildern murmelnd.

»Mama, hier ist das Wasser!« Inari blieb hilflos an der Schwelle zu Niskas

Zimmer stehen. Zwischen ihr und dem Bett lagen nur einige Schritte – aber es waren Schritte, die sie nicht machen durfte, und Niska weigerte sich heute offenbar, das Bett zu verlassen. Wenn sie nur irgendwie zu ihr durchdringen könnte, sie davon überzeugen, dass das alles nur Einbildung war ... Inaris Blick fiel zum ersten Mal auf einen Fremdkörper auf den Dielen – die kleine geschnitzte Figur einer Gans, der Seelenvogel ihrer Mutter.

»Ich habe alles ruiniert«, flüsterte Niska, die Inaris Blick gefolgt war. »Ich war dumm und unvorsichtig und er ist runtergefallen. Jetzt ist er dreckig, befleckt, krank ... Riechst du das? Das ist die Seuche, ich kenne diesen fauligen Gestank ... Sie ist überall, in der Luft und im Boden und im Essen. Sieh nur, meine Hände – ich hab den Vogel angefasst. Und das Wasser ...«

»Nein!«, unterbrach Inari sie hastig, bevor sie sich weiter hineinsteigern konnte. »Schau doch, ich habe frisches Wasser gebracht – und Kieselsteine ... Warte, gleich kannst du deine Hände richtig waschen ...«

Sie griff nach dem Besen in der Ecke und benutzte ihn, um den vollen Wassereimer vorsichtig über die Schwelle und herüber zum Bett zu schieben. Dann hakte sie die Holzfigur unter und zog sie auf ihre Seite.

»Da, siehst du? Der Vogel ist weg, du hast neues Wasser, es stinkt nicht mehr – es ist alles gut. Die Seuche ist weg!«

Niska lachte erstickt auf. Sie konnte Inaris Blick nicht begegnen. Ihre Tränen tropften auf die Dielen.

»Nichts ist gut! Sieh mich doch nur an ... Du hast eine Verrückte als Mutter. Du solltest die Tür zusperren und das Haus anzünden ...«

»Hör auf!«, rief Inari scharf. Sie bemühte sich immer, ihrer Mutter gegenüber nicht die Stimme zu erheben, aber manchmal schwoll der Druck auf ihrer Brust so sehr an, dass sie etwas davon herauslassen musste, wenn sie nicht platzen wollte. »Wasch deine Hände, während ich dir deinen Tee mache, ja? Und kein Wort mehr übers Anzünden oder Verrücktsein!«

Niska nickte langsam, immer noch ohne sie anzusehen. Inari holte tief Luft und ließ das Fell wieder zwischen die Zimmer fallen, damit ihre Mutter unbeobachtet all das tun konnte, was sie tun musste, um ihre Ängste zu bannen.

Während sie die Feuerstelle anfachte, Wasser aufsetzte und den Rosenwurz zermahlte, lauschte sie auf jedes Geräusch von nebenan. Angst pochte in ihrer Brust, so dicht unter ihrer Haut, als ob sie durchbrechen wollte. Inari war übel. Sie bereitete den Tee mit raschen, geübten Bewegungen zu, obwohl ihr der Kopf schwamm.

Sie stellte den duftenden Tee vor dem Vorhang ab, so dass Niska von der anderen Seite bequem nach der Tasse greifen konnte.

»Dein Tee ist fertig«, sagte Inari.

Einen Moment lang blieb es bedrückend still.

Dann: »Danke.« Leise, aber gefasster. »Es geht schon wieder.«

»Trink ihn bitte.«

Es dauerte eine ganze Weile, aber Inari blieb die ganze Zeit vor dem Türrahmen stehen, angespannt und so voller Angst, dass sie überzuschwappen drohte wie das Flusswasser im Eimer.

Endlich bewegte sich etwas auf der anderen Seite. Eine blutig gekratzte Hand schob das Fell ein kleines Stück beiseite, um nach der Tasse zu greifen und wieder zu verschwinden. Inari atmete etwas auf.

Alles gut. Es war überstanden. Der Tag war fast vorbei. Niska brauchte nur etwas Schlaf …

Dann fiel ihr Blick auf den Seelenvogel am Boden und ihr Herz sprang wieder bis in ihre Kehle hoch.

»Soll ich … soll ich deinen Vogel im Fluss waschen?«, fragte sie so beiläufig wie möglich.

»Nein!«, antwortete Niska sofort. »Ich … ich kann ihn nicht noch mal anfassen. Er ist ansteckend. Verbrenn ihn.«

Inari kniff die Augen zusammen. Dunkelheit drängte sich um sie, presste gegen ihre Lider, ihren Brustkorb, ihre Kehle.

Wenn Niska ohne ihren Seelenvogel einschlief, würde ihre Seele den Weg zurück zu ihrem Körper nicht finden und sie würde nie wieder aufwachen. So war erst im letzten Sommer ein junger Bursche in Mirhausen gestorben, der nicht gemerkt hatte, dass seine Vogelfigur in den Fluss gefallen war.

Aber wo sollte Inari so schnell einen neuen Seelenvogel herbekommen? Die

Sonne ging bald unter. Es reichte nicht, die Figur zu schnitzen, ein Schamane musste sie segnen …

Sie atmete tief aus und versuchte ihren Herzschlag wieder in den Griff zu bekommen. Ihre Gedanken reihten sich schwerfällig aneinander. Der Schamane war unten im Dorf. Sie kannte den Weg. Es würde bald dunkel werden, aber sie konnte eine Laterne mitnehmen. Sie wusste nicht, womit sie ihn bezahlen sollte, aber ihr würde schon etwas einfallen.

Das war eine konkrete Aufgabe mit einer konkreten Lösung. Inari konnte das schaffen.

Sie würde es schaffen.

»Kann ich dich für einen Augenblick allein lassen?«, fragte sie. Mit einem Plan im Kopf klang ihre Stimme schon stärker, gefasster.

»Ja, natürlich. Aber wo willst du hin? Es ist schon dunkel!«

»Noch mal runter ins Dorf.« Inari machte sich daran, ihre warmen Sachen zusammenzusuchen. »Du darfst nicht einschlafen, hörst du? Bleib wach, bis ich wieder da bin!«

Niska schwieg einen Moment lang.

»Ich kann auch bis zum Morgengrauen wach bleiben …«

»Nein«, unterbrach Inari sie. »Das Risiko ist zu groß. Ich gehe jetzt. Mach dir keine Sorgen, ich bin den Weg Tausende Male gegangen. Und ich nehme Taavi mit.«

Wieder eine Pause.

»Sei bitte vorsichtig. Und … danke dir.«

Inari kniff die Augen gegen die brennenden Tränen zusammen und nickte, auch wenn Niska es nicht sehen konnte.

***

Sie schaffte es ins Dorf, bevor es völlig dunkel wurde. Am Himmel verlief sich gerade die letzte Spur Purpur und enthüllte funkelnde Sternenmuster, als Inari endlich Savos Haus erreichte. Taavi drehte den Kopf hin und her, um den verschiedenen Essensgerüchen aus den Häusern nachzuschnuppern. Es war niemand mehr auf der Straße, alle Fenster waren geschlossen.

Inaris Kopf war wieder etwas klarer. Sie wusste, dass man sie wahrscheinlich abweisen würde, wenn sie so spät am Abend den Schamanen zu sprechen verlangte. Normalerweise bat man Tage vorher um ein Treffen, hinterließ Geschenke und Bittschriften, vollbrachte bestimmte Riten, um die Geister für das Gesuch gnädig zu stimmen. Dafür hatte Inari keine Zeit.

Aber vielleicht konnte jemand ein gutes Wort für sie einlegen.

Der Junge, der auf ihr Klopfen hin die Tür öffnete, blinzelte ihr müde entgegen.

»Ja?«, fragte er widerwillig.

»Ich muss mit Nea sprechen«, sagte Inari. »Bitte. Es ist dringend.«

Er gähnte und musterte halbwegs interessiert den Hund, der sich neben Inari hingesetzt hatte.

»Wen?«, fragte er abgelenkt.

»Nea! Das Mädchen, das neu hier ist – kurze Haare, Knochenschmuck? Kann nicht sprechen, aber hören?«

»Was?« Sein Blick schnappte wieder zu ihr zurück und seine Augen wirkten auf einmal wesentlich wacher. »Warum?«

»Es geht um das Leben meiner Mutter!« Inari klopfte mit den Fingern ungeduldig gegen den Türrahmen. »Bitte! Sag ihr, dass Inari hier ist, ja?«

»Oh.« Er musterte sie von Kopf bis Fuß, bevor er mit großen Augen nickte. »Mach ich.«

Er drückte die Tür wieder zu. Inari biss die Zähne zusammen und versuchte die Rastlosigkeit zu bezwingen, die in ihren Adern brodelte.

»Sie wird uns bestimmt helfen«, sagte sie zu Taavi. »Sie muss. Ich gehe hier nicht ohne einen neuen Vogel weg.«

Taavi schnaufte zustimmend, legte sich dann hin und schloss die Augen. Inari beneidete ihn um seine Ruhe.

Der Junge war schnell wieder da, schüttelte aber den Kopf, noch ehe sie fragen konnte.

»Sie ist nicht da, tut mir leid.«

»Nicht da?«, wiederholte Inari ungläubig. Fast hätte sie sich an ihm vorbei ins Haus gedrängt, aber er hatte die Tür nur einen Spalt breit geöffnet und sah aus, als würde er sie ihr gleich vor der Nase zuknallen.

»Ich glaube, sie ist jeden Abend weg«, sagte er unbehaglich. »Du weißt schon, am See …?«

Inari schnippte mit den Fingern. Taavi sprang auf die Beine und schüttelte sich widerwillig. Als sie sich zum Gehen wandte, knarzte hinter ihr die Tür.

»Warte, wo willst du hin?«, fragte der Junge erschrocken. »Niemand darf zum See, wenn sie da ist!«

Inari ignorierte ihn.

***

Der Mond war fast voll, so dass Inari ihre Laterne noch nicht anzünden musste. Der See war nicht zu verfehlen, auch wenn seine Oberfläche nachts dunkel und fremd war. Inari ließ ihren Blick suchend über das Ufer wandern, über die umgedreht liegenden Fischerboote und die zum Trocknen aufgespannten Netze. Dann sah sie Licht auf der schmalen Landzunge, die weiter östlich in den See hineinragte. Sie musste sich sehr beherrschen, nicht loszurennen, sondern vorsichtig einen Fuß vor den anderen zu setzen – das Ufer war voller scharfkantiger Felsen.

Sie hörte Nea, bevor sie sie sah. Zuerst verstand Inari gar nicht, was sie da hörte: Es klang wie fernes Donnergrollen, wie das Rauschen des Bluts in ihren Ohren, wie das Rumpeln eines Steinschlags hoch in den Bergen. Erst nach und nach lösten sich die verwirrenden Eindrücke in den Klang einer Stimme auf, rau und dunkel, regelmäßig auf- und absteigend in einem endlosen Gesang. Es gab keine richtige Melodie, aber ein leises Klacken schien den Rhythmus vorzugeben.

… Herum und herum,
Durch uns fällt
Tief der Regen,
Würmer in meiner Kehle,
Falten und Narben,

Blut und Aas,
Der Zahn in der Erde,
Unter uns fällt
Tief das Land,
Weiße Finger,
Wurzelfüße,
Herum und herum,
Salzig wie Schweiß,
Bitter wie Harz,
Komm zu mir,
Komm zu mir ...

Obwohl Inari die Bedeutung der Worte nicht verstand, schienen sie in ihren Gedanken stecken zu bleiben und sich dort querzustellen. Ein Fremdkörper, der nichts in ihrem Kopf zu suchen hatte. Sie blinzelte angestrengt, als hätte sie etwas im Auge, aber das Gefühl ging nicht weg. Taavi winselte und drückte sich gegen ihre Beine.

Jetzt erspähte Inari Neas Gestalt, beleuchtet von einigen Fackeln, die am Rande des Wassers in den Boden gesteckt waren. Sie trug ein Kleid aus mehreren Schichten roten und braunen Leders, das über die Erde schleifte. Die Knochenringe in ihren Ohren klapperten sanft, wenn sie den Kopf im seltsamen Rhythmus ihres Liedes schüttelte. Sie tanzte nicht, aber ihr federnder Gang über die Landzunge wirkte irgendwie feierlich. Ab und zu stampfte sie mit dem Fuß auf und die Erde schien als Antwort zu grollen.

Irgendwie wurden Inaris Schritte immer langsamer und dann blieb sie stehen, ohne dass sie eine bewusste Entscheidung darüber traf. Die Dringlichkeit, die seit Verlassen der Hütte in ihren Adern geschlagen hatte, ebbte weg. Sie wusste noch, warum sie hier war, aber es hatte keine Eile mehr.

Zum ersten Mal seit langer Zeit fühlte Inari sich nicht einsam. Der Druck auf ihrer Brust, das Gefühl, eine Gefangene in ihrem eigenen Leben zu sein, war fort. Ihr Herz schlug ruhig, Wärme erfüllte sie bis in die Fingerspitzen.

Sie war völlig zufrieden mit sich und der Welt. Geistesabwesend streichelte sie Taavi über den Kopf. Es war gut so, hier zu stehen, mitten in der Nacht, und Nea zuzuhören. Hier war sie richtig …

Plötzlich verlor sie Nea aus dem Blick. Es dauerte einen schwindelerregenden Moment, bis Inari ihre Sinneseindrücke sinnvoll zusammengesetzt hatte: der harte Druck gegen ihren Unterarm, das Peitschen von Schilf gegen ihre Schenkel, das Knirschen der Steine unter ihren wackligen Füßen, der Mondschein auf dem Dach von Savos Haus, das immer näher kam. Jemand hatte sie gepackt und zerrte sie mit sich, zurück in Richtung der Häuser. Neas Gesang hinter ihr wurde leiser, aber Inari spürte sein Auf und Ab noch in ihren Adern.

»Nein«, stieß sie atemlos aus. Sie versuchte die fremde Hand abzustreifen, aber ihre Finger fühlten sich schwer und unbeholfen an. »Nein, ich muss … ich muss sie etwas fragen …«

Der Mann vor ihr schaute sich nicht nach ihr um, als hätte er sie gar nicht gehört. Seine breitschultrige Silhouette kam Inari vage bekannt vor.

Er hielt nicht inne, bis er Inari in Savos Hof gezerrt hatte, von wo aus sie Nea weder sehen noch hören konnte. Sie sackte gegen den Wall zusammen, plötzlich völlig kraftlos.

Der Mann entzündete ihre Laterne und stellte sie neben Inari ab. Im warmen Schein bewegte er seine Hände, aber Inari fiel es schwer, sich darauf zu konzentrieren. Sie war auf einen Schlag so müde, als hätte sie seit Tagen nicht geschlafen.

Er sagte etwas, aber seine Stimme verlor sich im Echo des Lieds in Inaris Ohren. Verärgert schüttelte er sie an den Schultern und wiederholte die Gebärden. Schließlich drang die Bedeutung zu Inari durch.

»Bleib hier und halte dir die Ohren zu.«

Sie nickte und legte sich gehorsam die Hände über die Ohren. Er nickte und war gleich darauf verschwunden. Inari brauchte einen Moment, bis zu ihr durchgesickert war, warum er ihr so bekannt vorgekommen war. Es war der Schamane.

Die Erinnerung daran, weshalb sie hier war, ließ einen Funken Energie in ihr hochschießen. Die Vogelfigur für ihre Mutter. Sie musste den Schamanen darum bitten …

Bevor sie sich dazu aufraffen konnte, sich von dem Wall zu lösen und nach ihm zu suchen, tauchte er wieder aus der Dunkelheit auf. Mit beiden Händen schob er Taavi vor sich her, der die Pfoten so langsam und ungeschickt auf den Boden setzte wie ein neugeborener Welpe.

»Taavi!« Die Angst verlieh ihr einen neuen Energieschub. Sie ging in die Knie und fuhr mit ihren Fingern durch sein Fell, auf der Suche nach einer Verletzung.

Der Schamane stieß sie hart vor die Brust und deutete auf ihre Ohren.

»Ich muss erst wissen, was ihm fehlt!«, gab Inari scharf zurück. Der Mann runzelte missbilligend die Stirn.

»Er wird sich wieder erholen«, sagte er. Seine Stimme klang tonlos und blass, nachdem Inari Neas Gesang gehört hatte. »Geht nach Hause, sobald du wieder laufen kannst. Nach einer Nacht Schlaf wird es euch beiden wieder besser gehen.«

Sie hörte ihm zu, während sie weiterhin Taavi abtastete. Der Hund hatte sich vor ihr ausgestreckt und die Schnauze schwer auf ihrem Knie abgelegt. Fragen kreisten in Inaris Kopf, aber sie fischte sich die heraus, auf die es jetzt ankam.

»Ich brauche einen Seelenvogel«, sagte sie. »Meine Mutter kann ihren nicht mehr berühren.«

Er warf einen Blick über die Schulter, dorthin, wo Nea sein musste. Inari sah etwas in seinen Ohren – Wachs. Deswegen hatte er sie vorhin nicht gehört und beobachtete nun so genau ihre Lippen.

»Komm morgen wieder«, sagte er und machte Anstalten, sich abzuwenden. Inaris Hand schoss vor und schloss sich um sein Handgelenk.

»Ich habe Angst, dass sie bis dahin einschläft!« Sie starrte eindringlich in seine kalten Augen. »Bitte, segne mir jetzt einen!«

Er zögerte.

»Wo ist deine Mutter jetzt?«

»In unserer Hütte, oben beim Pass. Sie kann das Haus nicht verlassen.«

Er verzog das Gesicht und schaute wieder zurück zum See.

»Warte hier«, sagte er schließlich. »Aber es wird noch eine Weile dauern. Halt dir die Ohren zu und bleib wach, verstanden?«

Inari nickte, zu erleichtert darüber, dass er sie nicht abwies, um ihn mit weiteren Fragen zu behelligen. Er musterte sie noch einmal, schüttelte missbilligend den Kopf und verschwand dann wieder aus dem Lichtkegel der Laterne.

Inari atmete tief durch. Ihre Gedanken kamen etwas zur Ruhe, aber sie fühlten sich immer noch schwerfällig und fremd an. Sie verstand nicht, was hier geschah, aber das war auch nicht so wichtig. Hauptsache, der Schamane kam zurück und gab ihr eine neue Vogelfigur für Niska mit.

Sie drückte ihr Gesicht gegen Taavis Schnauze. Er schnaufte müde und leckte ihr einmal über die Nase.

»Er kommt bestimmt gleich wieder«, murmelte sie.

***

Der Schamane kam nicht gleich wieder.

Inari blieb zusammengekauert in Savos Hof sitzen, die Hände gegen ihre Ohren gepresst, die Arme halb auf Taavi gestützt, der längst vor sich hin schnarchte. Sie wusste nicht, ob es gut für ihn war, hier zu schlafen, wo der Schamane es ihr so vehement verboten hatte, aber das konnte sie Taavi schlecht erklären. Je klarer ihr Kopf wurde, desto mehr drückte die Angst ihr Herz zusammen. Die Erschöpfung hatte sich in jeden Muskel hineingegraben.

Irgendwann war da wieder eine Berührung an ihrer Schulter, diesmal leichter, freundlicher. Als Inari aufsah, war Nea vor ihr in die Hocke gegangen. Im Licht der Laterne sah ihr Gesicht grau aus, ihre Augen halb von schweren Lidern verhängt. Aber sie schenkte Inari ein angestrengtes Lächeln.

»Tut mir leid«, sagte sie mit ihren Händen. »Du hättest nicht herkommen sollen. Aber es wird wieder besser, ich verspreche es.«

Inari nickte müde. Es interessierte sie gerade nicht, Antworten auf ihre Fragen zu bekommen. Die Nacht war schwarz und schwer und kalt. Inari wollte nur noch nach Hause und sich vergewissern, dass es ihrer Mutter gut ging. Ein Teil von ihr war unendlich froh, dass Nea wieder ihre Hände und nicht ihre Stimme benutzte.

Nea strich ihr sanft über die Wange. Ihre Hand war so weich, wie sie aussah, und so heiß, dass Inari erschrocken Luft holte.

»Ich helfe deiner Mutter«, sagte Nea. »Zeig uns den Weg.«

Ringe

Als Inari am nächsten Morgen aufwachte, war sie zunächst verwirrt. Wieso lag sie auf einem Pelz neben der Feuerstelle und nicht in ihrem üblichen Schlafwinkel?

Verschlafen setzte sie sich auf und tastete nach ihrem Seelenvogel. Mit der vertrauten Berührung des glatt geschliffenen Entenkopfes kam die Erinnerung wieder. Inaris Blick sprang zum Haufen Decken ihr gegenüber, unter dem sie gerade noch Neas Haarschopf erkennen konnte.

»Oh«, hauchte sie. Ohne diesen Anblick hätte Inari die vergangene Nacht für einen Traum gehalten.

Nea hatte ihr Wort gehalten. Sie war zusammen mit Inari und ihrem schweigsamen Begleiter zur Hütte hochgestiegen, hatte eigenhändig einen Vogel aus einem Holzscheit geschnitzt und ihn gesegnet. Sie hatte sich nicht einmal gewundert, dass Niska ihr Zimmer nicht verließ, sondern ihr die Figur über die Türschwelle gereicht, als ob sie es jeden Tag täte.

Vielleicht tat sie es auch jeden Tag. Inari hatte bisher wenig mit den Schamanen zu tun gehabt – sie waren meist im Tal unterwegs und ließen sich selten in den Dörfern blicken. Es fiel ihr immer noch schwer zu glauben, dass die zartgliedrige Nea die Macht haben sollte, Salz und Eisen aus der Erde hochzusingen oder Knochenbrüche zu heilen. Kein Wunder, dass sie zunächst Maris, Neas Begleiter, für den Schamanen gehalten hatte.

Inari drückte ihren Seelenvogel gegen ihre Stirn und schloss die Augen.

Wie immer dauerte es eine Weile, bis sie sich wieder in ihrem Körper und der wachen Welt angekommen fühlte. Langsam setzten sich die Geschehnisse der letzten Nacht in ihren Gedanken ab.

Eine der drei Schamanen des Inkere-Tals schlief bei ihr zu Hause.

Maris hatte im Saunahäuschen übernachtet.

Niska ging es gut. Sie war gestern so lange wach geblieben, dass sie selbst der Sonnenaufgang offenbar nicht geweckt hatte.

Ihrer Mutter ging es gut.

Inari wusste nicht, was sie denken oder fühlen sollte. Sie wusste nicht einmal, ob sie genug Essen für alle im Haus hatte.

Aber das war etwas, worum sie sich kümmern konnte.

Inari stand auf und zog sich leise an. Nea rührte sich nicht. Als Inari die Feuerstelle inspizierte, öffnete sich der Vorhang zu Niskas Zimmer einen Spaltbreit und ihre Mutter spähte heraus.

»Ich mache Haferbrei«, flüsterte sie, bevor Inari etwas sagen konnte. »Hol du neues Holz und schau, ob du auf die Schnelle Brombeeren finden kannst. Oh, und frisches Wasser!«

Niska redete ruhig und entschlossen, ihre Augen funkelten voller Energie. Inari musste lächeln. Es war lange her, dass sie ihre Mutter so voller Tatendrang gesehen hatte.

Inari machte sich an die Arbeit. Draußen war es schon hell und Taavi lief ihr mit einem freudigen Bellen entgegen. Er war es nicht gewohnt, dass sie so spät aufstand. Sie wuschelte ihm durchs Fell, froh, dass er sich offenbar wieder besser fühlte. Die seltsame Erschöpfung der Nacht schien restlos verflogen zu sein.

Als Inari Wasser holen wollte, kam Maris aus dem Saunahäuschen. Mit den abstehenden grauen Haaren und seinem durchdringenden Blick sah er aus wie ein zerzauster Uhu. Inari lächelte in ihren Schal hinein. Seit sie wusste, dass er nicht der Schamane war, fand sie ihn nur noch halb so einschüchternd.

»Lass mich das machen«, sagte er ohne einen Gruß und nickte in Richtung des Eimers in ihrer Hand. »Wenn wir schon eure Gastfreundschaft in Anspruch nehmen, sollten wir uns auch nützlich machen.«

Er streckte die Hand aus und Inari reichte ihm widerspruchslos den Eimer. In ihrem Kopf stiegen all die Fragen auf, die sie heute Nacht noch verdrängt hatte, laut und chaotisch wie ein Mückenschwarm.

»Warum denken alle im Dorf, dass du der Schamane bist?«, fragte sie.

»Niemand traut sich zu fragen. Mich finden sie offensichtlich eindrucksvoller als Nea«, sagte er trocken. »Die, die es wissen müssen, wissen Bescheid.«

»Und was bist du, ihr Leibwächter?«

»Wenn es nötig ist. Ich tue alles, wozu sie mich braucht.« Taavi stupste Maris mit der Nase an und der Mann kraulte ihn geistesabwesend, bevor er mit dem Eimer in Richtung des Flusses aufbrach. Nach einem fragenden Blick zu Inari lief Taavi ihm hinterher.

Später war noch Zeit für Fragen, sagte sich Inari. Sie holte Holzscheite herein und brachte das Feuer in Gang. Nea war inzwischen aufgewacht. Sie hatte dunkle Schatten unter den Augen und schien zu frieren. Inari bot ihr an, einen Tee zu kochen, aber das Mädchen winkte ab.

»Ich kümmere mich um das Feuer«, sagte sie mit ihren Händen und nahm Inari den Schürhaken ab. Als Nea an ihr vorbeitrat, das Beerenfell dicht um sich gerafft, stieg Inari eine seltsame Mischung aus Honigduft und Moor in die Nase. Der Geruch kribbelte in ihrer Nase. Er war ungewohnt, aber nicht unangenehm, so wie alles an der Schamanin.

Auf dem Weg in den Wald fand Inari einen frischen Strauß Schneeschellen auf dem Hackklotz. Sie spähte in den Nebel zwischen den Bäumen, aber Aleksi war nirgends zu sehen. Mit einem Seufzen machte sie sich auf die Suche nach Brombeeren.

Kurze Zeit später saßen sie alle in der Hütte und löffelten Haferbrei mit Brombeer-Kissel – Inaris Lieblingsnachtisch, heiß, dickflüssig und süß. Niska entschuldigte sich wiederholt für das karge Frühstück, aber Nea lächelte und versicherte ihr, dass es völlig ausreichend wäre. Das Kissel schien ihr besonders zuzusagen. Sie hatte ihre Portion schneller aufgegessen, als Inari ihren Haferbrei, und Maris überließ ihr ohne ein Wort den Rest.

Während des Frühstücks versuchte Inari all die Fragen zu sortieren, die in ihrem Kopf summten. Aber bevor sie dazu kam, auch nur eine davon zu stellen, riss Niska das Gespräch an sich.

»Es ist so schön, dich endlich zu treffen!«, sagte sie und lächelte Nea warm an. Sie saß auf dem Boden an der Türschwelle, die Beine angezogen wie ein Kind. Weder Nea noch Maris fragten, warum sie ihr Zimmer nicht verließ. »Als du noch ganz klein warst, habe ich Suvi vorgeschlagen, dich und Inari mal zusammen spielen zu lassen, aber sie war leider so viel unterwegs. Sonst hättet ihr euch schon viel früher kennengelernt!«

Nea gab einen vage zustimmenden Laut von sich. Sie leckte den Rand des Tellers ab, um mit ihrer Zunge noch den letzten Rest Kissel einzusammeln. In diesem Moment sah sie wirklich nicht wie eine Schamanin aus.

Inari blickte von Nea zu ihrer Mutter und wieder zurück. Erst jetzt verstand sie Niskas Freude über den unerwarteten Besuch.

»Suvi war deine Mutter?«, fragte sie Nea. Die Schamanin sah endlich von ihrem Teller auf, als hätte etwas an Inaris Tonfall sie neugierig gemacht. Es war immer noch bizarr, sie in Inaris Zuhause zu sehen, müde und fröstelnd und so vernascht wie ein gewöhnlicher Mensch. Sie nickte und stellte den Teller endlich beiseite, um mit ihren Händen sprechen zu können.

»Sie ist vor sieben Jahren gestorben«, sagte sie und fügte mit einem entschuldigenden Lächeln zu Niska hinzu: »Ich fürchte, sie hat dich nie erwähnt.«

»Ah.« Niska senkte den Blick und lächelte mit einem Anflug Bitterkeit. »Das ist typisch Suvi. Sie hatte immer nur ihre eigenen Pläne im Kopf, da war kein Platz für andere Menschen.«

»Sie musste an uns alle denken«, wandte Maris kühl ein. Niska sah erschrocken auf.

»Nein … natürlich, ich wollte nicht …«

Nea hob eine Hand, um ihre gestammelten Entschuldigungen zu unterbrechen.

»Du hast völlig Recht«, sagte sie. Ihr Lächeln wirkte etwas angespannt, aber es lag keine Wut in ihren Augen. »Meine Mutter hat noch ihren letzten Atemzug für die Lumi geopfert. Aber das machte sie nicht zu einer guten Freundin.«

Oder einer guten Mutter, meinte Inari herauszuhören. Aber Niska war das Thema sichtlich unangenehm geworden und sie schwenkte rapide um.

»Wollt ihr nicht unserer Sauna einen Besuch abstatten?«

***

Maris half Inari dabei, das Feuer unter den Steinen zu entfachen und so lange Holzscheite nachzulegen, bis der heiße Qualm den ganzen Saunaraum erfüllte. Dann ließen sie den Rauch über eine Luke im Dach ab. Normalerweise hätte Inari die Sauna länger vorbereitet, um die nötige Hitze aufzubauen, aber für heute musste das genügen.

Maris lehnte es ab, zusammen mit Inari und Nea hineinzugehen, und zog es vor, Niska Gesellschaft zu leisten. Inari war sich nach dem scharfen Wortwechsel beim Frühstück nicht sicher, ob das eine gute Idee war, aber Niska schien keine solche Bedenken zu haben und winkte sie aus der Tür.

Die Sauna empfing sie mit dicker weicher Hitze. Inaris Haare klebten ihr sofort an den Schläfen und am Nacken, wo sie sie zu einem losen Knoten zusammengebunden hatte. Während sie mit einer Kelle Wasser über die heißen Steine goss, streckte Nea sich auf einer der Bänke aus, die sich an den Wänden des Häuschens entlangzogen. Inari hatte ihr einen Untersatz angeboten, aber sie hatte den Kopf geschüttelt. Der Ruß, der sich über Jahre auf den Holzbänken und an den Wänden festgesetzt hatte, zeichnete Muster auf ihre helle Haut.

Inari setzte sich ihr gegenüber und atmete den intensiven Duft des Holzfeuers tief ein. Die Reste der Anspannung der vergangenen Nacht schienen mit dem Schweiß ihren Körper zu verlassen. Mit einem leisen Seufzen rollte sie die Schultern.

Nea drehte den Kopf und sah zu ihr herüber. Im feuchtwarmen Dunkel wirkten ihre Augen groß und hell.

»Du hast Fragen«, sagte sie mit einer trägen Bewegung der Hände. »Du kannst sie ruhig stellen.«

Jetzt, wo sie endlich ihre Chance hatte, wusste Inari nicht, wo sie anfangen sollte. Geistesabwesend strich sie sich Schweißtropfen von der Oberlippe und versuchte Neas völlig narbenfreien Körper nicht allzu offensichtlich anzustarren.

»Warum sprichst du mit den Händen, wenn du deine Stimme und dein Gehör benutzen kannst?«, fragte sie schließlich das Erste, was ihr einfiel.

»Um meine Stimme zu schonen.« Ein sanftes Klopfen gegen ihre Kehle. »Es ist sehr anstrengend, die halbe Nacht ohne Unterlass zu singen.«

Die Erinnerung an den seltsam anziehenden Sprechgesang sandte Schauder über Inaris Rücken.

»Was war das, was du da gesungen hast?«

»Das Lied der Toten. Es muss kontinuierlich ertönen, damit sie nicht wieder zu reglosen Leichen werden.«

Inari starrte sie an. Sie verstand nicht, wie Nea so gelassen darüber reden konnte. Ihr Gesicht war völlig entspannt, die Augen geschlossen.

»Aber ... jetzt singst du nicht«, sagte sie vorsichtig.

Nea schnaubte amüsiert.

»Wie soll ich auch jahrelang den ganzen Tag singen, ohne zu essen, ohne zu schlafen?« Sie schüttelte kurz ihre linke Hand, an der sie weiterhin einen Knochenreif trug, obwohl sie alles andere an Kleidung und Schmuck abgelegt hatte. »Wir sind doch zu dritt. Jetzt gerade ist Alya dran, danach Pekko. Wenn mein Reif warm wird, weiß ich, dass ich an der Reihe bin.«

Inari lehnte sich unwillkürlich vor, um den Reif näher zu betrachten. Nea streckte ihr die Hand entgegen und wackelte auffordernd mit den Fingern. Zögernd griff Inari danach.

»Deine Haut ist immer so heiß!«, rief sie aus, halb erschrocken, halb erstaunt.

Nea lachte auf, zog ihre Hand aber nicht zurück, um etwas zu erwidern. Inari ließ ihre Finger langsam über den Reif streichen. Er fühlte sich völlig gewöhnlich an, glatt geschliffen, hautwarm. Als Inari einen Finger zwischen den Reif und Neas Handgelenk schieben wollte, schaffte sie es nicht.

»Du kannst ihn nicht abnehmen? Wie hast du ihn überhaupt je überziehen können?«

Nea öffnete die Augen und wand ihre Hand sanft aus Inaris Griff.

»Als ich ihn bekommen habe, waren meine Hände kleiner«, sagte sie und spreizte die Finger prüfend vor ihrem Gesicht, wie um sie gegen ihre Erinnerung abzuwägen.

»Wann war das?«, fragte Inari zögernd, nicht sicher, ob sie die Antwort hören wollte.

»Ich war elf Jahre alt.« Inari holte scharf Luft, aber Nea kam ihrer Empörung zuvor. »Es gab keinen anderen Weg. Es muss immer mindestens drei Schamanen geben, damit das Lied gesungen wird und die Toten nicht verloren gehen. Meine Mutter lag im Sterben und ich war die Einzige, die ihre Nachfolge antreten konnte.«

»Was ist mit deinem Vater? Hatte er nichts dagegen, dass du so jung Schamanin wirst?«

»Ich habe keinen Vater. Zumindest keinen, den ich kenne. Meine Mutter hatte viele Männer, ich weiß nicht mal, ob sie wusste, wer er ist. Wahrscheinlich ist er ohnehin an der Seuche gestorben.«

Ihr Gesicht war weiterhin gelassen und verriet nichts von ihren Gefühlen. Inari hätte gern ihren Tonfall bei diesen Worten gehört.

»Das tut mir leid«, sagte sie leise.

Nea zuckte mit den Schultern.

»Ich wusste, worauf ich mich einlasse«, sagte sie, ohne Inari anzusehen. »Ich war dabei, als meine Mutter und die anderen das Ritual durchführten. Ich habe die ersten Toten wieder aufstehen sehen.« Jetzt zuckte doch ein gequälter Ausdruck über ihr Gesicht, aber ihre Hände hielten nicht inne. »Meine Mutter hat zeit ihres Lebens daran geglaubt, dass es einen Weg geben muss, die Toten wieder ganz ins Leben zurückzuholen – mit Körper und Seele. Ich habe lange gehofft, dass ich das auch für sie tun könnte. Aber so funktioniert es nicht.«

Inari biss sich einen Moment lang auf die Unterlippe. Sie dachte wieder an die Schneeschellen.

»Bist du dir da sicher?«

»Wir haben schon alles probiert«, sagte Nea, der Mund eine dünne farblose Linie. »Die Seelen sind außerhalb unserer Reichweite.«

Inari dachte an Aleksis Blick, an die Art, wie er sich zunehmend entspannt hatte, während sie ihm vorsang.

»Mein Vater besucht mich«, sagte sie, bevor sie es sich anders überlegen konnte. »Er ist seit acht Jahren tot, aber seit vorgestern kommt er her und hinterlässt uns Blumen. Warum sollte er das tun, wenn er eine seelenlose Hülle ist?«

Neas Blick bohrte sich in Inaris.

»Bist du dir sicher, dass er es ist?«, fragte sie. »Kein Streich? Kein heimlicher Verehrer?«

»Ich habe ihn schon mehrmals hier im Wald gesehen. Die anderen Toten bleiben doch immer nur auf ihren Wachposten, oder?«

Nea setzte sich auf. Die Gelassenheit war aus ihrer Haltung verschwunden, ihr Körper war angespannt wie eine Bogensehne.

»Wo hast du ihn das erste Mal gesehen?«

»Im Totenhain«, antwortete Inari. Die Erinnerung ließ sie erschaudern.

»Würdest du mit mir dorthin zurückkehren?«, fragte Nea.

Inaris Hände verkrampften sich um den Rand der Holzbank, auf der sie saß. Sie wollte nicht wieder vor den Birken stehen und ihre seltsame Ausstrahlung spüren. Aber sie konnte sich auch nicht zu Hause verkriechen, während Nea herauszufinden versuchte, was mit Aleksi passiert war.

Inari musste Gewissheit haben.

Sie nickte.

***

Nachdem sie Schweiß und Ruß von ihrer Haut gespült und sich wieder angezogen hatten, brachen sie auf. Maris wollte mitkommen, aber Nea hatte den Kopf geschüttelt. Taavi begleitete sie, froh, dass sie endlich den morgendlichen Streifzug durch den Wald nachholten.

Inari nahm den etwas längeren Weg zum Totenhain, um ihre Fallen zu prüfen. Sie waren alle leer, keine war ausgelöst worden.

Nea sah ihr Stirnrunzeln und fasste sie leicht am Ellbogen.

»Hast du noch mehr tote Tiere gefunden?«, fragte sie.

»Ein paar.« Inari setzte den Weg fort, achtete aber darauf, Nea nicht zu überholen. Auch wenn die Schamanin ihre Stimme hörte, kam es Inari ungerecht vor, sich ihrer Antwort zu entziehen, indem sie ihr den Rücken zuwandte. »Aber das beunruhigt mich nicht so sehr wie die geringe Anzahl an Spuren, die ich finde. Es gibt einfach weniger Tiere im Wald als früher – als hätten sie alle die Flucht ergriffen. Und du hattest Recht, es kommen auch weniger zur Welt. Die Vogelnester, die ich in den letzten Monaten gesehen habe, hatten alle nur ein oder zwei Eier.«

»War es schon früher so?« Nea hatte keine Mühe, mit Inari Schritt zu halten, obwohl sie kürzere Beine hatte. Sie hatte sich von Inari grobe Wollhosen und eine grüne Tunika ausgeliehen, die sie auf einen Schlag gewöhnlicher aussehen ließen. Wenn sie nicht mit Inari redete, warf sie Taavi Stöckchen oder riss etwas Moos von den Bäumen, um daran zu riechen. Inaris Blick wanderte immer wieder zum unscheinbaren Reif um ihr Handgelenk.

»Ich glaube nicht«, antwortete sie. »Der Herbst kam dieses Jahr sehr früh. Vielleicht sind die Tiere bloß schlauer als wir und ziehen dorthin weiter, wo es mehr zu essen gibt.«

Nea zuckte mit den Schultern.

»Die Tiere hält niemand im Tal fest.«

Inari hielt inne, um eine weitere Falle zu überprüfen. Taavi nutzte die Gelegenheit und trank laut schlabbernd aus einem Bach.

»Glaubst du wirklich, dass die Vivaara noch da draußen auf uns warten?«, fragte sie. »Wir haben sie seit Jahren nicht mehr an den Grenzen gesehen.«

»Natürlich.« Nea zögerte nicht einmal mit ihrer Antwort. »Sie hassen uns. Sie sind bloß vorsichtiger geworden.«

Inari runzelte die Stirn und richtete sich wieder auf.

»Nicht alle hassen uns«, widersprach sie, in Gedanken bei Mikael und Kerttu. Sie hatten oft über die schmerzvolle Geschichte der Lumi und Vivaara gesprochen. »Und selbst wenn das mal der Wahrheit entsprochen hat, woher willst du wissen, ob das noch immer stimmt? Sie haben uns ins Tal getrieben, ja, aber vielleicht wollten sie bloß verhindern, dass sich die Seuche weiter ausbreitet – um ihre eigenen Familien zu schützen. Das ist kein Hass, sondern Angst.«

Neas Augen verengten sich.

»Sie haben behauptet, die Seuche sei eine Strafe ihrer Rabengöttin für unsere Magie! Sie hassen uns, weil wir eine Verbindung zum Land und zu den Geistern besitzen, die sie nicht einmal verstehen können!«

»Ach, hat das deine Mutter gesagt?«, fragte Inari schärfer als beabsichtigt.

»Du hast keine Ahnung von meiner Mutter!« Neas Hände schnitten mit so viel Nachdruck durch die Luft, dass Inari unwillkürlich zurückwich. »Wer schwach ist, macht sich angreifbar – so einfach ist das! Das Tal und die Magie sind unsere einzigen Stärken! Wo wärst du jetzt, wenn die Toten uns nicht beschützen würden?«

Inari holte tief Luft und zwang sich, ihre Wut mit ihrem Atem ausströmen zu lassen. Sie hatte das Gefühl, Mikael und Kerttu beschützen zu müssen, dabei kannte Nea die beiden vermutlich nicht einmal. Alle schimpften über die Vivaara. Das war es nicht wert, darüber zu streiten, nicht jetzt.

»Es ist nicht mehr weit«, sagte sie schließlich, statt auf Neas Vorwurf einzugehen, und ging voran. Sie war nicht weit gekommen, als Nea zu ihr aufholte und sie leicht am Arm berührte – es fühlte sich an wie eine wortlose Entschuldigung.

***

Als der Hain in Sicht kam, wurden Inaris Schritte unwillkürlich langsamer. Sie spürte wieder die Schwere der Luft, als würde sie Moorwasser einatmen. Der Wald verstummte um sie herum. Obwohl der Himmel grau war, schien die Gruppe von Birken vor ihnen in einem eigenen Licht zu erstrahlen.

Als sie stehen blieb, kaum zwei Schritte vom Waldrand entfernt, tat Nea es ihr gleich.

»Es war hier«, sagte Inari und wechselte dann instinktiv zur Sprache ihrer Hände, als wäre es respektlos, die Stille dieses Ortes zu stören. »Taavi ist auf den Hain zugelaufen und ich bin ihm gefolgt. Und dann kam mein Vater zwischen den Bäumen hervor.«

Nea kraulte Taavi zwischen den Ohren, der abwartend zwischen ihnen hin- und hersah.

»Er hatte keine Angst vor deinem Vater?«, fragte sie.

»Nein. Er hat gebellt, als würde er ihn begrüßen.« Inaris Blick hing an den Baumstämmen, als würde Aleksi gleich wieder zwischen ihnen hervortreten. Der helle Schimmer schien sich auszuweiten, bis er ihr ganzes Gesichtsfeld ausfüllte.

Nea berührte sanft ihre Hand. Inari zuckte zusammen und sah sie an, hektisch blinzelnd, um die sumpfige Benommenheit aus ihrem Kopf zu vertreiben.

»Ich gehe jetzt hinein«, sagte Nea und nickte in Richtung des Hains. »Ich möchte, dass du mit mir kommst. Schaffst du das?«

Eine seltsame Frage, fand Inari, aber Neas Blick war forschend, ernst.

»Ist es sicher für mich? Als Nicht-Schamanin?«

»Ja. Aber vorsichtshalber ...« Nea schob ihre Finger zwischen Inaris und warf ihr ein schiefes Lächeln zu. Die Hitze ihrer Hand war beruhigend. Inari drückte sie unwillkürlich.

Sie befahl Taavi am Waldrand zu warten und dann gingen sie los. Obwohl die Entfernung zum Hain beim letzten Mal unüberwindbar erschienen war, standen sie jetzt nach nur wenigen Schritten vor dem ersten Baum. Um den zweiten linken Ast von unten war ein weißes Band geschlungen worden. Die Position verriet, in welchem Verhältnis zum Toten derjenige gestanden hatte, der ihn verabschiedet hatte – hier war eine Schwester verabschiedet worden. Der Name, der sorgfältig in die Rinde geritzt war, lautete Aamu.

»Ich erinnere mich«, sagte Inari leise. »Sie ist im vorletzten Sommer gestorben, Blutvergiftung.«

Nea gab ein nachdenkliches »Hmm« von sich, das unter Inaris Haut zu summen schien. Sie berührte die Birkenrinde sacht mit ihren Fingerspitzen, bevor sie Inari weiterzog.

Sie gingen tiefer in den Hain hinein. Die Stille folgte ihnen, aber Inari fand sie nicht mehr so bedrückend wie am Anfang. Hier erschien sie ihr fast schon friedlich. Sie achtete darauf, auf keine der Schneeschellen zu treten, die hier zahlreich wuchsen.

Nea war bisher vorausgegangen, aber jetzt wurde sie langsamer und überließ es Inari, den Weg zu wählen. Alles in ihr sträubte sich dagegen, den Seelenbaum ihres Vaters aufzusuchen, aber sie wusste auch, dass sie dort die Antworten finden konnte, die sie suchte. Falls es tatsächlich eine Chance gab, Aleksi zurückzubekommen, durfte sie sich nicht von ihrer Angst zurückhalten lassen.

Obwohl es im Hain keine Pfade gab und die Bäume sich ähnelten, fand Inari den Weg ohne Zögern. Dabei war sie nur einmal da gewesen, am Tag nach der Totenwache, als sie den Seelenvogel ihres Vaters hierher gebracht und zu Füßen der Birke vergraben hatte. Ronna hatte sie begleitet, als Vertreterin ihrer Mutter, und das weiße Band um den niedrigsten rechten Ast gewickelt.

Vater.

Inari erinnerte sich ganz genau an seinen Seelenbaum, an den Namen, den sie mit zitternder Hand eingeritzt hatte.

Sie erinnerte sich nicht an den handbreiten Streifen Rinde, der unten am Stamm fehlte.

Nea blieb stehen und starrte den Baum an.

»Das war nicht so, als ich das letzte Mal hier war«, sagte Inari. Der Anblick des dunklen Streifens traf sie wie der Schock, nach der Sauna in den kalten Fluss zu springen.

Sie ließ Neas Hand los und ging einmal um den Baum herum. Der Streifen fehlender Rinde zog sich einmal um den ganzen Stamm. Inari berührte die Stelle vorsichtig mit einem Finger. Nicht nur die Rinde fehlte, auch die darunter liegende Schicht war abgetragen worden.

»Das hat jemand mit einem Messer getan«, sagte sie ungläubig. »Jemand ist hergekommen und hat gezielt einen Ring Rinde weggeschnitten. Wieso?«

Neas Gesichtsausdruck war grimmig.

»Um den Baum zu töten.« Ihre Handbewegungen waren abrupt, wütend. »Sieh dir die Blätter an. Dieser Baum stirbt.«

Inaris Atem stockte. Nea hatte Recht. Obwohl alle anderen Birken volle Baumkronen mit grünen Blättern trugen, waren sie an dieser teilweise braun angelaufen und hingen kläglich herab.

Der Anblick war so falsch, dass Inari einen langen Moment nur starren konnte. Der Totenhain war die heiligste Stätte der Lumi – ewig, unberührbar, ein Denkmal für die Toten und die Traditionen des Clans. Dass ihn jemand gezielt geschändet hatte, wollte sich nicht in Inaris Kopf fügen.

»Was heißt das?«, fragte sie schließlich atemlos. »Was bedeutet das für meinen Vater?«

Nea presste die Lippen zusammen, antwortete aber nicht. Ihr Kopf fuhr plötzlich nach oben, als hätte sie ein Geräusch gehört. Mit zusammengekniffenen Augen starrte sie hoch in die Baumkronen. Dann stürmte sie los.

»Nea?«

Inari warf noch einen letzten Blick auf den Seelenbaum ihres Vaters, folgte dann aber der Schamanin, aus Angst, sie im Hain sonst nie wiederzufinden.

Nea lief nicht weit. Inari fand sie vor einer weiteren Birke, diesmal etwas jünger, mit dem Namen einer Großmutter, den sie nicht sofort zuordnen konnte. Aber Nea beachtete den Namen gar nicht. Als Inari ihrem Blick folgte, verstand sie warum.

Auch diese Birke war geringelt worden. Hier waren es nur wenige Blätter, die das Sterben des Baumes verrieten, aber genug, um sich von der sonstigen unberührten Frühlingspracht abzuheben.

Inari trat neben Nea und versuchte ihren Blick aufzufangen. Aber die Schamanin wandte sich wortlos ab und lief weiter.

Sie fanden zwei weitere sterbende Bäume. Alle Wunden schienen etwa gleich alt zu sein, als wäre jemand eines Tages mit einem Messer in den Hain marschiert und hätte wahllos Rinde abzuschälen begonnen. Inari erkannte kein Muster in den Namen, den Todesdaten, den Orten der Bäume: ihr Vater, Ronnas Ehemann Leevi, die alte Mila, Kerttus und Mikaels Schwester Elsa. Zu Lebzeiten hatten sie kaum etwas miteinander zu tun gehabt. Doch irgendjemand hatte ein Band der Gewalt zwischen ihnen geknüpft.

»Gibt es nichts, was wir tun können?«, fragte sie Nea, als sie wieder an Aleksis Baum zurückgekehrt waren.

Nea schüttelte den Kopf.

»Eine wichtige Verbindung zwischen den Blättern und den Wurzeln ist unterbrochen. Es kann Jahre dauern, aber der Baum wird sterben.«

Sie lehnte ihre Stirn gegen die Birke und schloss die Augen, als würde sie auf den stotternden Herzschlag eines sterbenden Menschen horchen.

Inari hatte immer noch Schwierigkeiten, Atem zu holen. Der Boden schien ins Wanken geraten zu sein. Sie wusste, dass sie wütend sein sollte, aber sie konnte einfach nicht glauben, dass das hier tatsächlich geschah. Der Totenhain war unantastbar. Wie konnte jemand die Hand gegen diese Bäume erhoben haben?

»Meinst du, er hat es selbst getan?«, fragte sie schließlich und starrte Aleksis Namen an. »War er deswegen hier? Ist das … ich weiß nicht, eine Botschaft?«

Nea atmete lang gezogen aus, ein halbes Seufzen. Dann zuckte sie die Schultern. Zum ersten Mal, seit Inari sie kannte, schien sie so erschöpft zu sein, wie es die Schatten unter ihren Augen vermuten ließen. Inari hatte das Bedürfnis, ihr stützend unter den Arm zu greifen, aber sie wagte es nicht. Doch der Anblick half ihr über ihren ersten Schock hinweg. Sie war immer stärker, wenn sie für jemand anderen da sein musste.

»Lass uns zurückgehen«, sagte sie und bemühte sich um einen gefassten Tonfall. »Taavi langweilt sich ohne uns. Und ich weiß nicht, ob ich Maris und meiner Mutter so unbeaufsichtigt traue.«

Diese Bemerkung ließ zumindest ein leichtes Lächeln über Neas Gesicht huschen. Sie löste sich von dem Baum, setzte sich aber noch nicht wieder in Bewegung.

»Du darfst niemandem davon erzählen«, sagte sie und sah Inari eindringlich an. »Nicht einmal deiner Mutter. Versprich es mir.«

Inari runzelte die Stirn.

»Wieso nicht? Das hier geht uns alle an. Wir müssen herausfinden, wer das getan hat, und ihn aufhalten, bevor er noch mehr Bäume tötet! Das hier ist …« Sie suchte nach Worten und fand keine, die dem Verbrechen gerecht wurden. »Der Hain ist das Heiligste, was wir haben!«

»Ja, und das muss er auch bleiben!« Nea trat näher auf sie zu. »Wenn die anderen erfahren, dass der Hain geschändet wurde, könnten wir alles verlieren!«

»Alles …?«

»Das Tal, Inari! Wir könnten das Tal verlieren!« Nea nahm ihre Hände und drückte sie fest. Sie bewegte ihre Lippen, ohne dass ein Ton herauskam, aber Inari erkannte die Worte: Versprich es.

Sie verstand Neas Eindringlichkeit nicht, aber die Angst in ihren Augen war eindeutig. Inari nickte.

»Ich verspreche es.«

Jemand zum Festhalten

Inari hielt ihr Wort. Obwohl es sie danach drängte, nach demjenigen zu suchen, der die Seelenbäume geringelt hatte, unternahm sie in den nächsten Tagen nichts und erzählte niemandem davon. Es war besonders schwer, Ronna gegenüber nichts zu sagen, die sie jedes Mal herzlich grüßte, wenn Inari ins Dorf kam. Doch sie schwieg und wartete.

Im Kopf ging sie die Verbindungen zwischen den Toten wieder und wieder durch – warum Aleksi, warum Leevi, warum Elsa …? Gab es überhaupt ein Muster oder richtete sich die Gewalt gegen die Lumi an sich? Aber was versprach sich der unbekannte Angreifer davon? Hatte Savo doch recht und die Vivaara waren irgendwie ins Tal eingedrungen? Aber warum war dann auch der Seelenbaum von Mikaels und Kerttus Schwester geschändet worden?

Inari stellte keine Nachforschungen an, weil sie Nea etwas schuldete und ihr Wort gegeben hatte, aber sie hatte ihr nicht versprochen, die Suche nach ihrem Vater einzustellen. Sie hatte Aleksi seit seinem Todestag nicht mehr gesehen. Nur die Schneeschellen, die sie gelegentlich vor dem Haus fand, halfen gegen die nagende Angst, dass sie ihren Vater wieder verloren hatte. Aber es brachte nichts, die Nacht am Fenster zu verbringen und den Wald zu beobachten, in der Hoffnung, Aleksi dabei zu erwischen, wie er die Blumen hinterließ. Er schien Inari zu meiden.

Aber das akzeptierte sie nicht.

Bei ihrem nächsten Besuch erbat sie sich von Ronna einige Piroggen, aß sie diesmal jedoch nicht selbst. Stattdessen legte sie die Teigtaschen in der Nähe ihres Hauses aus, unerreichbar für Taavi und hoffentlich auch für andere Vierbeiner. Aleksi hatte süße Piroggen geliebt. Sie pflückte außerdem Haselnüsse, die ihr Vater ebenfalls gern gegessen hatte, und verteilte sie dort, wo sie früher mit ihm spazieren gegangen war, zusammen mit Strähnen ihres Haares. Am Waldrand vor dem Totenhain legte sie die beiden Würfel hin, die Aleksi immer bei sich getragen hatte, die Knochenkanten abgerundet durch viele Jahre, die sie durch Menschenhände gegangen waren.

Inari kam es vor, als würde sie durch den Wald gehen und unter jeden Stein ein Stück ihres Herzens legen. Alles, um ihren Vater daran zu erinnern, wer er war und wo er hingehörte.

Niska sprach sie mehrmals auf ihr seltsames Verhalten an, aber Inari wich ihr aus. Sie wollte ihrer Mutter keine Hoffnungen machen, solange sie sich nicht sicher war, dass sie Aleksi zu ihnen zurückbringen konnte. Und ein Teil von ihr hatte Angst, dass der Schock darüber, ihrem toten Ehemann wieder gegenüberzustehen, Niska noch tiefer in ihr Schneckenhaus treiben würde. Und wer wusste, ob sie dann noch mal daraus hervorkommen würde?

***

Vier Tage nach der Entdeckung der geringelten Bäume kam Inari mit zwei Moorhühnern und einem glücklichen Taavi von der Jagd zurück und fand Kerttu vor ihrem Haus vor.

»Und ich dachte schon, du wohnst jetzt im Wald«, sagte sie trocken und erhob sich geschmeidig aus dem Schneidersitz, in dem sie auf dem Hackklotz gesessen hatte. Während sie sich streckte und ihre Mähne dunkelbrauner Locken ausschüttete, konnte Inari nur starren.

»Was machst du hier?«, fragte sie schließlich und war stolz darauf, dass ihre Stimme relativ fest klang. Kerttu war genug von sich selbst überzeugt, auch ohne zu merken, dass allein ihr Anblick Inaris Knie schwach werden ließ.

»Ich betöre deine Mutter mit Liebesliedern vor ihrem Fenster.« Kerttu grinste. »Wonach sieht es denn aus? Ich warte auf dich, Hühnchen.«

Der Kosename ließ Wut in Inaris Bauch hochkochen und goss neue Entschlossenheit in ihren Körper. Sie stapfte an Kerttu vorbei, ohne ihr mehr als einen kühlen Blick zuzuwerfen.

»Ich rede nicht mit dir, wenn du nicht mal meinen Namen kennst. Oder besser noch: Ich rede überhaupt nicht mit dir.«

Taavi sah verwirrt von ihr zu Kerttu. Er hatte sie eigentlich sehr gern, aber Inaris abweisender Tonfall und ihre Körperhaltung waren eindeutig und so blieb er an ihrer Seite, statt den Besuch zu begrüßen.

»Das solltest du aber vielleicht, wenn du meine Hilfe willst«, sagte Kerttu, gerade als Inari die Tür aufreißen wollte. Irritiert warf sie einen Blick über ihre Schulter zurück. Kerttu hatte die Arme vor der Brust verschränkt und den Kopf leicht schief gelegt, eine einzige Herausforderung.

»Ich will deine Hilfe nicht«, sagte Inari gepresst.

»Das klang bei Mikael aber ganz anders.«

Natürlich hatte er seiner Schwester von Inaris Bitte erzählt. Er könnte kein Geheimnis vor ihr hüten, selbst wenn sein Leben davon abhinge.

Inari maß Kerttu einmal langsam von Kopf bis Fuß, ohne es zu verbergen. Sie war eine Vivaara durch und durch – cremige Haut, ein rundes Gesicht, tiefbraune Augen unter dicken Augenbrauen, eine kurvenreiche Figur. Die Seuche hatte ihr Gesicht gezeichnet, aber auch die Narben auf ihren Wangen machten sie nicht weniger anziehend. Sie war ein Jahr jünger als Inari, stur, launisch und furchtlos. Unter Inaris Blick stützte sie einen Arm in die Hüfte und hob spöttisch die Augenbrauen: Gefällt dir, was du siehst?

Inari ging ins Haus und warf die Tür hinter sich zu.

Niska hielt im Deckenflicken inne, als sie Inaris brodelnden Gesichtsausdruck sah.

»Ist alles in Ordnung?«, fragte sie vorsichtig.

Inari antwortete nicht sofort. Sie stellte ihren Bogen und den Köcher ab. Sie hängte die toten Vögel an eine Leine, die sich durch die zwei Zimmer zog und erlaubte, etwas zwischen ihnen auszutauschen, ohne dass es den Boden berührte. Sie leerte verschiedene Kräuter, Beeren und Pilze aus ihrer Tasche. Sie löste ihren Zopf auf und flocht ihn wieder neu.

»Ich gehe noch mal weg«, sagte sie schließlich und konnte den resignierten Tonfall nicht aus ihrer Stimme verbannen.

Niska hob nur fragend die Augenbrauen.

»Kerttu ist hier«, gab Inari widerwillig zu.

»Oh.« Ihre Mutter wandte sich schnell wieder ihrer Flickarbeit zu. Sie hatte mehr als einmal deutlich gemacht, dass sie Kerttu keine gute Gesellschaft für Inari fand, aber sie wusste, dass sie ihrer Tochter keine Vorschriften machen konnte.

Inari seufzte.

»Es ist nicht … Ich muss nur etwas mit ihr klären.« Sie wusste nicht, warum es wie eine halbherzige Lüge klang, obwohl sie tatsächlich nicht vorhatte, wieder an ihre Beziehung mit Kerttu anzuknüpfen.

»Dann viel Erfolg«, sagte Niska bedacht.

Irritiert stapfte Inari wieder nach draußen.

Natürlich hatte Kerttu die Zeit genutzt, um Taavi um den Finger zu wickeln. Als Inari rauskam, lag der große Hund gerade auf dem Rücken, alle vier Pfoten in die Höhe gereckt wie ein Welpe, und wand sich zufrieden unter Kerttus Krauleinheiten. Er hechelte Inari fröhlich entgegen, völlig ohne Schuldbewusstsein.

»Zumindest einer hier freut sich, mich zu sehen«, kommentierte Kerttu, ohne Inari anzusehen.

»Du willst mir helfen? Dann komm, wir verschwenden Sonnenlicht.«

Kerttu drehte den Kopf zu Inari herum, nur damit diese sehen konnte, wie sie mit den Augen rollte.

»Ich habe deinen Charme vermisst, Hühnchen.«

Inari stieß die Zähne zusammen.

»Komm mit und sei still.«

Sie drehte sich um und ging in den Wald, ohne sich zu vergewissern, ob Kerttu ihr folgte. Natürlich würde sie ihr folgen. Sie war eigens hierhergekommen, um ein Publikum zu haben, da würde sie es jetzt nicht aufgeben.

Als Inari tatsächlich hastige Schritte hinter sich hörte, schnaubte sie. Sie war kurz versucht, Kerttu einen tief hängenden Ast ins Gesicht zurückschnellen zu lassen, beherrschte sich aber im letzten Augenblick. So kindisch wollte sie dann doch nicht sein. Noch nicht.

»Es ist also dein Ernst?«, sagte Kerttu, als sie sie eingeholt hatte. »Ich war halb davon überzeugt, dass du bloß eine Ausrede brauchtest, um Mikael aufzulauern.«

»Ich habe ihm nicht aufgelauert. Und ja, es ist mein Ernst.« Inari sah sie finster an. »Wenn du mich auslachen willst, kannst du gleich wieder gehen.«

»Ich kann nichts dafür, dass ich ein fröhlicher Mensch bin!«, protestierte Kerttu mit gespielter Empörung. Als sie sah, dass Inari die Augenbrauen bedrohlich zusammenzog, seufzte sie. »Wenn ich dir nur auf die Nerven fallen wollte, hätte ich dich jederzeit unten abfangen können. Du bist ganz schön häufig im Dorf gewesen in den letzten Tagen. Sag bloß, du hast eine neue Flamme?«

Inari schwieg hartnäckig. Auch Kerttu sagte einige Schritte lang nichts, was ungewöhnlich für sie war. Taavi trottete zufrieden vor ihnen her.

»Wie ist er so?«, fragte sie schließlich. Der Schalk war aus ihrer Stimme gewichen. »Dein Vater, meine ich. Ist er es wirklich?«

Inari zögerte. Dieselbe Frage stellte sie sich nun schon seit Aleksis Todestag.

»Er ist nicht ganz da. Jedes Mal, wenn ich ihn bisher gesehen habe, hat er mich zwar wahrgenommen, aber nicht versucht, zu mir zu kommen. Er hat mich noch nie direkt angesehen oder mit mir gesprochen.«

»Woher weißt du dann, dass er es ist und nicht bloß seine Leiche?«

»Er kommt immer wieder. Er hinterlässt uns Blumen. Er ... hat mir beim Singen zugehört.« Inari zuckte mit den Schultern und sah stur auf den Weg zu ihren Füßen. »Ich habe noch nie davon gehört, dass die Toten so etwas machen.«

»Ich auch nicht.« Kerttu wickelte geistesabwesend eine Locke um ihren Zeigefinger. Aus dem Augenwinkel sah Inari die vielen Muttermale auf ihrem Handrücken, die sie immer so gern geküsst hatte. »Meinst du wirklich, Elsa wird mich erkennen?«

Inari dachte an die geringelten Bäume im Hain. Elsas war einer davon.

»Mach dir nicht zu viele Hoffnungen.«

Kerttu lachte auf. Es war ihr wahres Lachen, das nichts mit der charmanten Version gemein hatte: scharf, spöttisch, bitter.

»Komm, Inari, Hoffnung ist etwas für Kinder.«

Die Sehnsucht nach ihr traf Inari wie ein Schlag in die Magengrube. Einen Moment lang konnte sie nicht atmen. Dann zwang sie sich, den Blick abzuwenden.

Es war sinnlos, an Dinge zu denken, die sie sich verboten hatte.

***

Als sie sich dem Pass näherten, holte Kerttu tief Luft und leckte sich über die Lippen. Ihre Augen waren dunkel und angespannt.

»Bleib hier«, sagte sie gepresst, als die Reihe der Toten in Sicht kam. »Ich mache das allein.«

Inari nickte und pfiff Taavi wieder zu sich. Während sie am Waldrand stehen blieb, ging Kerttu mit steifen Schultern zu der Toten hinüber, die einmal ihre Schwester gewesen war.

Inari hörte nicht, ob sie etwas zu Elsa sagte, aber nach kurzem Zögern legte Kerttu ihr eine Hand auf die Schulter. Ein Schauder lief Inaris Rücken herunter. Fühlte sich Elsas Haut warm oder kalt an?

Taavi bellte warnend. Für einen Moment hing Inaris Blick wie gebannt an den Toten. Sie wartete darauf, dass Elsa die Arme um Kerttu schloss. Doch stattdessen erklang vom Weg her eine scharfe Stimme.

»He! Was machst du da?«

Kerttu zuckte zusammen. Als sie sich umdrehte, erwartete Inari halb, Tränen auf ihren Wangen zu sehen. Kerttus Augen waren trocken, aber eine enorme Distanz schien in ihnen zu liegen, als sie Savos Blick begegnete.

»Ich besuche meine Schwester, wonach sieht es denn aus«, sagte sie flach.

Der Dorfvorsteher marschierte auf sie zu, die Hände zu Fäusten geballt. Inari gefiel sein finsterer Gesichtsausdruck nicht. Hastig trat sie aus dem Schatten der Bäume und ging dazwischen.

»Sie ist mit mir hier«, sagte sie.

Savo blieb abrupt stehen und sah zwischen Kerttu und Inari hin und her. Seine Augenbrauen schoben sich nur noch dichter zusammen. Inari wusste nicht, was in seinem Kopf vor sich ging, aber es war nichts Gutes.

»Mit dir«, wiederholte er. »Und was willst du hier, Inari?«

Sein anklagender Tonfall stieß Inari sauer auf. Er klang, als hätte er sie gerade bei einem Diebstahl erwischt. Unwillkürlich straffte sie die Schultern und hob das Kinn, um ihre Größe auszuspielen.

»Mir war nicht bewusst, dass wir eine Erlaubnis brauchen, um unsere Toten zu besuchen«, sagte sie kühl. Taavi bemerkte ihren Stimmungswechsel und schob sich ein Stück vor sie, wachsam und bereit, sie zu beschützen.

»Das ist keine Antwort auf meine Frage, Inari«, sagte Savo scharf. Die Art, wie er ihren Namen sagte, wie ein Speerstoß, gefiel Inari noch weniger. Normalerweise kam sie gut mit Savo zurecht, aber jetzt kochte Wut über seine Überheblichkeit in ihr hoch. Nur mit Mühe hielt sie eine bissige Antwort zurück.

»Du hast mich darum gebeten, den seltsamen Kadaverfund zu untersuchen«, sagte sie gepresst. »Ich dachte, es wäre eine gute Idee, sich auch mal unsere Toten anzusehen. Kerttu hat sich angeboten, mir Gesellschaft zu leisten.«

Savos Blick wanderte wieder zu Kerttu. Inari musste sich beherrschen, um sich selbst nicht nach ihr umzudrehen – sie war so still, das passte gar nicht zu ihr. Aber die Aufmerksamkeit des Dorfvorstehers richtete sich schnell wieder auf Inari.

»Und, was hast du herausgefunden?« Er klang immer noch herausfordernd und nicht so, als wäre er wirklich an einer Antwort interessiert. Inari verstand immer weniger, was hier vor sich ging.

»Es ist kein einzelner Todesfall«, sagte sie und versuchte wieder in ihre gewohnte höfliche Sachlichkeit zu schlüpfen, um das Gespräch zu entschärfen. »Ich habe weiteres totes Wild und Vogelkadaver gefunden – hauptsächlich in der Nähe des Sees. Es scheint in diesem Jahr auch weniger Nachwuchs zu geben.«

»Kein Wunder, wenn wir alles wegfangen und leerfischen«, sagte Kerttu.

»Wir bluten das Tal aus.« Inari konnte sich gerade noch davon abhalten, die Augen zu verdrehen. Ausgerechnet jetzt hielt Kerttu es für eine gute Idee, sich einzumischen! Savo, dessen Konzentration auf Inaris Worte seine Feindseligkeit etwas abgeschwächt hatte, richtete sofort wieder einen finsteren Blick auf Kerttu.

»Oh, und du weißt das natürlich am besten, nicht wahr?« Er trat einen Schritt auf sie zu, aber da knurrte Taavi warnend. Der Dorfvorsteher schnaubte geringschätzig, blieb aber stehen. »Was soll das, Inari? Ich habe dich um Hilfe gebeten, nicht darum, diese elendige Giftmischerin in Schutz zu nehmen!«

»Giftmischerin!«, wiederholte Kerttu, halb ungläubig, halb belustigt. Inari warf ihr einen bösen Blick zu. Warum konnte sie nicht weiter still sein?

»Ich glaube nicht, dass es Gift ist«, sagte sie schnell, bevor Kerttu noch mehr sagen konnte. »Es gibt keine Anzeichen ...«

»Natürlich ist es Gift!«, unterbrach er sie. »Du hast es doch selbst gesagt – die Todesfälle häufen sich am See, in der Nähe der Siedlung! Da, wo diese Hexe wohnt!« Er stieß einen Zeigefinger in Kerttus Richtung. »Typische Vivaara-Feigheit! Erst treiben sie uns zum Sterben zusammen und jetzt, wo es nicht schnell genug geht, wollen sie uns aushungern! Sie wollen das Tal für sich!«

Seine Stimme wurde immer lauter, sein Gesicht lief rot an. Inari starrte ihn entsetzt an.

»Das meinst du nicht ernst! Wenn die Vivaara das Tal wollen, warum sollten sie es vergiften?«

»Du bist so naiv, Inari!«, spie er aus. »Das ist es, was die Vivaara tun – sie brennen ganze Wälder nieder, damit der Boden fruchtbar wird und sie ein paar Jahre lang von der guten Ernte leben können. Und dann ziehen sie weiter zum nächsten Flecken, den sie für sich beanspruchen können. Sie dachten, dass wir hier im Tal sterben würden und sie dann das Land für sich nutzen könnten. Aber ha, an unseren Toten kommt niemand vorbei!«

Er klang wie Nea. Inari biss die Zähne zusammen.

»Es ist mir egal, was du von den Vivaara hältst. Kerttu und Mikael gehören zu uns. Schon ihre Eltern hatten sich den Lumi angeschlossen. Du siehst doch, dass Kerttus Schwester hier steht und zusammen mit den anderen das Tal bewacht!«

»Gut«, knurrte er, »eine Vivaara weniger.«

Er zuckte zurück, als ihn die Ohrfeige traf. Inari musste sich zurückhalten, nicht mit der Faust zuzuschlagen. Wut rollte unter ihrer Haut umher wie ein Gewitter.

»Du bist widerlich und verblendet«, stieß sie hervor. »Wenn du noch einmal so etwas sagst, hetze ich Taavi auf dich, verstanden?«

Savos Blick huschte unwillkürlich zu dem großen Hund, der mit angelegten Ohren und gebleckten Zähnen neben Inari stand. Der Dorfvorsteher holte tief Luft und trat vor ihr zurück.

»Das war ein Fehler, Inari«, sagte er kalt. »Pass auf, dass du dich nicht bald auf der anderen Seite dieser Grenze wiederfindest – ich bezweifle sehr, dass die anderen Vivaara dich so warm begrüßen werden wie deine Geliebte!«

Kerttu gab ein komisches Geräusch von sich. Inari dachte zuerst, dass es ein Schluchzer war, und drehte sich erschrocken zu ihr um, aber dann sah sie, dass Kerttu lachte. Es war fast lautlos, aber sie schüttelte sich am ganzen Körper und musste sich an Inaris Schulter festhalten, als sie wankte.

Savo verzog angewidert das Gesicht.

»Ihr seid doch beide krank im Kopf. Als Tote wärt ihr nützlicher.«

Inaris Wut schoss wieder hoch, aber Kerttus fester Griff hielt sie davon ab, noch mal zuzuschlagen. Der Dorfvorsteher schüttelte den Kopf und marschierte davon, den Weg wieder herunter in die Siedlung.

Inari stieß scharf den Atem aus, der in ihrer Kehle brannte, und löste ihre Fäuste.

»Was für ein Bastard«, zischte sie.

Kerttu lehnte ihre Stirn gegen ihre Schulter und lachte auf.

»Du bist unfassbar! Wolltest du ihn zusammenschlagen?«

»Ja!« Inari musterte Kerttu mit wachsender Irritation. »Du etwa nicht? So kann er doch nicht über dich und deine Familie reden!«

»Oh Hühnchen …« Kerttu schlang beide Arme um Inaris Hüften und atmete warm gegen ihre Schulter aus. »Sie sagen doch noch Schlimmeres.«

Inari versteifte sich. Sie schob Kerttus Locken zur Seite, damit sie ihr ins Gesicht sehen konnte.

»Wer? Was sagen sie?«

»Alles, was ihnen einfällt.« Die letzten Spuren der Heiterkeit verblassten schnell. Kerttus Augen waren nicht mehr distanziert, sondern schimmerten mit einer fiebrigen Intensität. Sie ließ Inari los, aber nur um ihre Hand zu nehmen und sie mit sich zu ziehen. »Lass uns gehen. Es läuft mir kalt den Rücken herunter, Elsa so zu sehen.«

Inari warf einen letzten Blick zurück zu der Reihe von Toten. Elsa starrte weiterhin reglos in die Luft.

***

Zwischen den vertrauten Kiefer- und Fichtenstämmen ebbte Inaris Wut etwas ab. Sie konnte wieder atmen, ohne dass sich Krallen in ihren Brustkorb zu graben schienen. Aber die Erinnerung an Savos rotes Gesicht pochte wie ein frischer Schnitt.

»Du hättest mich nochmal zuschlagen lassen sollen«, grollte sie. Kerttu lachte wieder auf.

»Du hättest ihn umbringen sollen und dann hätten wir einfach gewartet, bis sein Körper wieder aufsteht, und ihn zurück ins Dorf geschickt – meinst du, jemand hätte was gemerkt?«

Inari verzog das Gesicht.

»Das ist nicht witzig! Wieso bist du nicht wütend?«

»Du bist wütend genug für uns beide.« Kerttu drückte ihre Hand so fest, dass es wehtat. »Ich liebe es, wenn du wütend wirst. Du leuchtest dann richtig, weißt du das?«

Hitze stieg in Inaris Wangen und sie sah weg.

»Hör auf«, murmelte sie.

»Nein!« Abrupt blieb Kerttu stehen und zwang auch Inari zu einem Halt. Sie fasste mit ihrer freien Hand unter Inaris Kinn und drehte ihr Gesicht zu sich. »Ich wünschte, du könntest sehen, was ich sehe«, sagte sie eindringlich. »Ich wünschte, du würdest dich trauen, andere mehr von dir sehen zu lassen. Ich wünschte ...«

Aber sie konnte nicht weiterreden, weil Inari sie küsste. Es war besser, wenn Kerttu spöttische Bemerkungen von sich gab und so tat, als wäre sie die Königin der Welt. Inari tauschte lieber Spitzen und Beleidigungen mit ihr aus und sagte sich, dass alles an ihrer Fassade abprallte. Wenn Kerttu sie so ansah, als wäre sie der Sternenhimmel, krampfte sich alles in Inari zusammen. Das war zu viel. Dann lieber ihren Mund mit ihren Lippen verschließen und die Finger in ihren Haaren vergraben und über die Kurve ihres Rückens streichen.

Kerttu legte beide Hände um Inaris Gesicht und streichelte mit den Daumen über ihre Augenbrauen. Von nahem waren ihre Augen dunkelbraun und warm.

»Komm zu mir zurück«, wisperte sie.

»Du wolltest irgendein Mädchen im Dorf heiraten«, erinnerte Inari sie atemlos und biss ihr ins Ohrläppchen.

»Das war gelogen. Ich will dich heiraten.« Kerttu neigte ihren Kopf zur Seite, damit Inari besser mit den Lippen über ihren Hals fahren konnte. Ihre dunkle Stimme ging Inari direkt ins Blut. »Du bist das Beste in diesem verdammten Tal. Ich will dich heiraten und den Rest meines Lebens mit dir verbringen.«

Abrupt ließ Inari sie los und trat einen Schritt zurück.

»Du redest so einen Quatsch«, sagte sie rau und sah weg. »Du solltest nach Hause gehen, Mikael macht sich sonst noch Sorgen. Hast du ihm überhaupt gesagt, wo du hingehst?«

»Ich kann hingehen, wo ich will. Und du auch.« Kerttu fing Inaris Hände wieder ein. »Ich meine es ernst. Ich meine alles ernst, was dich betrifft.« Als Inari die Augen verdrehte, stieß Kerttu ihre Hände wieder von sich. Ihre Augen blitzten wütend auf. »Du bist so ein Feigling! Denkst du, du kannst dich dein Leben lang in dieser Hütte verstecken?«

»Im Gegensatz zu dir übernehme ich Verantwortung!«, gab Inari giftig zurück. »Ich kann nicht einfach tun und lassen, was ich will!«

»Oh bitte – wenn ich noch einmal etwas über deine Mutter höre, wird mir schlecht! Ich habe gesagt, du kannst sie mitnehmen! Unser Haus ist groß genug für uns alle!«

»Sie ist krank, ich kann sie nicht so einfach …«

»Du hast doch mehr Angst davor, diese Hütte zu verlassen, als sie!« Kerttu breitete die Arme aus und reckte das Kinn in die Höhe. »Hier bin ich!«, verkündete sie laut. »Ich will leben und ich will glücklich sein und ich stehe dazu! Kannst du mir in die Augen sehen und dasselbe sagen?«

Inari stieß die Zähne zusammen und wandte sich ab. Die Wut war wieder da, aber diesmal grub sie sich nach innen.

»Es geht dich gar nichts an, was ich will«, knurrte sie. Es klang selbst in ihren Ohren erbärmlich.

»Du weißt gar nicht, was du willst!«

»Ich will meinen Vater zurück!«, schrie Inari. Es brach aus ihr hervor, ohne dass sie es geplant hatte. Sofort presste sie sich die Hände vor den Mund, aber es war zu spät, die Worte wieder einzufangen. Der Wald sog sie auf.

Kerttu schlang von hinten die Arme um sie, fest und sicher. Inari bewegte sich nicht. Ein Kloß steckte in ihrem Hals und ließ sich nicht herunterschlucken. Sie zuckte zusammen, als sich eine kalte Hundeschnauze in ihre Hand schob. Taavi musterte sie besorgt und leckte ihr über die Finger. Inari schloss die Augen und ließ Kerttus Wärme in ihren Rücken einsickern.

»Mikael und ich überlegen, das Tal zu verlassen«, sagte Kerttu leise. »Bevor sie uns vertreiben.«

Inari sagte nichts.

»Ich habe es so satt. Hier leben nur die Toten. Ich will nicht mein ganzes Leben hier verschwenden, nur um ihrer zu gedenken. Und ich glaube nicht daran, dass irgendwer auf der anderen Seite der Grenze nur darauf wartet, uns abzuschlachten. Das ist alles Jahre her. Nur hier drin ist die Zeit stehen geblieben. Wir müssen weiterziehen und nach vorn sehen.«

»Nicht alle können das«, sagte Inari rau.

»Mikael und ich helfen dir.« Kerttu lehnte ihre Stirn gegen Inaris Nacken. »Ich will nicht, dass du auch noch hier stirbst und für alle Ewigkeit an dieser verdammten Grenze Wache hältst.«

Inari spürte wieder das hohle Gefühl in ihrer Brust. Manchmal dachte sie, dass sie schon längst gestorben war, damals, während der Seuche. Aber das wollte Kerttu nicht hören.

Fußabdrücke

Niska fragte nicht nach, warum Inari so still war. Sie arbeiteten den Rest des Tages konzentriert vor sich hin und wechselten nur hier und da Worte über das Einlegen von Pilzen oder Pöckeln von Fleisch. Es gab noch viel zu tun vor dem Wintereinbruch und die Tage wurden immer kürzer.

Kerttus Worte drehten sich in einer endlosen Schleife in Inaris Kopf. Sie fühlte sich müde und kraftlos. Wenn sie an ihre Zukunft dachte, sah sie nur dieselben vier Wände und dieselben Bergkuppen vor sich. Es schnürte ihr die Kehle zu.

»Stellst du dir manchmal vor, wie es wäre, das Tal zu verlassen?«, fragte sie Niska am Abend. Ihre Mutter sah sie über den Rand ihrer Teetasse hinweg überrascht an. Die Frage musste für sie wie aus heiterem Himmel kommen. Trotzdem dachte sie ernsthaft darüber nach.

»Nicht wirklich«, sagte sie dann. »Es war am Anfang eine Umstellung, als wir hier sesshaft wurden, aber inzwischen finde ich es schön, einen Ort zu haben, den ich mein Zuhause nennen kann.«

Sie taten beide so, als wäre es eine Möglichkeit für Niska, ihre Habseligkeiten zusammenzupacken und das Haus zu verlassen.

»Du fragst dich gar nicht, wie es da draußen aussieht?«, fragte Inari weiter. Sie hatte den Schal, den Kerttu ihr gestrickt hatte, um ihren Unterarm geschlungen und zupfte gedankenverloren daran herum. Sie bildete sich ein, dass die blaue Wolle nach Kerttu roch.

Niska seufzte.

»Ich vermisse das Meer. Und das Fest zur Wintersonnenwende. Erinnerst du dich daran?«

»Das war doch dieses große Feuer mit den Masken, oder?« Inari erinnerte sich lebhaft daran, wie ihre Mutter ihr im Feuerschein eine Fuchsmaske umgebunden hatte, die nach Harz roch.

»Ja.« Niska lächelte versonnen in ihren Tee. »Um die Wintergeister zu vertreiben, haben wir uns in der längsten Nacht des Jahres alle eingefunden – die Lumi, die Vivaara, die Barat, jeder Clan. Für drei Tage und Nächte waren alle Fehden und Streitigkeiten vergessen.«

»Während so eines Festes sind die Eltern von Kerttu und Mikael zu uns dazugestoßen, oder?«, fiel Inari die Geschichte ein, die Mikael mal erzählt hatte.

»Ja. Da waren sie noch ganz jung und furchtbar ineinander verliebt. Aber bei den Vivaara durften sie nicht zusammen sein – ich glaube, ihre Geburtssterne passten nicht zueinander, oder es war irgendein anderer dummer Aberglaube.« Niska schnaubte abschätzig. »Jedenfalls haben sie beschlossen, lieber ihren Clan zu verlassen und bei uns zu leben.«

Und nun drohte Savo, ihre Nachkommen wieder aus dem Clan der Lumi zu vertreiben. Waren seine Vorurteile denn weniger dumm als der Aberglaube der Vivaara? Inari zog ihre Knie gegen die Brust an und schlang ihre Arme darum. Sie stellte sich vor, wie sie mit Kerttu um das große Feuer tanzte, auf der weiten offenen Grasebene auf der anderen Seite der Berge. Wie mochte es sein, bis zum Horizont blicken zu können?

»Ich weiß nicht, was dich jenseits des Tals erwarten würde«, sagte Niska. Inari schaute hoch und begegnete dem eindringlichen Blick ihrer Mutter. »Elf Jahre sind eine lange und doch so kurze Zeit.«

»Das Meer wäre noch da«, sagte Inari leise. Niska nickte langsam. Sie stellte immer noch keine Fragen und Inari war ihr dankbar dafür. »Glaubst du, die anderen würden das Tal je verlassen?«, fragte sie. »Wenn die Vivaara nicht draußen auf uns warten?«

»Wir können unsere Toten nicht einfach so zurücklassen«, gab Niska zu bedenken.

»Und wenn wir sie mitnehmen?«

»Du denkst an die Körper. Aber was ist mit den Seelen? Sie sind in dieses Land, in diese Bäume übergegangen. Wir haben die Pflicht, über sie zu wachen und ihrer zu gedenken. Willst du den Totenhain ausreißen und mitnehmen?«

Inari legte ihren Kopf auf ihren Armen ab. Sie sah Neas eindringliches Gesicht vor sich: »Wir könnten das Tal verlieren.« War es das, wovor die Schamanin Angst hatte? Dass die Lumi keinen Grund mehr hätten, im Tal zu bleiben, wenn sie erführen, dass der Totenhain entweiht worden war? Aber war das nicht gut so? So schrecklich dieses Verbrechen sie auch traf – war es nicht Zeit, dieses schützende Gefängnis hinter sich zu lassen und sich wieder der Welt da draußen zu stellen?

Du hast doch mehr Angst davor, diese Hütte zu verlassen, als sie!

Inari schloss die Augen. Kerttus Stimme grub sich rücksichtslos in ihr Herz und förderte Zweifel und Hoffnungen zutage. Inari wollte sich am liebsten in die Arme ihrer Mutter flüchten und so lange dort ausharren, bis alle Entscheidungen getroffen waren. Aber sie konnte sich nicht vor der Wahrheit verstecken.

Kerttu hatte Unrecht. Auch hier im Tal war die Zeit nicht stehen geblieben.

***

Nachdem Niska längst zu Bett gegangen war, verließ Inari das Haus. Sie wickelte sich in ihr Fell ein, aber nahm keine Laterne mit. Die Erde schmatzte feucht unter ihren Schritten. Es hatte wieder geregnet.

Sie setzte sich auf den Hackklotz und wartete. Ein Teil von ihr wusste, dass es albern war – sie hatte die letzten Nächte immerzu auf ihn gewartet, warum sollte er ausgerechnet jetzt kommen? Aber alles in ihr war hohl und schmerzte und sie wollte ihren Vater sehen.

Irgendwann knackte es zwischen den Bäumen. Der Himmel war noch mit Wolken zugeklebt und ließ kaum Sternenlicht durch, aber Inaris Augen hatten sich genug an die Dunkelheit gewöhnt, um den Umriss auszumachen, der sich vom Waldrand löste. Taavi schnaufte und schaute kurz hoch, schlief aber gleich wieder ein.

»Hallo, Papa«, sagte sie leise. Er blieb stehen. »Neue Schneeschellen für uns? Ich könnte inzwischen einen Kranz daraus flechten.«

Er antwortete nicht, aber das erwartete sie auch gar nicht mehr. Sie dachte daran, was Kerttu sie gefragt hatte: War er es wirklich? Wie konnte sie sich da so sicher sein?

»Du fehlst mir«, sagte sie rau. »Ich glaube, das habe ich noch nie laut ausgesprochen, aber es stimmt. Ich suche im Wald immer noch nach deinen Spuren. Weißt du, wie früher, wenn du tagelang unterwegs warst und dann kam ich von einem Spaziergang wieder und da waren deine Stiefelabdrücke auf dem Weg – und ich wusste, dass du zu Hause auf mich warten würdest. Manchmal ... manchmal stelle ich mir immer noch vor, dass ich die Tür öffne und du dort am Feuer stehst ...«

Sie wischte sich über die nassen Wangen. Die Nacht war so tief und schwarz. Inari hatte das Gefühl, dass sie die Worte aus ihr hinaussog.

»Als ... als Savo damals zu uns kam und sagte, dass niemand dich finden könne, da hatte ich keine Angst. Ich war überzeugt, dass du bloß unterwegs warst, weiter weg als sonst. Ich war überall im Wald und hab dich gesucht. Selbst nachdem sie deinen Körper gefunden hatten, hab ich es nicht geglaubt, weißt du? Und noch Jahre später, immer wenn ich ...«, sie sog zitternd die Luft ein und kämpfte ein Schluchzen zurück, »... immer wenn ich Abdrücke von Männerstiefeln im Wald gesehen habe, dachte ich, dass du das bist. Es hat so ... so wehgetan. Es tut immer noch so weh.«

Ihre Stimme brach. Sie drückte sich die Hände vors Gesicht und atmete in die salzige Wärme ihrer Handflächen.

Sie spürte seine Nähe eher, als dass sie etwas hörte oder sah. Als sie die Hände wieder vom Gesicht wegnahm, stand er vor ihr. Jetzt erkannte sie in der Dunkelheit die schattigen Höhlen seiner Augen. Sie spürte seinen Blick auf sich ruhen.

»Papa ...?«

Er hielt ihr eine Hand hin. Ohne zu überlegen, streckte sie ihm ihre entgegen. Sie hatte immer noch Angst davor, wie kalt sich seine Haut anfühlen mochte, aber Inari war es so satt, immer auf ihre Angst zu hören.

Seine Hand war warm. Das erschreckte sie fast noch mehr als die Kälte, die sie erwartet hatte. Ihre Finger schlossen sich um seine – die raue Haut, die großen Knöchel, die kurzen eckigen Fingernägel, es war alles so vertraut, als hätte sie seine Hand gestern erst gehalten.

Jetzt entfuhr ihr doch noch ein Schluchzen. Seine Hand zuckte zurück, aber er hinterließ etwas in ihren Fingern. Auch das war vertraut. Inari strich über die glatt geschliffenen Kanten des Würfels und lächelte, trotz der Tränen, die aufs Neue über ihr Gesicht strömten. Es war einer von denen, die sie beim Totenhain hingelegt hatte.

»Es … es ist zu dunkel zum Spielen«, brachte sie halb erstickt hervor.

Er gab ein Geräusch von sich – schwer zu sagen, was es war, vielleicht nur ein kräftiges Ausatmen, vielleicht ein leises Auflachen. Inari lachte selbst auf und schloss ihre Finger um den Würfel. Es tat gut, etwas Konkretes in der Hand zu halten. Sie spürte, wie der Schmerz in ihrer Brust zu einer leichter greifbaren Form gerann.

»Warte, ich hole eine Laterne«, sagte sie und stand auf. Aleksi trat einen Schritt zurück, damit sie ihn nicht streifte, aber er ging nicht wieder zurück in den Wald. Er war immer noch da, als sie mit der Laterne wiederkam.

Sie würfelten die halbe Nacht lang.

Für die Gemeinschaft

Savo hatte eine Dorfversammlung einberufen. Inari erfuhr es von Ronna, als sie zu ihr kam, um Kaninchenfelle gegen Salz und andere Gewürze zu tauschen.

»Ich habe kein gutes Gefühl bei der Sache«, sagte Ronna und befühlte geistesabwesend die Felle. »Er ist so wütend in letzter Zeit. Und die Leute sagen, dass wir die Geister erzürnt haben.« Sie richtete einen hoffnungsvollen Blick auf Inari. »Kannst du nicht deine Schamanenfreundin fragen, was wir tun können, um die Geister wieder versöhnlich zu stimmen?«

»Sie ist nicht meine Freundin«, sagte Inari, hielt aber gleichzeitig im Hof Ausschau nach Nea. Sie wollte ihr von Aleksi erzählen, von der warm in ihrer Brust schlagenden Gewissheit, dass sie ihren Vater endlich wiederhatte. Aber sie sah nur Fischer, Ledermacher und den Schmied.

»Sie ist nicht da«, sagte Ronna, der wie immer nichts entging. »Sie ist gestern mit ihrem Leibwächter aufgebrochen, niemand weiß wohin.« Sie seufzte. »Vielleicht kümmert sie sich ja schon um die Geister.«

Oder um denjenigen, der die Seelenbäume geringelt hatte. Inari hoffte, dass Nea bald zurückkehrte und Antworten mitbrachte. Sie wollte nicht daran denken, dass da draußen jemand herumlief und die Toten ihres Volkes schändete.

»Wann ist die Versammlung?«, fragte sie, um das Thema zu wechseln.

»Morgen. Ich nehme nicht an, dass Niska ...«

Sie beendete den Satz nicht und Inari schüttelte nur den Kopf.

***

Sie debattierte mit sich, ob sie hingehen sollte. Sie wollte Savo nicht sehen und hatte Angst vor seiner Rache, aber gleichzeitig widerstrebte es ihr, sich vor ihm zu verstecken. Also überwand sie ihren Widerwillen und machte sich auf den Weg ins Dorf.

Die Versammlung fand auf dem Marktplatz statt. Er war schon voller Menschen, als Inari dazustieß, und sie erntete überraschte Blicke. Meist blieb sie solchen Veranstaltungen fern. Es war zu anstrengend, mit neugierigen Leuten zu reden, die bloß wissen wollten, wie verrückt ihre Mutter inzwischen geworden war.

»Oh, wen haben wir denn da!« Kerttu schnappte sich Inaris Arm, bevor diese protestieren konnte – und bevor die Frau des Ledermachers nahe genug herangekommen war, um sie anzusprechen. Kerttu warf dem enttäuschten Klatschweib ein Grinsen zu und zog Inari mit sich. »Hattest du vor, dich am Rande der Menge herumzudrücken, in der Hoffnung, dass ich dich nicht sehe?«

»Vielleicht«, sagte Inari. Kerttu drückte ihren Arm gegen ihre Seite. Sie roch nach Ziege und Brombeeren.

»Zu spät! Mikael verzehrt sich vor Sehnsucht nach dir!«

Mikael sah nicht sonderlich sehnsüchtig aus, aber er schenkte Inari ein kleines Lächeln, als Kerttu mit ihr im Schlepptau bei ihm ankam. Nach dem wenig geglückten Gespräch in der Bucht vor einer Woche war das schon mehr, als Inari erwartet hatte.

»Weißt du, worum es gehen soll?«, fragte sie ihn mit ihren Händen. Er zuckte mit den Schultern, aber seine Haltung war angespannt. Er ballte die Hände zu Fäusten und entspannte sie wieder, eine nervöse Angewohnheit, die er schon als Kind gehabt hatte.

»Vielleicht will er seine Heirat mit seiner Lieblingsstute verkünden«, schlug Kerttu vor. Mikael schnaubte leise, Inari verdrehte die Augen. Für einen Moment war es wie früher.

Dann traten die Menschen beiseite, um Savo durchzulassen, und Unbehagen verknäulte sich in Inaris Brust. Sein verkniffenes Gesicht verhieß nichts Gutes.

Kerttu beugte sich zu ihr vor: »Versuch bitte diesmal, ihn nicht zusammenzuschlagen, ja?«

Unwillkürlich glitt ein Lächeln über Inaris Gesicht. Sie drückte Kerttus Arm an sich.

»Meine Freunde«, begann Savo, als er in der Mitte des Platzes angekommen war, »ich danke euch für euer Kommen. Seit elf Jahren leben wir nun schon hier in dem Tal, das uns vor unseren Feinden schützt. Wir haben uns ein gutes Leben aufgebaut, nicht wahr? In Sicherheit und Gemeinschaft.« Zaghafte Zustimmung. Die Dorfbewohner schienen ebenso wenig wie Inari zu wissen, warum Savo sie zusammengerufen hatte.

»Ich weiß, dass in letzter Zeit darüber geredet wird, dieses Leben hier aufzugeben und das Tal zu verlassen«, fuhr der Dorfvorsteher fort. »Ich verstehe die Versuchung. Früher stand uns die ganze Welt offen. Und ich verstehe, dass es einfach ist, die Gefahren da draußen zu unterschätzen – sich einzureden, dass unsere Feinde uns vergessen haben. Doch es ist meine Pflicht, uns alle wieder an die Realität zu erinnern. Das Tal und das Leben, das wir hier führen, werden bedroht.«

Er hatte eine leise Stimme, aber sein eindringlicher Blick sorgte dafür, dass die Menschen völlig still waren, um jedes Wort zu verstehen. Er begleitete seine Rede mit präzisen Handbewegungen, denen Mikael und andere Dorfbewohner aufmerksam folgten.

»Gibt es Neues von den Vivaara?«, fragte jemand. »Wollen sie uns angreifen?«

»Unsere Grenzen sind sicher, die Magie der Schamanen ungebrochen stark«, antwortete Savo. »Ich kontrolliere selbst jeden Tag die Lage am Pass – die Vivaara haben sich seit dem Frühling vor drei Jahren nicht mehr dort blicken lassen.«

Kerttu schnaubte.

»Oh ja, der große Angriff vor drei Jahren – was hätten wir nur getan, wenn dieser arme Händler es geschafft hätte, das Tal zu betreten? Stell dir vor, wir hätten endlich richtigen Wein trinken können …«

Inari stieß sie mit der Schulter an, um sie zum Schweigen zu bringen.

»Nein, die Vivaara wissen, dass sie an unseren Toten nicht vorbeikommen«, redete Savo weiter. »Deswegen haben sie ihre Angriffe eingestellt. Die einzige Chance, die sie haben, ist, wenn wir das Tal selbst aufgeben. Und das ist die Bedrohung, die ich meine – sie kommt von innen.«

Ein Schauder lief Inaris Rücken herunter. Savo begegnete kurz ihrem Blick und sie wusste sofort, worauf er hinauswollte. Sie stieß Mikael den Ellbogen in die Seite, um seine Aufmerksamkeit zu erregen.

»Ihr müsst gehen«, sagte sie hastig mit den Händen zu ihm. »Sofort.«

Er schüttelte den Kopf.

»Das wird ihn nicht davon abhalten, das zu sagen, was er sagen will.«

»Unser Land wird vergiftet!«, sagte Savo hitzig. »Haben wir uns nicht alle gefragt, warum unsere Vorratskammern nach diesem Sommer so leer sind? Warum es dieses Jahr weniger Beeren und Pilze gibt? Warum unsere Ziegen weniger Milch geben? Der Wald ist voller toter Hirsche und Kaninchen, die einfach da umgefallen sind, wo sie standen!«

»Er war dabei, ja?«, kommentierte Kerttu spöttisch. Sie gab sich keine Mühe, ihre Stimme zu senken, und die Menschen in der Nähe sahen sie vorwurfsvoll an. Inari versuchte wieder Mikaels Aufmerksamkeit auf sich zu ziehen, aber er griff bloß nach einer der Hände, mit denen sie wild gebärdete, und drückte sie kurz.

»Ist es die Seuche? Kommt sie wieder?«, kam ein ängstlicher Zwischenruf.

»Wir sind einfach schon zu lange hier«, kommentierte einer der Jäger. »Die Tiere ziehen weiter, der See ist so gut wie leergefischt. Bald haben wir keine andere Wahl, als zu gehen.«

»Wir können nicht gehen! Wir sind es den Seelen unserer Toten schuldig, hier zu bleiben und ihre Ruhe zu bewachen!«

Unruhe brandete in der Menge auf. Inari hatte diese Diskussion schon oft genug gehört, um sich etwas zu entspannen. Aber Savo ließ sich nicht so leicht vom Weg abdrängen.

»Nein!«, rief er, laut genug, um die streitenden Stimmen zu übertönen. »Es ist Gift! Man will uns durch Not und Hunger aus dem Tal vertreiben!«

»Aber wer sollte die Tiere vergiften? Und wozu?«

»Na, wer wohl?«, spie Savo aus. »Die Vivaara!«

»Und das hast du selbst gesehen, ja?« Diesmal sprach Kerttu so laut, dass ihre Stimme die anderen Fragen und Ausrufe übertönte. Sie hatte die Arme vor der Brust verschränkt, den Kopf leicht schief gelegt, und musterte Savo mit diesem leicht spöttischen Halblächeln, das Inari in den Wahnsinn treiben konnte. »Du hast gesehen, wie die Vivaara durch den Wald schleichen und vergiftete Rüben an Kaninchen verfüttern? Oder die Milch deiner Ziegen stehlen? Oh, warte mal«, sie hielt ihre Hände hoch, »ich habe gerade erst einer Ziege Milch gestohlen! Willst du mal herkommen und riechen?«

Irgendjemand in der Menge lachte. Savo lief rot an.

»Du findest das lustig, ja?«, spie er aus. Sein Blick bohrte sich in Kerttus. »Aber natürlich, warum sollte es dich beunruhigen, dass wir verhungern könnten? Deine hinterhältigen Landsleute versorgen dich bestimmt mit mehr als genug Essen als Belohnung für deine Giftmischerdienste!«

»Ja, natürlich!«, erwiderte sie völlig unbeeindruckt. »Sieh doch nur, wie rund und fett ich bin von all den Leckereien, die ich mir mit meinen bösen Taten verdient habe! Gestern erst bin ich durch die Wälder geschlichen – gleich nachdem ich Saras Kind zur Welt gebracht habe!«

Inaris Herz drohte ihr ein Loch in den Brustkorb zu stanzen. Die Angst um Kerttu, um Mikael kreiste kalt und dickflüssig durch ihre Adern.

»Und was hast du vorgestern gemacht?«, gab Savo zurück. Unwillkürlich kam er näher und Kerttu sah ihm herausfordernd entgegen, das Kinn erhoben, die Augen funkelnd. »Was hast du am Pass gemacht?« Er blieb stehen und schaute provokativ in die Menge. »Unsere Toten begutachtet hat sie! Nach einem Weg gesucht, ihre Landsleute über den Pass zu lassen!«

»Ich hab seit elf Jahren keine anderen Landsleute als Mikael gesehen!«, rief sie und zum ersten Mal klang ihre Stimme brüchig. Inari dachte daran, wie sie Elsa berührt hatte, ihre vorsichtigen Bewegungen, ihre steifen Schultern, ihre abwesenden Augen. Frische Wut stieg in ihr auf.

»So, hast du das?« Savo spürte Kerttus Schwanken und setzte nach. »Und warum hängen vor eurer Haustür noch Krähenfedern? Wozu brauchst du heidnische Symbole, wenn dir deine Landsleute so egal sind? Warum trinkst du unser Bier nicht? Warum hast du noch keinen Mann, Kerttu, kannst du mir das mal sagen?« Nur Inari war nah genug dran, um Kerttus scharfes Atemholen zu hören. Alle anderen außer Mikael waren langsam vor ihr zurückgewichen.

»Was soll ich mit einem Mann«, zischte Kerttu. Savo stand jetzt vor ihr, die Augen zusammengekniffen, den Zeigefinger anklagend ausgestreckt. Ihren Einwand fegte er mit einer nachlässigen Handbewegung beiseite.

»Eine Frau hast du auch nicht! Sind dir Lumi-Frauen nicht gut genug? Oder hast du Angst, dass deine Vivaara-Freunde dich nicht mehr zurücknehmen, wenn du eine von uns geheiratet hast?«

Er hatte seine letzten Fragen nicht mehr mit den Händen begleitet, aber seine feindselige Haltung war eindeutig. Mikael schob sich zwischen Savo und Kerttu.

»Das reicht«, sagte er und sah dem Dorfvorsteher kalt in die Augen. »Lass meine Schwester in Ruhe.«

Savo trat einen Schritt zurück und musterte Mikael abweisend.

»Ich erfülle bloß meine Aufgabe und beschütze unser Dorf«, sagte er kalt. »Wir haben ein Recht darauf, uns in unserer Gemeinschaft sicher zu fühlen. Wie können wir das, wenn deine Schwester heimlich herumschleicht und Ärger macht? Wie können wir ihr da noch trauen? Oder dir?«

Inari sah zweifelnde und misstrauische Gesichter um sich herum. Sie war die Einzige, die nicht wie auf eine geheime Absprache hin von Kerttu und Mikael zurückgetreten war. Selbst Saras Ehemann, der Kerttu eine gesunde kleine Tochter verdankte, drückte sich irgendwo weiter hinten herum und sagte kein Wort.

Hitze lief Inaris Wirbelsäule hinauf und entzündete etwas in ihrer Brust.

»Kerttu schleicht nicht herum«, sagte sie laut. Alle Blicke richteten sich auf sie, aber in diesem Moment war es ihr egal. Sie trat an Mikaels Seite, sodass er ihre Handbewegungen sehen konnte. »Sie war mit mir am Pass. Ich habe sie gebeten mitzukommen.«

Savo gab nicht so leicht auf.

»Und ich nehme an, du hast sie darum gebeten, sich die Toten anzusehen?«

Sein Tonfall war spöttisch, aber Inari nickte mit völlig ernstem Gesichtsausdruck.

»Das habe ich. Ich wollte sehen, ob ihre tote Schwester auf sie reagiert.«

»Reagiert …?«, murmelte jemand.

»Was sollte ihre Schwester bitte sehr tun?«, fragte Savo gereizt. »Ihr ein Ständchen singen?«

»Vielleicht. Mein Vater hört mir gern zu, wenn ich singe.« Inari hielt seinen Blick, ohne mit der Wimper zu zucken. Ihr Körper brodelte voller Wut und die Worte glitten mit großer Selbstverständlichkeit aus ihrem Mund. Alles, damit Savos selbstherrlicher Gesichtsausdruck verschwand. »Er mag ein Toter sein, aber seine Seele ist nicht fort. Ich habe erst vorletzte Nacht mit ihm Drei um Drei gespielt.«

Er starrte sie an. Inari starrte zurück. Es war sehr befriedigend, die Verwirrung in seinen Augen zu sehen.

»Hast du den Verstand verloren?«, fragte er schließlich gepresst.

»Das habe ich mich zuerst auch gefragt, aber nein.« Inari sah endlich von ihm weg und blickte in die verständnislosen und ängstlichen Gesichter der anderen Dorfbewohner. »Ich weiß, dass es wie Wahnsinn klingt. Aber mein Vater ist wieder er selbst. Er kommt regelmäßig bei unserem Haus vorbei und bringt mir Blumen. Er redet noch nicht mit mir, aber ich weiß, dass er jedes Wort versteht!«

Bei der Erinnerung an die Nacht mit Aleksi bahnte sich ein Lächeln den Weg auf ihr Gesicht. Er hatte so empört geschnaubt, als sie versucht hatte beim Würfeln zu schummeln. Diese Freude war so neu und so stark, dass sie für einen Moment selbst die Wut verdrängte. Eindringlich sah Inari die anderen an.

»Ich weiß nicht, warum das passiert ist, aber wenn er wieder zu mir zurückgekommen ist, warum sollten sie nicht alle zu uns zurückkommen? Vielleicht müssen wir uns einfach mehr Mühe geben – unsere Toten öfter besuchen gehen, sie daran erinnern, wer sie sind –«

»Inari, hör auf.« Die kalte Stimme klang so fremd, dass sie sie zuerst gar nicht erkannte. Dann fand ihr Blick Ronna. Die gutmütige Frau, die Inari ihr Leben lang kannte, musterte sie so verächtlich, als wäre sie eine brabbelnde Betrunkene. »Ich will das nicht hören. Niemand will das hören. Sie sind tot.«

»Nein, sind sie nicht –«

»Sie sind tot!«, wiederholte Ronna scharf. »Wir haben uns alle damit abgefunden. Wenn du glaubst, die Trauer anderer Menschen ausnutzen zu können, um das Benehmen deiner Freundin zu rechtfertigen, dann ist das erbärmlich. Du solltest dich schämen. Ich bin froh, dass deine Mutter nicht hier ist, um das zu hören.«

Von den anderen erklang zustimmendes Gemurmel. Kalte Blicke bohrten sich wie Nadeln in Inaris Haut und in ihr Herz. Alle Wut, alle Freude strömten aus ihr heraus und hinterließen nur klamme Angst.

»Ich meinte nicht … Ich habe doch nicht …«

Aber Ronna wandte sich demonstrativ von ihr ab und die anderen taten es ihr gleich. Selbst Savo trat mit angewidertem Gesichtsausdruck zurück, als hätte er Angst, sich anzustecken. Inari wagte es nicht, sich nach Mikael und Kerttu umzusehen und herauszufinden, was ihre Gesichter verrieten.

Hastig bahnte sie sich einen Weg durch die Menge und lief davon.

Wunden

Inari hackte Holz. Sie hatte die Kiefern schon vor Monaten zusammen mit Mikael gefällt, war aber seitdem nicht dazu gekommen, alle Stämme zu Brennholz zu verarbeiten. Damit das Holz gut brannte, musste es Zeit haben zu trocknen, woran Niska sie jeden Tag vorwurfsvoll erinnerte. Wenn sie genug Holz für den Winter haben wollten, musste Inari sich beeilen.

Also tat sie genau das. Die Axt lag vertraut in ihren Händen, der Schwung des Schlags zog sich von ihren Armen über ihre Schultern bis in ihre Waden. Das krachende Splittern des Holzscheites belohnte jeden Hieb.

Das war es, womit Inari sich auskannte: praktische, geregelte Arbeit mit einem klaren Nutzen. Sie verlor sich gern im immer gleichen Bewegungsablauf und spürte den Schweiß ihren Rücken herunterrinnen. Inari hackte Holz, damit sie und ihre Mutter im Winter nicht erfroren. Das war einfach.

Menschen, die sie ihr ganzes Leben lang kannte und die sich von einem Tag auf den anderen weigerten, mit ihr zu sprechen, das war nicht so einfach.

Ronna hatte ihr die Tür vor der Nase zugeschlagen, als sie gestern ins Dorf gegangen war. Der Krämer, bei dem sie ein neues Seil eintauschen wollte, hatte behauptet, keins dazuhaben. Auf dem Markt wollte niemand ihre Erdbeeren haben.

Beim nächsten Scheit verfehlte Inari die Mitte und schlug nur eine Kante ab. Das Holzstück prallte gegen die Wand des Saunahäuschens und weckte Taavi, der sie vorwurfsvoll ansah und gähnte.

»Vielleicht sollte ich das nächste Mal dich runterschicken«, murmelte sie.

Er bellte. Zuerst fasste sie den Laut als Zustimmung auf, aber dann sprang er auf und bellte noch einmal. Inari richtete sich alarmiert auf. Aus dem Wald erklangen Schritte. Unwillkürlich stellte Inari sich Savos verkniffenes Gesicht vor und schloss ihre Finger fester um den Griff der Axt.

Aber statt Savos grauen Schläfen tauchte zwischen den Bäumen Neas heller Haarschopf auf. Ihre verschiedenfarbigen Augen, braun und grün, leuchteten auf, als sie Inari entdeckte.

»Hier bist du! Ich hab dich im Dorf überall gesucht!« Ihre Hände flogen mit einem Enthusiasmus, den Inari noch nicht bei ihr gesehen hatte. Seit sie zusammen beim Totenhain gewesen waren, schien Nea etwas Schlaf bekommen zu haben. Die schwarzen Ringe unter ihren Augen waren nicht mehr so auffällig und sie bewegte sich mit neuer Energie.

Vor ein paar Tagen hätte Inari sie mit ähnlich freudigem Tatendrang begrüßt, aber heute fiel es ihr schwer, nicht das Gesicht zu verziehen.

»Wo warst du?«, fragte sie, ohne auch nur einen Gruß anzubieten.

Ihr Tonfall ließ Nea innehalten. Sie musterte Inari und runzelte die Stirn.

»In Alyaheim. Ich musste mit Alya reden.«

»Ich hätte dich hier gebraucht«, sagte Inari gepresst. Sie platzierte den Holzscheit neu auf dem Hackklotz und holte wieder aus. Diesmal spaltete die Axt ihn sauber in zwei Hälften.

Nea warf den Holzkanten, der vorhin abgebrochen war, zielsicher gegen Inaris Stiefel. Als Inari irritiert aufsah, schaute Nea ebenso irritiert zurück.

»Was ist los? Wenn du mir etwas zu sagen hast, dann sag es so, dass ich darauf antworten kann!«

»Du kannst sehr gut antworten«, knurrte Inari. »Tu nicht so, als ob du stumm wärst.«

Neas Augen blitzten wütend auf. Sie presste ihre Lippen fest zusammen und schob ihr Kinn vor.

»Hack dir doch ins Knie«, sagte sie mit Handzeichen, die es schafften, bissig zu wirken. Dann drehte sie sich um und stapfte wieder davon.

Inari versenkte die Axt mit einem Fluch im Hackklotz und grub sich die

Finger ins schweißnasse Haar. Sie hatte keine Geduld für solche Spielchen. Sie hatte gerade keine Geduld für Menschen, Punkt.

Aber wer wusste, wann sie Nea sonst wiedersehen würde? Wenn jemand Inari mit der Suche nach Antworten helfen konnte, war sie es.

»Warte!«, rief sie schließlich widerwillig.

Nea blieb stehen und drehte sich mit verschränkten Armen um. Ihre Augenbrauen schossen in die Höhe, während sie Inari fordernd anstarrte. Inari verdrehte die Augen.

»Ich werde mich nicht entschuldigen! Du hast keine Ahnung, was ich jetzt über mich ergehen lassen muss, nur weil du ein paar Tage lang Freunde besuchen musstest! Wann erzählst du den anderen endlich, was wir im Hain gefunden haben?«

Neas Gesicht wurde sofort verschlossen, als wäre eine Tür zugefallen.

»Wenn ich weiß, was dort tatsächlich passiert ist«, sagte sie. »Ich will keine Panik auslösen.«

Inari schnaubte.

»Jetzt haben wir zwar keine Panik, aber dafür eine Hexenjagd!«

Die Schamanin legte den Kopf leicht schief und musterte Inari eindringlich.

»Geht es um deine Freunde?«, fragte sie.

»Auch.« Inari hatte seit der Versammlung nicht mehr mit Mikael und Kerttu gesprochen, aber sie wusste, dass es ihnen nicht sehr viel besser erging als ihr selbst. Noch waren sie nicht aus dem Dorf vertrieben worden, aber alle gingen ihnen aus dem Weg. Savos Verleumdungsstrategie schien aufzugehen. Allein der Gedanke an seine Lügen ließ ihr Blut kochen. »Es gab eine Versammlung und ich habe den anderen von meinem Vater erzählt.«

Neas Augenbrauen drohten wieder in ihrem Haaransatz zu verschwinden.

»Warum?«, fragte sie ungläubig.

»Warum nicht?« Inari trat gegen den Hackklotz, auch wenn sie sich dabei kindisch vorkam. »Das betrifft nicht nur mich und meine Familie! Wer weiß, wessen tote Angehörige als Nächstes zurückkommen könnten!«

»Wir haben keinen Hinweis darauf gefunden, dass es weitere Tote betrifft«, erinnerte Nea sie. »Vielleicht ist es nur dein Vater. Vielleicht ist es nur kurzzeitig. Du solltest den Menschen keine falschen Hoffnungen machen!«

»Diese Standpauke kannst du dir sparen, ich hab sie schon von Ronna gehört«, knurrte Inari. Wut und Angst bildeten ein unauflösbares Knäuel in ihren Eingeweiden. Ronna war lange Zeit ein Grundpfeiler ihres Lebens gewesen, wie eine zweite Mutter, immer für sie da, wenn Inari sich überfordert oder einsam fühlte. Wenn sie sie jetzt hasste, wusste Inari nicht, womit sie das Loch in ihrer Brust füllen sollte.

Nea schien etwas in ihrem Gesicht zu entdecken, was ihren eigenen Blick weicher werden ließ. Sie schloss den Abstand zwischen ihnen und legte Inari kurz eine Hand auf den Arm, bevor sie weitersprach.

»Wir werden herausfinden, was hier vor sich geht, und dann sagen wir es ihnen. Sie werden verstehen, dass du nur ehrlich sein wolltest.«

Würden sie das? Inari kniff für einen Moment die Augen zusammen und drängte ihre überschäumenden Gefühle zurück. Neas Berührung half, ihre Wärme hatte etwas Beruhigendes.

»Na schön«, sagte Inari dann und öffnete wieder die Augen. »Was hast du denn vor? Wie wollen wir etwas herausfinden?«

Das aufgeregte Funkeln kehrte in Neas Augen zurück.

»Ich will mit den Menschen reden, deren tote Angehörige der Schändung des Hains zum Opfer gefallen sind. Vielleicht gibt es doch eine Verbindung zwischen ihnen, die wir nur noch nicht sehen. Wer auch immer das getan hat, muss einen Grund dafür gehabt haben.«

»Willst du ihnen denn von den geringelten Bäumen erzählen?«

Nea zögerte und schüttelte schließlich den Kopf.

»Noch nicht.«

Inari seufzte. Sie fuhr sich wieder durchs Haar und machte sich geistesabwesend daran, ihren Zopf neu zu flechten.

»Ich war mit Kerttu am Pass«, sagte sie. »Ich wollte sehen, ob ihre Schwester irgendwie auf sie reagieren würde, aber es ist nichts passiert.«

»Dann müssen wir mit ihr nicht noch mal reden. Bleiben noch Mila und Leevi ...«

»Wir?«, wiederholte Inari ungläubig. »Ich dachte, du wolltest mit ihnen reden!«

»Und ich dachte, du wolltest Antworten!«, gab Nea zurück.

»Glaub mir, mit mir will gerade niemand reden!«

»Wenn du in meiner Gesellschaft kommst, schon.« Nea grinste. »Niemand lässt eine Schamanin vor der Haustür stehen.«

Inari ließ ihren Zopf fallen und verschränkte ihre Arme vor der Brust. Sie fühlte sich nicht wohl bei dem Gedanken, sich Menschen aufzudrängen, die nichts mit ihr zu tun haben wollten.

Nea berührte sie wieder am Arm und ließ ihre Hand diesmal etwas länger dort ruhen. Inari fragte sich, ob die Schamanin wusste, wie ausgehungert nach Berührung sie war.

»Du musst nicht mitkommen«, sagte Nea. »Aber was auch immer hier passiert, du bist ein Teil davon. Du solltest dir nicht von anderen Menschen einreden lassen, was du zu tun und zu lassen hast.«

Inari schnaubte, aber es klang selbst in ihren Ohren halbherzig.

»Du sagst mir dauernd, was ich zu tun und zu lassen habe.«

»Und die Menschen hören auf mich.« Nea grinste wieder. »Vielleicht solltest du das auch mal versuchen.«

Inari verdrehte die Augen. Vielleicht war es gut, wenn Nea bei ihren Nachforschungen nicht Kerttus Bekanntschaft machte. Sie hatte das ungute Gefühl, dass die beiden einander in ihrem Starrsinn nur bestärken würden.

»Lass uns zuerst nach den anderen Toten sehen, deren Bäume geringelt wurden«, sagte sie. »Von denen erwarte ich zumindest gar nicht, dass sie mit mir reden.«

***

Niska freute sich sichtlich über Neas Besuch und drängte ihr den Rest Erdbeer-Kissel auf, bevor sie in den Wald aufbrachen. Inari wusste nicht wieso, aber ihre Mutter hatte die Schamanin ins Herz geschlossen, seit sie bei ihnen im Haus übernachtet hatte. Vielleicht war es die Erinnerung an Suvi, ganz gleich wie gemischt ihre Gefühle gegenüber Neas Mutter sein mochten. Sie wirkte jedoch erleichtert, dass Nea Maris nicht mitgebracht hatte.

»Manchmal muss ich auch mal von ihm weg«, gestand Nea Inari gegenüber, als sie am Fluss entlang weiter den Berg hinaufstiegen. »Er hat meine Mutter begleitet, solange ich mich erinnern kann, und nun benimmt er sich, als wäre ich immer noch ein kleines Kind.«

»Es ist nun mal seine Aufgabe, dich zu beschützen«, wandte Inari ein und stieg über große Steine am Flussufer hinweg. Das schäumende Wasser ließ einen feinen Regen über ihr Gesicht ergehen. Der Wald erhob sich zu beiden Seiten wie eine dunkelgrüne Wand. Vor ihnen verschwamm der Berggipfel in den grauen Wolken.

Nea warf ihr einen spöttischen Blick zu.

»Er wollte mich davon abhalten, dich noch mal zu sehen«, sagte sie. »Er findet dich verantwortungslos.«

Inari rutschte fast aus.

»Verantwortungslos?«, wiederholte sie entrüstet.

»Das hat er gesagt!«, gebärdete Nea und grinste. »Er findet, du verschwendest deine Zeit hier oben, während es doch deine Aufgabe wäre, Kinder auf die Welt zu bringen, um unseren Clan nicht aussterben zu lassen.«

Inari verzog das Gesicht so demonstrativ, dass Nea lachen musste.

»Ich weiß, ich weiß!« Kopfschüttelnd warf Nea einen Stock für Taavi, der sofort hinterherlief und zwischen den Bäumen verschwand. »Ich glaube, in Wirklichkeit hat er Angst, mich mit dir allein zu lassen, weil du mich verführen könntest, und dann würde ich mir keinen Mann mehr suchen, um die Geistergabe weiterzugeben.«

Inari blieb stehen und starrte sie verdutzt an, unsicher, ob sie das ernst meinte. Nea fing wieder an zu lachen, kaum hörbar vor dem Rauschen des Flusses.

»Du guckst wie ein erschrockenes Reh!«

Inari hatte das Bedürfnis, ihr brennendes Gesicht in ihrem Schal zu verstecken, aber sie erinnerte sich daran, dass sie nicht mehr zehn Jahre alt war. Zum Glück kam Taavi gerade mit seiner Beute zurück und Inari konnte sich damit beschäftigen, ihn zu kraulen und den Stock noch mal zu werfen.

Erst Neas Hand an ihrem Arm ließ sie widerwillig den Blick heben.

»Tut mir leid, ich wollte dich nicht in Verlegenheit bringen.« Nea grinste noch, aber es wirkte reumütig. »Keine Angst, ich erwarte nicht, verführt zu werden.«

Inaris Gesicht fühlte sich immer noch viel zu warm für den kühlen Tag an.

»Gut«, erwiderte sie lahm und zupfte an ihrem Schal. »Ich habe keine Zeit für so etwas.«

Neas Grinsen wurde plötzlich wieder breiter.

»Auch nicht für die hübsche Vivaara aus dem Dorf?«

Abrupt beschloss Inari, ihre Wanderung wiederaufzunehmen. Sie hatten noch ein Stück Weg vor sich und kein Tageslicht zu verlieren. Besonders nicht für ... so etwas.

Nea holte sie schnell wieder ein, Taavi neben sich. Ihre Stiefel waren nicht so robust wie Inaris und rutschten auf den nassen Steinen, aber sie bewegte sich trotzdem geschickt und sicher. Als Inari ihr einen verstohlenen Blick von der Seite zuwarf, war die Heiterkeit aus ihrem Gesicht verschwunden und hatte einem nachdenklichen, fast traurigen Ausdruck Platz gemacht.

»Was ist mit dir?«, fragte Inari nach ein paar weiteren wortlosen Schritten. »Willst du das – dir einen Mann suchen, heiraten, neue Schamanen in die Welt setzen?«

Nea zuckte mit den Schultern.

»Schamanen dürfen nicht heiraten. Unser Leben gehört dem Land. Aber meine Mutter hat sich wechselnde Liebhaber genommen, das werde ich wohl auch tun.« Sie sah nicht aus, als würde die Aussicht sie mit Freude erfüllen. »Ich trage ihre Gabe in mir, ich kann sie nicht mit mir sterben lassen.«

»Ich dachte, jeder kann mit Schamanenkräften geboren werden.«

»Jeder kann mit der Begabung geboren werden, ja, aber es dauert lange, die Verbindung zum Land und zu den Geistern so zu stärken, dass man sie nutzen kann.« Nea presste die Lippen zusammen und berührte kurz den Knochenreif an ihrem Handgelenk. »Meine Mutter hat einen Weg gefunden, mir diese Verbindung zu vererben, damit ich die Totenmagie weiter aufrechterhalten kann. Das werde ich auch mit meinen Nachkommen tun müssen.«

Inari sah weg. Der Gedanke, dass sich Neas Leben einzig darum drehte, die Toten auf ihren Beinen zu halten, lag schwer auf ihrer Brust. *Hier leben nur die Toten.* Wieder hatte sie Kerttus Stimme im Ohr.

Sie stieß Nea mit der Schulter an, um sie aus ihren Gedanken zu reißen, und war froh, ein Lächeln zu ernten. Sie waren lebendig, sie beide. Das musste für heute genügen.

***

Neben den drei Hauptpässen bewachten die Toten auch die anderen Zugänge ins Tal, ganz gleich wie schmal und schwer zugänglich sie sein mochten. Die Stelle, an der der Fluss aus dem Berg trat, bevor er in Windungen den Berg herablief, eignete sich kaum dazu, eine feindliche Streitmacht durchzulassen, aber trotzdem standen hier drei Tote Wache. Eine davon war Mila, die verstorbene Großmutter, deren Seelenbaum geringelt worden war.

So wie die anderen Toten auch wirkte sie, als sei sie gerade erst von der Bahre gestiegen und hergekommen. Nea hatte erklärt, dass die Toten atmeten und ihr Herz schlug, wenn auch langsamer als bei den Lebenden. Ansonsten wären sie längst verfault, ob nun im Erdreich oder an der frischen Luft. Aber selbst von weitem konnte man sie nicht für Lebende halten, ihre starre Bewegungslosigkeit verriet sie.

Inaris Schritte wurden unwillkürlich langsamer und sie blieb in einiger Entfernung von den Toten stehen. Nea setzte ihren Weg unbeirrt fort. Ohne zu zögern, fasste sie Mila an den Armen und schüttelte sie leicht. Die Frau ließ es über sich ergehen, ohne das Gesicht zu verziehen. Ihr Blick ging an Nea vorbei, irgendwo in den Wald.

»Und, ist irgendetwas anders?«, fragte Inari. Kaltes Unbehagen verknotete ihre Rückenmuskeln und sie rollte geistesabwesend mit den Schultern. Ein Druck wuchs auf ihrer Brust. Sie kam sich unerwünscht vor, als würden sie die Toten stören.

Nea antwortete nicht. Sie ging einmal um Mila herum und musterte sie von Kopf bis Fuß, als sei sie ein interessant verwachsener Baum. Inari seufzte und scharrte mit dem Fuß in den Steinchen am Ufer.

Ein Funkeln zog ihre Aufmerksamkeit auf sich. Sie befahl Taavi, sitzen zu bleiben, und näherte sich vorsichtig den Toten. Drei Schritte von Mila entfernt, im Schatten eines fast runden Felsens, lagen kleine Goldklumpen. Zuerst dachte sie, dass der Fluss sie angespült hatte, aber dann sah sie, dass die Klümpchen sorgfältig angeordnet waren, nach Größe. Der größte davon war so lang wie Inaris Daumen.

»Nea!«, zischte sie, ohne den Blick von ihrem Fund abzuwenden. Manchmal fanden die Fischer an der Flussmündung Gold oder eine der Frauen aus dem Dorf beim Wäschewaschen – aber Inari hatte noch nie so viel auf einmal gesehen. Das war nichts, was der Fluss in seltener Großmut auf einmal ausgespuckt hatte. Das war die Ausbeute von jemandem, der viel Zeit in die Suche investiert hatte.

Als Nea sich zu ihr gesellte und ihrem Blick folgte, sog sie scharf die Luft ein.

»Es könnte eine Opfergabe sein«, schlug Inari halbherzig vor. »Eine Art des Gedenkens.«

»Wer bringt seinen Toten Gold als Opfergabe dar?«, fragte Nea. »Und warum hier? Wenn, dann hinterlegst du etwas beim Seelenbaum, nicht dort, wo der Körper wandelt!«

Inaris Blick wurde unweigerlich von Mila angezogen. Die Frau gab immer noch nicht zu erkennen, dass sie die beiden Störenfriede überhaupt wahrnahm, aber Inari hatte trotzdem das Gefühl, nicht willkommen zu sein.

»Wir sind nicht hier, um dein Gold zu stehlen«, sagte sie laut und kam sich im selben Moment albern vor. Aber mit Aleksi redete sie auch, ohne dass er antwortete. Das hieß nicht, dass er nicht jedes Wort verstand.

Nea sah auch zu Mila hoch und zog nachdenklich die Unterlippe zwischen die Zähne.

»Frag sie, wofür sie das sammelt«, gebärdete sie zu Inari.

»Wofür sammelst du das Gold?« Inari dachte plötzlich an Milas zwei Töchter, die die Seuche überlebt hatten, die drei Enkelkinder. »Für deine Familie? Wissen sie davon? Sollen wir es ihnen vielleicht bringen?«

Keine Reaktion. Auch die anderen beiden Toten zuckten mit keiner Wimper. Inari seufzte. Nea musterte den Fluss, als hielte er irgendwelche Antworten bereit.

»Vielleicht war es doch jemand aus dem Dorf.«

Schließlich traten sie wieder den Rückweg an. Das Gold ließen sie unberührt. Inari meinte die ganze Zeit, einen bohrenden Blick in ihrem Nacken zu spüren.

***

Taavi fing an zu bellen, als sie gerade den Flusslauf verlassen und in den Wald zurückkehren wollten. Inari blieb abrupt stehen und legte die Hand an das Messer, das sie am Gürtel trug. Es war Taavis Jagdbellen, scharf und wachsam.

»Warte hier«, sagte sie zu Nea und folgte vorsichtig dem Gebell.

Der Hund hatte sich nicht weit entfernt. Er war um die nächste Flussschleife gelaufen und stand nun mit aufgerichteten Ohren dort, wo sich das Wasser staute, bevor es weiter nach unten strömte. Zwischen dem hohen Schilfgras am Ufer zeichneten sich weiße Federn ab. Als Inari näher heran war, sah sie den Kopf eines Schwans, der alarmiert in Taavis Richtung starrte. Der elegante Bogen seines Halses war rosarot mit Blut verschmiert.

»Still«, sagte sie und Taavi verstummte auf der Stelle. Inari zog ihr Messer und näherte sich langsam dem Vogel, während sie versuchte zu erkennen, wo er verletzt war. Er fauchte ihr entgegen und richtete sich bedrohlich auf. Aber als er seine großen Flügel ausbreitete, sah Inari, wo das Blut herkam: Unter dem rechten Flügel waren die Federn rot und verklebt. Es sah nach einem Biss aus, vielleicht ein Wolf oder ein Luchs.

»Ein Wunder, dass du noch am Leben bist«, murmelte sie. »Das muss sehr wehtun.« Der Schwan fauchte nur wieder und machte bedrohlich einen Schritt auf sie zu. Taavi knurrte.

Da hörte Inari hinter sich ein seltsames Summen. Als sie sich umdrehte, sah sie Nea, die langsam näher kam, den durchdringenden Blick auf den Schwan gerichtet.

»Bleib weg!«, zischte Inari und griff nach ihrem Arm. »Er beißt dich!«

Nea schüttelte ihre Hand ab und ging weiter. Ihr tiefes Summen vibrierte in Inaris Knochen und schien zwischen ihren Ohren zu kreisen wie ein Wespenschwarm. Taavi drückte sich platt gegen den Boden und winselte.

Der Schwan wirkte verwirrt. Er fauchte nicht mehr und ließ seine Flügel etwas sinken, hielt den Kopf aber immer noch angriffsbereit in die Höhe. Nea sah neben ihm noch kleiner und zierlicher aus, aber das schien sie nicht einzuschüchtern. Jetzt streckte sie ihm die Hände entgegen, als wäre er ein scheuendes Pferd.

Inari wagte es nicht, dazwischenzugehen, aus Angst, den Schwan zu provozieren. Hilflos sah sie zu, wie Nea vor dem Vogel in die Knie ging, ohne sich darum zu kümmern, dass ihr Rock sich mit Wasser vollsog. Sie hielt weiterhin den Blick des Schwans fest, der sie wie gebannt anstarrte. Als Nea schließlich eine Hand auf seinen Hals legte, sank er in sich zusammen und legte die Flügel wieder an. Sie fing an über seine Federn zu streichen.

Inari ließ den Atem wieder ausströmen, den sie angehalten hatte.

»Du hast doch den Verstand verloren«, murmelte sie und wusste nicht, ob sie zu Nea oder zu sich selbst sprach.

Die Schamanin drehte ihren Kopf und suchte über ihre Schulter hinweg Inaris Blick. Dann presste sie ihre freie Hand gegen ihr Ohr und hob auffordernd die Augenbrauen. Inari erinnerte sich plötzlich an die Nacht, in der sie Nea am See gefunden hatte. Hastig drückte sie sich die Hände auf die Ohren und warf sich halb über Taavi, um ihn mit ihren Armen abzuschirmen.

Nea fing nicht wieder an zu singen, zumindest nicht mit Worten, aber ihr Summen wurde lauter. Es wogte wie das Wasser, wenn ein Fischerboot hindurchpflügte. Inari hörte es zwar nicht mehr, aber sie spürte die Vibrationen durch ihren Körper laufen. Ihre Augenlider wurden schwer, aber sie zwang sich zuzusehen. Das hier war die Magie der Schamanen, die Magie des Landes – wann würde sie so etwas noch mal zu Gesicht bekommen?

Der Schwan beugte den Hals zu Nea herunter und legte seinen Kopf auf ihre Schulter, als wäre auch er müde. Mit einer Hand streichelte sie ihn weiter, die andere legte sie über die Wunde an seiner Seite. Sanft strich sie über die verklebten Federn. Mit jeder Bewegung sah Inari immer weniger Blut, als würde Nea mit einem Pinsel darüber fahren und das Gefieder wieder weiß malen.

Als sie ihre Hände langsam von dem Schwan löste, hob er den Kopf und schüttelte sich, wie eben aufgewacht. Dann bog er den Hals zurück und richtete mit dem Schnabel einige Federn an seinem rechten Flügel. Inari konnte die Körpersprache von Vögeln nicht so gut lesen wie die von Hunden, aber es sah aus, als hätte er keine Schmerzen mehr. Dann drehte er sich um, nahm auf dem Wasser Anlauf und erhob sich in die Luft.

Inari setzte sich auf und nahm ihre Hände von ihren Ohren. Um sie herum war der Wald still. Keine Vogelrufe, kein Rascheln im Gebüsch, kein Summen von Insekten. Nur das muntere Plätschern des Flusses.

Nea kniete immer noch im Schilf, mit hängenden Schultern und gesenktem Kopf. Ohne den erschütternden Klang ihrer Stimme wirkte sie blass und verloren.

»Nea.« Inari schloss zögernd zu ihr auf. »Alles in Ordnung?«

Nea drehte leicht den Kopf zur Seite, was ein Ja oder ein Nein hätte sein können. Sie hatte die Augen geschlossen. Die Haut ihrer Lider war so dünn, dass Inari das blaue Geflecht der Adern darin sehen konnte.

»Das war … unglaublich«, brachte sie hervor. Nach Neas tiefer, weltverändernder Stimme klang ihre quäkend und dünn. Sie fragte sich, ob es wehtat, solche Töne von sich zu geben. Nea sah aus, als würde ihr gerade selbst das Atmen schwerfallen.

Kurzerhand sank Inari neben ihr in die Hocke und schlang die Arme um Neas Schultern. Die Schamanin fühlte sich noch heißer an als sonst, als würde Inari einen Ofen umarmen. Zum ersten Mal kam ihr der Gedanke, dass es die Magie war, die so stark in Neas Körper glühte – dieselbe Magie, die Wunden heilte und die Toten wieder zum Leben erweckte. Ein Schauder lief ihren Rücken herab.

»Ich hoffe, du gehst nicht jeden Tag durch den Wald und heilst die Tiere«, murmelte sie, nur um die schwere bedrückende Stille zu durchbrechen. »Manche von uns sind auf ihr Fleisch und Fell angewiesen, weißt du?«

Nea schnaubte schwach gegen ihren Nacken.

»Es sterben genug«, flüsterte sie, kaum mehr als ein Hauch. »Wenn ich welche retten kann ... muss ich es tun.«

Langsam hob sie die Arme und legte sie um Inaris Hals. Der Knochenreif um ihr Handgelenk drückte gegen Inaris Schulterblatt.

»Ich trage dich aber nicht nach Hause«, warnte Inari mit aller Strenge, die sie aufbieten konnte.

Trotz ihrer Worte überlegte sie, was sie tun sollte, falls Nea tatsächlich nicht mehr aufstehen konnte. Bis zur Hütte war es noch ein langer Fußmarsch durch den Wald. Inari bezweifelte, dass sie die Schamanin so lange tragen könnte, egal wie dünn sie war.

Als sie ihren Blick über die Baumreihen schweifen ließ, auf der Suche nach geeigneten Ästen für ein improvisiertes Floß, entdeckte sie ihren Vater.

Inari erstarrte. Seit der allerersten Begegnung im Totenhain hatte sie Aleksi nicht mehr im Tageslicht gesehen, nur in der Abenddämmerung oder im Schatten des Waldes. Jetzt traf sie die Erkenntnis, wie lebendig er aussah: die dunklen Augen, die sommersprossigen Wangen, die breite Brust, die sich hob und senkte. Von der grausamen Wunde an seinem Hinterkopf war nichts mehr zu sehen. Sie erwartete, dass er sie ansah und ihren Namen rief, in diesem leicht fragenden Tonfall, als wäre er nicht sicher, ob sie es war oder ein Waldtroll.

Aleksi tat nichts dergleichen. Sein Blick war auf Nea gerichtet, zwischen seine Augenbrauen hatte sich eine leichte Falte gegraben. Er wirkte überrumpelt, als hätte er nicht erwartet, die Fremde bei seiner Tochter vorzufinden.

»Papa!«, rief Inari ihm zu, in der Hoffnung, dass er nicht gleich wieder verschwand. »Alles gut, das ist nur Nea! Eine Freundin!«

Nea versteifte sich in ihren Armen. Zuerst fragte Inari sich mit einem unerwarteten Stich im Herzen, ob sie sich an dem Wort Freundin stieß. Aber dann löste Nea sich halb aus ihren Armen, um zum Waldrand zu spähen, und ihre Augen weiteten sich. Sie starrte Aleksi mit demselben Unglauben an, mit dem er sie ansah.

»Das ist Aleksi«, sagte Inari nach einem Moment, auch wenn es überflüssig schien. »Mein Vater.«

Nea blinzelte langsam, wie aus einem Traum gerissen. Sie stützte sich auf Inaris Schulter und stand schwankend auf. Ihr Rock klebte nass an ihren Beinen, aber sie schien es nicht zu bemerken. Hastig fing sie an zu gebärden, an Aleksi gewandt, so dass Inari ihre Hände nicht sehen konnte.

Inari erhob sich ebenfalls. In ihrer Brust brodelte eine komplizierte Mischung aus Gefühlen. Sie war froh, ihren Vater wiederzusehen, und erleichtert, dass jetzt endlich auch jemand anderes seine Existenz bezeugen konnte. Gleichzeitig schnürte sich Eifersucht wie eine Bogensehne um ihr Herz. Nea war eine Schamanin – würde Aleksi mit ihr reden, aber nicht mit Inari? Verstand sie ihn besser?

Ein weiterer, furchterregender Gedanke: Konnte Nea ihn weiterhin ihrem Willen unterwerfen, auch wenn er mehr war als eine bloße Hülle?

Noch während all diese Fragen durch ihren Kopf schossen, trat Nea einen Schritt auf Aleksi zu. Er zog sich sofort zwischen die Bäume zurück. Neas Gesicht verhärtete sich mit neuer Entschlossenheit. Sie öffnete den Mund und der Ton drang wieder heraus, der tiefe Ton, der in den Knochen summte und Inaris Kopf auf der Stelle mit Sand füllte. Aleksi blieb wie angewurzelt stehen.

Im nächsten Moment brach der Ton wieder ab, als Nea in sich zusammenfiel wie ein morsches Haus, dessen Wände nachgaben. Inari war nicht schnell genug, um sie aufzufangen. Taavi stürzte zu ihr und leckte ihr über die Hand, aber sie rührte sich nicht.

»Verdammt …« Inari ging neben ihr auf die Knie und fühlte ihren Puls. Neas Herz schlug viel zu langsam. »So viel dazu, dass du keinen Aufpasser brauchst«, murmelte Inari und drehte die Schamanin vorsichtig auf den Rücken. Ihr Gesicht war so blass.

Schritte kamen näher. Als Inari aufsah, stand Aleksi vor ihr und schaute auf Nea herunter.

»Ich brauche deine Hilfe«, sagte sie mit wenig Hoffnung auf Erfolg. »Ich kann sie nicht bis zur Hütte tragen. Kannst du …«

Noch bevor sie ausreden konnte, hatte er sich gebückt und Nea auf seine Arme gehoben. Es sah nicht aus, als würde es ihn sonderlich anstrengen. Er rückte ihren Kopf zurecht, so dass dieser auf seiner Schulter ruhte, und stand auf. Inari starrte ihn überrascht an.

»Danke«, brachte sie etwas verspätet heraus. Aleksi sagte nichts und ging los, ohne sich nach ihr umzusehen.

Inari warf noch einen Blick zum Fluss, pfiff nach Taavi und folgte ihm.

Ein Geschenk

Nea kam zu sich, als sie schon fast bei der Hütte angekommen waren. Sobald sie einen schläfrigen Laut von sich gab und ihr Gesicht gegen Aleksis Schulter drückte, hielt er inne und legte sie auf weichem Moos ab. Bevor Inari etwas sagen konnte, zog er sich in den Wald zurück, als wäre er nie da gewesen.

Inari seufzte und half Nea beim Aufstehen. Die Schamanin war immer noch wacklig auf den Beinen, aber sie hatte wieder mehr Farbe im Gesicht.

»Fühlst du dich besser?«, fragte Inari.

Nea sah sich mit wachsender Verwirrung um.

»Wo ist er hin?«, fragte sie mit ihren Händen. »Er war doch eben noch da!«

»Verschwinden kann er gut«, sagte Inari trocken. »Vielleicht war es ihm zu viel Umgang mit den Lebenden für einen Tag.«

Nea presste die Lippen zusammen. Einen Moment lang schien sie zu überlegen, ob sie auf die Suche nach Aleksi gehen sollte, aber dann warf sie den Kopf in den Nacken und musterte den Himmel. Die Sonne hing tief über den Bergen.

»Ich muss zurück«, sagte sie und verzog missmutig das Gesicht. »Bei Sonnenuntergang muss ich singen.«

»Er kommt schon wieder«, sagte Inari, obwohl sie selbst jedes Mal Angst hatte, ihn nicht wiederzusehen.

Nea hob die Hand an ihre Wange, als könnte sie noch Aleksis Berührung auf ihrer Haut spüren. Inari fühlte wieder einen Stich von Eifersucht und schaute weg.

»Komm«, murmelte sie. »Wenn du es schon so eilig hast.«

Als sie bei der Hütte ankamen, stürmte Taavi mit einem freudigen Bellen voraus. Inari blieb abrupt stehen, als sie die Frauengestalt aus der Tür treten sah. Dass ihre Mutter ihr Zimmer geschweige denn das Haus verließ, war fast noch schwerer zu glauben, als dass ihr Vater wieder von den Toten zurückgekehrt war.

Aber es war nicht Niska.

»Oh.« Ronna musterte Nea überrascht und ließ ihren Blick dann misstrauisch zu Inari wandern. »Wie ich sehe, bin ich nicht die Einzige, die zu Besuch kommt.«

Ihre Stimme war sorgsam neutral gehalten, aber der Kontrast zu ihrer früheren Herzlichkeit schnitt tiefer als jedes Schimpfwort. Inari rief Taavi zurück und beschäftigte sich einen Moment damit, ihm einen Eimer mit frischem Wasser hinzustellen, um Ronna nicht ansehen zu müssen.

Nea machte irgendwelche Zeichen in Ronnas Richtung, die Inari aus dem Augenwinkel nicht erkennen konnte.

»Aber ja, sicher! Wir haben ja den gleichen Weg.« Jetzt klang Ronna warm und zuvorkommend. Natürlich, sie hatte den größten Respekt vor den Schamanen. Wahrscheinlich würde sie Nea auf dem Weg ins Dorf die ganze Zeit über die Geister und deren Beschwichtigung ausfragen.

Inari versuchte vergeblich ihre Eifersucht und Bitterkeit zurückzudrängen. Es schien, dass Nea einfach nur irgendwo auftauchen musste, damit ihr alle die Füße küssten – ob nun die Toten oder die Lebenden.

Nea versuchte ihren Blick aufzufangen, aber Inari weigerte sich. Schließlich kam die Schamanin zu ihr und legte kurz eine Hand gegen Inaris Wange. Ihre Fingerspitzen tanzten wie Funken über Inaris Haut.

»Ich komme morgen wieder«, sagte sie. »Wir sind noch nicht fertig.«

»Ich muss jagen, Wintervorräte anlegen ...«

»Sag Maris, was du brauchst, und er besorgt es dir.« Neas Blick war schwer zu ertragen, dunkel und intensiv. »Das hier ist wichtiger.«

»Ich entscheide selbst, was in meinem Leben wichtig ist!«, fauchte Inari. Sie bereute es im nächsten Moment. Sie war nicht einmal wütend auf Nea, nicht wirklich. Aber es war schwer, unter Ronnas abschätzigem Blick ruhig zu bleiben.

Nea runzelte die Stirn, schien aber zum Entschluss zu kommen, dass mit Inari gerade nicht zu reden war.

»Morgen«, wiederholte sie mit einem nachdrücklichen Klopfen ihrer Finger gegeneinander. Dann wandte sie sich ab und ging in Richtung des Waldwegs, der den Berg herunter nach Savholt führte.

»Denk zumindest an deine Mutter, wenn dir deine eigene Zukunft schon gleichgültig ist, Inari«, sagte Ronna kühl, bevor sie ihr folgte.

Inari wartete, bis die beiden außer Sicht waren, und trat dann mit voller Wucht gegen den Hackklotz.

Sie hätte sich gern etwas Zeit gelassen, damit ihre Wut abebbte, aber da ging hinten am Haus eine Fensterlade auf und Niska rief nach ihr.

»Inari? Ich hab dich doch da draußen gehört! Kommst du bitte rein?«

Ihre Stimme klang höher als sonst, gepresst. Das war kein gutes Zeichen. Inari kniff die Augen zusammen und versuchte an den dunklen Frieden zwischen den Bäumen zu denken, den lebendigen Geruch von Regen und nasser Erde, das muntere Plätschern eines Bachs ...

»Inari!«

Widerwillig ging sie ins Haus.

Drinnen roch es nach dem Hagebuttentee, den Ronna so gern trank. Wenn sie lange genug da gewesen war, um sich und Niska Tee zu kochen, bedeutete es nichts Gutes. Inari streifte langsam ihre Stiefel ab, wickelte sich den Schal vom Hals und wandte sich der Feuerstelle zu, um ihre Finger zu wärmen. Aus dem Augenwinkel sah sie Niska steif auf ihrem Bett sitzen.

»Ronna war hier«, sagte ihre Mutter.

»Ich weiß. Ich habe sie eben gesehen.«

»Sie hat mir seltsame Dinge über dich erzählt.«

Inari stieß die Zähne zusammen. Natürlich hatte Ronna das.

»Das einzig Seltsame ist, wie schnell sie bereit ist, mich zu verurteilen«, sagte sie gepresst.

»Du hast ihr gesagt, es ist ihre Schuld, dass Leevi nicht zu ihr zurückgekehrt ist!«

Inari wirbelte herum.

»Das habe ich nicht!«, rief sie wütend. »Ich habe kein Wort über Leevi gesagt!«

»Aber du hast gesagt, dass die Toten zurückkehren!«, gab Niska ebenso hitzig zurück. Sie rang ihre Hände auf ihrem Schoß, so fest, dass die Knöchel weiß hervortraten. »Auf der Dorfversammlung, wo alle dich hören konnten! Was hast du dir nur dabei gedacht?«

»Ich habe mir gedacht, dass alle ein Anrecht darauf haben, die Wahrheit zu erfahren!«

»Alle außer deiner Mutter!« Niska sprang auf und stürzte zum Türrahmen, als wollte sie Inari an den Schultern packen und schütteln. Einen Moment schien es, als würde sie es tatsächlich tun. Inari hielt den Atem an. Aber Niska blieb kurz vor der Türschwelle stehen und stemmte die Hände in die Hüften. »Sag es mir ins Gesicht!«, zischte sie. »Wenn du es vor dem ganzen Dorf sagen kannst, dann doch wohl auch zu mir!«

Unbehagen verknotete sich in Inaris Magen. Sie ließ ihren Blick fallen und zupfte nervös am Saum ihrer Weste.

»Papa ist wieder da«, sagte sie halblaut. »Ich habe ihn schon mehrmals gesehen, auch hier, bei uns. Ich habe mit ihm gewürfelt und für ihn gesungen.«

Niska holte scharf Luft, obwohl sie eigentlich nicht überrascht sein konnte – Ronna hatte ihr bestimmt alles erzählt.

»Inari, sieh mich an. Sieh mir in die Augen.«

Inari mochte es nicht, ihrer Mutter in die Augen zu blicken. Sie waren so schön, eines grün, das andere blau, und Inari kam sich dagegen immer reizlos und gewöhnlich vor. Jetzt flackerten in diesen Augen Angst und Verwirrung.

»Warum erzählst du so etwas?«, fragte Niska verzweifelt. »Willst du, dass sie auch dich für verrückt halten?«

»Es ist die Wahrheit!«

»Aleksi ist tot!«

»Das weiß ich – ich war ja bei seiner Totenwache, im Gegensatz zu dir!«, sagte Inari bissig. Es war befriedigend zu sehen, wie Schmerz über Niskas Gesicht lief und ihren Ausdruck ganz starr machte. »Aber irgendetwas hat ihn wieder zu uns zurückgebracht«, beharrte sie. »Nea und ich versuchen herauszufinden, was passiert ist und ob es auch andere betrifft …«

»Nea?«, wiederholte Niska ungläubig. Wut belebte ihren Gesichtsausdruck wieder. »Hat sie dir diesen Wahnsinn eingeredet? Halte dich von ihr fern, hörst du! Sie ist nicht gut für dich!«

»Auf einmal?«, fragte Inari frostig. »Immer wenn sie hier ist, willst du sie doch gar nicht mehr hergeben!«

»Sie hat mein Leben gerettet!«, sagte Niska. »Aber Schamanen geben keine guten Freunde ab, Inari, merk dir das!«

»Also du darfst mit einer Schamanin befreundet sein, aber ich …«

»Ich war nie mit Suvi befreundet!«, fiel Niska ihr ins Wort. »Ich dachte, ich war es, aber Menschen waren ihr schon immer egal!«

Inari verstummte und starrte ihre Mutter an. Niska hatte die Hände zu Fäusten geballt, rote Flecken brannten auf ihren Wangen. Sie hatte ihre Mutter noch nie so aufgebracht gesehen.

»Wie kommst du darauf?«, fragte Inari zögernd. »Was ist zwischen euch vorgefallen?«

Niska stieß scharf den Atem durch die Nase aus und wandte sich ab. Geistesabwesend zupfte sie an ihrem Haarknoten, bis ihr blondes Haar frei über ihren Rücken strömte.

»Ich dachte, wir wären Freunde«, sagte sie dumpf, ohne Inari anzusehen. »Aber als ich die Seuche bekam und so schwer krank war, wollte sie nicht einmal herkommen, um mir zu helfen. Dein Vater ist mitten in der Nacht losgelaufen, um sie zu holen. Du erinnerst dich wahrscheinlich nicht mehr …«

»Doch.« Inari schluckte schwer. Allein die Erinnerung an diese Nacht drohte sie zu ersticken. »Dein Fieber war so hoch, dass wir Angst hatten, du würdest den Sonnenaufgang nicht mehr erleben. Ich dachte, Papa sollte Ronna holen …«

Niska schüttelte den Kopf. Sie knetete wieder ihre Hände und ihre Augen hatten einen distanzierten Ausdruck.

»Die anderen Schamanen haben alles getan, um den Kranken zu helfen. Aber Suvi hat keinen Finger krummgemacht. Sie wollte sich nur nicht selbst anstecken ...« Sie holte zitternd Luft und wandte ihr Gesicht ab. Inari musste ihre eigenen Hände zu Fäusten ballen, um nicht dem Impuls nachzugeben, Niska in ihre Arme zu ziehen.

»Aleksi ist zu ihrer Hütte gelaufen und hat sie angefleht, aber sie hat ihn weggeschickt«, sagte ihre Mutter schließlich mit kräftigerer Stimme. »Ich bin fast gestorben und ihr war das völlig egal. So benehmen sich keine Freunde. So benehmen sich nicht mal anständige Menschen.«

Inari löste langsam ihre geballten Hände und versuchte die hässlichen Erinnerungen abzustreifen, die Niska heraufbeschworen hatte.

»Ich erinnere mich nicht an Suvi«, sagte sie schließlich, »aber Nea ist nicht so. Sie hat uns geholfen. Sie macht sich Sorgen um alle Menschen im Tal. Sie will auch nur ihre Mutter zurückhaben, so wie ich Papa.«

Niska fuhr wieder herum. Ihre Augen funkelten hell vor zurückgehaltenen Tränen.

»Das ist unmöglich!«

»Ich sag es dir doch, Papa war hier ...«

Niska schüttelte den Kopf.

»Vielleicht war Aleksi hier, vielleicht hast du ihn dir auch nur herbeigeträumt – ich weiß es nicht. Aber Suvi kommt mit Sicherheit nicht zu Besuch! Sie haben ihren Körper in Stücke geschlagen!«

Inari starrte sie an.

»Was? Wer?«

»Die anderen Schamanen.« Niska rieb sich über das Gesicht, um die Tränen wegzuwischen. »Ronna hat mir davon erzählt. Suvi ist ein halbes Jahr nach deinem Vater gestorben, aber sie haben sie nicht aufgebahrt und wiederbelebt. Sie haben ihr Blut fließen lassen und Nea darin gebadet – und aus ihren Knochen haben sie den Schmuck gemacht, den sie heute noch trägt.« Niska verzog angewidert den Mund. »Das Mädchen war elf Jahre alt und sie haben sie den Tod ihrer Mutter tragen lassen wie einen Fuchspelz!«

Das Grauen rollte eisig Inaris Wirbelsäule herunter. Sie hielt sich an der Tischkante fest.

»Warum haben sie das getan?«, fragte sie tonlos.

»Um sie zur Schamanin zu machen, nehme ich an.« Auch Niska sah mit einem Mal erschöpft und traurig aus. »Ich sage es dir, das sind keine Menschen, sie haben kein Herz. Nea wird dich benutzen und ihrer Magie opfern, sobald sie dich nicht mehr braucht.«

Inari starrte ins Feuer. Sie erinnerte sich an Neas schmalen Körper auf der Saunabank, ihren ausgestreckten Arm mit dem Knochenreif daran.

Meine Mutter hat zeit ihres Lebens daran geglaubt, dass es einen Weg geben muss, die Toten wieder ganz ins Leben zurückzuholen – mit Körper und Seele. Ich habe lange gehofft, dass ich das auch für sie tun könnte.

Aber sie hatte nie gesagt, dass es bei ihrer Mutter noch einen Körper gab, der mit ihrer Seele zusammengeführt werden konnte.

Übelkeit kroch Inaris Hals hoch. Hastig griff sie nach dem abgekühlten Tee, den Ronna nicht ausgetrunken hatte, und wollte ihn herunterstürzen. Doch ihr Blick blieb an der Flüssigkeit im Becher hängen, rot wie Blut. Mit einem Knall stellte sie den Becher wieder ab. Alles um sie herum wirkte auf einmal fremd und unheimlich.

***

Mitten in der Nacht weckte sie Taavis Geheul. Hastig warf Inari ihre Decke ab und stürzte zum Fenster, das die Lichtung vor dem Haus überblickte. In der Dunkelheit war kaum etwas zu erkennen, aber sie meinte trotzdem eine Gestalt im Wald verschwinden zu sehen.

Niska rief verschlafen ihren Namen, aber Inari war schon dabei, in ihre Stiefel zu steigen. Wenn es Aleksi war, wollte er ihr vielleicht etwas zeigen. Aber Taavi hatte Aleksi nie ausgebellt, nicht so …

Als sie die Tür aufstieß, schepperte es. Überrascht beugte sie sich vor und sah, dass jemand vor der Tür Steine aufgehäuft hatte. Inari hob einen hoch und hielt ihn ins Licht der glimmenden Feuerstelle. Der Feuerschein fing sich in golden schimmernden Kanten.

»Oh«, brachte Inari verblüfft hervor. Sie sammelte die restlichen Steine auf und legte sie auf den Tisch, wo sie sonst Fleisch schnitt. Es waren Goldklumpen, allesamt, große und kleine. Und Inari hatte sie heute erst gesehen, oben am Fluss. Bei Mila.

Worte, Taten, Gift

Obwohl es Inari davor graute, ging sie am nächsten Tag herunter ins Dorf. Das Gold drohte ihr ansonsten ein Loch ins Gewissen zu brennen. Mila hatte es ihr mit Sicherheit nicht vor die Tür gelegt, damit sie es unter ihrem Kissen versteckte und immer wieder durch ihre Finger gleiten ließ.

Aber sie konnte es auch nicht einfach Milas Angehörigen aushändigen und einen Gruß von ihrer toten Großmutter überbringen. Niemand glaubte ihr. Sie würden denken, sie hätte endgültig den Verstand verloren und würde obendrein Gold horten oder, schlimmer noch, hätte jemanden bestohlen.

Sie wollte zuerst Nea bitten, das Gold zu überreichen. Aber als Savos Haus schon in Sicht war, fiel Inari ein, dass die Schamanin die ganze Nacht hindurch gesungen hatte und jetzt wahrscheinlich ihren Schlaf nachholte. Maris würde sie nicht einmal zu ihr vorlassen.

Einen Moment lang blieb Inari unschlüssig auf der Straße stehen, bevor sich ihre Beine wie von selbst in Bewegung setzten. Es war nicht so, als hätte sie in Savholt noch viele Freunde.

Die Fensterläden von Mikaels und Kerttus Haus waren alle aufgerissen und das gelb gestrichene Holz leuchtete in der Sonne. Die Ringelblumen, die Kerttu rings um das Haus gepflanzt hatte, blühten so spät im Jahr nicht mehr, aber Inari hatte trotzdem ihren süßen Duft in der Nase, als sie auf die Eingangstür zuging. Kerttus Haut roch immer nach der Ringelblumencreme, die sie selbst herstellte.

Als Kerttu nun die Tür aufmachte, roch sie allerdings nach Fisch. Sie hatte ihre dunklen Locken hinter die Ohren gestrichen und die Ärmel ihrer Tunika hochgekrempelt, so dass ihre kräftigen, mit Muttermalen gesprenkelten Unterarme zu sehen waren.

»Da bist du ja«, sagte sie statt einer Begrüßung und winkte Inari ungeduldig herein. »Komm, du kannst mir helfen.«

Inari hatte Angst vor diesem Wiedersehen gehabt – sie wusste nicht, ob Kerttu und Mikael wütend auf sie waren, weil sie sich bei der Dorfversammlung eingemischt hatte. Aber es schien, dass Kerttu wichtigere Dinge zu tun hatte, als mit ihr zu schimpfen.

In der Küche wurde der Fischgeruch so intensiv, dass Inari nur noch flach durch den Mund atmete. Kerttu war gerade dabei, einen Lachs mit Salz einzureiben. Bereits fertig präparierte Fische füllten einen Trog zu ihren Beinen.

»In Mirhausen gab es schon den ersten Schnee«, warf sie Inari über die Schulter zu, während sie zurück an die Arbeit ging. »Schnee! – Steh da nicht so rum, schnapp dir einen Fisch und mach dich nützlich!«

Inari verdrehte die Augen, gehorchte aber. Wenn Kerttu diese rastlose Energie befiel, war es aussichtslos, sich dagegenzustemmen.

»In Mirhausen schneit es immer früher«, versuchte sie es trotzdem, während sie sich aus einem Fass einen Barsch nahm und auf die Tischplatte neben Kerttus Lachs klatschte. »Das heißt nicht, dass der See morgen zufriert.«

»Vielleicht nicht morgen, aber übermorgen«, sagte sie verbissen. »Und wer weiß, wie lange die Pässe noch offen sind? Wir müssen alles mitnehmen, was wir können.«

Inari hörte auf, das Salz über ihren Fisch zu streuen.

»Mitnehmen? Wohin?«

Kerttu warf ihr einen scharfen Blick zu.

»Was glaubst du denn? Weg von hier!«

Plötzlich war der Gestank egal. Inari atmete tief ein und schloss ihre Hände krampfhaft um die Tischkante.

»Ihr habt mir nichts davon gesagt, dass ihr wegwollt«, sagte sie.

»Wir waren doch auf derselben Versammlung, oder nicht?« Kerttu wischte sich mit einer Hand über die Stirn und hinterließ eine Salzkruste auf ihrer Haut. »Sie halten uns für Giftmischer und Barbaren! Was glaubst du, wie lange es noch dauert, bis sie uns alles Hab und Gut wegnehmen und uns aus dem Dorf jagen?«

Vertraute Wut kochte in Inari hoch.

»Haben sie euch bedroht?«, fragte sie scharf. »Wer war es? Savo?«

»Savo ist ein Feigling«, winkte Kerttu ab. »Er kann gut reden, wenn ihm eine Menge zuhört, aber er will sich nicht selbst die Hände dreckig machen.« Sie rieb das Salz mit kräftigen Bewegungen in den Fisch ein. Die Muskeln rollten in ihren Armen. »Ich kann das nicht mehr«, sagte sie gepresst, ohne Inari anzusehen. »Ich kann nicht mehr unter Menschen leben, die uns hassen. Wir gehören nicht hierher und ich bin es leid, so zu tun, als ob.«

»Was sagt Mikael?«

Kerttu schnaubte.

»Dass wir dich nicht allein zurücklassen können natürlich.« Sie sah auf und maß Inari mit einem durchdringenden Blick. »Aber du bist gar nicht allein, stimmt's? Du hast deine Mutter und deinen toten Vater und jetzt auch noch diese Schamanin. Du brauchst uns eh nicht.«

Inari schluckte schwer.

»Das ist nicht wahr«, sagte sie rau. »Ich werde euch immer brauchen.«

»Aber du sagst auch nicht, dass wir bleiben sollen.« Kerttu senkte den Blick wieder und bearbeitete den Fisch mit einer Wut, die er nicht verdient hatte. »Ich weiß schon. Du lässt dich umwerben und küssen, aber wenn du diejenige bist, die jemanden festhalten, um jemanden kämpfen muss, dann gehst du auf Abstand. Bloß nicht dein Herz weggeben. Bloß nicht vertrauen, dass andere gut darauf aufpassen würden.«

Ihre Worte stachen, der bittere Tonfall fraß sich in Inaris Herz. Diesen Streit führten sie nicht das erste Mal, aber wenn Kerttu und Mikael tatsächlich das Dorf verließen, würde es das letzte Mal sein. Allein die Vorstellung drückte Inari die Luft ab.

Aber Kerttu hatte Recht. Inari konnte sie nicht bitten zu bleiben. Sie konnte ihr nicht ihre Liebe schwören. Alles, was Inari war, musste sie fest an sich gedrückt halten. Sie wusste nicht, was von ihr übrig bleiben würde, wenn sie es an andere verteilte. Schon der Hohlraum in ihrer Brust, den Aleksis Tod hinterlassen hatte, war unerträglich.

Verzweifelt suchte Inari nach Worten – wenn schon nicht nach den Worten, die Kerttu hören wollte, dann nach welchen, die sie zum Bleiben bewegen würden, zumindest noch für einen Winter.

»Aber ihr könnt Elsa nicht zurücklassen!«, sagte sie schließlich. »Wenn sie zu euch zurückkehren will …«

»Ich war doch bei ihr«, unterbrach Kerttu sie. »Da ist nichts, das zu uns zurückkehren könnte.«

Hastig zog Inari sich die Umhängetasche von der Schulter.

»Das dachte ich bei Mila zuerst auch, aber sieh dir das an!«

Sie schob den Fisch beiseite und ließ die Goldklumpen auf den Tisch rollen. Im Sonnenschein, der durchs offene Fenster einfiel, funkelten sie wie der Fluss, der sie an Land gespült hatte.

Kerttu starrte das Gold an. Ihre Hände hielten endlich in ihrer Arbeit inne.

»Wo … wo hast du so viel Gold her?«, wisperte sie.

»Ich sage es doch, von Mila!« Inaris Stimme überschlug sich fast, als sie von dem Besuch bei den Toten erzählte, von Milas Schatz und Inaris Angebot, ihn ihrer Familie zu bringen. Sie ließ Kerttu beim Sprechen nicht aus den Augen. Das musste sie doch überzeugen, das musste genug sein …

»Also hat sie dir das Gold vor die Tür gelegt, damit du es ihren Angehörigen gibst?«, fragte Kerttu ungläubig. Als Inari nickte, stieß sie einen scharfen Atemzug aus. Sie wischte sich die fettigen, salzverkrusteten Hände an ihrer Schürze ab und griff nach dem größten Goldklumpen, um ihn prüfend in ihrer Hand zu wiegen. In ihrer kleinen Hand wirkte er noch größer. »Wo hat sie das nur her?«, murmelte sie fassungslos.

»Was hat sie denn sonst anderes zu tun, als den Fluss nach Gold abzusuchen?«

Kerttu lachte spöttisch auf.

»Das ist mal eine Aufgabe für die Toten, an die noch niemand gedacht hat! Vielleicht solltest du das deiner Schamanenfreundin vorschlagen.«

Es gefiel Inari nicht, wie sie *Freundin* betonte, aber ihr war auch nicht danach, sich für ihren Umgang mit Nea zu rechtfertigen. Als ob Kerttu nie andere Frauen ansah.

»Aber jetzt verstehst du doch, was ich meine!«, sagte Inari eindringlich. »Wenn mein Vater und Mila wieder zu sich selbst zurückfinden, kann Elsa es auch!«

Kerttu legte den Klumpen wieder hin. Sie verschränkte die Arme und musterte Inari aus zusammengekniffenen Augen.

»Wieso sollte ausgerechnet Elsa zurückkommen? Wieso keiner der anderen Toten?«

»Weil Elsas Seelenbaum auch geringelt wurde!« In diesem Moment war Inari das Versprechen gegenüber Nea egal. Sie würde alles tun, um Kerttu und Mikael vom Gehen abzuhalten. »Ich war mit Nea im Totenhain. Mehrere Bäume wurden geringelt und sind am Sterben – der von meinem Vater und Mila sind beide darunter. Und Elsas auch!«

Die Farbe wich aus Kerttus Gesicht. Sie starrte Inari an, als hätte diese ihr gerade einen Mord gestanden.

»Das Sterben der Bäume ... bringt die Toten wieder zurück?«, fragte sie.

»Ich weiß es nicht«, musste Inari zugeben. »Ich muss Nea fragen. Aber es wäre schon ein sehr großer Zufall, wenn es nichts miteinander zu tun hätte, oder?«

Kerttu schloss die Augen und atmete tief durch. Besorgt fasste Inari nach ihrem Arm, aber Kerttu zog ihn weg.

»Das ist doch Wahnsinn«, murmelte sie. »Zuerst lassen sie die Leichen herumlaufen wie Hampelmänner und jetzt tun sie so, als könnten wir sie wieder in unsere Arme schließen?«

»Niemand tut so –«

»Ach nein?« Kerttu riss die Augen wieder auf. Dunkle Wut glühte in ihnen. »Das hat alles erst angefangen, als du dich mit der Schamanin angefreundet hast! Sie benutzt dich doch nur, merkst du das nicht? Sie hat mitbekommen, dass die Leute darüber reden, das Tal zu verlassen, weil die Vivaara sich nicht mehr blicken lassen und es immer weniger zu essen gibt – und auf einmal soll es möglich sein, unsere Angehörigen zurückzubekommen? Was für ein Zufall! Sie streut doch bloß falsche Hoffnungen, um uns weiterhin in diesem Gefängnis zu halten! Hier ist sie mächtig und wird verehrt wie eine Göttin! Natürlich will sie nicht, dass wir gehen!«

»Aber das Gold – und ich habe meinen Vater gesehen, mehrmals –«

»Sie kann die Toten machen lassen, was sie will!« Kerttu packte Inari an den Schultern und schüttelte sie, so hart, dass ihre Zähne aufeinanderschlugen. »Er hat noch nie mit dir gesprochen, richtig? Er war nur da und hat dich angesehen? Mit dir gewürfelt?«

»Ja ...« Inari konnte nicht wegsehen. Kerttus Blick brannte sich bis auf den Grund ihrer Seele.

»Woher weißt du dann, dass die Schamanin seinen Leichnam nicht dazu gebracht hat, das zu tun?«

»Nein ... Ich habe ihn doch gespürt. Ich habe seine Hand gehalten!«

»Du willst ihn unbedingt wiedersehen.« Jetzt wurde Kerttus Griff weicher. Mit einer Hand umfasste sie Inaris Wange. Ihre Finger waren rau und kühl. »Deine Sehnsucht nach ihm blendet dich. Wenn es wirklich möglich wäre, die Toten zurückzubringen, hätten die Schamanen es dann nicht längst getan?«

Inari wollte ihren Kopf wegdrehen, aber Kerttu ließ sie nicht.

»Denk nach, Inari!«, zischte sie. »Du hast dich vor dem ganzen Dorf blamiert! Wo war deine Schamanin da? Wieso geht sie nicht zu Savo und erzählt ihm von den geringelten Bäumen und Mila? Wieso lässt sie dich herumlaufen wie ein kopfloses Huhn und tut selbst nichts?«

Inaris Gedanken wirbelten chaotisch umher. Kerttus Verdacht fraß sich durch das warme Glück, mit dem Aleksis Rückkehr ihre Tage ausgekleidet hatte. Es tat weh, ihre Worte an sich heranzulassen, aber Kerttu hatte es schon immer geschafft, Inari da zu treffen, wo es am meisten schmerzte.

Auf der Flucht vor Kerttus durchdringendem Blick schaute Inari wieder auf den Tisch. Die Goldklumpen funkelten immer noch verheißungsvoll. Sie waren echt, keine leeren Worte.

Kerttu bemerkte, was ihre Aufmerksamkeit gefesselt hatte, und schnaubte. »Sie braucht nur einen Finger zu heben und schon tragen die Leute Schätze für sie herbei. Ein paar Goldklumpen vor dein Haus zu legen kostet sie nichts.«

Panik drückte Inaris Brust zusammen. Ruckartig löste sie sich aus Kerttus Griff und wich zurück.

»Nein«, sagte sie gepresst. »Ich weiß, was ich gesehen habe. Du hast doch keine Ahnung! Du würdest alles sagen, nur damit ich euch begleite!«

»Ja«, sagte Kerttu geradeaus. »Ich würde alles sagen, alles tun. Und das nur aus Liebe. Was würde deine Schamanin wohl alles tun und sagen, nur damit sie ihre Macht über uns weiter aufrechterhalten kann?«

Die Wut war wieder da. Sie zuckte durch Inaris Hände und verlangte, Kerttu zu schlagen, damit sie endlich den Mund hielt. Immer, immer musste sie ihr wehtun. Wie konnte sie da von Liebe reden?

»Savo hat Recht«, spie Inari aus. »Du bist eine Lügnerin und eine Verräterin und alles, was du von dir gibst, ist Gift!«

Kerttu fuhr zurück, als hätte Inari sie tatsächlich geschlagen. Schmerz versteifte ihr Gesicht.

Mit grimmiger Zufriedenheit marschierte Inari aus dem Haus. Zu spät erinnerte sie sich an Milas Gold, aber sie konnte sich nicht dazu bringen, nochmal zurückzugehen.

***

Sie fragte in Savos Haus nach Nea, aber statt der Schamanin kam Maris heraus.

»Sie schläft noch«, sagte er kurz angebunden und musterte sie prüfend. »Ist etwas passiert?«

Inari hatte das Gefühl, dass ihre normalerweise höfliche Fassade voller Risse war. Sie wusste nicht, was Maris in ihrem Gesicht sah, nur dass seine Augen einen alarmierten Ausdruck annahmen.

»Ich bin es satt, von allen angelogen und manipuliert zu werden!«, sagte sie gepresst und versuchte sich an ihm vorbei ins Haus zu drängen. »Ich wecke sie jetzt!«

Maris schob sie unsanft aus der Tür.

»Nein«, sagte er fest und folgte ihr auf den Hof hinaus. Savos Arbeiter starrten offen, Ronna beugte sich über den Ofen, um einen Blick zu erhaschen. Inari stieß die Zähne zusammen und sah ruckartig weg.

»Dann erklär du mir, warum sie mich belogen hat!«, zischte sie.

Maris warf einen Blick auf die neugierigen Zuschauer, die sie angezogen hatten.

»Nicht hier.«

Er marschierte zielstrebig zum Tor und Inari folgte ihm nach kurzem Zögern. Sie brauchte nicht noch mehr Gerüchte, die über sie im Umlauf waren.

Maris steuerte die Landzunge an, auf der Inari Neas Lied zum ersten Mal gehört hatte. Die Fischerboote legten alle von der anderen Seite des Dorfes ab. Hier breitete sich der See groß und spiegelglatt vor ihnen aus, scheinbar unberührt von den Menschen. Inari achtete darauf, wohin sie im hohen Gras am Ufer trat, aber ihre Schritte scheuchten keine Vögel oder Frösche auf. Die Landzunge lag still da, wie verlassen.

»Also, was hast du für Fragen?«, wollte Maris wissen, als sie am Wasser standen. Die Sonne enthüllte das dichte Netz von Falten, das sich in sein Gesicht gegraben hatte.

»Neas Mutter«, sagte Inari. »Stimmt es, dass die Schamanen ihren Körper zerstückelt haben?«

Etwas flackerte über Maris' Gesicht – vielleicht Überraschung, dass sie davon wusste.

»Ja«, sagte er nach einem Moment. »Es war nötig, um Suvis Landverbundenheit an Nea weiterzugeben. Sonst hätte Nea das Totenritual nicht fortführen können.«

Inari dachte daran zurück, was Nea ihr gestern im Wald erzählt hatte: dass sie mit ihren Nachkommen das Gleiche würde tun müssen. Die Vorstellung drehte ihr den Magen um.

»Warst du dabei?«, fragte sie, ohne die Antwort wirklich wissen zu wollen.

»Ja.« Ein Zucken in seinem Gesicht verriet, dass das keine angenehme Erinnerung war. »Ich war Suvis Wächter, so wie ich jetzt Neas bin. Sie hat mich darum gebeten, also habe ich es getan.«

Inari starrte ihn entsetzt an.

»Du hast es …? Himmel.« Ihr Blick fiel unweigerlich auf seine kräftigen Hände. Damit hatte er Neas Mutter zerlegt wie einen Hirsch … Inari musste sich abwenden und gegen Übelkeit ankämpfen.

»Das ist es, was du von Nea wissen wolltest?« Maris klang ungerührt.

»Nein …« Inari atmete tief ein und aus. »Nea hat mich angelogen. Sie hat gesagt, sie will ihre Mutter zurückholen. Aber das ist doch unmöglich, wenn Suvis Körper nicht mehr da ist! Warum hat sie das behauptet?«

Maris antwortete nicht sofort. Als Inari einen Blick in seine Richtung wagte, sah sie, dass er auf den See hinausblickte und das Ende seines Barts nachdenklich zwischen seinen Fingern zwirbelte.

»Es gibt einen Körper«, sagte er schließlich. »Zumindest dachten wir das. Es hätte anders ablaufen sollen. Nea war noch so jung …« Er schüttelte den Kopf und brach ab. »Das ist Schamanensache«, schloss er kurz angebunden. »Es geht dich nichts an.«

Inari straffte die Schultern. Sie würde sich nicht von ihm bevormunden lassen. Dafür war sie nicht hier.

»Warum will Nea unbedingt für sich behalten, was wir im Totenhain entdeckt haben?«

»Sie hat Angst, dass die Schändung unserer heiligsten Stätte unserem Clan den letzten Anstoß geben wird, das Tal zu verlassen.«

Kerttus Stimme in ihrem Kopf klang triumphierend, aber Inari schob sie für einen Moment zurück.

»Ich will, dass du mir die Wahrheit sagst«, verlangte sie und hielt Maris' Blick fordernd, obwohl ihr Herz sich angstvoll zusammenzog. »Steckt Nea hinter dem Wiederauftauchen meines Vaters? Kontrolliert sie ihn?«

Er schnaubte und ließ seinen Bart los.

»Wäre sie so enttäuscht darüber, dass er gestern vor ihr weggelaufen ist, wenn sie ihn kontrollieren könnte?«

Inari trat einen Schritt auf ihn zu.

»Das war keine Antwort!«

Ärger blitzte in seinen Augen auf. Er kam ihr entgegen, groß und kräftig und ohne Mitleid.

»Du bist zu ihr gekommen«, grollte er, »nicht sie zu dir. Sei lieber vorsichtig mit deinen Unterstellungen!«

Wie bei Savo entfachte auch Maris' Wut nur Inaris eigene. Furchtlos schloss sie den letzten Abstand zwischen ihnen und traf seinen Blick aus nächster Entfernung.

»Weder du noch Nea habt das Recht, über die Zukunft der Lumi zu entscheiden«, sagte sie schneidend. »Wenn ihr mit dieser Geheimniskrämerei nur eure eigene Macht über uns bewahren wollt, werde ich die Wahrheit vom Marktplatz schreien, bis alle sie gehört haben!«

Maris kniff die Augen zusammen, aber ehe er etwas erwidern konnte, bewegte sich plötzlich der Boden unter Inaris Füßen. In ihrer Wut hatte sie nicht mehr darauf geachtet, wo sie hintrat, und merkte nun zu spät, dass sie zu nah ans Wasser geraten war. Die Erde gab nach und Inari verlor das Gleichgewicht.

Das Wasser war eisig. Der See war an dieser Stelle nicht sehr tief, doch der schlammige Boden rutschte unter Inaris Füßen und sie prallte mit dem Kopf gegen einen der großen Steine, die im Schilf versteckt waren. Für einen Augenblick verschwamm alles um sie herum.

Sie kam am Ufer wieder zu sich. Maris hatte sie offenbar aus dem Wasser gezogen und klopfte sie gerade auf Verletzungen ab. Schwach schob Inari ihn von sich und setzte sich auf. Ihre linke Schläfe pochte schmerzhaft, blutete aber nicht. Ihre Kleidung klebte ihr am Körper, der Seegeruch war überall.

Maris sah zu, wie sie etwas wackelig wieder aufstand, und schnaubte abschätzig.

»Du redest zu viel und hörst zu wenig zu«, sagte er. »Vielleicht solltest du in Zukunft besser auf deine Umgebung achten als auf deine Hirngespinste.«

War das eine Drohung? Inari war noch dabei, das zu entscheiden, als er an ihr vorbeimarschierte, ohne ihr einen weiteren Blick zu gönnen. Sie atmete auf und strich sich nasse Haarsträhnen aus der Stirn. Er hatte ihr geholfen, aber sie wusste immer noch nicht, was sie von ihm hielt.

Was sollte sie denken? Wem konnte sie vertrauen?

Ausgeflogen

Nea kam an diesem Tag nicht zur Hütte. Vielleicht war ihr etwas dazwischengekommen, vielleicht hatte Maris sie aber auch davon abgehalten. Es tat weh, sich vorzustellen, dass Nea von Inaris Misstrauen so gekränkt war, dass sie nie wieder mit ihr reden wollte, wie Ronna und die anderen. Aber noch mehr schmerzte die Möglichkeit, dass Nea sich bloß ertappt fühlte und schon neue Pläne schmiedete, um Inari und den Rest des Dorfs um ihren Finger zu wickeln.

Inari wusste einfach nicht, was sie denken sollte. Der Streit mit Kerttu, ihre Verdächtigungen und Maris' kompromisslose Härte drehten Kreise in ihrem Kopf. Wie war sie überhaupt auf diesen Pfad geraten? Sie wollte doch bloß ihre Familie wiederhaben. Was hatte sie mit Schamanen und Intrigen und der Zukunft des Tals zu tun?

Wie immer, wenn sie mit etwas überfordert war, lenkte Inari sich mit Routinearbeiten ab. Nachdem sie in der Sauna den See aus ihren Poren geschwitzt hatte, ging sie mit Taavi jagen, hielt sich aber vom Pass fern. Sie sammelte Kräuter, Pilze und Beeren, die Niska zum Trocknen aufhängte. Auch wenn Kerttu es mit ihrem gehetzten Eifer übertrieb, hatte sie Recht damit, sich auf die Wintervorbereitungen zu konzentrieren. Und Inari bezweifelte, dass Neas Angebot, ihr beim Aufstocken der Vorräte zu helfen, noch galt.

Niska sprach sie nicht noch mal auf die Toten oder Nea an. Sie schien zu spüren, dass Inari Zeit für sich brauchte. Nur ihre verstohlenen Blicke verrieten ihre Sorge, und vor denen floh Inari in den Wald, sooft sie konnte.

Aleksi ließ sich den ganzen Tag nicht blicken.

Abends war Inari zumindest körperlich so erschöpft, dass sie sich dankbar in ihre Felle sinken ließ. Niska schlief schon nebenan. Die lodernde Feuerstelle tauchte den Raum in einen warmen Schein. Inari drehte ihr Gesicht in die Wärme und schloss die Augen. Ihr Kopf schmerzte noch, dort, wo sie ihn gestoßen hatte. Die Unsicherheit wog schwer auf ihrer Brust, aber sie konzentrierte sich auf ihren Atem und das Knistern des Feuers, bis der Schlaf sie endlich wegtrug.

***

Sie wandert durch samtig weiches Gras. Um sie herum leuchten gelbe und rote Blumen, die Farben so satt und lebendig, dass sie in ihren Augen flimmern. Nein, keine Blumen – Fische. Bunte Fische, die flink zwischen ihren Beinen hindurchschießen und einander im hohen Gras jagen. Inari lacht auf, als zwei Fische zusammenstoßen und ihre Farben wechseln. Ihr Lachen stäubt um sie herum auf wie goldener Pollen.

»Amüsierst du dich gut?«

Die Stimme legt sich wie kühle Seide über ihre Ohren. Inari dreht sich um und sieht eine Frau hinter sich. Sie kennt sie nicht, aber irgendetwas an ihr ist vertraut: das längliche Gesicht, die scharfen Wangenknochen, die wolkig-blauen Augen unter schweren Augenbrauen. Eine Kaskade von hellbraunem Haar schwebt um ihr Gesicht, als befinde sie sich unter Wasser.

»Wer bist du?«, fragt Inari. Sie ist sich nicht sicher, ob sie tatsächlich etwas sagt. Die Worte sind einfach da und hängen zwischen ihnen wie Nebeltröpfchen.

»Du kennst mich.« Die Frau streckt ihre Hand aus. Inaris wächst ihr entgegen. Als sich ihre Handflächen berühren, flutet die gleiche Hitze ihren Körper, die Inari immer bei Nea spürt. Sie schnappt nach Atem.

Bilder falten sich vor ihr auf: Blut auf der Erde, ein Holzkreisel, die blassen Baumstämme des Totenhains, Reihen und Reihen von Leichen, die feucht schimmernde Linie eines Kreises auf platt gedrücktem Gras.

»Du bist Suvi.« Die Hitze brennt sich durch den Nebel und die Leichtigkeit in Inaris Kopf. Sie starrt auf die langfingrige braune Hand, die sich gegen ihre presst. »Wieso kann ich dich berühren? Du bist tot.«

»Hast du nicht vor kurzem erst die Hand deines Vaters gehalten, obwohl er tot ist?«

»Dann ...« Inari schaut sich um, aber sie erkennt die Lichtung nicht, auf der sie stehen. Das Gras erstreckt sich in einem perfekten Kreis um sie herum, gesäumt von Birken. Nur Birken. Der Anblick der namenlosen Stämme sendet Inari einen Schauder über den Rücken. Sie kann ihre Hand nicht zurückziehen. »Wo sind wir?«

»Dort, wo die Seelen wandern. In der Zwischenwelt, zu der die Lebenden und die Toten gleichermaßen Zutritt haben. Das Reich des Traums.«

Ihre Stimme ist immer noch kühl und geschmeidig. Inari fällt es schwer, der Bedeutung ihrer Worte zu folgen, so verführerisch ist der Klang. Würde Nea sich so anhören, wenn sie laut sprechen würde? Inari kneift die Augen zusammen und versucht sich zu konzentrieren. Die Farben tanzen in ihren Augenwinkeln.

»Also träume ich?«

»Ja.«

Inari atmet auf. Das Unbehagen, das sich in ihrem Magen zusammengeballt hat, tritt zurück. Es ist alles ein sehr lebendiger Traum, nichts weiter. Sie liegt immer noch sicher zu Hause in ihrem Bett, mit dem ruhigen Atem ihrer Mutter im Nebenzimmer, von Taavi bewacht.

»Dort wirst du auch noch lange liegen«, sagt Suvi. Inari weiß nicht, ob sie ihre Gedanken gelesen hat oder ob diese einfach unbeaufsichtigt aus ihrem Mund gefallen sind.

»Wie meinst du das?«, fragt sie.

»Du wirst die ganze Nacht dort liegen«, sagt Suvi. Ihr Blick gräbt sich in Inari hinein und fährt Widerhaken aus. »Irgendwann nach Sonnenaufgang wird Niska aufwachen und dich rufen. Aber du wirst nicht antworten. Sie wird den Vorhang beiseiteschieben und sehen, dass du noch in deinem Bett liegst. Du atmest, aber deine Augen bleiben geschlossen und du regst dich nicht, egal wie laut sie dich ruft.«

Inari erschaudert. Sie meint die Stimme ihrer Mutter zu hören, laut und drängend, aber aus weiter Ferne. Die Birken flüstern miteinander. Suvis Hand liegt immer noch gegen ihre und Hitze läuft in Wellen Inaris Arm herauf.

»Vielleicht überwindet sie sich ja endlich und verlässt ihr Zimmer«, redet Suvi weiter. Mit ihren Worten spinnt sie eine Fessel, die sich immer enger um Inaris Herz zuzieht. »Vielleicht kniet sie vor deinem Bett und schüttelt dich. Erinnerst du dich noch an ihre Berührung?«

Inari erinnert sich.

»Oder sie bleibt hilflos im Türrahmen stehen, von ihren Ängsten eingeschnürt. Sie läuft ans Fenster, reißt es auf und schreit nach Hilfe. Aber wer soll sie da draußen im Wald schon hören? Nur dein Hund bellt. Er spürt, dass etwas nicht in Ordnung ist. Er weiß, dass etwas fehlt.«

»Was?«, bringt Inari mühsam hervor. »Was fehlt?«

Suvi verschränkt ihre Finger langsam miteinander, bis ihre Hand Inaris fest umfangen hält. Ihre Aufmerksamkeit füllt Inari aus, bis sie in ihr zu ertrinken droht.

»Wo ist dein Seelenvogel?«, fragt die tote Schamanin mit einer Sanftheit, die scharfe Kanten hat.

»Hier ...« Inari legt ihre freie Hand instinktiv an den kleinen Lederbeutel, der um ihren Hals hängt und die Entenfigur beherbergt. Aber der Vogel fühlt sich anders an als sonst. Verwirrt öffnet sie mit ihrer freien Hand den Beutel und greift nach der Figur. Doch stattdessen zieht sie einen Stein hervor. Der Seelenvogel ist fort.

Suvi beobachtet sie ohne jede Überraschung.

»Er ist weg«, flüstert Inari. Angst schwillt in ihrer Brust an, bis sie kaum daran vorbei atmen kann. »Wie kann das sein? Ich trage ihn immer bei mir!«

»Er ist wohl ausgeflogen«, sagt Suvi trocken.

Die Panik reißt sie aus dem Bann von Suvis Eindringlichkeit. Inari lässt endlich ihre Hand fallen und tritt einen Schritt zurück. Sofort umfängt sie wieder die schillernde Farbigkeit des Traums, die Wärme, die Leichtigkeit, die sich in ihrem Kopf ausbreiten will. Erschrocken ballt Inari die Hände zu Fäusten und konzentriert sich auf die Anspannung ihrer Muskeln.

»Was passiert nun?«, fragt sie Suvi und versucht die wundersame Lichtung um sich herum auszublenden, die an ihrer Aufmerksamkeit nagt.

»Was ich gesagt habe. Ohne den Vogel, der deine Seele jeden Morgen aus dem Traum zurück in deinen Körper geleitet, findest du den Weg nicht. Du wirst in der Zwischenwelt herumirren, während dein Körper vor sich hin kümmert und schließlich stirbt.«

Es klingt so nüchtern, so ungerührt. Inari sträubt sich dagegen, ihre Worte zu akzeptieren.

Sie kann nicht sterben. Nicht jetzt, wo sie ihren Vater endlich wiedergefunden hat. Nicht ohne ihren Streit mit Kerttu beizulegen. Ohne mit Nea zu sprechen. Ohne ihre Mutter noch einmal in den Arm zu nehmen.

Und doch spürt sie die Wahrheit von Suvis Worten von innen gegen ihren Brustkorb schlagen.

Ihr Seelenvogel ist verschwunden und Inari mit ihm.

Ein Leben zwischen Mauern

Inari weiß nicht, wie viel Zeit verstrichen ist, seit sie eingeschlafen ist. Es kommt ihr vor, als hätte sie sich gerade erst in ihrem Bett ausgestreckt, doch gleichzeitig hat sie das Gefühl, schon seit Monaten durch den Birkenwald der Zwischenwelt zu irren.

Nur dass ihr Körper ohne ihre Seele keinen Monat überleben wird.

»Es ist aussichtslos.«

Suvi ist an ihrer Seite. Jedes Mal, wenn Inari innehält und nach Atem schnappt, steht die tote Schamanin neben ihr, die Haare weiterhin um ihr Gesicht schwebend, die Augen kühl und amüsiert. Bei ihrem Anblick stottert Inaris Herz. Zweifel drohen sie zu ertränken. Vielleicht bewegt sie sich gar nicht vom Fleck, sondern bildet es sich nur ein. Die Bäume sehen alle gleich aus, die Farben verschwimmen, alles ist fremd und vertraut zugleich. Kann sie überhaupt irgendwohin gelangen, wenn es keine Richtung gibt?

»Nein, kannst du nicht«, antwortet Suvi, als hätte Inari ihre Frage laut gestellt. Vielleicht hat sie das. »Es gibt hier keine Wege. Zumindest nicht für dich. Nur ein Schamane oder eine Schamanin kann durch die Zwischenwelt navigieren.«

»Dann hilf mir!« Inari wirbelt herum und packt sie an den Schultern. »Bring mich zurück zu meinem Körper! Ich will nicht sterben!«

»Denkst du, ich wollte sterben?«, fragt Suvi ungerührt. »Wir haben keine Wahl. Finde dich damit ab.«

»Nein!« Inari schüttelt sie. »Warum bist du hier, wenn nicht, um mir zu helfen?«

»Ich wollte dich sehen.« Suvi hebt eine Hand und streicht über Inaris Wange. Die Hitze ihrer Berührung wallt über Inaris Körper hinweg wie der dicke Qualm in der Sauna. Etwas drückt von innen gegen ihre Schädeldecke.

»Was hat Niska über mich erzählt?«, fragt Suvi sanft.

Der Druck wird stärker. Suvi scheint zu flimmern. Inari hebt eine Hand, träge, und will ihre Berührung abstreifen, doch da ist keine mehr – nur ein warmer Sonnenstrahl.

Verwirrt blinzelt sie. Die Birken sind weg. Vor ihr erstreckt sich ein heller Sandstrand, der hier und da von Gras durchbrochen wird. Behäbige Wellen rollen heran und ziehen sich wieder zurück. Das dunkelblaue Wasser schimmert in der Sonne.

Das Meer.

Inari starrt das Wasser an und kann sich nicht daran sattsehen. Es kommt ihr vor wie ein riesiges Tischtuch mit Schaummustern. Die Weite lässt sie taumeln. Nirgendwo begrenzen Berge oder Baumreihen die Sicht, selbst der Himmel wirkt größer. Die salzige Luft lässt Inari das erste Mal seit langer Zeit wieder tief Atem holen.

»Bleib stehen!«

Die hohe Stimme reißt sie aus ihrem ehrfürchtigen Schwindel. Sie ist nicht allein auf dem Strand. Zwei Mädchen, ein paar Jahre jünger als sie, jagen einander über den Sand, die langen Zöpfe flattern hinter ihnen her. Ihr Lachen klingt völlig unbeschwert.

»Na schön, du hast gewonnen! Ich gebe auf!«, verkündet das blonde Mädchen und bleibt stehen, um vornübergebeugt Luft zu holen. Ihr rot besticktes Leinenkleid gibt ihre hellen Arme frei. Als sie sich aufrichtet, blitzen Inari verschiedenfarbige Augen entgegen – grün und blau, wie die ihrer Mutter. »Du schummelst doch! Gib's zu, du hast den Wind gebeten, dich zu tragen!«

Das zweite Mädchen ist an Inari vorbeigelaufen, ohne sie anzusehen, und wirbelt jetzt herum. Ihr Gesicht ist spitz und hübsch und vertraut. Suvi.

»Ich brauche den Wind nicht, um dich zu überholen, lahme Ente!«, erwidert sie und lacht. Etwas Gemeines schwimmt in ihrem Tonfall, was Inari mehr als ihr Aussehen an die Suvi erinnert, die sie kennengelernt hat. »So sollte dich dein Angetrauter sehen, rot und schnaufend wie ein Kessel! Dann wird er deinen Brautpreis gar nicht erst aufzutreiben versuchen!«

Die Stichelei verfehlt ihr Ziel nicht. Das andere Mädchen wird noch röter und streicht sich instinktiv die Haarsträhnen zurück, die sich beim Lauf aus ihrem ordentlichen Zopf gelöst haben.

»Du bist doch bloß eifersüchtig, weil Aleksi mich heiraten will!«, gibt sie spitz zurück. »Dich will ja niemand haben!«

Der Name trifft Inari wie ein Schwall kalten Wassers. Auf einmal fügt sich das Bild neu zusammen. Das blonde Mädchen sieht nicht nur aus wie ihre Mutter, es ist ihre Mutter. Eine junge Niska und eine junge Suvi, irgendwo an der Küste, weit entfernt vom Tal und der Seuche. Inari träumt von der Vergangenheit.

Niskas Worte entlocken Suvi nur ein verächtliches Schnauben.

»Alle wollen mich haben, du Rübe, aber als Schamanin darf ich nicht heiraten.« Sie grinst überlegen. »Aber das hält die Jungs nicht davon ab, nachts in mein Zelt zu kommen, wenn ich ihnen einen Blick schenke.«

Niska verdreht die Augen, als hätte sie das schon viel zu oft gehört, und schließt zu Suvi auf. Ihre nackten Füße hinterlassen flache Abdrücke im Sand.

»Das sagst du immer, aber am Ende kriechst du doch nachts zu mir ins Zelt, wenn du Albträume hast. Wer ist hier die Rübe? Hilf mir lieber mit meinem Zopf, bevor sich meine Haare völlig verknoten.«

Suvi greift wie selbstverständlich nach dem dicken Zopf und wendet sich dabei von Inari ab. Die beiden Mädchen versinken wieder in ihrer eigenen Welt. Inari versucht sie festzuhalten, aber ihre Füße werden vom Sand festgehalten. Nein, es ist das Meer, die Wellen ziehen sie mit sich fort, immer weiter hinaus ...

Suvis Hand liegt immer noch an ihrer Wange. Ihre Augen sind sehr blau und unergründlich, aber jetzt sieht Inari das junge Mädchen darin, das bei ihrer Freundin Schutz vor Albträumen gesucht hat.

»Meine Mutter hat gesagt, dass ihr keine Freundinnen wart«, sagt sie langsam. Die Birken stehen in einem stillen Kreis um sie herum. »Du bist nicht zu ihr gekommen, als sie sich mit der Seuche angesteckt hatte.«

Suvi lässt ihre Hand fallen. Zum ersten Mal erbebt ihre ungerührte Fassade und sie zieht die Augenbrauen fast schon gequält zusammen.

»Ich hätte ihr nicht helfen können.«

Aber Inari spürt noch Suvis Präsenz in ihrem Kopf, als würden sich ihre Gedanken überlappen, und daraus läuft ein Echo alter Panik durch Inaris Brust. Fremde Sinneswahrnehmungen flackern in ihr auf: Fackeln in einem dunklen Wald, das Weinen von Kindern, der Geruch von Kräutern und Fäulnis, fleckenübersäte Haut, Angst, Angst, Angst ...

Als Suvi die Tür zu ihren Erinnerungen zuschlägt, fühlt es sich an wie eine Ohrfeige. Inari blinzelt verstört und tastet unwillkürlich über die glatte Haut ihrer Arme. Keine Blasen, keine Narben.

»Es hat dich verschont«, sagt Suvi gepresst. Sie wirkt blass. Können Tote blass werden? Das junge Mädchen ist fort, zurückgeblieben ist die undurchschaubare Schamanin.

»Meine Mutter ...«, versucht es Inari noch mal, aber Suvi lässt sie nicht ausreden.

»Niska hat überlebt. Viele andere nicht.«

Ihr Gesicht ist hart. Sie berührt eine der Birken und hauchdünne weiße Rinde blättert davon ab. Ein Windzug, den Inari nicht spürt, trägt sie davon.

Abrupt kommt eine Erinnerung zu ihr zurück: sie selbst mit zehn Jahren, wie sie Aleksis Namen in einen Birkenstamm schneidet. Erschrocken zieht Inari die Luft ein. Was macht sie hier? Sie muss zurück in ihren Körper! Sie hat keine Zeit für Erinnerungen!

»Sie hatte Angst«, sagt Suvi da, gerade als Inari sich abwenden will. »Schon damals. Schon immer. Ich habe die Angst seit unserer Kindheit in Niska schwären sehen. Sie hat das Gefühl, dass die ganze Welt ihr Feind ist. Sie versucht, das Unheil mit absurden Ritualen und Regeln fernzuhalten, aber es funktioniert nicht – die Seuche, Aleksis Tod ... Und je mehr schlimme Dinge in ihrem Leben geschehen, desto weiter zieht sie sich zurück. Doch die Angst wohnt in ihr. Sie wird ihr nie entkommen.«

Suvis Worte sind nichts Neues, doch mit der jungen Niska vor Augen tun sie Inari unerwartet weh. Ist ihre Mutter denn nie unbeschwert gewesen?

»Das weiß ich«, sagt sie rau. »Warum erzählst du mir das?«

»Weil du immer noch denkst, dass sie wieder gesund wird.«

»Nein, ich –«

Suvi lässt sie nicht ausreden.

»Sie wird den Rest ihres Lebens Angst haben, Inari. Sie wird in dieser Hütte sterben. Auch die Rückkehr deines Vaters wird sie nicht heilen.« Suvis Stimme duldet keine Widerrede: die Stimme der Wahrheit, hässlich und erbarmungslos. »Es wird sich nichts verändern, auch wenn du es zurück in die Welt der Lebenden schaffst. Du kannst deine Mutter nicht allein lassen. Du kannst nicht mit der zusammen sein, die du liebst. Die Wege nach draußen sind versperrt. An jeder Ecke stößt du auf Mauern. Weißt du denn, was du am nächsten Tag tun willst? Im nächsten Monat?«

Inari ballt die Hände zu Fäusten. Der Trotz, der immer so schnell in ihr hochschießt, bleibt vage und formlos. Der Gedanke daran, wieder im Tal aufzuwachen, umzingelt von den immer gleichen Wänden und Bäumen und Bergen, nimmt ihr den Atem.

»Ich werde tun, was getan werden muss«, sagt sie und hört selbst, wie mutlos es klingt. Suvi lächelt, fast schon mitleidig.

»Du bist eine brave Tochter. Aber reicht das? Willst du so den Rest deines Lebens verbringen?«

Inari schluckt schwer. Hier, im hellen Zwielicht zwischen den kerzengeraden Baumstämmen, haben Suvis Worte ein besonderes Gewicht. Sie scheinen sich in die Luft hineinzudrücken und Inaris Herz zu brandmarken.

»Du bist nicht viel anders als Niska«, redet Suvi weiter und streichelt dabei immer noch den Baumstamm, als wäre er ein anhängliches Tier. »Auch du trägst Angst in dir. Auch du wirst dich nicht von ihr befreien, solange du lebst. Warum lässt du das alles nicht einfach los?«

Inari starrt auf das Gras zu ihren Füßen. Es ist so grün und frisch, wie sie es in der Welt der Lebenden noch nicht einmal im Frühling gesehen hat. Es federt unter ihren Füßen, als könnte sie sich davon abstoßen und in den

Himmel springen. Hier und da schießen farbenfrohe Blumen aus dem Boden. So schön und friedlich ist es nirgendwo im Inkere-Tal, wahrscheinlich nicht einmal in den Landen jenseits der Berge. Warum soll Inari nicht einfach hierbleiben? ...

Da sieht sie die Schneeschelle.

Inari fällt auf die Knie und streckt die Hand danach aus. Die weißen Glockenblüten schwingen sacht unter ihrer Berührung. Auf einmal riecht sie Holz und regennasse Erde und Fell. Sie spürt fast schon Taavis Nase, die sich in ihre Handfläche drückt.

»Er wartet auf mich«, murmelt sie.

Taavi. Aleksi. Niska. Sie alle warten auf Inari.

Kerttus Stimme: »Wenn du diejenige bist, die jemanden festhalten, um jemanden kämpfen muss ...«

»Ich kann kämpfen«, sagt Inari, als könnte Kerttu sie hören. Sie spürt einen Anflug ihrer vertrauten Wut. Es ist immer noch nur ein blasser Schatten des Gefühls – als sei die echte, brennende Wut in ihrem Körper zurückgeblieben und Inari könne hier nur die Erinnerung daran heraufbeschwören. Aber sie ist echt. Kein Traum.

Die Schneeschelle löst sich in ihren Fingern auf wie frisch gefallener Schnee. Aber es bleibt eine Schicht Entschlossenheit zurück.

Inari steht wieder auf.

»Ich muss zurück«, erklärt sie Suvi. »Ich will nicht, dass Mama noch mehr Angst haben muss.«

Die tote Schamanin mustert sie skeptisch.

»Willst du das wirklich? Jemand will dich tot sehen«, gibt sie zu bedenken. »Oder denkst du, dein Seelenvogel ist von allein weggeflattert und hat einen Stein an seiner Stelle zurückgelassen?«

Inari hält ihre Wut fest, bevor auch sie in diesem gleichgültigen Traum wegschmilzt.

»Dann erst recht. So einfach wird man mich nicht los«, sagt sie und setzt sich in Bewegung.

Birkenherz

Als kleines Mädchen hatte Inari sich oft vorgestellt, was passierte, wenn sie einschlief. Sie hatte förmlich vor sich gesehen, wie die hölzerne Eisente neben ihrem Bett ihre Flügel streckte und schüttelte, noch steif von der Reglosigkeit des Tages. Dann hüpfte sie auf Inaris Decke und klopfte mit dem kleinen Schnabel gegen den Käfig ihres Brustkorbs, um ihre Seele hervorzulocken. Ihre Seele, dieses flatterige, zarte Etwas, lugte zuerst zögernd zwischen den Nähten ihres Schlafhemds hervor, während sich Inaris Brust weiterhin hob und senkte. Durch die stille Dunkelheit der Nacht ermutigt, erhob sich ihre Seele dann anmutig in die Höhe und jagte der Ente hinterher. Gemeinsam überquerten sie den Mondfluss ins Traumland, wo Inaris Seele dann die ganze Nacht spielen und herumtollen konnte.

Kein Wunder, dachte sich die kleine Inari am nächsten Morgen – kein Wunder, dass ihre Seele nach so viel Spaß nur ungern in ihren schwerfälligen Körper zurückkehrte und in ihrer Brust quer zu liegen schien. Jedes Mal, wenn ihre Mutter schimpfte, weil sie noch im Bett lag, verschränkte Inari die Hände über der Brust und wartete darauf, dass ihre Seele es sich wieder bequem machte.

Doch jetzt, wo Inaris Seele auf ewig im Traumland bleiben könnte, ist ihr nicht nach Herumtollen zumute.

»Trag mich übers Land des Mondes«, murmelt sie vor sich hin, »wo der Traum zu Hause ist ...« Ihre Stimme klingt dünn und fremd, die vertraute

Melodie verrutscht immer wieder. Die Traumlandschaft flimmert vor Inaris Augen. Es ist schwer, sich auf einen Gedanken zu konzentrieren, wenn in einem Moment honigsüßer Regen vom Himmel fällt und im nächsten Flammenzungen statt Grashalme über ihre Knöchel streifen. Die Flammen tun nicht weh, aber Inari verliert sich in dem Anblick des zahmen Feuerteppichs zu ihren Füßen. Dann zieht sich der Knoten in ihrer Brust fester zu und erinnert sie daran, dass sie nicht hierbleiben darf. Sie nimmt ihren Gesang wieder auf.

»Zeig mir, wo der Fluss sich weitet …«

Es gibt keinen Fluss. Manchmal glaubt Inari, ein Plätschern in der Ferne zu hören, aber das ist nur das Rauschen des Windes in den Birkenzweigen, das ihr einen Streich spielt. Überall ist dichter Wald. Der Weg zwischen den Bäumen kommt ihr immer wieder so vertraut vor, dass sie unwillkürlich die Schritte beschleunigt – gleich wird sie zwischen den Bäumen hervortreten und die Hütte sehen, gleich ist sie zu Hause …

Aber die Baumreihen haben kein Ende. Nichts hat hier ein Ende. Auch das Lied geht weiter, Strophe reiht sich an Strophe.

Und so stehe ich und suche
In der Rinde dein Gesicht.
Ach, die Wärme meiner Arme
Rührt das Birkenherze nicht …

Inari bleibt stehen. Wieder zupft etwas an ihrer Aufmerksamkeit, aber diesmal kann sie dem Zug nicht widerstehen. Sie hat beim Gehen die Baumstämme mit der Hand gestreift, wie sie es auf den Waldwegen manchmal tut. Nun sind ihre Finger auf Kerben in der Rinde gestoßen. Sie schaut genauer hin und ihr Herz setzt für einen Schlag aus.

Es ist der Name ihres Vaters – die vertrauten Buchstaben, von ihr selbst in seinen Seelenbaum geschnitten. Nur ist diese Birke nicht geringelt, sondern jung und stark und gesund. Frischer Saft läuft aus den eingeritzten Buchstaben.

»Weißt du, warum wir die Seelenvögel unserer Toten unter Bäumen begraben?«, fragt Suvi. Inari ist nicht länger überrascht über ihr unangekündigtes Kommen und Gehen. Die Schamanin ist die einzige Konstante in dieser wechselhaften Welt.

»Damit sie dort in Frieden ruhen können«, antwortet Inari und streichelt zärtlich über Aleksis Namen. Sie muss ihn wiedersehen, sie muss, sie muss ...

»Nein.« Suvi geht neben ihr in die Hocke und gräbt ihre Finger in die moosbewachsene Erde zu Füßen der Birke. »Die Wurzeln des Baums nehmen die Seele in sich auf und nutzen sie als Nahrung. Deswegen bleiben die Bäume im Totenhain auch im Winter grün. So geben die Seelen ihre Kraft zurück an das Land, das sie hervorgebracht hat.«

»Und wenn diese Bäume sterben?«, fragt Inari. Sie sieht wie gebannt zu, während Suvi immer tiefer gräbt und die dunkle feuchte Erde freilegt. Dünne weiße Wurzeln durchziehen alles. Sie kriechen aus dem Weg, sobald Suvi sie berührt.

»Wenn die Bäume sterben, sickern die Seelen aus ihnen heraus. Wie der Saft.«

Der Saft klebt noch an Inaris Fingern. Sie leckt daran und schmeckt Blut.

»Siehst du?« Suvi hat etwas freigeschaufelt, worum sich die Wurzeln eng gewunden haben. Sie schieben sich widerwillig beiseite, als die Schamanin sie berührt. Inari beugt sich neugierig über ihre Schulter – und fährt im nächsten Moment mit einem erstickten Aufschrei zurück.

Statt der Holzfigur des Seelenvogels, die sie zu sehen erwartet hat, liegt dort die Leiche eines Vogels aus Fleisch und Blut. Es ist eine Zwergmöwe, aber der kleine kompakte Körper ist wie eine Frucht aufgebrochen worden. Die Wurzeln der Birke haben sich ins Innere gebohrt, vorbei an dem weißen Federflaum, durch die Augen und den Schnabel hindurch. Was Inaris entsetzten Blick nicht mehr loslässt, ist das kleine Herz, das dicht von haarfeinen Wurzeln umschlungen ist. Es schlägt noch, schnell und regelmäßig, und die Wurzeln pochen im selben Rhythmus. Die Birke raschelt mit ihren Blättern, satt und zufrieden.

Übelkeit wogt durch Inari, ohne dass sie etwas hochwürgen kann. Sie taumelt zurück und stößt gegen einen weiteren Baumstamm. Er fühlt sich heiß an – heiß wie Neas Haut.

Inari zuckt wieder zurück, als hätte sie sich verbrannt, und stürzt davon. Panik drückt ihr den Atem ab. Sie will nur weg hier. Aber die Birken sind überall, ein riesiger Totenhain, und es gibt kein Entkommen. An jedem Baumstamm springen ihr Namen entgegen – bekannte Namen, vertraute Namen, unmögliche Namen. Sie sieht Kerttus, Mikaels, Ronnas Namen, selbst den ihrer Mutter. Sie alle sind hier und werden von der dunklen Erde verschlungen, während Inari mit ihren rastlosen Schritten über ihre Köpfe hinweg trommelt …

Schließlich geben ihre Beine unter ihr nach und sie sinkt zu Boden. Sie wagt es kaum, ihren Blick zu heben und sich die Birke anzusehen, die neben ihr wächst. Als sie es schließlich tut, schneidet ihr der Name tief ins Herz: Inari.

»Dort, wo Leben ist, ist auch Tod«, sagt Suvi, die neben ihr hockt. »Spürst du es nicht?«

Sie nimmt wieder Inaris Hand. Inari ist zu erschöpft, um zu protestieren. Suvi presst ihre Hand gegen den Boden und verschränkt ihre Finger miteinander.

Zuerst ist da nur das Gefühl von kühler Feuchtigkeit, der Geruch von frischer Erde, weich und nachgiebig. Dann spürt Inari einen Zug. Zuerst denkt sie, es sind die Wurzeln, die sich aus dem Boden winden und nach ihr greifen. Aber es bewegt sich nichts. Das Gefühl klettert ihren Arm hoch bis zu ihrem Herzen. Etwas zieht an ihrem Innersten, als hätte sie eine offene Wunde und würde sie in den Fluss halten, damit der Strom das Blut fortspült.

»Was ist das?«, fragt sie atemlos.

»Dein Leben. Du spürst, wie es dich verlässt. Solange du von deinem Körper getrennt bist, geschieht es schneller.«

Inaris Angst ist mit Faszination gemischt. Das ist es, was Schamanen wahrnehmen. Sieht Nea so die Welt? Hat sie das beim Schwan gespürt?

»Wohin fließt es?«, will sie wissen.

»Normalerweise ins Land, zu neuem Leben. Hier, in diesem Tal, zu den Toten. Vielleicht nährt dein Leben gerade deinen Vater.«

Die Vorstellung ist irgendwie tröstlich. Inari schließt die Augen und denkt an Aleksi: seine rastlosen Hände, die immer etwas tun mussten, seinen grüblerischen Blick in die Ferne, seinen Geruch nach Moos und Fell. Wenn sie ihm ihr Leben geben könnte, damit er zu ihrer Mutter zurückkehrt, wäre das gar nicht so schlimm ...

»Er wird nie wieder ganz ins Leben zurückkehren«, sagt Suvi, die wieder ihre Gedanken zu lesen scheint. »Er ist wie ein zerbrochenes Gefäß – selbst wenn du es wieder zusammensetzt, Körper und Seele, ist es immer noch voller Risse. Er kann kein Leben in sich bewahren. Es muss immer neues in ihn fließen.«

Inari reißt die Augen wieder auf und sucht Suvis Blick.

»Aber er kann wieder er selbst werden?«, fragt sie drängend. »Ich kann mit ihm reden und er wird antworten? Er kann bei uns leben?«

»Ja.« Suvi lächelt und drückt ihre Hand. »Du musst nur bereit sein, den letzten Schritt zu tun.«

»Den letzten ...?«

»Inari!«

Der Ruf ist wie ein Donnerschlag. Inari spürt das Beben im Boden und in ihren Gedanken. Der Druck, der sich unbemerkt wieder zwischen ihren Schläfen eingenistet hat, löst sich auf. Sie blinzelt und dreht sich um.

Nea läuft durch die Bäume auf sie zu. Zwischen den blassen Birken zeichnet sich ihre Gestalt mit erschreckender Lebendigkeit ab – ihre Haare leuchten weiß, ihre Augen strahlen wie zwei verschiedenfarbige Sterne. Hitze rollt in Wellen vor ihr her und kräuselt die Luft. Die Traumlandschaft scheint ihr respektvoll Platz zu machen.

»Inari!«, ruft sie wieder. Es ist nicht ihre Schamanenstimme, sondern die einer normalen jungen Frau, voller Sorge.

Neue Kraft schießt durch Inaris Glieder.

»Ich bin hier!« Sie erhebt sich und winkt Nea zu, als könne diese sie übersehen. Aus irgendeinem Grund hat sie keinen Zweifel daran, dass das die echte Nea ist, kein Trugbild oder Traum. Es fühlt sich an, als hätte jemand ein Fenster geöffnet und wieder Luft in einen stickigen Raum gelassen. Inari lächelt breit, voller Erleichterung.

Nea erwidert ihr Lächeln nicht. Ihr Blick wandert von Inari zu Suvi und ihr Gesicht wird seltsam schlaff.

»Mutter«, sagt sie flach. Ihre Schritte werden langsamer. »Was tust du hier?«

Im Vergleich zu Neas Lebendigkeit wirkt Suvi blass und ausgewaschen. Inari fragt sich, wie sie selbst aussieht.

»Ich leiste Inari Gesellschaft.« Suvi hebt milde erstaunt die Augenbrauen. »Ich dachte nicht, dass du ihretwegen hierherkommst. Eine Seelenwanderung ist gefährlich.«

»Natürlich komme ich.« Nea sieht Inari wieder an. »Dein Vater hat mich geholt.«

Überraschung flutet warm durch Inaris Körper.

»Was? Aber woher wusste er, dass ich Hilfe brauche?«

»Deine Mutter hat ihn gerufen.« Nea bringt ein angestrengtes Lächeln zustande. »Sie machen sich große Sorgen um dich.«

Die Wärme breitet sich kribbelnd in Inaris Brust aus. Bei der Vorstellung, dass ihre Eltern gemeinsam so weit gegangen sind, um sie zu retten, fühlt sie sich so sicher und geborgen wie zuletzt als kleines Kind.

Suvi schnaubt geringschätzig.

»Also das ist es, was du jetzt mit meiner Gabe anfängst – Kindermädchen für unvorsichtige Seelen spielen. Dafür bin ich nicht gestorben.«

Neas Blick fährt wieder zu ihrer Mutter herum, ihr Lächeln fällt in sich ein.

»Ich beschütze unseren Clan, so wie du es gewünscht hast.«

»Was für ein Schutz soll das sein?«, zischt Suvi. Sie baut sich vor Nea auf wie ein Turm aus Gewitterwolken. Sie ist einen halben Kopf größer und kräftiger gebaut. Ihre Augen sprühen Blitze. »Unser Clan hockt immer noch in diesem verfluchten Tal wie ein Fuchs, der von einem Jagdhund in seinen Bau getrieben wurde! Unsere Toten sind immer noch gefühllose Puppen!« Sie stößt einen Zeigefinger in Inaris Richtung. »Das Hundemädchen hat mehr für die Zukunft unseres Clans getan als du!«

Inari vermisst ihre Wut. Sie könnte ihren Biss gerade gut gebrauchen. Aber sie kann sich nicht vorstellen, Suvi eine Ohrfeige zu verpassen, auch wenn

Neas gequälter Gesichtsausdruck schwer zu ertragen ist. So legt sie nur eine Hand auf Neas Arm und drückt ihn.

»Ich war bereit, mich für den Clan zu opfern«, sagt Nea gepresst. Es ist seltsam, ihre Wut in ihrer Stimme zu hören, statt sie an ihrem Gesicht und ihren Händen abzulesen. Sie steht kerzengerade vor ihrer Mutter und weicht keinen Schritt zurück. »Es ist nicht meine Schuld, dass das Ritual gescheitert ist. Ich habe alles getan, was du von mir verlangt hast, Mutter.«

»Wieso gescheitert?«, fragt Inari verwirrt. »Die Totenmagie funktioniert doch?«

Suvi lacht auf. Die Birken erzittern. Die Anwesenheit von zwei Schamaninnen wiegt schwer auf dem Traum, als wäre er ein dünnes Tuch, in das zu große Steine geschnürt wurden. Inari spürt die Anspannung in jedem Atemzug. Jedes Blatt, jeder Grashalm lauscht ihrem Wortwechsel.

»Natürlich funktioniert sie!«, sagte Suvi abschätzig. »Das Totenritual haben ja auch drei Schamanen mit starker Geisterbegabung durchgeführt. Nicht dieses nutzlose Ding.«

Farbe schießt in Neas Gesicht.

»Ich mag nicht das Kind sein, das du dir gewünscht hast, doch ich bin das einzige, das du hast! Und mir ist kein Fehler beim Ritual unterlaufen!«, sagt sie scharf. »Vielleicht ist es gescheitert, weil deine Zeit unter den Lebenden einfach vorbei war! Auch mit Magie lässt sich der Tod nicht hinhalten!«

Inari spürt Bewegung unter ihren Füßen. Die Wurzeln der Birke haben sich aus dem Erdreich gegraben und schlingen sich um ihre Beine. Erschrocken streift Inari sie ab und weicht zurück. Nea bleibt stehen und starrt resolut ihre Mutter an. Suvis Augen sind so dunkel, dass sie fast schwarz aussehen.

»Du redest wie ein ahnungsloser Ziegenhirte, nicht wie eine Schamanin!«, sagt sie kalt. »Du hast doch keine Ahnung von Leben und Tod oder gar von Magie!«

»Dann hättest du vielleicht einen Ziegenhirten ausbilden sollen und nicht mich«, entgegnet Nea schneidend. Es scheint sie nicht zu beunruhigen, dass der Boden um sie herum voller kriechender Wurzeln ist, die nach ihren Stiefeln tasten.

Suvi grinst. Es ist so ein freudloser, spöttischer Gesichtsausdruck, dass es Inari kalt den Rücken herunterläuft. Abrupt beschließt sie, diesen Streit lange genug mit angehört zu haben.

»Es reicht«, sagt sie entschlossen und schiebt sich zwischen Mutter und Tochter. »Ihr streitet um Dinge, die sich nicht mehr ändern lassen.« Sie fasst Nea am Arm und zieht sie mit sich. »Lass uns gehen. Ich will nach Hause.«

»Nach Hause?«, wiederholt Suvi hämisch. »Dort, wo Lügner und Mörder auf dich warten? Dieses Mal hast du überlebt, wer weiß, was sie das nächste Mal versuchen – vielleicht dir den Kopf einzuschlagen wie Aleksi!«

Inari fährt abrupt herum.

»Was weißt du schon von meinem Vater!«

»Mehr als du!« Suvi lehnt sich gegen die Birke und scheint sich nicht daran zu stören, dass die Wurzeln ihre Beine hochklettern. »Frag ihn doch! Frag Aleksi, wie er gestorben ist!«

»Es war ein Unfall. Ein Baum ist umgestürzt und hat ihn getroffen!«

Suvi lacht wieder auf. Nea greift nach Inaris Hand.

»Dann hat derselbe Baum deinen Seelenvogel gestohlen!« Sie hält den tastenden Wurzeln ihre Hand hin und sie winden sich um ihre Finger. Suvis Haut nimmt langsam den gleichen weißen Ton an wie der Birkenstamm. »Im Inkere-Tal erwartet euch nur der Tod«, raunt sie.

Nea atmet scharf ein. Jetzt ist sie es, die Inari mit sich zieht, obwohl jeder Schritt ein Kampf ist. Inari fühlt sich auf einen Schlag schwer und müde. Die Farbe blutet aus der Landschaft – das Gras verwelkt zu einem hellen Grau, der Himmel füllt sich mit Nebel, die Birken ragen um sie herum auf wie verwitterte Knochen. Kälte rinnt durch Inaris Adern. Einzig Neas Berührung strahlt Wärme ab, die ihr die Kraft verleiht, ihre Beine zu bewegen.

»Inari.« Suvis Augen sind das einzige Lebendige an ihr. Sie füllen Inaris Gesichtsfeld aus. »Komm zu mir, wenn du das Tal endlich verlassen willst. Ich kenne den Weg in die Zukunft.«

»Komm, Inari.« Neas Stimme flüstert an ihrem Ohr und vibriert in Inaris

Knochen. »Deine Eltern warten auf dich. Sie brauchen dich. Ich brauche dich.«

Wozu, will Inari fragen. Aber ihre Lippen sind so schwer wie ihre Augenlider und lassen sich nicht mehr öffnen.

Wieder vereint

Als Inari aufwachte, hielt Nea immer noch ihre Hand. Ihre andere wurde fest von Niska umklammert.

Einen Moment lang glaubte Inari, immer noch zu träumen. Dass ihre Mutter sie berührte, war fast noch seltsamer als Geister und blutende Bäume. Aber dann blinzelte sie und begegnete Niskas tränenverschleiertem Blick und plötzlich traf sie die Wirklichkeit der Situation wie ein Guss kalten Wassers.

»Mama!«, krächzte sie und setzte sich abrupt auf. Drei der dicksten Felle, die sie hatten, waren auf ihr aufgehäuft und rutschten nun herunter. Das Feuer brannte hoch, die Luft war heiß und stickig. Inari war schweißnass.

»Langsam«, sagte Niska mit belegter Stimme. »Du hast eine Nacht und einen Tag lang geschlafen.« Sie drückte Inaris Hand und ließ sie dann los. »Warte, ich hole dir etwas Wasser.«

Während Inari sie ungläubig dabei beobachtete, wie sie zum Wasserbottich neben der Feuerstelle ging, setzte auch Nea sich langsam auf. Trotz der Hitze in der Hütte schien sie zu frösteln und zog die Felle eng um sich. Ihre Haare klebten an ihren Schläfen.

»Wie fühlst du dich?«, fragte sie Inari.

»Verwirrt.« Unwillkürlich antwortete Inari ebenso mit ihren Händen. Sie traute ihrer Stimme noch nicht. »Ist das hier die wirkliche Welt?«

Nea nickte und lehnte ihren Kopf kraftlos gegen Inaris Schulter. Das

Gewicht war ebenso beruhigend wie der Geruch von Schweiß, Rauch und Kräutern. Die Zwischenwelt war voller unwirklicher Süße, zu kräftiger Farben und zu lieblicher Töne gewesen. Der Tonbecher, den Niska ihr reichte, fühlte sich rau und solide an. Das Wasser schmeckte kühl und etwas abgestanden. Vertraut.

»Oh Inari.« Niska kniete wieder neben ihr und wischte sich Tränen von den Wangen. »Ich bin so froh ... Ich dachte, du wachst nicht wieder auf. Ich hatte solche Angst ...«

Zögernd streckte Inari ihre Hand aus. Ihre Mutter griff danach, ohne zu zögern, und drückte sie gegen ihre Brust. Die einfache Geste trieb Inari die Tränen in die Augen. Wie lange hatte sie darauf verzichten müssen?

Sie wollte die Arme um Niska werfen und sich endlich wieder an sie drücken, erinnerte sich dann aber an Nea. Die Schamanin lehnte immer noch gegen ihre Schulter und schien eingeschlafen zu sein. Niska sah Inaris Zögern und schlang die Arme kurzerhand um sie beide, so fest, dass Inari die Luft wegblieb.

»Mein Mädchen«, murmelte Niska in ihr Ohr. »Mein süßes Mädchen!«

Jetzt ließen sich die Tränen nicht mehr zurückhalten. Mit einem Schluchzen wand Inari einen Arm um ihre Mutter, den anderen schützend um Nea gelegt, und verbarg ihr Gesicht an ihrer Schulter. Schauder schüttelten ihren Körper. Die Erinnerung an die Zwischenwelt mit ihren grausamen Enthüllungen und Visionen bedeckte ihr Herz wie Frost, aber Niskas Umarmung und die Koseworte, die sie ihr ins Ohr flüsterte, tauten es wieder auf.

»Ich bin wieder da, Mama«, flüsterte sie rau. »Es tut mir leid, dass du Angst hattest. Das wird nicht noch mal vorkommen. Ich werde vorsichtiger sein, versprochen.«

Nea gab ein wenig überzeugtes Schnauben von sich. Offenbar war sie doch noch nicht eingeschlafen. Inari zog sie impulsiv mit einem Arm enger an sich und Niska. Eine Welle von Zärtlichkeit überkam sie, als sie Neas hellen Haarschopf an ihrer Schulter betrachtete.

»Danke«, wisperte sie. »Danke, dass du mich zurückgeholt hast.«

Nea hob ihr Gesicht. Auch ihre Augen schimmerten feucht und verrieten eine neue Verletzlichkeit. Die Begegnung mit Suvi schien alte Wunden wieder aufgerissen zu haben. Trotzdem schaffte Nea ein Lächeln und ein angedeutetes Schulterzucken, als würde sie sagen, dass nichts Besonderes dabei wäre. Inari lachte auf und drückte einen Kuss auf ihre Stirn.

Während Inari stockend ihre Eindrücke von der Zwischenwelt schilderte, machte Nea sich daran, einen neuen Seelenvogel für sie zu schnitzen. Um Niska nicht zu erschrecken, verschwieg Inari Suvis Enthüllungen über Aleksi und die Frage nach demjenigen, der ihren Seelenvogel vertauscht hatte. Es war auch so schwierig genug, die Erinnerungen in Worte zu fassen – sie schlüpften Inari durch die Finger wie flinke kleine Fische. Nur das Bild des Vogelkörpers in den Birkenwurzeln hatte sich in ihr Gedächtnis eingebrannt und ließ sie in Niskas Armen erschaudern. Nea summte, während sie arbeitete, eine einfache Melodie, die Inari in Wärme und Vertrautheit hüllte.

Sie wusste nicht, wie lange sie so zu dritt zusammengesessen hatten, aber irgendwann seufzte Nea und schob ihr Messer zurück in seine Scheide an ihrem Gürtel.

»Ich muss gehen«, sagte sie mit Blick auf ihren Armreif. »Die Sonne geht bald unter und ich muss wieder singen.«

Inari fiel es schwer, sie gehen zu lassen. Tief in ihr hatte sich die Angst eingenistet, dass die Welt um sie herum wieder im Traum verschwimmen würde, sobald Nea sie verließ. Und hinter ihrer Erleichterung gärten all die Fragen, die Suvi in der Zwischenwelt aufgeworfen hatte – über die Toten und die Lebenden, das Tal, ihren Vater. Aber Nea streifte schon die Felle ab und stand auf.

Niska erhob sich mit ihr.

»Du solltest hierbleiben«, sagte sie besorgt. »Du brauchst Ruhe.«

Sie hatte Recht – Nea sah blass und erschöpft aus, mit dunklen Ringen unter den Augen. Inari konnte sich nicht mal ansatzweise vorstellen, wie viel Kraft es sie gekostet haben mochte, ihre Seele zu finden und zurückzuholen. Doch natürlich schüttelte die Schamanin den Kopf.

»Ich muss gehen«, wiederholte sie und ihre Handbewegungen hatten etwas Endgültiges. Sie hielt Inari die Vogelfigur hin. »Pass gut auf sie auf, ja? Dann passt sie auch auf dich auf.«

Inari nickte und drückte den neuen Seelenvogel an ihre Brust. Es war eine Zwergmöwe, wie die aus ihrem Traum. Die Kanten und Kurven der Figur waren noch ausgeprägt und hart, frisch geschnitzt. Doch Inari spürte die gleiche Wärme darin, die ihr alter Seelenvogel innegehabt hatte.

Bevor Nea aus der Tür schlüpfen konnte, griff Inari noch mal nach ihrer Hand. »Wir müssen reden, du und ich«, sagte sie eindringlich.

Nea senkte den Blick und presste die Lippen zusammen. Dann nickte sie.

»Komm morgen Nachmittag runter zum See. Frag im Dorf nach dem Haus der Schamanin, dort wirst du mich finden.«

Nachdem Nea das Haus verlassen hatte, stand Inari ebenfalls auf und trat ans Fenster. Draußen warf die tief stehende Sonne orangefarbenes Licht über die Lichtung. Nea blieb kurz bei der Saunahütte stehen, wo eine andere Gestalt neben Taavi auf dem Boden saß. Aleksi. Inari sah nicht, ob sie miteinander sprachen, aber Nea nickte ihm zu, bevor sie ihren Weg fortsetzte.

»Er ist es wirklich«, sagte Niska, die neben sie getreten war. Ihr Blick ruhte auf Aleksi, voller Wunder und Sehnsucht. »Ich dachte nicht, dass es möglich ist.«

Inari drehte sich halb zu ihr um und studierte ihren Gesichtsausdruck.

»Hast du mit ihm gesprochen?«

»Ich habe ihm gesagt, dass du Hilfe brauchst. Er hat nichts erwidert, ist nur losgelaufen.« Niska seufzte und knetete geistesabwesend ihre Hände. »Ich habe nicht erwartet, dass jemand auftaucht. Ich habe bloß das Fenster aufgerissen und geschrien. Ich habe mich so hilflos und verzweifelt gefühlt … Und dann kam er aus dem Wald, wie ein Traum.«

Inari legte vorsichtig einen Arm um ihre Schultern. Niska war angespannt und steif, ließ die Berührung aber zu.

»Es ist kein Traum. Er ist wieder da.«

Niska schloss die Augen. An ihren langen Wimpern schimmerten noch Tränen. Inari betrachtete sie wortlos. Es war lange her, dass sie ihre Mutter aus dieser Nähe ansehen konnte. Die Sorge hatte tiefe Linien in ihr Gesicht gegraben. Obwohl sie viele Jahre nicht mehr an der Sonne gewesen war, bedeckten feine Sommersprossen ihre Nase, Wangen und Stirn. Inari sah wieder das junge Mädchen vor sich, das sie einmal gewesen war, voller Freude und Tatkraft. Als Niska die Augen öffnete, schienen die Tränen ihre Farben noch intensiver zu machen, Dunkelgrün und Blau. Inaris Liebe zu ihr schnürte ihr die Kehle zusammen.

»Du bist hier«, sagte sie rau und drückte ihre Schulter. Sie wollte nicht nachbohren warum, aber Niska schien die Frage trotzdem herauszuhören. Sie lächelte schwach und senkte den Blick auf ihre ineinander verschlungenen Hände.

»Ich konnte dich nicht einfach da liegen lassen«, sagte sie leise. »Ich habe in der Tür gestanden und dich gerufen, immer wieder ... Es war schwer, diesen Schritt über die Türschwelle zu tun, aber du bist einfach nicht wach geworden. Und meine größte Angst ist es, dass dir etwas zustößt. Was hätte da noch Schlimmeres passieren sollen, wenn ich mein Zimmer verließ?«

Sie versuchte gelassen und beiläufig zu klingen, aber Inari hörte die Anstrengung in ihrer Stimme. Egal, was sie sagte, es fiel ihr nicht leicht, hier zu stehen. Ihr Blick zuckte immer wieder von einer Ecke der Hütte zur nächsten, als würden überall Gefahren lauern. Ihre Fingernägel hatten tiefe Abdrücke in ihren Handflächen hinterlassen.

Aber sie war hier. Inari konnte sie berühren. Es fühlte sich wie ein Wunder an.

Draußen stand Aleksi auf und näherte sich langsam der Hütte. In der Abenddämmerung sah er aus wie ein normaler Mann, der nach einem anstrengenden Arbeitstag nach Hause zurückkehrte, die Kleidung zerknittert, die Schritte schwer. Im Gegensatz zu Niskas herumirrenden Augen waren seine starr und ausdruckslos.

Aber Inari wusste es nun besser. Kerttus Verdacht, dass Nea ihn kontrollierte, hatte jeden Halt verloren. Wenn Aleksi nur das tat, was Nea ihm sagte, wäre er nicht losgelaufen, um Inari zu helfen. Er hätte keinen Grund, hier zu sein.

Doch er kam auf ihr Fenster zu und blieb direkt davor stehen.

Inari öffnete die Fensterläden und ließ kühle feuchte Luft einströmen.

»Danke, Papa«, sagte sie und lächelte ihn an. »Du hast mir das Leben gerettet.«

In seinem Gesicht veränderte sich nichts, als hätte er sie nicht gehört. Sein Blick ging an ihr vorbei. Aber nach einem Moment hob er seine Hände und hielt sie ihnen entgegen.

Inari griff ohne zu zögern danach. Niska atmete scharf ein, beugte sich dann aber auch vor und fasste nach seiner anderen Hand. Bei der vertrauten Berührung entfuhr ihr ein Aufschluchzen.

»Du bist wieder da«, wisperte sie zittrig. »Ich habe ... Ich habe dich so vermisst. Jeden Tag. Jeden Tag, weißt du?« Sie drückte seine Hand gegen ihre tränennasse Wange.

Inari lächelte so breit, dass ihr Gesicht schmerzte. Trotz allem, was immer noch über ihr hing, trotz Suvis bedrohlichen Worten – in diesem Moment breitete etwas in ihrer Brust Flügel aus und erhob sich über alle Gefahren und Hindernisse. Ihre Familie war wieder zusammen. Nichts würde sie je wieder trennen. Die Welt stand ihnen offen.

Das tote Haus

Am nächsten Morgen ließ Inari ihre Eltern miteinander allein. Die Aussicht machte Niska sichtlich nervös, aber Inari umarmte sie fest und versicherte ihr, dass sie sich keine Sorgen machen müsse.

Als sie sich am Waldrand noch mal zur Hütte umdrehte, sah sie, wie Niska das Fenster öffnete und Aleksi sich davor hinsetzte, wie ein liebeskranker Jüngling, der um seine Geliebte warb. Mit einem Schmunzeln wandte sie sich wieder ab. Es würde ihnen guttun, Zeit zu zweit zu verbringen.

Taavi war müde und gähnte immer wieder, vermutlich weil er die halbe Nacht lang mit Aleksi herumgetollt hatte. Aleksi war gestorben, als Taavi noch kein Jahr alt war, aber offenbar saß die Erinnerung an seinen ersten Herren tief. Inari gönnte es den beiden. Sie hatte heute keine Jagd im Sinn und überprüfte lediglich ihre bereits gestellten Fallen. Dann machte sie sich auf den Weg ins Dorf.

Der Tag war kalt und windig. Das Rauschen der Bäume um sie herum erinnerte Inari an das Wogen des Meeres aus Suvis Erinnerungen. Obwohl vieles aus dem Traum bereits verblasst war, stand ihr dieses Bild noch deutlich vor Augen. Sie bildete sich ein, die salzige Meeresluft zu riechen. Der Duft rief vage Erinnerungen an tanzende Menschen und Honigwein in ihr wach – Szenen aus dem Leben der jungen Inari vor der Seuche und vor dem Tal. Die Sehnsucht danach, mit ihren eigenen Füßen im Sand zu versinken und dem Kreischen der Möwen zu lauschen, kratzte von innen an ihrem Brustkorb.

Suvi musste sich täuschen. Inari würde es irgendwie schaffen, ihre Mutter dazu zu bringen, die Hütte und das Tal zu verlassen. Immerhin war sie schon mal aus ihrem Zimmer gekommen! Vielleicht würde Aleksis Rückkehr ihre Ängste noch ein Stück besänftigen. Und dann würden sie die Berge hinter sich lassen, egal was Savo oder die Vivaara darüber dachten ... Zusammen mit Kerttu und Mikael ...

In ihre hoffnungsvollen Träumereien versunken, kam Inari schneller im Dorf an als erwartet. Sie zögerte und pfiff Taavi zurück, der schon schwanzwedelnd auf den Krämerladen zugelaufen war.

»Das Betteln kannst du dir diesmal sparen«, sagte sie zu ihm. Der Krämer beobachtete sie misstrauisch durch sein Fenster. Inari seufzte und wandte sich ab.

Nea hatte gesagt, sie solle einfach jemanden nach dem Haus der Schamanin fragen, aber das gestaltete sich schwierig. Als Inari über die Straße schlenderte, wichen die Leute zurück oder drehten ihr demonstrativ den Rücken zu. Inaris gute Laune bröckelte. Sie hatte diesen Menschen nur die Wahrheit gesagt! Das nächste Mal würde sie Aleksi mitbringen und dann zufrieden den Aufruhr beobachten ...

Plötzlich musste sie wieder daran denken, was Suvi gesagt hatte. Was, wenn Aleksis Tod tatsächlich kein Unfall gewesen war? Dann musste jemand im Tal dafür verantwortlich sein, einer aus ihrem Clan. Was, wenn einer dieser finster dreinblickenden Menschen ihren Vater getötet hatte?

Inaris Magen verkrampfte sich. Auf einmal spürte sie wieder die Enge der Berge um sie herum. Sie war hier gefangen – mit Lügnern und Mördern, wenn Suvi recht hatte. Einer dieser Menschen hatte ihren Seelenvogel gestohlen und gegen einen Stein getauscht, damit sie sein Fehlen nicht bemerkte. Vielleicht einer von denen, die sie für eine Lügnerin und Vivaara-Freundin hielten. Vielleicht aber auch jemand, der verhindern wollte, dass sie die Wahrheit über den Tod ihres Vaters herausfand.

Savo? Ihr Blick flog in Richtung des Hauses, das sich über den anderen erhob. Aber wann hätte er die Figur stehlen sollen? War er nachts in ihre Hütte eingedrungen? Die Vorstellung trieb Inaris Puls in die Höhe. Aber nein, dachte sie mit Blick auf Taavi, das hätten sie mitbekommen. Eher hatte Savo einen seiner Arbeiter darauf angesetzt, zur Hütte hochzugehen und die Figur zu stehlen, als Taavi drinnen bei Niska und Inari in der Sauna gewesen war ...

Taavi stieß mit seiner Nase gegen ihren Oberschenkel. Erst jetzt bemerkte Inari, dass ihre Schritte immer langsamer geworden waren und ihre Hand auf dem Griff ihres Jagdmessers lag. Das Dorf kam ihr auf einmal fremd und bedrohlich vor. Sie holte tief Luft und rollte mit den Schultern, um die Anspannung zu lösen, die sich darin festgesetzt hatte. Sie war nicht mehr hilflos in der Zwischenwelt gefangen, hier konnte sie sich wehren. Sollte der Mörder nur kommen!

»Darf ich ihn streicheln?«

Die Frage ließ Inari herumfahren. Sie kannte den Jungen, der vor ihr stehen geblieben war, aber es dauerte einen Moment, bis ihre hektischen Gedanken so weit zur Ruhe gekommen waren, dass ihr der Name einfiel: Veli, Savos Neffe. Sein Blick hing wie gebannt an Taavi.

»Ja, sicher«, antwortete Inari verspätet. Sie erinnerte sich, dass er Taavi auch schon interessiert gemustert hatte, als sie vor zwei Wochen mitten in der Nacht vor Savos Haustür aufgetaucht war, um einen neuen Seelenvogel für Niska zu bitten.

Taavi war wie immer froh über jede Aufmerksamkeit und drängte sich gegen den Jungen, als der ihn hinter den Ohren kraulte. Veli schien sich nicht daran zu stören, dass er den Hund einer Ausgestoßenen streichelte. Sein Gesicht war voller unkomplizierter kindlicher Begeisterung.

»Wie alt ist er?«, fragte er.

»Er wird nächstes Jahr zehn. Sein Name ist Taavi.«

Beim Klang seines Namens warf Taavi sich auf den Rücken und bot Veli seinen Bauch dar. Der Junge lachte auf und ging in die Hocke, um ihm mit beiden Händen durch das zerzauste weiße Bauchfell zu fahren. Inari schaute lächelnd zu. Dann kam ihr ein Gedanke.

»Du wohnst bei Savo, stimmt's?«, fragte sie. Veli nickte, ohne aufzusehen. Inari zögerte, aber dann fragte sie doch: »Hast du in den letzten Tagen irgendwo im Haus einen Seelenvogel gesehen, der da nicht hingehört?«

Jetzt schaute der Junge doch zu ihr hoch und musterte sie neugierig.

»Wieso, hast du deinen verloren?«

»Ja«, log Inari kurzerhand. »Es ist eine Eisente. Hast du sie irgendwo gesehen?«

Veli legte den Kopf nachdenklich schief. Taavi drehte sich auf die Seite und sah hechelnd von ihm zum Inari.

»Ich glaub nicht«, sagte der Junge schließlich. »Aber ich kann danach Ausschau halten, wenn du willst.«

»Ja, das wäre sehr nett von dir, danke.« Inari lächelte ihn an. »Du weißt, wer ich bin?«

»Du bist die, die mit den Toten spricht«, sagte er, so als wäre es das Selbstverständlichste auf der Welt. Inari wusste nicht, was sie dazu sagen sollte.

»Inari«, stellte sie sich schließlich vor. »Ich wohne oben in der Hütte am Pass.«

Veli nickte. Er stand wieder auf und klopfte sich den Dreck von seinen Knien.

»Suchst du die Schamanin?«, fragte er. »Damit sie dir einen neuen Vogel macht?«

»Ah, ja«, erinnerte Inari sich. »Weißt du, wo ich ihr Haus finde?«

»Sie hat kein Haus, sie wohnt bei Onkel Savo.«

Inari runzelte die Stirn.

»Aber sie hat mir gesagt, dass ich sie im Haus der Schamanin finden werde.«

»Ah!« Velis Gesicht hellte sich auf. »Da meinte sie bestimmt das Haus der alten Schamanin! Da geht niemand mehr hin, es ist unheimlich.«

»Wieso unheimlich?«

Veli warf einen Blick über die Schulter, als könnte ihn jemand belauschen. Dann trat er näher an Inari heran und sagte mit gesenkter Stimme: »Dort wächst nichts und alle Tiere halten sich davon fern. Ronna sagt, dass die alte Schamanin das Haus verflucht hat, als sie dort gestorben ist.«

Inaris Augenbrauen kletterten in die Höhe.

Die alte Schamanin – das konnte nur Suvi sein. Wieso wollte Nea sich dort mit ihr treffen, wo ihre Mutter gestorben war? Und was hatte es mit ihrem Haus auf sich?

***

Das Haus, zu dem Veli ihr den Weg gewiesen hatte, stand abseits vom Dorf am Seeufer. Es war eine niedrige Hütte aus soliden Kiefernstämmen ohne Fenster. Das tief herabhängende Dach wurde von knorrigen Ästen gestützt. Ein weißer Stein mit scharfen Kanten markierte den Beginn des kaum sichtbaren Pfades zur Haustür.

Schon von Weitem sah Inari, was Veli so unheimlich fand: Der dichte Moosteppich, der das Dach bedeckte, war vertrocknet und schwarz. Totes Gras breitete sich rund um die Hütte aus, wo früher offenbar Beete angelegt worden waren. Einige Fichten standen nackt und skelettiert davor. Wo das Seeufer sonst von Schilf bewachsen war, gähnte hier nackte Erde. Der große Stein ragte aus dieser verdorrten Landschaft wie ein abgebrochener Zahn.

Neben Inari spitzte Taavi die Ohren und blieb stehen. Auch sie hörte etwas – Schritte von der anderen Seite der Hütte. Im nächsten Moment umrundete Nea das Haus, sah Inari jedoch nicht sofort. Ihr Blick galt Maris, der ihr mit finsterem Gesicht hinterherstapfte und ruckartig die Hände bewegte.

»... meine Aufgabe«, bekam Inari noch mit, ehe er sie entdeckte und die Hände abrupt fallen ließ. »Was machst du hier?«, rief er ihr harsch zu. Nea drehte sich überrascht um.

»Nea hat mich gebeten herzukommen!«, erwiderte Inari und überraschte sich selbst mit der Wut, die bei seinem Anblick in ihr aufflammte. Nur zu gut erinnerte sie sich an seine Drohungen am See.

Auch Maris' Gesicht verhärtete sich. Nea trat demonstrativ zwischen sie beide.

»Genug!«, sagte sie und hielt ihre Hände so, dass beide sie sahen. »Wir haben keine Zeit zum Streiten. Inari ist hier, weil wir reden müssen. Maris, du weißt, was du zu tun hast. Geh jetzt.«

Der alte Mann mahlte mit den Kiefern. Inari beobachtete ihn mit geballten

Fäusten. Ein Teil von ihr hoffte, dass er Neas Befehl ignorierte und noch einmal versuchte, sie einzuschüchtern – diesmal war sie darauf vorbereitet. Doch unter Neas forderndem Blick senkte Maris den Kopf und marschierte ohne ein weiteres Wort davon. Inari ließ die angehaltene Luft ausströmen.

»Tut mir leid«, sagte Nea und kam ihr entgegen. »Er hält es immer noch für seine Aufgabe, das Andenken an meine Mutter zu schützen. Deswegen sieht er ungern Fremde hier.«

Inari warf wieder einen Blick zur seltsamen Hütte. Der Anblick ließ ihr einen Schauder über den Rücken laufen. Sie fühlte sich beobachtet.

»Sie ist hier gestorben?«

»Ja. Und vor ihrem Tod haben wir hier gewohnt, wenn wir in diesem Teil des Tals unterwegs waren.«

»Warum wolltest du mich hier treffen?«, fragte Inari. Das Unbehagen nagte an ihrer Konzentration. »Können wir nicht woanders hingehen?«

»Es ist unheimlich, ich weiß.« Nea lächelte dünn. »Ich muss da drinnen endlich mal nach dem Rechten sehen. Aber ich kann nicht ... noch nicht.« Nea streifte die Hütte nur mit einem kurzen Blick, als könne sie es nicht über sich bringen, sie länger zu betrachten. »Ich dachte, es hilft, wenn ich vorher mit dir hier bin.«

Inari wandte Nea endlich ihre volle Aufmerksamkeit zu. Die Schamanin wirkte immer noch erschöpft, als hätte sie seit Tagen nicht geschlafen. Ihre blasse Haut und die hellen Haare ließen sie farblos aussehen. Sie schien um Jahre gealtert zu sein, seit Inari sie zuletzt gesehen hatte. Nur die eindringlichen Augen erinnerten an ihre mächtige Erscheinung in der Zwischenwelt. Ihre Handbewegungen waren seltsam zögernd und mutlos.

Instinktiv zog Inari sie in ihre Arme und hielt den unnatürlich heißen Körper einen Moment lang an sich gedrückt. Nea schlang bereitwillig die dünnen Arme um ihren Nacken. Sie fühlte sich beruhigend fest und real an, doch trotzdem schwoll Inaris Herz voller Sorge an. Etwas stimmte nicht.

»Du solltest dich ausruhen«, sagte sie, nachdem sie Nea widerwillig losgelassen hatte. »Du kannst bestimmt morgen noch mal herkommen.«

Die Schamanin schüttelte den Kopf.

»Morgen könnte es zu spät sein.«

Eine unheilvolle Vorahnung ließ Inari frösteln.

»Zu spät …?«

»Komm.« Nea ergriff ihre Hand und zog sie auf die andere Seite der Hütte. Dort stand eine grob zusammengezimmerte Bank, auf der sie mit Blick auf den See Platz nahmen. Die Wasseroberfläche war unruhig und spiegelte den tief hängenden grauen Himmel. Eine feuchte Kälte lag in der Luft. Inari rückte unwillkürlich näher an Nea heran. Taavi rollte sich zu ihren Füßen zusammen.

»Was ist das für eine Aufgabe, die du Maris übertragen hast?«, fragte sie.

Nea zögerte. Inari spürte ihren prüfenden Blick auf sich ruhen.

»Ich habe ihn gebeten, Elsa zu finden«, sagte die Schamanin schließlich.

Inaris Kopf fuhr herum.

»Elsa?«, wiederholte sie überrascht. »Wieso, was ist mit ihr?«

»Sie wacht nicht mehr am Pass.«

»Was?« Inari starrte sie ungläubig an. »Aber sie war da! Ich war doch vor einer Woche mit Kerttu dort, damit sie nach ihrer Schwester sieht!«

»Vielleicht war das der Auslöser für ihr Verschwinden.« Nachdenklich biss Nea auf ihre Unterlippe. »Wir wissen nicht, was die Toten denken oder wollen. Mila hat offenbar auch nicht versucht, ihre Familie zu kontaktieren. Vielleicht ist Aleksi eine Ausnahme und die anderen wollen ihre lebenden Angehörigen gar nicht sehen …«

»Aber Mila will ihrer Familie trotzdem helfen!«, unterbrach Inari sie. Auf Neas fragenden Blick hin erzählte sie ihr von dem Gold, das sie vor ihrer Tür gefunden hatte. Dabei verschwieg sie nur, dass sie das Gold bei Kerttu vergessen hatte. Sie wollte Nea Kerttus Verdächtigungen nicht schildern.

Nachdem sie geendet hatte, schaute Nea wieder auf den See hinaus und grübelte vor sich hin.

»Ich muss noch mal mit Ronna sprechen«, sagte sie schließlich.

Inari runzelte die Stirn. Sie konnte sich nur zu gut an Ronnas wütende Anklagen auf der Dorfversammlung erinnern.

»Denkst du, sie verheimlicht uns etwas über Leevi?«

»Ich denke, dass mit den Toten, deren Seelenbäume geringelt wurden, etwas nicht stimmt.« Nea zählte auf: »Dein Vater und Mila benehmen sich so, als würden ihre Erinnerungen und Gefühle zurückkehren. Elsa verschwindet, nachdem ihre Schwester bei ihr war. Nur über Ronnas Ehemann haben wir noch nichts gehört, obwohl sein Baum ebenfalls geringelt wurde. Findest du das nicht verdächtig?«

Inari nickte nachdenklich.

»Dann hatte deine Mutter Recht.«

Sie spürte, wie Nea sich auf der Stelle anspannte.

»Was hat meine Mutter damit zu tun?«, fragte sie und musterte Inari scharf.

Die Erinnerung zog immer noch als Gänsehaut über Inaris Arme. Sie schlang die Arme um sich und schluckte schwer, bevor sie antwortete.

»Sie hat gesagt, dass die Seelen hinaussickern, wenn die Bäume sterben. Das ist es doch, was hier passiert, oder?«

Nea presste die Lippen zusammen. Ihre Finger legten sich über den Knochenreif an ihrem Handgelenk, als wollte sie sich vergewissern, dass er noch da war. Wie bei der Begegnung mit Suvi in der Zwischenwelt schien sich ein alter Schmerz an die Oberfläche zu schieben und ihr Gesicht gequält zu verzerren.

Inari stieß sie leicht mit der Schulter an, um sie aus dem Sumpf der Erinnerung zu reißen. Doch einmal beschworen, hing Suvis Schatten über ihnen beiden.

»Von welchem Ritual hat Suvi in der Zwischenwelt gesprochen?«, fragte Inari leise. »Eines, das gescheitert ist …?«

Ein Schauder ging durch Neas Körper. Doch im nächsten Moment war ihr Gesicht wieder ausdruckslos, als hätte sie ein Tischtuch glatt gestrichen.

»Meine Mutter hat mehr Zeit mit der Manipulation von Lebenskraft verbracht als die anderen Schamanen«, sagte sie ohne Inari anzusehen. »Sie hat alles versucht, um die Seelen der Toten wieder an ihre Körper zu binden, aber ohne Erfolg. Es hat sie krank gemacht.« Neas Handbewegungen waren knapp und präzise, als würde sie etwas erzählen, was nichts mit ihr selbst zu tun hatte. »Als sie wusste, dass sie sterben würde, hat sie ihre Bemühungen darauf gerichtet, dass das Tal auch nach ihrem Tod geschützt sein würde.«

Inari konnte es nicht ertragen, die schreckliche Geschichte noch mal von Nea selbst zu hören. Sie legte ihre Hand über Neas.

»Ich weiß, was passiert ist«, sagte sie gepresst. »Maris hat mir erzählt, was er getan hat, um Suvis Landverbundenheit an dich weiterzugeben.«

Nea hielt einen Moment lang inne. Dann schüttelte sie den Kopf und entzog Inari ihre Hand.

»Das ist es nicht, was geschehen sollte. Es war ein Notbehelf.« Sie sah Inari immer noch nicht an. »Meine Mutter hatte das Ritual entwickelt, um ihre Seele an meinen Körper zu binden.«

Inari sog scharf die Luft ein. Taavi hob alarmiert den Kopf und beobachtete sie, um sicherzugehen, dass sie sich nicht in Gefahr befand.

»Das ... ist möglich?«, stieß Inari hervor und rieb dem Hund abgelenkt über den Kopf.

»Offensichtlich nicht. Sonst würdest du gerade mit ihr reden.« Nea lächelte schief, ohne jede Freude. »Ihr Blut, ihre Knochen, ihre Sehnen – all das sollte ihrer Seele den Weg in meinen Körper weisen. Ich habe ihren Seelenvogel in ihr Blut getaucht, in Stücke gehackt und gegessen. Meinen eigenen habe ich verbrannt. Ich war bereit, in die Zwischenwelt einzugehen, um ihr die Rückkehr in die Welt der Lebenden zu ermöglichen. Aber es hat nicht funktioniert. Ich bin als ich selbst aufgewacht und meine Mutter ging verloren.«

Nun zitterten ihre Hände doch noch, auch wenn ihr Gesicht weiterhin schrecklich schlaff war. Ihre Augen verrieten, dass sie weit weg weilte.

Inaris Grauen schnürte ihr die Kehle zu. Die Vorstellung, freiwillig ihr Leben aufzugeben und sich in der Fremdartigkeit der Zwischenwelt zu verlieren, überzog sie mit Kälte. Was war das für eine Existenz? Langsam verschlungen und verdaut zu werden, wie die Zwergmöwe in den Wurzeln der Traumbirke ...

»Warum?«, brachte sie hervor. »Warum hast du dich darauf eingelassen?«

Es dauerte einen Moment, bis Nea wieder in die Gegenwart zurückfand. Sie blinzelte mehrmals und sah Inari schließlich an. Ihre Frage ließ sie die Stirn runzeln.

»Es war meine Pflicht«, sagte sie einfach. »Ich wusste, dass ich nicht in der Lage bin, unseren Clan zu retten. Wenn jemand unsere Toten wieder ins Leben zurückbringen konnte, war es meine Mutter. Das Einzige, was ich dazu beitragen konnte, war mein Körper.« Erschrocken sah Inari, wie Nea nun doch Tränen in die Augen stiegen. »Aber nicht mal das habe ich geschafft.«

»Nein!«, protestierte Inari auf der Stelle. »Es ist nicht deine Schuld! Du warst doch noch ein Kind!«

»Ich war alt genug«, sagte Nea unbarmherzig. Sie drehte sich um und betrachtete das tote Haus. »Ich war seitdem nicht wieder dort drin«, gestand sie. »Nur Maris kommt immer wieder her und gedenkt meiner Mutter. Ich glaube, er hat mir nie verziehen, dass ich nicht sie bin.« Kraftlos ließ sie ihre Hände in ihren Schoß fallen.

Inari saß neben ihr wie erstarrt. Sie hatte keine Ahnung von Magie und den Pflichten der Schamanen. Das Einzige, was sie tief in ihrem Herzen wusste, war, dass es falsch war, ein elfjähriges Mädchen davon zu überzeugen, dass ihr einziger Wert darin lag, sich zu opfern.

Mit elf war Inari noch wie erfroren vor Trauer um Aleksi gewesen – eher ein Stein als ein Mädchen. Hätte sie ihr Leben gegeben, um ihren Vater zurückzubringen? Vielleicht, aber Aleksi hätte es nicht gewollt und Niska nie zugelassen. Suvi hingegen hatte es von ihrer Tochter gefordert.

Bei der Erinnerung daran, mit welcher Häme Suvi Nea in der Zwischenwelt attackiert hatte, explodierte die Wut in Inaris Brust. Jetzt erst verstand sie Neas Zorn, mit dem sie ihrer Mutter entgegengetreten war. Doch wie es schien, lauerten dahinter Zweifel und Scham. Inari kannte diese Kombination und wusste, wie tief sich diese Gefühle ins Herz hineinfressen konnten, ganz gleich wie unlogisch sie sein mochten. Es schmerzte, daran zu denken, dass Nea dieses Gewicht seit Jahren mit sich herumtrug.

»Du hast es in der Zwischenwelt selbst gesagt«, sagte sie fest. »Suvis Zeit in der Welt der Lebenden war vorbei. Sie hatte ihre Chance. Jetzt bist du dran. Und wer sagt, dass nicht du es sein wirst, die unseren Clan rettet? Die Toten kommen doch jetzt zurück – und Suvi hat nichts damit zu tun!«

»Ich aber auch nicht«, gab Nea zurück.

Inari zuckte unbeirrt mit den Schultern.

»Auch wenn du die Bäume nicht geringelt hast, liegt es an dir, was als Nächstes geschieht! Du kannst unseren Clan aus dem Tal führen, die Lebenden und die Toten!« Die Hoffnung schlug schnell in ihrem Brustkorb. Inari lächelte Nea an. Wie konnte sie den Windzug der Möglichkeiten nicht spüren?

Doch Nea lächelte nicht. Sie ließ ihren Blick fallen und die Schatten ihrer Wimpern legten sich lang über ihre Wangen.

»Es ist nicht so einfach«, sagte sie.

»Warum nicht?«, forderte Inari ungeduldig. »Du hast doch bloß Angst!« Ihr fiel auf, dass sie wie Kerttu klang, aber das hielt sie nicht davon ab, Nea an den Armen zu packen. »Warum willst du das Tal nicht verlassen?«, fragte sie eindringlich.

Sie war Nea so nah, dass sie sie Atem holen spürte. Nea drehte ihre Hände und verschlang ihre Finger mit Inaris. Einen Moment lang zitterte etwas in der Luft zwischen ihnen – eine Entscheidung, eine sich öffnende Tür, ein Schritt über eine unsichtbare Klippe. Dann löste Nea ihre Hände aus Inaris und die Tür fiel wieder zu.

»Du darfst dich nicht weiter damit beschäftigen«, sagte Nea. Ihr Blick hielt Inaris fest. »Du wärst fast gestorben, weil du dich eingemischt hast. Das lasse ich nicht noch mal zu.«

»Das ist nicht deine Entscheidung!«, erwiderte Inari hitzig. »Ich weiß, worauf ich mich einlasse!«

»Nein, das weißt du nicht. Und das musst du auch nicht.« Nea gewann rasend schnell ihre Selbstbeherrschung und Entschlossenheit zurück. Das einsame, verunsicherte Mädchen verschwand wieder hinter der Fassade der allwissenden Schamanin. Inari hatte das brennende Bedürfnis, diese Mauer ein für alle Mal einzureißen.

»Erklär es mir!«, verlangte sie. »Ich habe ein Recht darauf zu wissen, warum ich fast gestorben wäre!«

»Und ich habe die Verantwortung, jeden in unserem Clan zu beschützen – auch dich!«, gab Nea zurück.

»Ich brauche deinen Schutz nicht!«

»Ohne meinen Schutz wärst du tot!«

Inari sprang auf. Wütende Enttäuschung brandete in ihrer Brust auf und schmeckte bitter auf ihrer Zunge. Neas Geheimniskrämerei war nicht besser als Maris' Drohungen!

»Es geht euch um Macht, oder?«, stieß sie bitter hervor. »Deswegen diese ganzen Andeutungen und die Geheimnisse! Ihr wollt nur, dass man euch fürchtet und euch alles zu Füßen legt!«

Nea blieb sitzen und zog ihre Schultern hoch, wie um Inaris Angriff abzuwehren.

»Du wolltest deinen Vater zurück«, sagte sie und betrachtete ihre eigenen Hände, statt Inaris wütendem Blick zu begegnen. »Das hast du geschafft. Deine Familie ist wieder beisammen. Ist das nicht genug? Warum kannst du dich nicht freuen und dein Leben leben?«

»Das hier ist mein Leben!« Inari breitete die Arme aus, als könnte sie damit die Kette der Berge umfassen, die sie von allen Seiten umgab. Selbst der Himmel schien sie heute niederzudrücken. »Ich will hier nicht sterben, Nea!«

Die Schamanin seufzte.

»Das könntest du auch gar nicht.«

Mit einem wilden Knurren wandte Inari sich ab und stürmte davon. Taavi folgte ihr nur zögernd und warf immer wieder Blicke zurück zu Nea. Inari hoffte, dass die Schamanin ihr nicht hinterherkam. Sie war so wütend, dass sie nicht mehr klar denken konnte, und sie wollte Nea trotz allem nicht wehtun.

Suvis Haus stand immer noch da wie das Mahnmal einer schrecklichen Schlacht. Hier hatte Neas Mutter gehofft, den Tod zu überwinden und sich wie ein Parasit im Körper ihrer Tochter einzunisten. Kein Wunder, dass die Natur selbst vor diesem Ort zurückwich.

Doch Inari hatte im Augenblick keinen Platz im Herzen für Unbehagen oder Ehrfurcht. Im Vorbeigehen trat sie gegen einen Holzbalken der Hauswand.

»Ich hoffe, du verrottest in deinem Albtraum«, murmelte sie und stapfte davon. Falls Suvi sie hörte, antwortete sie nicht.

Hass

Auf halbem Weg den Berg hinauf fing Aleksi sie ab. Er reichte ihr ein ordentliches Bündel – Brot, Ziegenkäse und getrocknete Fleischstreifen für Taavi. Die sorgfältige Art, die Tuchkanten einzuschlagen, verriet Niskas Handwerk. Der Anblick hob auf der Stelle Inaris Stimmung.

»Danke«, sagte sie mit einem Lächeln zu ihrem Vater.

Zusammen verließen sie den Weg und vertieften sich in den Wald. In den dunklen Fichtenkronen weit über ihren Köpfen sangen Vögel, irgendwo hämmerte ein Specht auf einen Baumstamm ein. Nach dem verstörenden Gespräch mit Nea sog Inari dankbar die feuchte und erdige Luft ein. Hier brodelte das Leben dicht unter der Oberfläche und kümmerte sich nicht um menschliche Eitelkeiten und Geheimnisse.

Aleksi stieg zielstrebig über umgestürzte Baumstämme und flechtenbewachsene Wurzeln hinweg. Seine Schritte waren genauso sicher wie zu Lebzeiten. Mit seinem breiten Rücken vor Augen kam Inari sich wieder vor wie ein kleines Mädchen, das ihrem Vater vertrauensvoll in die abgelegensten Waldwinkel folgte.

Heute führte er sie zu einem knorrigen Baumstumpf, der dicht von Preiselbeersträuchern überwachsen war. Obwohl es fast schon zu spät im Jahr war, wies Aleksi Inari auf die letzten roten Beeren hin, die noch keinem der Tiere des Waldes zum Opfer gefallen waren. Wärme wogte in Inaris Brust hoch und drang als Lächeln auf ihr Gesicht. Er erinnerte sich daran, wie gern sie Kissel mit Preiselbeeren aß.

Nachdem sie die Beeren gepflückt hatte, folgten sie einem Plätschern und stießen auf einen der unzähligen Bäche, die den Berg hinabflossen. Hier ließen sie sich nieder, Inari auf einem Stein am Wasser, Aleksi einfach auf der mit abgefallenen Nadeln gepolsterten Erde. Taavi lief schnuppernd am Ufer hin und her und senkte schließlich die Schnauze ins Wasser, um zu trinken.

Inari bot Aleksi an, das Essen mit ihm zu teilen, aber er schüttelte kaum merklich den Kopf. Ihr fiel auf, dass sie nie gefragt hatte, ob Tote Hunger verspürten. Sie hatte Aleksi seit seinem Tod nichts mehr essen sehen.

Während sie die Würze des Ziegenkäses genoss, dachte Inari über Suvis Worte nach. Sie hatte gesagt, dass Aleksi wie ein zerbrochenes Gefäß war und eine stete Zufuhr von Lebensenergie benötigte. Das passte zu dem, was Nea ihr über das Lied der Toten erzählt hatte – dass es immer von einem der Schamanen gesungen werden musste, damit die Toten nicht wieder zu Leichen wurden. Das war es, was Aleksi als Nahrung diente. Er war auf die Schamanenmagie angewiesen – und damit auch auf das Tal.

Aber würde das immer noch der Fall sein, wenn Aleksis Seele erst einmal ganz in seinen Körper zurückgekehrt war? Suvi hatte auch gesagt, dass er wieder bei Inari und Niska leben und mit ihnen sprechen könnte. Also musste es eine Möglichkeit geben, ihn ganz über die Grenze von Leben und Tod in ihre Arme zu ziehen.

»Den letzten Schritt«, hatte Suvi es genannt. Nur welcher war das?

Verärgert zerbiss Inari die Preiselbeeren zwischen ihren Zähnen. Wenn Nea sich im Traum nicht eingemischt hätte, hätte Suvi ihr gesagt, was zu tun war!

Komm zu mir, wenn du das Tal endlich verlassen willst.

Hatte Nea sie deswegen so schnell aus der Zwischenwelt heimgeholt? Weil sie verhindern wollte, dass Inari einen Weg fand, wie sie alle das Tal verlassen konnten? Oder weil sie der Meinung war, dass Inari sich aus »Schamanenbelangen« heraushalten sollte?

Wut ließ die Beerensüße in ihrem Mund sauer werden. Sie hasste es, bevormundet zu werden. Warum konnte Nea nicht ein Mal normal mit ihr sprechen, als Gleichaltrige, nicht als Schamanin? Es war erstaunlich, wie sehr ein Mensch sie in Rage versetzen konnte, den sie gleichzeitig vor jedem Schmerz beschützen wollte.

Sie rollte das letzte Stück Brot zwischen ihren Fingern und beobachtete, wie Aleksi und Taavi sich ein Wettziehen um einen Stock lieferten. Von Nea strebten ihre Gedanken weiter zurück in die Vergangenheit und fanden eine alte Wunde, die nie ganz verheilt war. An jedem anderen Tag hätte sie die Erinnerung gemieden, aber heute fühlte sie sich ungeduldig und rastlos, aus dem Gleichgewicht geraten. Warum nicht den alten Schmerz wieder ausgraben und Aleksi damit konfrontieren?

»Wieso hast du uns eigentlich allein gelassen?«, fragte sie. Ihre angespannte Stimme zerstörte das friedliche Schweigen zwischen ihnen. Aleksi sah von Taavi auf und runzelte fragend die Stirn. Er blickte immer noch ein Stück an ihr vorbei, als wäre er unfähig, ihr direkt in die Augen zu schauen. »Vor deinem Tod«, erklärte sie gepresst. »Nachdem Mama wieder von der Seuche genesen war, bist du immer seltener nach Hause gekommen. Ich musste mich um alles kümmern. Dabei war ich noch ein Kind.«

Sie schluckte schwer. Die Worte kratzten widerborstig in ihrem Hals. Ein Teil von ihr schämte sich, das auszusprechen, was ihr seit Jahren auf dem Herzen lag. Warum konnte sie nicht einfach froh sein, ihren Vater wiederzuhaben? Wollte sie ihn etwa mit Vorwürfen aufs Neue vertreiben?

Aber die Wut übertönte diese Zweifel. Die Wut sprach mit Kerttus Stimme: Wie willst du dein Leben leben, wenn du immer nur auf andere Rücksicht nimmst? Wie willst du frei atmen, wenn dich unausgesprochene Gedanken und Gefühle ersticken?

Aleksi ließ den Stock abrupt los. Taavi sprang mit einem triumphierenden Kopfwackeln zurück und begann zufrieden an seiner Beute zu nagen. Inari sah es nur aus dem Augenwinkel, während sie ihren Vater beobachtete.

Er sagte nichts, aber die Anspannung in seinem Körper war nicht zu übersehen. Er wirkte, als würde er am liebsten auf der Stelle aufspringen und weglaufen. Eine tiefe Falte hatte sich in seine Stirn gegraben.

Inari biss die Zähne zusammen. Das Brot, das sie eben heruntergeschluckt hatte, schien sich in ihrem Hals quergestellt zu haben. Sie warf die Brotkugel, die sie zwischen ihren Handflächen geformt hatte, Taavi zu und zwang sich, Worte aus ihrer Kehle zu drücken.

»Warst du wütend auf mich?«, fragte sie. »Oder auf Mama? Ich weiß, es war nicht einfach mit uns, vor allem mit Mamas Krankheit, aber …«

Bevor sie ausreden konnte, sprang Aleksi auf. Im nächsten Moment kniete er an ihrer Seite und nahm ihre Hand zwischen seine beiden. Etwas kämpfte sich hinter seinem starren Gesichtsausdruck an die Oberfläche – Schmerz? Wut? Er konnte immer noch nicht ihrem Blick begegnen, aber er drückte ihre Hand gegen seine Stirn und dann gegen seine Brust.

Inari holte schaudernd Luft und schluckte brennende Tränen herunter. Sie hatte in den letzten Tagen mehr geweint als in all den Jahren nach Aleksis Tod.

»Ich wünschte, du könntest mit mir reden«, sagte sie heiser. »Ich habe so viele Fragen.«

Er drückte ihre Finger. Seine vertrauten, schwielenbedeckten Hände machten ihr Mut.

»Papa«, flüsterte sie, »erinnerst du dich daran, wie du gestorben bist?«

Hätte sie ihn nicht so genau beobachtet, wäre ihr das Zucken seines Mundes entgangen, das Flattern seiner Augenlider. Inari legte ihre zweite Hand über seine, als könnte sie ihn so hier verankern, bei ihr.

»Man hat Mama und mir gesagt, dass es ein Unfall war. Aber das stimmt nicht, oder?« Sie schluckte schwer. Suvis spöttische Worte stachen wie Brennnesseln in ihrer Brust. »Jemand hat dir das angetan. Jemand … hat dich umgebracht.«

Seine Finger schlossen sich krampfartig um ihre. Das Eingeständnis war so eindeutig, als hätte er laut Ja geschrien.

Hass brach über Inari herein, brennend und bitter und allumfassend. Der Gedanke, dass jemand ihr den Vater mit Absicht genommen hatte, schüttelte sie in einer erbarmungslosen Faust. Sie wollte über die Zeit hinweg nach diesem Menschen greifen und ihm den Hals umdrehen, seinen Kopf in den brennenden Ofen schieben, ihn so lange unter Wasser drücken, bis er ertrank …

Aleksi zog an ihrem Arm und riss sie damit aus ihren Hassfantasien. Inari sah auf und zuckte zusammen, als er ihren Blick traf. Seine Augen wirkten immer noch distanziert, sahen sie aber endlich an. Langsam, ohne ihren Blick loszulassen, schüttelte er den Kopf. Inari runzelte die Stirn.

»Nein? Es war doch ein Unfall?«

Er schüttelte wieder den Kopf. Seine Hände hielten ihre fest umklammert.

Inari brauchte einen Moment, bis seine Botschaft bei ihr ankam.

»Du willst nicht, dass ich mich weiter damit beschäftige«, verstand sie schließlich. »Ich soll nicht nach deinem Mörder suchen.«

Er nickte.

»Aber wieso nicht?«, fragte sie scharf. »Niemand sonst weiß, dass du ermordet wurdest! Wer auch immer das getan hat, lebt immer noch unter uns! Er war es wahrscheinlich auch, der meinen Seelenvogel gestohlen hat! Wie kann ich das einfach so hinnehmen und nichts unternehmen?«

Aleksi drückte ihre Hand noch einmal. Inari knirschte mit den Zähnen.

»Ich habe keine Angst vor diesem Menschen, wer auch immer er sein mag! Behandle mich nicht wie ein Kind, das bin ich schon sehr lange nicht mehr!«

Aleksi hatte diese Wut nicht verdient und Inari wusste es. Aber erst Maris, dann Nea, nun auch ihr Vater – sie hatte endgültig genug davon, mit Drohungen, Halbwahrheiten und Verboten abgespeist zu werden.

»Ich werde mich nicht verstecken und hoffen, dass er unsere Familie in Ruhe lässt«, erklärte sie resolut. »Ich werde ihn finden und dafür büßen lassen, was er dir – und mir – angetan hat!«

Aleksi sah weg. Sein Gesichtsausdruck verriet immer noch nicht viel von seinen Gefühlen, aber für einen Moment wirkte er fast schon traurig. Er presste Inaris Hände wieder gegen seine Brust, als könnte er sie mit dieser einfachen Geste beschützen. Zärtlichkeit stieg in ihr auf und kühlte ihre Wut etwas ab.

»Mir wird nichts passieren, Papa«, sagte sie weich. »Ich werde vorsichtig sein. Ich verspreche es.«

Er seufzte. Inari zögerte und legte dann ihren Kopf auf seine Schulter. Sie beschloss, in seiner Gegenwart nicht wieder darüber zu sprechen – es wühlte ihn zu sehr auf.

Aber sie würde es nicht vergessen.

Die Verbannten

Aleksi kehrte nicht mit Inari zusammen nach Hause zurück. Sie versuchte nicht, ihn dazu zu überreden – er hatte die letzten Tage mit ihnen verbracht, da hätte er selbst zu Lebzeiten wieder etwas Abstand gesucht. Außerdem konnte Inari so mit ihrer Mutter über seine Ermordung sprechen und überlegen, was zu tun war.

Oder zumindest war das der Plan. Aber als Inari mit Taavi bei der Hütte ankam, riss Niska von innen die Tür auf und schaute ihr besorgt entgegen.

»Was tust du hier? Hast du das Horn nicht gehört?«, fragte sie statt einer Begrüßung.

»Welches Horn? Ich habe nichts gehört, ich war mit Papa auf der anderen Seite des Bergs …«

Niska sah suchend an ihr vorbei.

»Und wo ist er jetzt?«

»Ich weiß nicht – wo auch immer er hingeht, wenn er für sich sein will. Was ist denn los?«

»Ich weiß es nicht.« Niskas Blick sprang unruhig von Inari zu Taavi zum Waldrand und wieder zurück. »Unten wurde Alarm geblasen. Es kann nichts mit Aleksi zu tun haben, oder?«

»Nein, er war die ganze Zeit bei mir …« Stirnrunzelnd schaute Inari in Richtung der Siedlung, aber von hier oben konnte man die Häuser nicht sehen. Das letzte Mal, dass das Horn geblasen worden war, hatte ein Blitz im

Dorf eingeschlagen und alle wurden herbeigerufen, um das Feuer zu löschen. Aber sie sah keinen Rauch.

»Ich gehe runter und schaue nach«, beschloss Inari. »Taavi bleibt hier und beschützt dich. Wenn Papa noch mal herkommt, behalt ihn bei dir.« Niska musterte sie voller Angst. Als Inari sie umarmen wollte, zuckte sie unwillkürlich zurück. »Mach dir keine Sorgen.« Inari zwang sich, sie anzulächeln. »Es wird schon nichts Schlimmes sein.«

Sie hoffte, dass sie überzeugter klang, als sie sich fühlte. Nach dem Gespräch mit Aleksi brodelten Wut und Misstrauen so dicht unter ihrer Haut, dass sie sich davon abhalten musste, ihren Bogen mitzunehmen. Der Mörder würde es nicht wagen, sie mitten im Dorf anzugreifen.

Außerdem hatte sie ihr Jagdmesser dabei.

***

Es beruhigte sie zu sehen, dass tatsächlich nichts brannte, aber die Aufregung auf der Straße schlug so hohe Wellen, als würde der Blitz gleich noch einschlagen. Obwohl die letzte Dorfversammlung noch nicht lange her war, beachteten die Leute Inari kaum. Spekulationen über ihren Wahnsinn waren zumindest in diesem Moment nicht das Spannendste im Tal.

Stattdessen drängten sich alle um eines der Häuser am Seeufer. Die Nachzügler stellten sich auf die Zehenspitzen, um auch von hinten noch etwas zu erkennen. Inari achtete vor allem darauf, niemanden nahe genug an sich heranzulassen, um sie anzugreifen, und bemerkte erst, als sie davorstand, worauf sich die ganze Aufregung konzentrierte.

Es war Kerttus und Mikaels Haus.

Inaris Herz tat einen schmerzhaften Satz. Im nächsten Moment drängte sie sich durch die Menge.

Die Menschen wichen nur ungern und voller lauter Beschwerden beiseite, aber sie beachtete sie kaum. Vorwürfe hämmerten in ihrer Brust. Wieso hatte sie nicht gleich am Morgen nach den beiden geschaut? Sie wusste doch, dass sie weggehen wollten, wieso hatte sie nicht noch mal mit Mikael geredet? …

Nun war klar, dass Mikael und Kerttu so schnell nirgendwohin gehen würden.

Savo hatte sich vor ihrem Haus aufgebaut, einen selbstzufriedenen Ausdruck im Gesicht. Unter seiner Aufsicht trugen Männer und Frauen Habseligkeiten durch die Tür hinaus – Brotlaibe, Fässer mit Fisch und Pilzen, Mehlsäcke, Kleidungsstücke, Decken, selbst Stühle und Strohmatten. Alles wurde auf zwei Karren verteilt, die Savo normalerweise den Händlern lieh, wenn sie in eine der anderen Siedlungen fahren wollten. Die Beete im Garten waren schon ganz zertrampelt.

»Das Laken ist ein Erbstück, du Schwein!«, schrie Kerttu, als ein sorgfältig gefaltetes bunt besticktes Leintuch hinausgetragen wurde. Sie sah aus, als hätte sie die Frau, die es hielt, am liebsten unter die Räder des Karrens geworfen, aber einer von Savos Arbeitern hatte ihre Arme hinter ihrem Rücken verdreht. So konnte sie nur ohnmächtig mit den Füßen graben.

»Diebe können nichts vererben«, gab Savo unbeeindruckt zurück.

»Unsere Großmutter hat es für die Hochzeit unserer Mutter bestickt!«

»Warum sollten wir auch nur ein Wort glauben, das aus deinem Mund kommt?« Mit einer beiläufigen Bewegung zog er einen Lederbeutel aus seiner Westentasche hervor und ließ den Inhalt klimpern. »Hat eure Großmutter auch mein Gold gestohlen?«

Inari erstarrte, obwohl sie sich endlich in die vorderste Reihe vorgekämpft hatte.

»Ich habe es doch schon gesagt, das haben wir selbst gefunden!« Kerttu klang wütend, aber auch verzweifelt, als würde sie die Worte schon zum unzähligen Mal wiederholen. Mikael stand reglos neben ihr. Auch seine Arme wurden ihm auf dem Rücken zusammengehalten, aber er wehrte sich nicht dagegen. Sein Gesichtsausdruck war so starr, als wäre er einer der Toten. Er weigerte sich, Savo oder einen der anderen Dorfbewohner anzusehen.

Der Anblick war unerträglich.

Inari schob die Frau beiseite, die noch zwischen ihr und der Szene stand, und rannte zu ihren Freunden.

»Lasst sie sofort los!«, schrie sie. Sie stieß den Mann fort, der Mikael festhielt. Als er Mikaels Arm nicht sofort losließ, trat sie ihm mit voller Kraft auf den Fuß und rammte ihm in derselben Bewegung den Ellenbogen in den Bauch. Japsend wankte er zurück.

»Misch dich nicht ein, Inari!«, rief Savo scharf. Die Zuschauer rückten näher, als auch die Leute ganz hinten sehen wollten, was da vor sich ging. »Die beiden sind Diebe und werden entsprechend bestraft werden!«

Inari drängte Mikael gegen einen der Karren ab und stellte sich schützend vor ihn. Zwischen ihr und Kerttu standen zu viele Menschen, auch wenn die meisten die Hände voll mit Habseligkeiten aus dem Haus hatten. Kerttu traf unter ihren zerzausten Locken hervor Inaris Blick. Ihre Augen waren die eines gehetzten Tieres.

»Diebe?«, spie Inari aus. »Letztes Mal waren es Giftmischer, jetzt sind es Diebe – was hängst du ihnen morgen an, Savo? Den Wintereinbruch?«

Sie erinnerte sich nicht daran, ihr Jagdmesser gezogen zu haben, aber nun lag es in ihrer Hand, die scharfkantige Manifestation ihrer Wut. Sie bereute es, Taavi bei ihrer Mutter zurückgelassen zu haben. Mikaels Atem strich schnell und erschrocken über ihren Hals.

Savo machte das Messer keine Angst. Nach seiner ersten Überraschung über Inaris Auftauchen wirkte er nicht so wütend, wie sie erwartet hatte. Der Blick, mit dem er sie maß, war kalkulierend und beunruhigte sie mehr als jede offene Feindseligkeit.

»Du magst ihnen geholfen haben, die Spuren des Gifts zu verbergen, aber das hier konntest du nicht verschwinden lassen.« Er schüttelte wieder den Beutel und ließ einige golden schimmernde Klumpen auf seine Handfläche fallen. Diejenigen in der Menge, die das Gold noch nicht gesehen hatten, schrien überrascht auf. Das Raunen wurde lauter und wütender. »Onni, wo hast du dieses Gold zum ersten Mal gesehen?«, fragte Savo einen der Männer, die bei Kerttu standen.

»Sie wollte mir mein Pferd abkaufen und damit zahlen.« Der große, ausgeblichene Abdecker maß Kerttu mit einem verächtlichen Blick. »Für wie dumm hältst du mich, Weib? Zieht dein Bruder neuerdings Fische aus Gold an Land? Nie im Leben habt ihr das alles angesammelt!«

»Ach, und woher willst du das wissen?«, zischte Kerttu und stemmte sich wieder vergeblich gegen den Mann, der sie festhielt. »Hast du in meine Haushaltskasse gesehen?«

»Ich habe in meine Kasse gesehen«, sagte Savo, bevor Onni etwas darauf erwidern konnte. »Und das ist zufälligerweise genau die Menge an Gold, die dort fehlt!«

Mikael wollte sich an Inari vorbeischieben, aber sie hielt ihn zurück. Wütend bewegte er die Hände, aber keiner beachtete ihn.

»Wer ist jetzt der Lügner?«, sprach Inari seine Worte laut aus. »Du hast vorher mit keinem Wort einen Diebstahl erwähnt! Du hast das Gold erst mal wiegen müssen, bevor du gesagt hast, wie viel dir gestohlen wurde …«

»Ich musste ja sichergehen, dass alles da ist!«, unterbrach Savo sie laut. »Und ich wollte niemanden ohne Beweise beschuldigen …«

»Wann hat dich das denn je von etwas abgehalten!«, schrie Kerttu.

»Typisch Vivaara!«, rief jemand aus der Menge und erntete zustimmende Rufe.

»Wer weiß, was die noch alles gestohlen haben!«

»Wir hätten sie schon längst aus dem Tal werfen sollen!«

»Ich habe sowieso nie verstanden, warum sie unter uns leben dürfen!«

Mikaels Hände verkrampften sich zu Fäusten, als würde er alle Worte, die ihm unter der Haut brannten, in seinen Fingern zerdrücken. Inari hoffte, dass er nicht alle Vorwürfe und Schimpfworte mitbekam, aber die wütenden Gesichter waren kaum zu übersehen.

Zum ersten Mal ballte sich Angst in Inaris Brust – Angst davor, was diese Menschen, mit denen sie aufgewachsen war, ihren beiden Freunden antun konnten. Angst vor ihrer eigenen Hilflosigkeit.

»Das ist nicht Savos Gold!«, rief sie und versuchte die empörten Rufe zu übertönen. »Ich habe es Kerttu gegeben!«

»Ach, also hast du es gestohlen?«

»Nein!« Farbe flutete Inaris Gesicht, als sie sich wieder einmal im Mittelpunkt einer feindseligen Aufmerksamkeit wiederfand. »Ich habe …« Niemand würde ihr glauben, wenn sie Mila erwähnte. Sie würden denken, dass sie den Verstand verloren hatte oder Kerttu und Mikael decken wollte. »Ich habe es gefunden«, sagte Inari schnell. »An einer der Bergquellen. Die Strömung hatte die Klumpen dort angespült und ich habe sie mitgenommen. Ich habe sie Kerttu gegeben, weil ich wusste, dass sie und Mikael das Tal verlassen wollen.«

Sie begegnete Kerttus Blick. Kerttu wusste, wie sehr sie es hasste zu lügen. Sie wusste auch, dass das Gold Milas Familie zustand, und hatte es trotzdem ausgeben wollen. Scham verdunkelte ihre Augen und ließ sie wegsehen.

»Gefunden«, wiederholte Savo und gab sich keine Mühe, seine Skepsis zu verbergen. »Wie viel Glück du doch hast, Inari. Hat dein Vater es dir vielleicht als Geschenk aus der Totenwelt mitgebracht?«

Inari knirschte mit den Zähnen. Aber Savos Spott kam nicht gut an. Die Menschen wechselten unbehagliche Blicke und traten ein Stück von Inari zurück, als ob ihr Wahnsinn ansteckend wäre.

»Du solltest nicht über die Toten spotten«, sagte Ronna besorgt. Sie stand in der vordersten Reihe der Zuschauer, ein vertrauter Anblick mit ihrem Kopftuch und der mehlbedeckten Schürze.

Savo reagierte schnell und verbannte die Häme aus seinem Gesicht.

»Ich bin es nicht, der hier spottet, sondern sie!« Er stach mit dem Finger in Inaris Richtung. »Und meine Geduld mit dir ist zu Ende, Inari!«

Er winkte seinen Leuten und drei Männer nahmen Inari und Mikael in die Zange.

»Gib mir das Messer, Inari«, sagte Onni beschwichtigend. »Das hier muss nicht mit Blutvergießen enden.«

»Wie soll es denn für Kerttu und Mikael enden?«, fragte sie gepresst. »Hackt ihr ihnen die Hände ab? Werft ihr sie aus dem Tal, nur mit den Kleidern, die sie am Leib tragen?« Ihre Angst war weg, ausgebrannt von Wut und Entschlossenheit. »Versucht es doch!«

Mikael legte kurz eine warme Hand auf ihre Schulter und stellte sich neben sie. Unbeeindruckt sah er den wütenden Menschen entgegen.

»Genug«, sagte er mit einer ruckartigen Handbewegung. »Wir werden das Tal verlassen. Das hier ist nicht mehr unser Zuhause.« Sein Blick bohrte sich in Savos. »Ich werde keine Nacht mehr in der Gesellschaft von Dieben und Lügnern verbringen.«

Savo lief rot an, aber Mikael wartete nicht darauf zu sehen, was der Mann erwidern würde. Er wandte sich Inari zu.

»Du hast genug für uns gekämpft. Es reicht«, sagte er und legte eine Hand über ihre Finger, die das Messer umschlossen hielten. Seine Augen waren warm. Inari schluckte schwer und senkte das Messer.

»Wohin wollt ihr denn gehen?«, fragte sie und gab sich keine Mühe, die Verzweiflung aus ihrer Stimme zu verbannen. Mikael warf Kerttu einen fragenden Blick zu. Sie straffte ihre Schultern und hob stolz den Kopf, als wäre sie keine Gefangene vor dem aufgelösten Rest ihres Haushalts.

»Ans Meer«, sagte sie mit fester Stimme. »Bald feiern die Clans wieder Wintersonnenwende und alle Fehden sind vergessen. Vielleicht finden wir dort eine neue Familie – eine, die uns nicht bei der erstbesten Gelegenheit ausraubt und verstößt.«

Inaris Kehle war wie zugeschnürt. Die Liebe zu dieser schönen und stolzen Frau erfasste sie wie ein Waldbrand. Jeder Gedanke, jeder Zukunftstraum, jeder Winkel ihres Ichs brannte. Sie wusste nicht, wer sie sein würde, wenn Kerttu nicht mehr da war.

»Ich will nicht, dass ihr geht«, sagte sie rau. Sie erwartete, dass Kerttu sie wieder aufforderte, mit ihnen zu kommen. Sie wusste nicht, wie sie noch mal Nein sagen sollte, wenn alles in ihr voller Sehnsucht vibrierte.

Doch Kerttu lächelte nur schief.

»Du hast dein eigenes Leben, Hühnchen. Es tut mir leid, dass ich mich so lange geweigert habe, das einzusehen. Grüß deine Mutter von mir.«

»Nein!« Der Schrei riss sich aus dem Abgrund in ihrer Brust los. Angst brandete in ihr auf und spülte jeden klaren Gedanken hinweg.

Ehe Mikael wieder nach ihrem Arm greifen konnte, hob Inari aufs Neue das Messer und stürzte sich auf die Männer, die Kerttu von ihr fernhielten. Sie waren unbewaffnet und wichen fluchend zurück. Doch ehe sie Kerttu in ihre Arme ziehen konnte, traf sie von hinten Onnis schwere Faust.

Die Welt kippte.

Inari schmeckte Blut und Staub. Steinchen bohrten sich in ihre Wange. Jemand schrie ihren Namen.

»Fesselt sie«, befahl eine andere Stimme – Savo, dachte Inari träge. Alles schwamm um sie herum. »Wir haben alle gesehen, zu was sie in der Lage ist. Wir haben lange genug Rücksicht auf ihre Mutter genommen.«

Ihre Mutter. Niska. Die oben in der Hütte auf sie wartete ... Hilflos aus dem Fenster spähte ...

Inari versuchte sich aufzusetzen, aber ein schweres Gewicht drückte sie zu Boden.

»Sie will unbedingt für ihre geliebten Vivaara bluten?«, redete Savo weiter, irgendwo in der Ferne. »Dann soll sie doch selbst sehen, was mit Lumi passiert, die das Tal verlassen!«

»Nein«, krächzte Inari. »Mama ... Ich muss zurück ...«

Aber niemand hörte ihr zu.

»Papa ...«

Er kam nicht.

Niemand mischte sich ein, als man sie wieder auf die Beine zerrte und hinter Mikael und Kerttu aus der Siedlung führte.

An der Grenze

Dumpfer Schmerz pochte in Inaris Hinterkopf und strahlte bis in ihre Schläfen aus. Ihre Gedanken schienen in Morast zu versinken. Ihre auf dem Rücken zusammengebundenen Arme erschwerten es ihr, das Gleichgewicht zu halten, als der Weg den Berg hinauf immer steiler und unebener wurde. Als sie wieder einmal stolperte, streckte Onni neben ihr seine Hand aus und stützte sie. Er trug Inaris Jagdmesser an seinem Gürtel, aber es schien so weit entfernt wie die hinter Wolken verborgene Sonne.

Ronna ging auf ihrer anderen Seite. Der Geruch von säuerlicher Hefe und süßem Quark haftete an ihrer Kleidung und erinnerte Inari an Stunden, die sie in Ronnas Küche verbracht hatte, umgeben von der wallenden Hitze des Ofens und Anekdoten aus dem Dorfleben. Doch nun war Ronnas freundliches Gesicht in Falten der Missbilligung erstarrt.

»Sagst du meiner Mutter …« Inari schluckte schwer. Sie schmeckte Blut von ihrer aufgebissenen Lippe. »Sag ihr, was passiert ist. Und dass es mir leidtut.«

Ronna warf ihr einen forschenden Blick zu. Inari wusste nicht, wie sie ihn deuten sollte.

»Mach dir keine Sorgen«, sagte sie schließlich mit gesenkter Stimme, damit Savo am Kopf der Prozession es nicht hörte. »Ich kümmere mich um Niska.«

»Ich mache mir keine Sorgen«, sagte Inari. Als sie es sagte, stellte sie fest, dass es der Wahrheit entsprach. Sie hatte ein schlechtes Gewissen, weil Niska sich wieder um sie ängstigte, aber sie vertraute darauf, dass Aleksi sie nicht im Stich lassen würde. »Papa wird für sie da sein.«

Onni schüttelte nur den Kopf, als er das hörte. Ronna zupfte unruhig an ihrer Schürze.

Vor ihnen wuchsen die Berge in die Höhe, ein dunkelgraues Massiv gegen den hellgrauen Himmel. Die Bäume rings um den Weg blieben ungerührt von dem Spektakel, das ihnen geboten wurde. Gut die Hälfte des Dorfes war Savo gefolgt, um mit anzusehen, wie die Störenfriede verbannt wurden. Ihre schlurfenden Schritte und die leisen Wortwechsel wurden von den Schatten unter den Kiefern und Fichten verschluckt.

Etwas in Inari wartete. Darauf, dass einer aus der Menge stehen blieb und Savo sagte, dass er zu weit gegangen war. Darauf, dass Nea ihnen in den Weg trat und befahl, Inari, Kerttu und Mikael freizulassen. Darauf, dass Aleksi sich zu ihr durchkämpfte und ein für alle Mal bewies, dass Inari keine Lügnerin war.

Sie konnte sich einfach nicht vorstellen, dass dies der Tag sein sollte, an dem sie das Tal verlassen würde. Ohne Vorräte, ohne Abschiede, ohne Antworten. Unerwünscht.

Und wer auch immer ihren Vater getötet und ihren Seelenvogel gestohlen hatte, würde hierbleiben.

Der Gedanke sengte sich durch den Schleier der Benommenheit in ihrem Kopf. Auf einmal war die Wut wieder da, stärker als zuvor. Jeder Schritt fühlte sich an wie eine Niederlage. Onni zog an ihrem Arm, als er bemerkte, dass sie langsamer wurde. Inari knirschte mit den Zähnen und rollte ihre verkrampften Schultern. Ihr Blick fiel wieder auf ihr Messer an seinem Gürtel. Doch wie sollte sie herankommen, solange ihre Hände gefesselt waren? Und selbst wenn sie es schaffte, sich von ihm loszureißen und in den Wald zu flüchten, würde er sie schnell einholen. Außerdem hätte Savo dann immer noch Mikael und Kerttu in seiner Gewalt.

Mit neuer Aufmerksamkeit betrachtete Inari ihre Umgebung. Sie kannte diesen Weg so gut, dass sie ihn selbst im Dunkeln hätte entlanglaufen können. Soeben hatten sie das Waldstück passiert, in das Aleksi sie am Morgen geführt hatte. Bald würde der Pfad abzweigen, der zu Inaris Zuhause führte. Würde Taavi sie hören, wenn sie ihn rief?

»Lass es bleiben«, zischte Ronna ihr zu. Inari warf ihr einen unwilligen Blick zu. »Ich sehe dir doch an, dass du etwas ausheckst! Du wirst dir nur wieder Schläge einhandeln!«

»Wenn du mich so gut kennst, dann weißt du auch, dass ich mich nicht einfach so aus meinem Zuhause vertreiben lasse«, knurrte Inari. »Und schon gar nicht, um Verbrechen zu vertuschen, die andere begangen haben!«

Ronna spähte besorgt zu Onni herüber, aber der hatte ein Gespräch mit einem Freund angefangen, so ungezwungen, als würden sie bloß spazieren gehen. Sein Griff um Inaris Arm blieb trotzdem fest.

»Ganz gleich, wo dieses Gold hergekommen ist, du weißt genau, dass du nicht deswegen in dieser Lage bist«, sagte Ronna gepresst. »Hättest du nur den Mund gehalten ...«

»Das ist offenbar alles, was wir Lumi können! Den Mund halten!« Inari begrüßte es, wie die Wut ihre Gedanken schärfte. Auf einmal sah sie klarer. Das Gold war nur eine Ausrede. Savo wollte Kerttu und Mikael loswerden – und Inari gleich mit. Und wer hatte außerdem gezeigt, dass er Inari aus dem Weg haben wollte? Aleksis Mörder.

»Wie hat sich Savo mit meinem Vater verstanden?«, fragte sie Ronna übergangslos. Die Frau blinzelte überrascht.

»Ich glaube, sie haben sich kaum gekannt. Aleksi war nicht oft bei uns im Dorf. Aber was hat das jetzt mit dem Gold zu tun?«

»Vergiss das Gold!« Inari tat so, als würde sie stolpern, und lehnte sich schwer gegen Ronna. Der Brotgeruch umfing sie wie eine Umarmung. »Jemand hat meinen Vater umgebracht«, flüsterte sie ihr ins Ohr. »Einer von uns, verstehst du?«

Ronna starrte sie an, auch nachdem Onni Inari wieder von ihr weggezogen hatte. Ihr Gesicht nahm die Farbe eines nicht ausgebackenen Teigs an.

»Wie ... wie kommst du darauf?«, fragte sie schließlich.

Ein Lachen schäumte in Inari hoch. Was sollte sie darauf antworten? Ihr toter Vater und Neas tote Mutter hatten es ihr gesagt?

»Spielt das eine Rolle?«, fragte sie stattdessen. »Du glaubst mir doch sowieso nicht.«

Ronna senkte ihren Blick. Inari konzentrierte sich wieder auf den Weg. Da vorne zweigte der Pfad ab ... Wenn sie nur wüsste, ob Aleksi in der Nähe der Hütte war ...

»Ich glaube dir«, sagte Ronna plötzlich. »Ich glaube dir, dass du Aleksi wirklich getroffen hast.«

Inaris Kopf fuhr herum. Sie stolperte über eine Wurzel, diesmal ohne es vorzutäuschen, und Onni schaffte es gerade noch, sie auf den Beinen zu halten.

»Gleich wird der Weg besser«, sagte er, als wüsste Inari das nicht selbst. Doch sie hörte ihn kaum, so sehr war sie damit beschäftigt, Ronnas verschlossenes Gesicht und ihre hochgezogenen Schultern zu studieren.

»Warum auf einmal?«, zischte sie. »Du hast mich doch deswegen vor allen als Lügnerin hingestellt!«

»Das war, bevor ich Leevi begegnet bin.«

Inari starrte sie an. Auf einmal waren die Schmerzen in ihrem Hinterkopf und ihren Armen vergessen.

»Wann war das?«, fragte sie atemlos.

Ronna strich sich mit Grau durchsetzte Haarsträhnen aus dem Gesicht, die unter ihrem Kopftuch hervorgekrochen waren. Sie sprach so leise, dass Inari sich anstrengen musste, sie zu verstehen.

»Am Tag nach der Versammlung. Ich war Wäsche waschen am Fluss, als er auf einmal vor mir stand. Ich habe mich furchtbar erschrocken. Dabei hat er gar nichts getan – er stand nur da und starrte.« Sie sah Inari weiterhin nicht an. »Ich habe den Waschbottich nach ihm geworfen und bin weggelaufen. Aber nachts kratzte er an meiner Haustür.«

Sie holte schaudernd Luft und knetete mit ihren Fingern ihre Schürze.

»Er wollte nach Hause«, sagte Inari leise. »Zu seiner Frau.«

»Das war nicht mein Ehemann!«, stieß Ronna hervor. Sie warf den Kopf hoch und maß Inari mit einem wütenden Blick. »Ich habe seinen Seelenvogel vergraben, ich habe die Lieder gesungen, ich habe um ihn getrauert! Was kann man denn noch von mir verlangen? Sollte ich etwa seinen starren Leichnam in meine Arme schließen?«

Ihre Anklage traf Inari unvorbereitet.

»Was hast du getan?«, fragte sie zögernd.

»Er wollte keine Ruhe geben, also habe ich ihn reingelassen«, sagte Ronna. »Und dann hab ich meine Schaufel genommen und ihm damit den Kopf eingeschlagen.«

Inaris Atem stockte. Ronnas Stimme war wieder fest und resolut. Es klang wie eine Notwendigkeit, als hätte sie eine Ratte in ihrer Vorratskammer getötet.

»Aber ... wie ...« Inari versuchte wieder einen klaren Gedanken zu fassen. Entsetzen kämpfte in ihr gegen Wissensdrang. »Aber ist er dann tot geblieben? Hat die Magie ihn nicht einfach wieder aufstehen lassen?«

Ronna glättete geistesabwesend die Falten, die sie in ihrer Schürze hinterlassen hatte.

»Er ist wieder aufgestanden, ja. Und er ist mir gefolgt, wortlos, voller Blut und Knochensplitter!« Sie schüttelte sich. »Also bin ich mit ihm in meine Saunahütte gegangen und hab ihn dort noch mal niedergeschlagen. Und dann hab ich ihn verbrannt.« Sie holte tief Luft und atmete die Anspannung aus, die von ihrem Körper Besitz ergriffen hatte. So etwas wie Ruhe kehrte wieder in ihr Gesicht ein. »Es hat die ganze Nacht gedauert. Aber er hat sich die ganze Zeit nicht gewehrt.«

Säure stieg Inaris Kehle hoch. Es rauschte in ihren Ohren. Übelkeit und Schwindel zerfraßen jeden Gedanken und ließen blankes Entsetzen zurück. Ihr Herz warf sich gegen ihren Brustkorb, als würde es vor ihr und all diesem Wahnsinn fliehen wollen.

Wenn das Aleksi gewesen wäre ...

»He, vorsichtig!« Onni musste sie wieder stützen, als Inaris Beine unter ihr nachzugeben drohten. Zum ersten Mal war sie dankbar für seinen festen Griff.

Mörder. Mörder und Lügner, überall.

Inari wollte nichts lieber, als in die Umarmung ihrer Mutter zu sinken und sich in ihrer Hütte einschneien zu lassen. Es war genug. Sie wollte nicht noch mehr wissen. Sollte die Wahrheit doch verrotten. Zusammen mit allen weiteren Leichen, die ihre Nachbarn und Bekannte versteckt haben mochten.

Mit einem Mal drückte Ronna sich gegen ihre Seite. Diesmal ließ ihr vertrauter Geruch Inaris Übelkeit nur noch anschwellen.

»Keine Sorge«, wisperte sie Inari ins Ohr. »Ich werde mich auch um Aleksi kümmern. Er wird deiner Mutter nichts tun.«

»Nein!«, krächzte Inari. Sie schaffte es kaum, Worte durch ihre zugeschnürte Kehle zu pressen. »Nein, lass ihn in Ruhe!«

Ronna bedachte sie bloß mit einem mitleidigen Blick und ließ sich in die Menge zurückfallen. Inari wollte ihr hinterher, aber Onni hielt sie eisern neben sich.

»Mach ihr den Abschied nicht noch schwerer«, sagte er vorwurfsvoll. Inari ballte die Hände zu Fäusten und schmeckte frisches Blut.

Panik hämmerte durch ihren Körper. Die Abzweigung zur Hütte hatte sie verpasst. Der steile Weg vor ihnen wurde bereits flacher und schmaler. Inari sah, wo er sich krümmte und hinter einer steinigen Bergflanke verschwand. Dahinter lag die Fremde, unbekanntes Land, an das sie sich nur bruchstückhaft erinnerte.

Davor standen die Toten.

»Nein«, wisperte sie. Ihre Stimme brach. Sie stemmte die Füße in den Boden und warf sich mit ihrem ganzen Gewicht gegen Onnis Griff. »Lass mich los! Ich gehe nicht!«, schrie sie. Die Menschen um sie herum wandten die Blicke ab und traten von ihr weg. Es war Inari egal. Sie hatte nur Augen für Ronna. »Lass meinen Vater in Ruhe!«, schrie sie die Frau an. »Wage es ja nicht!«

Onni packte sie kurzerhand mit beiden Armen und warf sie sich über die Schulter. Inari wand sich und trat nach ihm, aber er war massiv und unbeweglich wie der Berg. Angst und Wut schlugen in Wellen über sie herein. Noch nie in ihrem Leben hatte sie sich so hilflos gefühlt.

Während sie noch schrille Flüche in Ronnas Richtung ausstieß, trug Onni sie unbeeindruckt durch die Menge. Inari spürte das kalte Unbehagen über ihre Haut laufen, das sie immer in der Nähe der Toten überkam. Das Gefühl wurde stärker, je näher sie dem Pass kamen.

Endlich setzte Onni sie wieder ab. Inari wirbelte herum. Die Bergflanken ragten links und rechts vor ihr auf, große Felsbrocken, die von Moos und niedrig wachsenden Büschen bedeckt waren. Der graue Himmel schien so tief zu hängen, als ob Inari ihn berühren könnte. Der Wind peitschte kalt über den Pass. Vor ihr auf dem Weg hielten die Toten ihre Wache, unbeeindruckt von dem Menschenauflauf. Elsa war nicht unter ihnen.

Kerttu und Mikael waren wie Inari nach vorn gestoßen worden, direkt vor die Reihe der Toten. Der Rest der Dorfbewohner hielt respektvoll und ängstlich Abstand. Mikaels Gesicht war wie versteinert. Er blickte über die Toten hinweg, als würde er schon ihre Zukunft auf dem Weg sehen. Kerttu zögerte nicht und stürzte zu Inari, kaum dass Onni sie wieder auf die Beine gestellt hatte.

»Alles in Ordnung?«, fragte sie leise und machte sich an Inaris Fesseln zu schaffen. Ihr waren die Arme nicht zusammengebunden worden, doch jemand hatte ihr die Haare geflochten – unordentlich, hastig, vermutlich auf dem Weg zum Pass. Nur um sie weiter zu demütigen, indem ihr der Vivaara-Brauch, das Haar offen zu tragen, verwehrt wurde. Frische Wut rollte durch Inaris Adern.

Anstatt Kerttu zu antworten, drehte sie sich, sobald ihre Hände frei waren, zu ihr und küsste sie. Es war ein leidenschaftlicher, verzweifelter Kuss, in den Inari alles legte, was sie Kerttu bislang nicht zu sagen gewagt hatte. Hier, an der Grenze ihres bisherigen Lebens, gab es nichts mehr zu verstecken, nichts zurückzuhalten. Ihre aufgebissene Lippe schmerzte, aber das nahm dem Kuss nichts von seiner Eindringlichkeit. Sie wollte das festhalten, was ihr geblieben war.

Inari versenkte eine Hand in Kerttus weichem Haar und strich mit ihren Fingern hindurch, bis sich der geflochtene Zopf gelöst hatte. Kerttu schlang die Arme um ihre Taille und drückte sie so fest an sich, dass Inari das schnelle Heben und Senken ihres Brustkorbs spürte.

»Ich liebe dich«, wisperte sie gegen Kerttus Lippen, sobald sie sich voneinander gelöst hatten. Kerttus Augen schimmerten dunkel wie das Erdreich nach einem Regensturz. »Ich brauche dich. Ich will eine Zukunft mit dir.«

Kerttu lachte auf. Es klang eher wie ein Schluchzer. Ihre Finger gruben sich in Inaris Seiten.

»Göttin, Inari, welche Zukunft denn?«

»Ihr wisst alle, warum wir hier sind!«, erhob sich Savos Stimme über Inaris wilden Herzschlag. Auch er war in einiger Entfernung zu den Toten stehen geblieben und beobachtete die Szene vor sich mit grimmiger Genugtuung. »Diese drei haben unserer Gemeinschaft geschadet und damit ihren Anspruch auf den Schutz dieses Tals verwirkt! Möge sie die Welt jenseits unserer Berge so empfangen, wie sie es verdienen!«

Inari fuhr zu ihm herum, einen Arm weiterhin um Kerttus Hüfte geschlungen.

»Und was hast du der Gemeinschaft angetan?«, schrie sie ihn an. »Was hast du meinem Vater angetan?«

Savo musterte sie stirnrunzelnd.

»Jetzt hast du endgültig den Verstand verloren. Zweifellos Niskas Erbe.« Er schüttelte den Kopf und wirkte für einen Moment aufrichtig betroffen. »Dein Vater ist tot, Inari. Es tut mir leid, dass dich dieser Schmerz nach all den Jahren noch so quält. Ich weiß, dass es schwierig gewesen sein muss, ihn an einen Unfall zu verlieren, nachdem er die Seuche überlebt hat.«

»Es war kein Unfall!«, knurrte Inari, aber das bewirkte nur, dass noch mehr Menschen den Kopf schüttelten und wegsahen. Mit wachsender Unsicherheit musterte sie ein Gesicht nach dem anderen. War es doch niemand aus der Siedlung gewesen?

»Geht besser jetzt«, riet Savo. »Ihr habt noch einige Stunden Tageslicht. Ihr solltet sie nutzen, um den Pass zu überqueren.«

Kerttu drückte ihr Gesicht gegen Inaris Schulter und atmete scharf ein, als würde sie etwas in sich mit einem Schnitt abtrennen. Dann nahm sie Inaris Hand.

»Komm.«

Sie hatten keine Wahl. Niemand würde sie mit Gewalt über die Grenze stoßen, aber Savo und die anderen bildeten eine reuelose Mauer, die den Weg zurück ins Tal versperrte. Und auf der anderen Seite warteten die Toten. Nachdem Inari, Kerttu und Mikael deren Reihe passiert hätten, gäbe es keinen Rückweg mehr. Die Magie machte alle Menschen außerhalb des Tals zu Fremden, zu einer Gefahr. Dieser Weg führte nur in eine Richtung.

Inari griff mit ihrer freien Hand nach Mikael. Ihre Gedanken zerbissen einander, schwer und voller Angst. Ihr Vater war in Gefahr und sie konnte ihn nicht einmal warnen. Sie war genauso machtlos wie als Kind bei seinem Tod. Und wenn Aleksi wieder fort wäre, wäre Niska ganz allein …

Kerttu wechselte einen Blick mit ihrem Bruder. Gemeinsam zogen sie Inari mit sich, die sich fühlte, als würde ihr Brustkorb eingedrückt werden. Da war sie endlich dabei, ihr Gefängnis zu verlassen, und fühlte sich doch so eingezwängt und hilflos wie nie zuvor …

Der Druck wuchs, je näher sie den Toten kamen. Inaris Schritte wurden immer schwerer. Etwas schien sich in ihr Herz zu bohren, ein dumpfer kalter Schmerz. Wieso fühlten sich diese Toten so falsch an, während sie ihren Vater ohne Probleme berühren konnte? Und wieso schien es Kerttu und Mikael nichts auszumachen?

Inari war so sehr in den Kampf mit sich selbst verstrickt, ein Ringen um jeden Schritt, dass sie zuerst nicht bemerkte, dass etwas geschah. Auch Mikael hörte natürlich nichts. Sie blieben erst stehen, als Kerttu zögerte und über ihre Schulter einen Blick zurückwarf. Ihre Augen weiteten sich. Sie zog an Inaris Hand.

Als auch Inari sich umdrehte, sah sie, wie die Menschenmauer aufbrach. Die Dorfbewohner wichen hastig zur Seite und machten Platz für zwei Neuankömmlinge, die unbeirrt den Weg hinaufkamen. Savo spähte ihnen irritiert entgegen.

»Was tust du hier?«, fragte er. »Ist etwas geschehen?«

Es war Maris, groß und zerzaust wie eh und je. Trotz der Wut, mit der Inari ihm am Morgen bei Suvis Hütte begegnet war, flatterte bei seinem Anblick neue Hoffnung in ihr auf. Nea war doch gekommen …

Aber die zweite Gestalt war nicht Nea.

Kerttu schnappte neben ihr nach Luft. Mikaels Hand drückte Inaris so fest, dass ihre Finger knackten.

Es war Elsa.

Sie sah genauso aus wie vor einer Woche, als Inari sie zusammen mit Kerttu hier besucht hatte – die helle Totenkleidung, der kahle Schädel, das ausdruckslose Gesicht. Ihr Blick ging an allen vorbei, aber sie hielt unbeirrt auf ihre Geschwister zu.

Savo sprang hastig aus dem Weg, als er sie erkannte. Die Farbe floh aus seinem Gesicht.

»Was ... warum ...« Er brach ab und straffte seine Schultern, bevor er sich gefasster an Maris wandte: »Was hat das zu bedeuten? Warum hast du diese Tote hierhergebracht?«

»Sie ist aus freien Stücken hier«, antwortete Maris. Er blieb neben Savo stehen, widmete ihm aber nur einen kurzen Blick. »Ich bin ihr nur gefolgt.«

»Das kannst du nicht ernst meinen«, sagte Savo unsicher. »Die Toten haben keinen eigenen Willen, jeder weiß das.«

»Diese hier schon.«

Elsa hielt vor Kerttu und Mikael an, machte aber keine Anstalten, sie zu berühren. Sie schien damit zufrieden zu sein, einfach hier zu stehen. Ihre Haltung war so steif wie die der anderen Toten. Nichts verriet, ob sie ihre Geschwister überhaupt erkannte.

Mikaels Blick huschte von Maris zu Elsa und wieder zurück. Inari spürte das Zittern, das seinen ganzen Körper ergriffen hatte. Er löste seine Finger aus ihren, um eine Frage zu stellen.

»Ist sie es wirklich?«

»Sag du es mir«, erwiderte Maris. »Ich habe sie beim Kletterpfad gefunden, dort wo ihr Ehemann Wache hält. Sie hat ihren eigenen Posten verlassen, nur um nach ihm zu sehen. Klingt das nach eurer Schwester?«

Mikael sog scharf die Luft ein. Aber bevor er noch etwas sagen konnte, riss Kerttu sich von Inari los und stürzte sich auf Maris.

»Du Lügner!«, schrie sie. Mit den offenen Haaren, die wild auf ihre Schultern fielen, und dem wutverzerrten Gesicht sah sie aus, als wäre sie besessen.

»Wag es ja nicht, auch noch meinem Bruder diese Märchen aufzutischen! Es reicht, dass deine verfluchte Schamanin Inari davon überzeugt hat!«

Inari rannte ihr hinterher, aber Maris reagierte schneller. Er fing Kerttus Schlag ab und hielt sie an den Handgelenken fest.

»Ihr seid alle Lügner!«, rief Kerttu schrill. »Das da ist nicht meine Schwester! Sie ist tot, tot, tot! Sie sind alle tot!«

Maris musterte sie stirnrunzelnd.

»Sie ist tot, aber sie ist auch deine Schwester«, sagte er. »Warum hast du Angst davor, ihr in die Augen zu sehen?«

Kerttu trat nach ihm. Savo wollte Maris zu Hilfe kommen, doch da war Inari schon heran und stellte sich ihm mit geballten Fäusten in den Weg.

»Fass sie nicht an!« Ihr Blut sang mit Wut und Freude. Wie gut es doch tat, sich wieder bewegen zu können, etwas zu tun!

»Ist das eine Prüfung?« Ronna löste sich aus der verunsicherten Menge, die die Szene mit angehaltenem Atem beobachtete. Ihre Augen hingen an Maris, groß und verzweifelt. »Sag uns, was wir tun sollen! Wo ist die Herrin? Ist sie wütend auf uns? Schickt sie deswegen die Toten zu uns, um uns zu quälen?«

Maris stieß Kerttu von sich und Inari fing sie instinktiv auf. Sie hatte alle Mühe damit, die um sich schlagende Frau festzuhalten, die sich sofort wieder auf Maris stürzen wollte.

»Herrin – dass ich nicht lache!«, schrie Kerttu. »Das ist doch bloß ein Machtspiel für diese Schamanen! Wieso ausgerechnet jetzt, wo wir aus dem Tal geworfen werden? Was verspricht sie sich davon?«

Maris' Gesicht zog sich zu, wie immer, wenn jemand schlecht über Nea oder die anderen Schamanen sprach.

»Wie vermessen«, sagte er und seine Stimme peitschte über alle Anwesenden hinweg. Seine ruckartigen Handbewegungen unterstrichen seinen Ärger. »Ihr denkt, dass das ganze Tal nur um euch kreist. Warum sollten eure Streitigkeiten Nea interessieren?« Sein Blick durchbohrte Ronna. »Warum sollte sie ihre Magie dafür verschwenden, euch zu quälen? Das schafft ihr doch selbst gut genug.« Die Frau sah blass zu Boden. Maris wandte sich wieder an Kerttu. »Sieh sie dir an. Das ist deine Schwester. Sie ist nur euretwegen hier. Mir ist es egal, ob ihr das Tal verlasst, aber ihr offenbar nicht.«

»Nein!« Kerttus Augen waren groß und gehetzt. Sie warf sich wieder gegen Inaris Griff, aber nun ging ihr Blick an Maris vorbei, in Richtung des Waldes. Als würde sie davonlaufen wollen.

Inari kannte diesen Gesichtsausdruck. Sie wusste, wie sehr Kerttu es hasste, die Selbstbeherrschung zu verlieren, noch dazu, wo andere Menschen es sehen konnten. Diese Seite war es, die Inari so liebte, dass es ihr manchmal den Atem verschlug. In ihrer Wut waren sie einander so ähnlich wie sonst nie.

»Kerttu«, flüsterte sie ihr ins Ohr. »Gib Elsa doch eine Chance. Bitte. Wir sind bei dir.«

Kerttu sackte schwer atmend in ihren Armen zusammen. Inari spürte ihr Herz rasen. Sanft drehte sie sich mit ihr zusammen um, so dass sie Elsa ansehen konnten.

Mikael stand bei ihr und studierte ihr Gesicht. Tränen schimmerten auf seinen Wangen und er gab sich keine Mühe, sie zu verbergen. Das hatte Inari immer an ihm bewundert – er stand zu sich und zu dem, was er fühlte, egal was andere davon hielten.

Als er bemerkte, dass Inari und Kerttu herübersahen, winkte er sie zu sich.

»Schau doch«, sagte er. »Sie trägt Pekkas Armreif.«

Pekka war Elsas Ehemann gewesen, der einige Monate vor ihr an der Seuche gestorben war. Der Armreif war schlicht, silbern, mit Wellenmotiven verziert. Inari erinnerte sich nicht daran, ihn bei ihrem letzten Besuch am Pass an Elsas Handgelenk gesehen zu haben.

Kerttu tat einen tiefen Atemzug und den nächsten. Inari ließ sie endlich los und zusammen gingen sie zu Elsa und Mikael.

»Elsa«, sagte Kerttu leise. »Erkennst du mich? Ich bin's, Kerttu.«

Ihre Schwester rührte sich nicht.

»Das ist normal«, sagte Inari und strich beruhigend über Kerttus Rücken. »Mein Vater hat auch einige Tage gebraucht, bis er auf meine Worte reagiert hat. Ihre Seelen befinden sich nicht die ganze Zeit in ihren Körpern, glaube ich. Manchmal sind sie mehr sie selbst, manchmal weniger. Aber sie kennt euch. Und es wird besser werden.«

Mikael schlang auch einen Arm um Kerttu, so dass Inari und er sie nun zwischen sich umfangen hielten. Früher hätte Inari sich zurückgezogen, um die drei Geschwister nicht zu stören. Doch in diesem Moment fühlte sie sich nicht wie eine Außenseiterin. Kerttu und Mikael brauchten sie und Inari brauchte die beiden. Sie wollte nicht mehr davor fliehen. Sie gehörten zusammen.

»Ich verstehe nicht.« Savos Stimme klang angespannt und irgendwie atemlos. Alarmiert sah Inari zu ihm zurück, aber er hatte sich nicht vom Fleck gerührt. Er starrte Elsa an. »Kommen die Toten zu uns zurück? Haben die Schamanen es doch geschafft, ihre Seelen wieder heimzubringen?«

»Sie kommen zurück, ja.« Maris sagte es so ruhig, als wäre es selbstverständlich. Seine Worte waren wie ein Messer, das durch die wortlose Anspannung schnitt. Eine Frau aus der Menge schrie auf, jemand anderes fing an zu weinen. Fragen wurden durcheinandergeworfen. Die Menschen drängten sich um Maris, voller Hoffnung und Angst.

Nur Inari runzelte die Stirn.

»Was ist denn?«, fragte Kerttu, als sie es bemerkte.

»Maris ist etwas voreilig. Bisher sind es nur die Toten, deren Seelenbäume geringelt wurden, die wieder zu sich selbst zurückfinden. Wir wissen nicht, was mit den anderen ist.«

Mikael sah sie an und sie wiederholte ihre Worte mit ihren Händen. Kerttu betrachtete die anderen Toten, die weiterhin ihre stumme Wacht hielten, ohne auf die Aufregung der Lebenden zu achten.

»Also dein Vater, Elsa und Mila«, sagte sie langsam. »Was ist mit dem vierten Toten, dessen Baum geringelt wurde?«

Inari stieß die Zähne zusammen. Sie konnte Ronna nirgends unter den Menschen entdecken, die Maris mit Fragen bestürmten.

»Leevi ist auch wieder nach Hause zurückgekehrt, nur dass Ronna …«

Sie brach ab. Die Worte wollten ihr nicht über die Lippen kommen. Doch dann lenkte sie ein anderer Gedanke ab.

»Woher weißt du, wie viele Seelenbäume es betrifft?«, fragte sie Kerttu.

»Ich kann zählen«, erwiderte diese trocken. Aber sie sah Inari immer noch nicht an.

»Es gab nichts zum Zählen!«, beharrte Inari. Sie hatte eine ungute Ahnung. »Ich habe Leevis Namen nie genannt! Ich habe dir nie erzählt, dass es vier Tote sind!«

Kerttu streckte eine Hand aus und zupfte geistesabwesend Elsas Ärmel über dem Armreif zurecht.

»Ich weiß es, weil ich dort war«, sagte sie. »Ich habe die Seelenbäume geringelt.«

Vier Bäume

Als sie den Rückweg in die Siedlung antraten, stand die Sonne schon tief am Himmel. Savo bestand nicht mehr darauf, Inari, Kerttu und Mikael über die Grenze zu zwingen. Seit Maris' Verkündung über die Rückkehr der Toten hatte er überhaupt nichts mehr gesagt.

Manche Dorfbewohner hatten Maris bestürmt, die Toten am Pass auf der Stelle zu heilen – heilen, so nannten sie es, als wäre der Tod bloß eine besonders hartnäckige Krankheit. Doch Maris hatte den Kopf geschüttelt.

»Bittet die Schamanin«, sagte er, von hoffnungsvollen Gesichtern umringt. »Nur sie kann euren Wunsch erfüllen.«

Inari fragte sich, was Nea dazu sagen würde.

Als sich endlich alle in Bewegung setzten, hielt Inari es nicht länger aus. Sie drängte sich durch die Menschen und stürmte dann den Weg herunter, so schnell sie konnte. Sie drehte sich nicht um, aber sie wusste, dass Kerttu ihr hinterhersah.

Im Augenblick war Inari froh, ihr zu entkommen. In ihrem Kopf war gerade kein Platz für Kerttus Geständnis. Nach den Schrecken des Tages war das Wissen, dass Kerttu die Seelenbäume geringelt hatte, bloß ein weiterer Tropfen im längst übergelaufenen Fass ihrer Gedanken. Es bedeutete nichts. Noch nicht.

Im Augenblick wollte Inari nur wissen, ob es ihren Eltern gut ging.

»Papa!«, rief sie und rannte den Pfad entlang, der zu ihrer Hütte führte. »Papa, bist du da?«

Taavi empfing sie mit freudigem Bellen und sprang an ihr hoch. Abgelenkt schob Inari seine Schnauze beiseite und sah sich um, aber die Lichtung war leer.

»Inari?« Niska spähte aus der Haustür. »Da bist du ja! Was ist denn passiert?«

Inari flog ihr in die Arme. Mit einem überraschten »Uff« wankte Niska unter dem Ansturm, drückte ihre Tochter dann jedoch an sich. Sie roch vertraut, nach Rauch und Kräutern. Inari kniff die Augen zusammen und ließ sich einige Herzschläge Zeit, um die Berührung auszukosten, die sie beinahe für immer verloren hätte. Die Faust um ihr Herz lockerte sich.

»Es ist alles gut«, sagte sie schließlich und löste sich wieder aus Niskas Armen. Beiläufig strich sie sich über die feuchten Augen. »War Papa hier?«

»Nein, ich habe ihn den ganzen Tag nicht gesehen.« Niska musterte sie besorgt. Dann weiteten sich ihre Augen und sie berührte vorsichtig die blutverklebten Haare an Inaris Hinterkopf. »Du bist ja verletzt!«

Inari verzog das Gesicht, als der dumpfe Schmerz wieder in ihr Bewusstsein drang.

»Es ist nicht schlimm, ich bin bloß hingefallen …«

Aber Niska zog sie schon ins Haus und machte sich daran, die Wunde auszuwaschen und mit einer Salbe zu betupfen. Widerstandslos sackte Inari auf einem Schemel in sich zusammen. Sie wollte sich einfach nur von ihrer Erleichterung wiegen lassen, aber schon wurden die Fragen in ihrem Kopf lauter.

Was bedeutete es, dass Kerttu die Bäume geringelt hatte? Und warum hatte sie es getan?

Was würde im Dorf passieren, jetzt, wo alle von der Rückkehr der Toten wussten?

Könnten sie auch den Rest der Toten zurückholen?

Würden sie dann endlich alle zusammen das Tal verlassen?

Gedankenverloren beobachtete Inari, wie Niska ein Tuch in Streifen schnitt, die als Verband dienen würden.

»Denkst du, du könntest das Haus verlassen?«, fragte sie übergangslos. Niska sah überrascht auf. Das Messer erstarrte in ihren Fingern.

»Das Haus? Ich ... ich weiß nicht.« Sie schaute wieder auf das Tuch in ihren Händen und presste ihre Lippen zusammen. Nea tat das auch immer, fiel Inari zum ersten Mal auf. »Wieso fragst du?«

Inari hob eine Hand und vergewisserte sich, dass die Zwergmöwe, ihr neuer Seelenvogel, gut geborgen auf ihrer Brust ruhte.

»Nur so ein Gedanke«, sagte sie. »Ich muss heute noch mal ins Dorf. Wahrscheinlich bleibe ich über Nacht. Wenn Papa herkommt, sag ihm, dass ich mit ihm sprechen muss, ja?« Sie zögerte. »Und falls Ronna auf einmal vor der Tür steht – lass sie nicht rein.«

***

Nea wartete in der Siedlung auf sie, die Augenbrauen zusammengezogen, blass vor Wut. Ihr Blick wanderte über den wortkargen Savo zu Maris, der noch immer von Dorfbewohnern umschwärmt wurde, und schließlich zu Elsa, die zwischen ihren Geschwistern herging. Inari hatte den Rest rechtzeitig eingeholt, um zu sehen, wie Neas Gesichtsausdruck sich weiter zuzog.

»Geht zurück in eure Häuser«, befahl die Schamanin, sobald die Menschen sie vor dem Gutshaus entdeckt hatten und instinktiv stehen blieben. Ihr Blick war so finster, dass niemand etwas zu sagen wagte. »Die Sonne geht bald unter. Morgen zur Mittagsstunde versammeln wir uns alle wieder hier.«

Niemand rührte sich. Alle starrten sie an, so voller Hoffnung und Ehrfurcht, als würde sie ihre toten Angehörigen gleich aus dem Ärmel schütteln. Nea presste die Lippen zusammen.

»Niemand verlässt heute Nacht das Dorf!«, sagte sie und sah Savo auffordernd an. »Sorg dafür.« Er verbeugte sich, tiefer als je zuvor. Inari hatte ihn noch nie so erschüttert gesehen. Der Anblick erfüllte sie mit Genugtuung.

»Kerttus und Mikaels Habseligkeiten«, sagte sie scharf, bevor er sich abwenden konnte. »Lass sie wieder zurückbringen. Und gib das Gold Milas Angehörigen. Sonst holt sie es sich selbst wieder.«

Savo sah sie nicht einmal an, sondern machte sich gleich daran, Anweisungen zu erteilen. Nach und nach verschwanden die Menschen von der Straße. Onni und ein paar andere fuhren die Karren wieder vor, die mit Kerttus und

Mikaels Hab und Gut beladen waren, und trugen alles zurück ins Haus. Sie machten einen großen Bogen um Elsa.

Nea war auf Maris zumarschiert und hatte eine hitzige Unterhaltung mit ihm begonnen. Sobald Inari zu ihnen stieß, hielten ihre Hände sofort inne.

»Kommt mit rein«, sagte Inari und sah von einem zum anderen. »Wir müssen reden. Alle zusammen. Geheimnisse bringen uns nicht weiter.«

Nea atmete scharf aus, nickte dann aber. In den langen Schatten des späten Nachmittags wirkte ihr Gesicht dünn und scharfkantig. Ihre Finger spielten nervös mit dem Knochenreif um ihr Handgelenk.

***

»Wir sollten Savo zwingen, persönlich alles wieder einzuräumen«, murrte Kerttu, während sie die bestickten Laken vom Boden aufhob und vorsichtig wieder faltete. Es sah aus, als wäre ein Wirbelsturm durchs Haus gefegt.

»Ich sage es ihm morgen«, sagte Inari trocken, Brotlaibe in den Armen. »Solange er noch so neben sich steht.«

Kerttu warf durch die Küchentür einen Blick in den großen Wohnraum, in dem Mikael gerade Nea und Maris bewirtete. Elsa war mit ihnen hereingekommen und stand nun am Fenster, das auf den See hinausging. Das Sonnenlicht verlieh ihrem Gesicht etwas Lebendigkeit. Mikael sah immer wieder voller Unglauben zu ihr herüber. Auch Nea beobachtete die Tote, während sie Kräutertee trank. In ihren verschiedenfarbigen Augen brodelte ein Sturm.

»Wird sie mich bestrafen?«, fragte Kerttu abrupt. »Wenn sie erfährt, dass ich das mit den Bäumen war?«

»Ich weiß nicht.« Nachdem Inari das Brot verstaut hatte, trat sie zu Kerttu und suchte ihren Blick. »Erzähl einfach ehrlich, was du getan hast und warum. Nea ist kein schlechter Mensch.«

Kerttu seufzte, ohne aufzusehen.

»Aber ich bin es«, murmelte sie.

Inari streckte die Hand aus und wickelte eine von Kerttus Locken um ihren Finger. Sie zog sanft daran, damit ihre Freundin den Kopf hob.

»Lass mich das beurteilen«, sagte sie. Kerttu berührte vorsichtig den Verband an ihrem Kopf und drückte einen Kuss gegen ihre Schläfe.

Mikael schenkte Inari ein Lächeln, als sie sich zu den anderen gesellten. Die Wärme ließ sein ganzes Gesicht aufleuchten. Er musste nichts sagen, damit Inari wusste, wie froh er war, dass sie sich wieder mit Kerttu versöhnt hatte. Sie setzte sich neben ihn auf einen der Stühle am Esstisch und drückte seinen Arm. Kerttu blieb an der Tür stehen und sah Nea herausfordernd an.

»Ich habe die Seelenbäume geringelt«, sagte sie, wie immer direkt und unverblümt. »Wenn du mich dafür verbannen willst, wäre ich dankbar für eine Vorwarnung, damit ich diesmal zumindest packen kann.«

»Du?«, entfuhr es Maris entgeistert. Nea warf ihm einen scharfen Blick zu und hob die Hand, um ihn von weiteren Fragen abzuhalten.

»Warum?«, fragte sie Kerttu. Inari spannte sich unwillkürlich an. Sie konnte Neas Körpersprache gerade nicht deuten und hatte keine Ahnung, was Kerttu antworten würde. Zumindest hatte sie ihr Jagdmesser von Onni zurückbekommen.

Kerttu zog geistesabwesend ihre Ärmel herunter und schüttelte ihre Hände aus. Inari sah ihr an, dass sie nicht darüber reden wollte, aber schließlich raffte sie sich auf.

»Ich war schon letztes Jahr im Hain«, sagte sie. »Ich wollte Elsas Baum sehen.« Ihr Blick glitt für einen Moment zu ihrer Schwester und zuckte dann wieder weg. »Diesen Sommer bin ich dann noch mal hin und habe ein Messer mitgenommen.« Sie schluckte schwer, ihre Handbewegungen wurden fahrig. »Ich wollte die Bäume töten.«

»Warum?«, fragte Nea wieder. Sie hatte sich über den Tisch vorgebeugt, ihr Blick war durchdringend wie der eines Adlers.

»Damit wir endlich das Tal verlassen können!« Wut flammte in Kerttus Augen auf und sie ballte die Hände für einen Moment zu Fäusten. »Diese Bäume sind der einzige Grund, aus dem wir noch hier sind! Außer Savo hat doch niemand mehr Angst vor den Vivaara da draußen! Wenn wir den Totenhain nicht mehr bewahren müssten, könnten wir einfach gehen!«

»Wer hat dir das gesagt?«, bohrte Nea nach. Inari schlug mit der Hand auf den Tisch.

»Du klingst wie Savo!«, mischte sie sich ein. »Glaubst du wirklich, dass die Vivaara sie dazu angestiftet haben?«

Nea warf ihr einen irritierten Blick zu, als wäre sie ein Kind, das die Erwachsenen bei einem ernsthaften Gespräch störte.

»Niemand hat mich zu irgendetwas angestiftet!«, brauste Kerttu auf. »Ich kann für mich selbst entscheiden!«

Nea wirkte nicht überzeugt, aber vielleicht veranlasste Inaris finsterer Blick sie dazu, diese Frage fallen zu lassen.

»Aber du hast nicht den ganzen Hain zerstört«, sagte sie stattdessen.

»Ich wollte es.« Kerttu rieb sich abgelenkt über die Narben auf ihrer Wange. »Aber ich konnte mich nicht überwinden, so lange zu bleiben. Die Bäume … Es hat sich angefühlt, als würden sie mich beobachten.« Sie erschauderte. »Ich hatte Angst.«

»Warum ausgerechnet diese vier Bäume?«, fragte Nea weiter.

Kerttus Blick flog unwillkürlich zu Inari. Im ersten Moment verstand Inari nicht, doch dann hörte sie wieder ihre Worte aus der Küche. Auf einmal fügte sich alles zu einem Muster zusammen, das sie erkannte.

»Du wolltest, dass ich keinen Grund mehr habe zu bleiben«, sagte sie langsam. »Deswegen hast du den Baum meines Vaters geringelt.«

Kerttu sah weg, aber nicht bevor Inari die Scham in ihren Augen sah. Neben ihr setzte Mikael sich gerade auf.

»Warum hast du mir nichts gesagt?«, fragte er vorwurfsvoll. »Ich wusste nicht mal, dass du so dringend wegwillst!«

Kerttu schnaubte.

»Du hättest Elsa doch nicht verlassen. Deswegen …« Sie schaute wieder zu ihrer Schwester und beendete ihren Satz nicht.

Inari wusste nicht, was sie fühlen sollte. Ein Teil von ihr war wütend, weil Kerttu sie zu einer Entscheidung über ihre Zukunft hatte zwingen wollen. Ein anderer machte sich selbst Vorwürfe, weil sie nicht bemerkt hatte, wie verzweifelt Kerttu war. Wie sehr sie um eine gemeinsame Zukunft gekämpft hatte.

Aber spielte es überhaupt noch eine Rolle, was Inari dachte oder fühlte? Kerttu hatte Dinge in Bewegung gesetzt, die sie alle zu überrollen drohten. Daran würden ihre Absichten nichts ändern.

»Du hast also mit Aleksi und Elsa angefangen«, sagte Nea, ohne die Anspannung zwischen Inari und Kerttu zu beachten. »Und die anderen beiden waren zufällig gewählt?«

Kerttu zuckte elanlos mit den Schultern.

»Sie waren in der Nähe.«

Maris schnaubte und schüttelte ungläubig den Kopf. Nea musterte Kerttu immer noch so forschend, als würde sie ihr nicht glauben. Selbst Mikael schien von dem Geständnis seiner Schwester überfordert zu sein.

»Es tut mir leid«, sagte Kerttu flach. »Ich wusste nicht, was passieren würde.«

Inari stieß die Zähne zusammen. Kerttu mochte egoistisch und kurzsichtig gehandelt haben, aber sie hatte keinen Schaden anrichten wollen. Sie verdiente es nicht, an diesem Tag noch einmal wie eine Verbrecherin angestarrt zu werden.

Mit einem hässlichen Scharren schob Inari ihren Stuhl zurück und stand auf. Kerttu sah ihr überrascht entgegen, als sie zu ihr kam und sich neben ihr gegen den Türrahmen lehnte. Ihre Schultern berührten sich.

»Aber es ist passiert«, sagte Inari resolut und sah einen nach dem anderen herausfordernd an. »Und das ist gut so. Jetzt wissen wir, dass die Seelen befreit werden, wenn die Bäume sterben. Wir können alle retten.«

Sie suchte Neas Blick, aber die Schamanin sah sie nicht an. Sie drehte den Knochenreif um ihr Handgelenk. Maris beobachtete sie. Inari gefiel sein berechnender Gesichtsausdruck nicht.

»Dann brennen wir den Hain eben nieder«, sagte Kerttu pragmatisch. Inaris Nähe hatte ihr etwas von ihrer Selbstsicherheit wiedergegeben. »Die Bäume sterben, die Seelen werden befreit, unsere Toten kehren zurück, wir verlassen das Tal. Oder?«

»Nein!« Neas Kopf flog hoch. Panik flackerte in ihren Augen auf, so unverstellt, dass Inari erschrak. »Niemand rührt den Hain an!«

»Warum nicht?«, fragte Inari beunruhigt. »Ich verstehe, dass dir der Gedanke nicht behagt – mir auch nicht. Der Hain ist unsere Verbindung zu unserer Vergangenheit. Aber ist die Rückkehr aller Toten nicht wichtiger als dieses Andenken?«

Nea presste die Lippen zusammen. Einen Moment lang sah sie Inari nur an, so eindringlich, als würde sie versuchen, ihr allein mit ihrem Blick etwas mitzuteilen. Die Intensität ihrer Augen, bernsteinfarben und dunkelgrün, brachte etwas in Inaris Brust zum Schwingen wie eine Saite der Kantele.

Dann stieß Kerttu ihr unsanft den Ellenbogen in die Seite und Inari sah wie ertappt weg. Hinter ihrem Brustbein summte es noch. Kerttu hob fragend die Augenbrauen, aber Inari konnte nur mit den Schultern zucken.

Nea klopfte mit ihren Fingerknöcheln gegen den Tisch, um die Aufmerksamkeit der beiden wieder auf sich zu ziehen.

»Ich kann es euch nicht erklären«, sagte sie. Sie hatte wieder die Schamanen-Maske angelegt, unergründlich und überlegen. »Zumindest nicht jetzt. Ich muss mich mit den anderen Schamanen beratschlagen. Diese Situation betrifft alle im Tal, nicht nur diese Siedlung.«

»Die Menschen werden morgen Antworten erwarten«, gab Maris zu bedenken. Neas Augen blitzten voller Wut auf.

»Ja, und wessen Schuld ist das?« Er senkte kurz den Kopf und versuchte nicht zu leugnen. Nea stieß einen scharfen Atemzug aus, frustriert. »Die Menschen müssen warten. Diese Entscheidung ist zu schwerwiegend, um sie zu überstürzen.« Ihr Blick wanderte schwer über alle Anwesenden. »Erzählt niemandem von der Ringelung und ihren Folgen. Überlasst diese Angelegenheit den Schamanen.«

Obwohl Inari immer noch von dem Gefühl erfüllt war, dass etwas nicht stimmte, stieg bei diesen Worten der alte Widerwille in ihr auf.

»Nachdem du das das letzte Mal gesagt hattest, bin ich fast gestorben und aus dem Tal verbannt worden«, sagte sie bissig.

»Fast gestorben?«, wiederholte Mikael alarmiert.

Inari legte instinktiv eine Hand über den Lederbeutel, in dem sie die Holzfigur aufbewahrte. Die vertraute Form beruhigte sie.

»Jemand hat meinen Seelenvogel gestohlen«, sagte sie und erzählte kurz, was passiert war. »Ich habe Savo verdächtigt, aber inzwischen bin ich mir nicht mehr so sicher. Vielleicht war es auch Ronna, die mich zum Schweigen bringen wollte.« Sie knirschte mit den Zähnen. Es fiel ihr immer noch schwer zu glauben, zu welchen Gräueltaten Ronna fähig war. »Vielleicht hat Veli etwas bei ihr gefunden.«

»Savos Neffe?«, fragte Kerttu skeptisch. »Was soll der denn finden?«

»Meinen gestohlenen Seelenvogel.« Inari zuckte mit den Schultern. »Ich habe ihn heute Morgen gebeten, bei Savo danach Ausschau zu halten. Wenn es Ronna war, muss sie den Vogel doch irgendwo entsorgt haben. Oder vielleicht hat sie ihn zusammen mit Leevi vernichtet ...«

»Was hat sie mit Leevi getan?«, fragte Nea stirnrunzelnd. Inari schluckte die Übelkeit herunter, die ihr allein beim Gedanken daran wieder die Kehle hochkroch, und erzählte es ihnen so knapp wie möglich. Die entsetzten Gesichter der anderen spiegelten ihre eigene Reaktion.

»Dafür muss sie zur Rechenschaft gezogen werden«, verkündete Nea. Sie stand auf und auf einmal war das Gespräch beendet. »Ich muss jetzt singen, aber du gehst auf der Stelle zu Savo und berichtest ihm davon, Inari. Er muss Ronna einsperren, bevor sie noch mehr Unheil anrichtet. Dann kannst du dich bei ihr zu Hause umsehen. Vielleicht findest du dort deinen Seelenvogel. Wenn nicht, kannst du zumindest nachsehen, was aus Leevi geworden ist.« Ein Schatten flog über ihr Gesicht. »Bring mir morgen, was du von ihm findest. Ich muss zumindest versuchen, seiner Seele den Weg in die Totenwelt zu weisen. Er hat genug gelitten.«

Inari entging nicht, dass sie damit die Frage nach der Zerstörung des Totenhains erfolgreich unter den Tisch gekehrt hatte. Und was hatte Nea eigentlich in Suvis altem Haus gefunden?

Aber die Schamanin rauschte an ihr vorbei aus der Tür, ohne Inari noch einmal anzusehen. Maris folgte ihr langsam. Inari rieb sich noch einmal über die Brust, wo ein fernes Kribbeln zurückgeblieben war.

Der verschwundene Vogel

Inari hatte nicht erwartet, dass Savo ihrem Bericht über Ronna Glauben schenken würde, aber er schien ein veränderter Mann. Er hörte ihr aufmerksam zu und ließ dann nach Ronna senden. Sie war noch nicht nach Hause gegangen, als hätte sie erwartet, gerufen zu werden. Ihr Gesicht war ohne jeden Ausdruck.

»Ich musste es tun«, sagte sie nur, als Savo sie mit Inaris Anklage konfrontierte. »Das war nicht mein Mann.«

Sie ließ sich ohne Widerworte wegführen. Inari wartete darauf, Erleichterung und Genugtuung zu empfinden, aber sie spürte bloß eine überwältigende Erschöpfung. Die Aufregungen des Tages hatten sich Schicht für Schicht in ihren Knochen abgelegt, bis ihre Beine so schwer waren, dass sie beim Verlassen des Hauses stolperte.

Savo griff gerade noch rechtzeitig zu und hielt sie fest, bis sie sich wieder gefangen hatte. Er ließ ihren Arm nicht sofort los.

»Inari«, sagte er, wie eine Beschwörung. »Ich wusste nicht … dass es möglich ist. Ich dachte, ich tue das Beste für alle, wenn ich euch verbanne, verstehst du? Wir können uns keine Ungewissheiten leisten.«

Inari sah ihn wortlos an. Sie war zu müde, um Wut zu empfinden. Savo fuhr sich nervös durch seinen Kinnbart.

»Du weißt nicht mehr, wie es war, von ihnen gejagt zu werden – von den Vivaara. Meine Frau, mein Sohn … Sie haben sie mir genommen, nicht die

Seuche. Auch die Schamanen können sie mir nicht zurückbringen.« Er suchte ihren Blick. »Verstehst du das?«

Inari entzog ihm ihren Arm und trat einen Schritt zurück.

»Es ist egal, ob ich es verstehe«, sagte sie. »Ich bin nicht die, die du um Vergebung bitten musst.«

Sein Gesicht fiel ein. Inari ließ ihn mit seinen Gedanken allein.

***

Ihre Träume waren schwer und klebrig. Inari erinnerte sich nicht an Einzelheiten, nur daran, wie sehr sie darum ringen musste, die Oberfläche des Schlafs zu durchbrechen. Es fühlte sich an, als ob man sie vergraben hätte und sie sich durch feuchte Erde nach oben kämpfen musste, bis sie endlich aufwachte.

Kerttus Arm lag um ihre Taille, ihr Atem kitzelte Inaris Nacken. Durch die Fensterläden drang das fahle Licht des frühen Morgens. Über Nacht war Kälte in Kerttus Schlafzimmer gekrochen und kribbelte auf Inaris Gesicht. Das Büschel Krähenfedern über dem Bett drehte sich langsam. Von unten drang das Knarren der Dielen herauf, das verriet, dass Mikael schon auf den Beinen war.

Inari ballte die Hände zu Fäusten und drückte sie gegen ihre Brust, als könnte sie sich so vor einem vagen Gefühl der Bedrohung abschirmen. Oder als könnte sie die Bedrohung davon abhalten, aus ihrem Brustkorb herauszubrechen. Ihr Herz hämmerte.

»Inari.« Kerttus Hand schob sich höher und legte sich über Inaris Fäuste. »Hast du schlecht geträumt?«

»Ich weiß nicht.« Inari atmete langsam aus und wieder ein. Die Luft war erfüllt mit Ringelblumenduft.

Die Decke raschelte. Kerttu presste sich enger gegen sie und hakte ein Bein über ihren Schenkel. Sie war warm und weich, wo ihr Körper in dem langen Schlafhemd sich an Inaris schmiegte.

»Dein Seelenvogel ist hier. Ich hab noch zwei Mal nachgesehen, nachdem du eingeschlafen bist.« Die Finger ihrer anderen Hand strichen Inaris Haar aus ihrem Nacken und massierten vorsichtig die verspannten Muskeln dort, ohne den Verband zu berühren, den Niska ihr angelegt hatte.

Inari schloss ihre Augen wieder und gab ein genießerisches »Mmh« von sich. Das Gewicht in ihrer Brust schmolz dahin, als Kerttu ihre Lippen über Inaris Hals wandern ließ.

»Manchmal fühlt es sich beim Aufwachen an, als wäre ich gar nicht hier«, murmelte sie. In der Schwärze hinter ihren Augenlidern pulsierte es rot. Sie meinte die Birkenstämme zu sehen, die sie umkreisten wie Gitterstäbe. »Als wäre mein Körper nur ein gemachtes Ding, wie die Figur eines Seelenvogels. Als wäre diese Welt hier genauso unwirklich wie der Traum ...«

Kerttu biss in ihre Ohrmuschel. Der Schmerz zuckte wie ein kleiner Blitz durch Inaris Körper und ließ sie die Augen aufreißen. Sie wollte sich umdrehen und es Kerttu heimzahlen, aber die lachte nur leise und hielt sie fest an sich gedrückt.

»Ich helfe dir gern, dich daran zu erinnern, dass du dich in deinem Körper befindest«, sagte sie. Ihre kehlige Stimme rollte Inari bis in die Zehenspitzen und ließ sie angenehm erschaudern. Der Rest ihrer Schlafschwere löste sich auf, als Kerttus Hand sich unter ihr Hemd schob und ihre Haut zum Glühen brachte.

»Fühlt sich das wirklich an? Und das? Und das? ...«

***

Maris wartete auf Inari, als sie das Haus verließ. Im frühen Morgenlicht sah sein Gesicht noch zerknitterter aus als sonst. Es war so kalt, dass sein Atem ihm in weißen Wölkchen aus der Nase dampfte.

»Nea schläft?«, fragte Inari statt einer Begrüßung. Er nickte.

Ohne weitere Worte machten sie sich auf den Weg. Frost knirschte unter ihren Füßen. Inaris Körper summte voller Energie. Sie war so zuversichtlich wie seit langem nicht mehr.

Ronna würde niemandem mehr wehtun. Jetzt wollte Inari nur noch den Beweis finden, dass die Frau tatsächlich ihren Seelenvogel gestohlen hatte, um sich ihren nächsten Aufgaben widmen zu können: den Mörder ihres

Vaters stellen und zusammen mit Nea herausfinden, wie sie das Tal verlassen konnten. Es fühlte sich gut an, einen klaren Plan im Kopf zu haben.

Leider weigerte sich die Realität, sich an ihren Plan zu halten. Inari und Maris durchsuchten Ronnas Haus gründlich von oben bis unten, fanden aber nichts, was auf den Seelenvogel-Diebstahl hindeutete. Am Ende blieb nur noch die Sauna, aber sobald sie sich dem niedrig geduckten Häuschen näherten, stieg ihnen schon der Gestank von verbranntem Fleisch entgegen.

Übelkeit wallte in Inaris Kehle auf. Ihre Beine wurden schwach und sie musste an der Tür stehen bleiben. Selbst Maris sah für einen Moment aus, als müsste er sich übergeben. Dann biss er jedoch die Zähne zusammen und marschierte hinein. Inari wich zurück. Sie hörte ihn drinnen rumpeln und zog sich ihren Schal über Mund und Nase, damit Kerttus Geruch den Gestank überdeckte.

Als Maris wieder herauskam, trug er Ronnas zusammengefaltetes Tischtuch bei sich.

»Knochenüberreste«, erklärte er auf Inaris fragenden Blick hin. »Damit Nea seiner Seele Frieden bescheren kann.«

Inari atmete tief durch und nickte. Wenigstens das konnten sie noch für Leevi tun.

Ihre Beine fühlten sich immer noch wackelig an und so setzte sie sich für einen Moment auf eine Stange von Ronnas Gartenzaun. Maris blieb neben ihr stehen und ließ seinen durchdringenden Blick über die Ausläufer des Waldes wandern.

»Ist es das, was mit Suvi passiert ist?«, fragte Inari nach einem Augenblick des Schweigens. »Ihr Körper ist – weg und ihre Seele findet nun deswegen keinen Frieden?«

»Suvis Seele findet so lange keinen Frieden, bis die Lumi wieder frei sind und sich an den Vivaara gerächt haben«, antwortete Maris flach.

Inari schlang die Arme um sich, um ihre Körperwärme einzufangen. Der Himmel war immer noch voller grauer Wolken, durch die die Sonne kaum hindurchkam. Vielleicht würde es heute noch schneien.

»Die Lumi könnten bald frei sein«, sagte sie halblaut. »Wenn wir die Toten wirklich befreien, indem wir den Totenhain zerstören ...« Sie seufzte und beobachtete, wie ihre Atemwolke vor ihrem Gesicht aufstieg. »Aber Nea wird sich nicht darauf einlassen, oder?«

»Sie hat Angst. Das Tal ist alles, was sie kennt. Den Totenhain zu beschützen ist eine heilige Aufgabe.« Maris musterte sie prüfend. »Du solltest noch einmal mit Suvi reden.«

Inari sah überrascht zu ihm herüber.

»Wie denn?«, fragte sie. »Sie hat zwar in der Zwischenwelt gesagt, dass ich zu ihr kommen soll, wenn ich das Tal verlassen will, aber ich verstehe nicht, wie ich das anstellen soll. Will sie, dass ich sie in meinen Träumen suche? Aber wie? Ich bin keine Schamanin, ich kenne die Wege dort nicht.«

»Dafür musst du keine Schamanin sein. Du musst an einem Ort schlafen gehen, der Suvis Seele kennt«, erklärte Maris. »Dann findest du sie im Traum.«

Ein Ort, der Suvi kannte ... Inari dachte unweigerlich an die Hütte, die von toten Pflanzen umgeben war.

»Du meinst das Haus, in dem sie gestorben ist?«

Er nickte. Inari lief ein Frösteln den Rücken herunter, das nichts mit der Kälte des Tages zu tun hatte. Allein bei der Erinnerung an die Hütte wurde ihr unwohl. Sie wollte nicht noch einmal an diesen verfluchten Ort und schon gar nicht den Fuß über die Schwelle setzen. Und auch die Vorstellung, wieder mit Suvi zu sprechen, erfüllte sie mit gemischten Gefühlen. Die Frau hatte bestimmt Antworten auf Inaris Fragen, aber würde sie ihr die überhaupt offenbaren? Und zu welchem Preis? Wie sollte Inari einer Frau vertrauen, die den Körper ihrer Tochter zu stehlen versucht hatte?

»Besser nicht«, sagte sie schließlich und stand auf. Der Frost schien sich in ihren Knochen eingenistet zu haben. Sie sehnte sich nach Kerttus warmer Umarmung zurück. »Ich spreche nachher noch mal mit Nea. Sie muss Vernunft annehmen. Ich weiß, dass sie nur das Beste für uns alle will.«

Maris musterte sie forschend. Inari wusste immer noch nicht, ob sie ihn nun mochte oder nicht. Er war schwer zu durchschauen.

»Ich dachte, du hättest inzwischen gelernt, dass die Menschen verschiedene Ansichten darüber haben, was das Beste für alle ist«, sagte er schließlich.

Inari erschauderte. Auf einmal spürte sie wieder den Druck auf ihrer Brust.

***

Sie kehrten rechtzeitig zur Versammlung zurück, die Nea den Dorfbewohnern gestern versprochen hatte. Sie sah genauso blass und übernächtigt aus wie am Abend zuvor, aber ihre kerzengerade Haltung und der ungerührte Gesichtsausdruck erstickten jeden Anflug von Sorge, der sich in Inari regte. Das hier war nicht das Mädchen, das fast geweint hatte, während es von den Grausamkeiten seiner Mutter erzählte.

Das hier war die Schamanin: in ein knielanges Gewand aus Rentierfell gekleidet, das mit weißen Tierstickereien verziert war, um ihren Hals mehrere Ketten mit Anhängern aus Knochen und Bernstein geschlungen, die kurzen Haare wie Perlmutt schimmernd. Wie sie in der Mitte des Marktplatzes stand, sah sie so unnahbar und erhaben aus wie der Mond.

Eine sorgfältige Inszenierung, dachte Inari, um Zweifel und Widerworte im Keim zu ersticken.

»Ich weiß, dass ihr alle voller Fragen und Hoffnung seid«, sagte Nea, sobald sich alle im Halbkreis um sie versammelt hatten. »Ihr wollt wissen, ob auch ihr eure Angehörigen und Freunde bald wieder in eure Arme schließen könnt.«

Ihr Blick streifte kurz Kerttu und Mikael, die etwas abseits der anderen standen. Elsa war bei ihnen, wie üblich ausdruckslos und wartend. Kerttu schnitt eine Grimasse in Inaris Richtung, sobald Nea wieder wegsah.

»Ich will nichts lieber als euch Gewissheit geben«, fuhr die Schamanin fort. »Aber noch kann ich das nicht.« Unruhe ging durch die Menge, aber ein strenger Blick von Nea ließ das Murmeln wieder verstummen. »Nicht nur unsere Toten – unser aller Leben steht hier auf dem Spiel. Das hier betrifft nicht nur Savholt, sondern das ganze Tal. Deswegen werde ich mich zuerst mit den anderen Schamanen beraten, was nun zu tun ist. Wenn wir eine Entscheidung fällen, dann alle gemeinsam.«

Ihre Worte klangen vernünftig. Als Inari sich umschaute, sah sie zwar viele enttäuschte Gesichter, aber auch Erleichterung. Große Veränderungen machten den Menschen Angst, das wusste Inari selbst nur zu gut. Die meisten würden nur zu gern abwarten, was die Schamanen beschlossen. Aber wie lange würde das dauern?

»Wie lange sollen wir denn warten?«, fragte Inari laut. Die Köpfe drehten sich in ihre Richtung, aber nach der letzten Woche glitt die Aufmerksamkeit an ihr ab wie Regentropfen an Schilfrohr. »Es könnte heute noch schneien. Bald sind die Pässe zu und wir können das Tal in diesem Jahr nicht mehr verlassen, ganz gleich wie wir uns entscheiden. Wie viel Zeit braucht ihr für eure Beratungen?«

Nea runzelte kurz die Stirn, aber ihre Hände bewegten sich schon wie von selbst.

»So viel Zeit wie nötig. Diese Entscheidung wird immerhin unsere Zukunft prägen. Unser Leben wurde schon einmal von heute auf morgen auf den Kopf gestellt – wollen wir es dieses Mal wirklich überstürzen?«

Inari sah die Menschen nicken und verschränkte die Arme vor ihrer Brust. Nea konnte gut reden, ja, aber selbst nach allem, was sie gemeinsam erlebt hatten, wusste Inari immer noch nicht, was für Absichten hinter ihren Worten steckten.

Die Versammlung löste sich auf, nachdem Nea alle noch einmal gemahnt hatte, sich vom Totenhain fernzuhalten. Inari sah Savo mit zwei Frauen sprechen, die sie nach einem Moment als Milas Töchter erkannte. Zufrieden beobachtete sie, wie die beiden ihm in sein Haus folgten, wo er ihnen hoffentlich das Gold aushändigen würde, das er für sich beansprucht hatte. Gut – eine Aufgabe weniger für sie.

Sie wollte sich gerade auf die Suche nach Kerttu und Mikael begeben, als jemand an ihrer Jacke zupfte.

»Veli!« Sie lächelte den Jungen an. »Ich fürchte, Taavi ist heute oben bei meiner Mutter geblieben.«

»Oh.« Sein Gesicht fiel enttäuscht ein. Er drehte sich halb um und warf einen Blick zu seinen Freunden, die damit beschäftigt waren, Elsa anzustarren und miteinander zu flüstern. Inari erwartete, dass er wieder zu ihnen zurücklief, aber er blieb vor ihr stehen und kaute einen Moment unentschlossen auf seiner Unterlippe herum. »Ist dein Papa auch so?«, fragte er schließlich, ohne ihr in die Augen zu sehen.

Inari spürte einen mitleidigen Stich in ihrer Brust. Sie erinnerte sich, dass Veli seine Mutter, Savos Schwester, an die Seuche verloren hatte.

»Er hat noch nicht mit mir gesprochen, nein«, sagte sie, so sanft, wie sie konnte. »Aber er hat mich im Arm gehalten und mich beschützt.«

Nur nicht gestern, ergänzte sie in Gedanken. Sorge um Aleksi, in all dem Chaos des letzten Tages in den Hintergrund getreten, schäumte wieder in ihr auf. Mied er sie nach dem Gespräch über seinen Mord?

Veli musterte Elsa noch einen Moment lang, bevor er sich mit einiger Mühe losriss. Inari konnte förmlich sehen, wie er sich selbst daran gemahnte, dass er schon fast ein Mann war und sich dementsprechend verhalten musste. Er straffte die Schultern und verbannte den Rest Unsicherheit aus seinem Gesicht.

»Hast du deinen neuen Seelenvogel schon bekommen?«, fragte er übergangslos. Seine Stimme schwankte noch etwas, aber Inari tat so, als hätte sie es nicht gehört.

»Ja, habe ich. Und diesmal behalte ich ihn gut im Auge.« Sie klopfte sich gegen den Lederbeutel auf ihrer Brust.

Veli nickte bedeutungsvoll, als hätte sie nur auf seine Zustimmung gewartet.

»Ich hätte mir ja einen neuen Vogel ausgesucht«, sagte er. »Einen Schwan vielleicht. Immer die gleiche Figur ist doch langweilig.«

Inari musste grinsen.

»Ich habe einen neuen Vogel. Aber es kann kein beliebiger sein, auch wenn du ihn noch so schön findest. Du musst eine besondere Verbindung zu ihm haben – eine wichtige Erinnerung oder ein Lied, das dir viel bedeutet. Etwas, damit deine Seele die Figur erkennt.« Sie dachte an die Zwergmöwe, die Nea für sie geschnitzt hatte, und an die Traumbilder, die sie immer noch sehr lebendig heraufbeschwören konnte. Diese Erinnerung würde sie ihr Leben lang begleiten.

Doch Veli runzelte bei ihren Worten die Stirn.

»Aber du hast doch gesagt, dass dein alter eine Eisente war!«

»Ja, so war es auch«, erwiderte sie, etwas irritiert von seinem Nachdruck. »Der neue ist eine Zwergmöwe.«

»Aber ich hab ihn doch gesehen!«, beharrte Veli. »Und es ist eine Eisente!«

Auf einmal richtete sich Inaris ganze Aufmerksamkeit auf den Jungen wie ein Pfeil.

»Wo hast du ihn gesehen? Und wann?«, fragte sie scharf.

Er starrte sie erschrocken an.

»Heute Nacht«, sagte er. »Maris hatte mich gebeten, ein Feuer im Zimmer der Schamanin in Gang zu bringen, bevor sie zurückkam.« Er beugte sich vor und senkte die Stimme: »Sie verschwindet doch abends immer an den See und wir müssen alle Türen und Fenster geschlossen halten.«

Inari nickte ungeduldig. Ihr Herz hämmerte.

»Ich weiß. Du hast die Entenfigur bei Nea gefunden?«

Seine Augen wurden noch größer, als sie die Schamanin bei ihrem Namen nannte.

»Ja. Auf dem Tisch neben ihrem Bett. Ich dachte zuerst, das wäre ihr eigener, und wollte nur mal gucken ...« Farbe schoss in sein Gesicht. »Ich hab ihn nicht angefasst!«, versicherte er Inari schnell. »Nur geguckt! Und es war ganz sicher eine Eisente. Deswegen dachte ich, das wäre der neue Seelenvogel für dich ...«

Seine Stimme verlief sich. Inari wusste nicht, was für einen Ausdruck ihr Gesicht gerade trug, aber er schreckte Veli endgültig ab. Er verabschiedete sich hastig und rannte zurück zu seinen Freunden.

Inari fuhr herum und hielt Ausschau nach Nea. Die Menge auf dem Marktplatz hatte sich teilweise schon aufgelöst, manche Menschen standen noch in kleinen Gruppen zusammen und redeten. Kerttu sprach mit Sara und strahlte deren kleine Tochter an, die sie vor wenigen Wochen erst selbst entbunden hatte. Unter anderen Umständen wäre Inari froh gewesen zu sehen, dass die Feindseligkeit gegenüber Kerttu und Mikael wieder abzuebben schien, aber in diesem Moment glitt ihr Blick teilnahmslos über die Szene hinweg.

Nea war verschwunden. Inari erinnerte sich an das Tuch mit Leevis Überresten, das Maris Nea kurz vor der Versammlung gegeben hatte. Vielleicht hatte sich die Schamanin gleich der Aufgabe gewidmet, Leevis Seele zur ewigen Rast zu verhelfen. Oder sie kontaktierte wie versprochen die anderen Schamanen.

Wenn nicht auch das eine Lüge gewesen war.

Das Blut rauschte in Inaris Ohren. Sie spürte fremde, feindselige Blicke wie Nadeln in ihrer Haut, doch als sie sich umdrehte, sah niemand auch nur in ihre Richtung. Trotzdem kroch ihre Hand wie von selbst zu ihrem Jagdmesser. Angst und Wut und Misstrauen drückten ihr den Atem ab.

Warum wollte Nea sie tot sehen?

Überreste

Nachdem sie zusammen mit Kerttu und Mikael ein Mittagsmahl eingenommen hatte, machte Inari sich auf den Weg nach Hause. Kerttu hätte sie am liebsten dabehalten, aber Inari war zu rastlos und besorgt. Sie musste sich vergewissern, dass es ihrer Mutter gutging. Und vielleicht war Aleksi ja zurückgekommen und wartete auf sie. Sie mussten zu dritt darüber reden, wie ihre Zukunft aussehen sollte. Als Familie.

Inari fand vor der Haustür einen frischen Strauß Schneeschellen, der nur von ihrem Vater stammen konnte, doch er selbst war fort. Niska hatte gar nicht mitbekommen, dass er zurückgekehrt war, um die Blumen zu hinterlassen. Taavi hatte in dieser Nacht bei ihr im Haus geschlafen.

»Ich habe mich sicherer gefühlt mit ihm«, sagte Niska und tätschelte die schwarz-weiße Hundeflanke. Taavi hob den Kopf und hechelte, sehr zufrieden mit seinem Platz vor der Feuerstelle. Draußen war es so kalt, dass Inari und Niska Felle vor die Fenster und die Tür gehängt hatten. »Es ist gut, dass du wieder da bist.« Ihre Mutter berührte Inaris Hand, leicht und flüchtig wie ein Bergfink. »Tut dein Kopf noch weh?«

»Nein, ich habe den Verband auch schon abgenommen.«

Inari bemühte sich um ein Lächeln für ihre Mutter, konnte aber nicht verhindern, dass ihre Gedanken immer wieder auf Wanderschaft gingen. Die Hütte fühlte sich nicht mehr an wie die geborgene Schlafhöhle eines Bären, wie Inari es sich früher gern vorgestellt hatte. Nea war hier gewesen. Sie hatten hier zusammen gegessen und gelacht und einander in den Armen gehalten. Hatte Nea schon bei ihrem ersten Besuch den Plan gefasst, Inaris Seelenvogel zu stehlen? Oder war dieser Entschluss später entstanden, nachdem Inari immer weiter in Neas Geheimnissen gebohrt hatte? Hatte sie Inari wirklich schaden wollen oder sollte der Diebstahl ihr nur als Warnung dienen?

»Hör auf, du knickst doch die Blumen!« Vorwurfsvoll hielt Niska ihr die Hand hin. Mit einem Seufzen reichte Inari ihr die Schneeschellen, die sie rastlos in ihren Fingern gedreht hatte, während ihre Gedanken immer engere Kreise zogen.

»Du machst dir Sorgen um Aleksi«, sagte Niska. Inari nickte. Es war keine Lüge, wenn auch nicht die ganze Wahrheit. »Das musst du nicht. Er kann auf sich aufpassen. Und was soll ihm schon passieren da draußen? Den Tod muss er nicht mehr fürchten.« Ihre Mutter lachte auf, aber es klang gezwungen.

Inari betrachtete sie einen Moment lang, während Niska die Schneeschellen in einen Tonkrug mit Wasser stellte. Ungebeten stieg die Erinnerung an Ronnas ausdrucksloses Gesicht in ihr auf. Wie hohl ihre Stimme geklungen hatte, als sie Savo sagte, dass Leevi nicht mehr ihr Mann gewesen war.

»Du liebst Papa noch, oder?«, fragte sie übergangslos. »Auch so, wie er jetzt ist?«

Der Krug schepperte leise, als Niska ihn auf einem Regal über Inaris Schlafwinkel abstellte. Ihre Hände zitterten.

»Bitte nicht«, sagte sie rau, ohne Inari anzusehen. »Frag mich das bitte nicht.«

Die Worte ließen Inari Feuer fangen wie Birkenrinde.

»Warum nicht?«, verlangte sie zu wissen. »Er ist zu uns zurückgekommen! Es muss so schwer für ihn gewesen sein, aber er hat sich seinen Körper Stück für Stück zurückerobert! Verdient er da nicht unsere Liebe?«

»Es ist nicht so einfach!«, erwiderte Niska unerwartet scharf. Sie erhob ihre Stimme nur sehr selten, aber es schien, dass nicht nur Inaris Wut an diesem Tag leicht entflammbar war. Als sie sich zu Inari umdrehte, blitzte es in ihren Augen. »Ich habe gestern mit ihm gesprochen, Inari – wenn man es so nennen kann. Ich habe ihm von den letzten Jahren erzählt und was für eine wundervolle junge Frau du geworden bist. Und er …« Sie brach ab und schüttelte den Kopf, erbost über ihre Unfähigkeit, Worte zu finden.

»Dann redet er eben noch nicht mit uns!«, warf Inari ein, bevor Niska sich fassen konnte. »Was macht das schon? Er ist da und er hört zu und er liebt uns …«

»Tut er das?«, unterbrach Niska sie. Inari sprang von ihrem Schemel auf.

»Ja! Er hat mir das Leben gerettet!«

»Das hat nichts mit Liebe zu tun!«

Taavi war auch auf den Beinen und sah von einer Frau zur anderen. Inari und Niska starrten einander an und ihre lauten Stimmen hallten in der stickigen Luft wider.

»Inari.« Niska trat einen Schritt auf sie zu, berührte sie aber nicht. Ihre Stimme klang wieder sanfter, aber genauso entschlossen wie vorher. »Ich weiß, dass du ihn liebst. Er ist dein Vater, er ist ein Teil von dir. Aber lass dich von dieser Liebe nicht blenden. Erinnere dich daran, wie er zu Lebzeiten war, und sieh ihn dir jetzt an.«

»Natürlich hat er sich verändert! Wie soll der Tod denn auch spurlos an ihm vorübergehen?« Inari hatte wieder den übelkeitserregenden Gestank aus Ronnas Saunahütte in der Nase. Sie atmete durch den Mund ein und aus. »Wie kannst du nur über ihn reden, als wäre er ein Ungeheuer!«

»Er ist kein Ungeheuer. Aber er ist auch kein Mensch.« Jetzt wollte Niska doch nach Inaris Händen greifen, aber Inari wich vor ihr zurück. »Er ist nur noch Gast in unserer Welt. Er erinnert sich an uns, aber ich glaube nicht, dass er noch so fühlt wie früher. Er tut so, als ob. Vielleicht uns zuliebe, vielleicht versucht er auch sich selbst zu überzeugen.« Niska seufzte. »Ich denke … Inari, ich denke, dass es ihm lieber wäre, wieder tot zu sein.«

Zum ersten Mal in ihrem Leben hatte Inari das Bedürfnis, ihrer Mutter wehzutun. Niskas trauriger, reueloser Blick riss alles in ihr auf und verätzte jede Hoffnung, jedes gute Gefühl, das Inari durch die letzten Jahre getragen hatte. Es gab keinen sicheren Ort, keinen Schutz vor der Kälte, nirgends.

»Ich wünschte, du wärst tot!«, spie Inari aus. Niska zuckte zurück, als hätte sie sie geschlagen.

Ohne einen Blick zurück stürmte Inari aus der Tür.

***

Suvis Hütte stand noch genauso einsam da wie gestern. Inari war den Weg bis zum See fast gerannt, doch jetzt wurden ihre Schritte wie von selbst langsamer. Das Unbehagen kratzte wieder von innen an ihrem Brustkorb. Das Leben selbst mied diesen Ort, was hatte sie dann hier zu suchen …?

Aber dann biss Inari die Zähne zusammen und ging entschlossen weiter. Kein anderer gab ihr die Antworten, nach denen sie verlangte. Keinem konnte sie vertrauen. Sie würde sich nicht davon abhalten lassen, ihren Vater zu retten und das Tal zu verlassen! Weder von ihrer Mutter noch von Nea – und schon gar nicht von dieser gestaltlosen Angst!

Als sie den Pfad zur Haustür einschlug, sah sie, dass jemand den großen weißen Stein vor die Tür gerollt hatte. Der Anblick fachte Inaris Wut nur weiter an. Dachte Nea wirklich, dass sie sich von so einer Kleinigkeit aufhalten lassen würde?

Sie stemmte sich mit aller Kraft gegen den Stein. Seine scharfen Kanten drückten sich schmerzhaft gegen Inaris Oberkörper, aber ihre Fellweste war dick und Inari zu allem entschlossen. Mit einem tiefen Grunzen schob sie den Brocken schließlich von der Türschwelle. Bei der Anstrengung entbrannte der Schmerz in ihrem Hinterkopf aufs Neue.

Einen Moment lang lehnte Inari schwer atmend gegen die Wand der Hütte. Es kribbelte unangenehm, dort, wo ihr Körper das Haus berührte. Sie war froh, Taavi bei ihrer Mutter gelassen zu haben – ihm hätte diese unheimliche Ausstrahlung nur Angst gemacht.

Inaris Angst war nur ein Faden von vielen in dem Knäuel aus unangenehmen Gefühlen, das in ihrer Brust zu wuchern schien. Sie konnte die Angst ignorieren, wenn sie sich auf ihre Wut konzentrierte. Trotzdem musste sie kalte Übelkeit herunterschlucken, bevor sie sich dazu überwinden konnte, die Haustür aufzureißen.

Sie hatte blutverschmierte Wände erwartet und die Luft angehalten. Aber das Innere der Hütte war fast schon enttäuschend schlicht und sauber. Solide Kiefernstämme bildeten die Wände und das Dach, der Boden bestand aus festgetretener Erde. Es gab nur einen Raum. In der Ecke befand sich eine einfache Feuerstelle, in der noch ein Häufchen kalter Asche lag. Spalten unterm Dach ließen den Rauch abziehen, hielten die Elemente aber größtenteils draußen. Auf den groben Holzmöbeln lag eine dicke Staubschicht. Alles sah verlassen aus, aber mehr auch nicht.

Zögernd trat Inari ein. Klamme Kühle schlug ihr entgegen und ließ sie frösteln. Der intensive erdige Geruch war mit etwas Würzigem gemischt. Sie hatte die Tür offen stehen lassen, damit mehr Licht einfiel, aber die Winkel und Nischen schälten sich ungern aus der Dunkelheit: ein schmaler Esstisch, zwei Hocker, leere Krüge, Geschirr, ein Besen. Es waren die Überreste eines gewöhnlichen Lebens.

In einem Korb fand Inari eine Strickdecke aus dunkelblauer Wolle. Sie roch etwas muffig, war aber ansonsten gut erhalten. Inari befühlte die kleinen Tiere, mit denen der Rand der Decke gesäumt war – Bären, Rehe, Füchse, Hasen. Es war eine schöne Arbeit. Hatte Suvi sie selbst gestrickt?

Ihr Fuß stieß im Halbdunkel gegen etwas, das unter den Tisch flog. Inari zuckte zurück und hatte schon die Hand am Messer, als sie erkannte, dass es nichts Lebendiges war.

Vorsichtig ging sie auf alle viere und streckte die Hand nach dem Ding aus. Ihre Finger schlossen sich um hölzerne Kurven. Eine Vogelfigur? Nein, erkannte sie, als sie ihre Hand ans Licht hob: ein Kreisel.

Inaris Herz krampfte sich zusammen. Erst der Anblick des Kinderspielzeugs überzeugte sie davon, dass das hier tatsächlich der Ort war, an dem Suvi mit Nea gelebt hatte. Als kleines Mädchen hatte Nea diesen Kreisel in der Hand gehalten. Vielleicht hatte Suvi ihr gezeigt, wie man ihn so drehte, dass er lange Zeit in Schwung blieb.

Himmel, was tat sie hier eigentlich?

Vorsichtig legte Inari den Kreisel auf dem Tisch ab. Als sie aufstand und sich die Erde von den Knien bürstete, bemerkte sie, dass eine Spur Rot auf ihren Fingern zurückgeblieben war. Instinktiv fasste sie sich an ihren Kopf, aber die Wunde war nicht wieder aufgerissen. Dann kehrte ihr Blick zu dem Kreisel zurück. Im Lichtstreifen, der durch die Tür drang, sah sie die roten Flecken, die das helle Holz zierten.

Schlagartig brach die Übelkeit wieder über Inari herein. Sie stürzte nach draußen und sog gierig die kalte, frische Luft ein. Das verlassene Haus gähnte wie ein dunkles Loch in der Türöffnung hinter ihr. Auf wackeligen Beinen stolperte Inari zum Ufer und tauchte beide Hände ins eisige Seewasser. Es brannte, aber Inari schrubbte trotzdem so lange an ihren Fingern herum, bis sie rot und wund aussahen. Wie die Mutter, so die Tochter, kommentierte eine hässliche Stimme in ihrem Hinterkopf.

Danach saß Inari lange am Ufer, die Beine angezogen, die Arme um ihre Knie geschlungen. Sie atmete in ihre Ellenbeuge hinein und schluckte Tränen herunter, die sie sich selbst nicht recht erklären konnte. Einsamkeit grub sich durch ihren ganzen Körper.

Erst als die Sonne den Himmel mit orangeroten Bändern überzog, zwang Inari sich wieder auf die Beine. Ihr Kopf fühlte sich schwer und dumpf an. Es war alles zu viel, viel zu viel. Am liebsten wäre sie umgekehrt und in die Siedlung geflohen, in Kerttus warme Arme. Aber der Gedanke daran, sie mit ihren befleckten Händen zu berühren, ließ Inaris Magen wieder rebellieren.

Nein, sie konnte nirgendwo mehr hin. Alle Wege hatten hierher geführt und Inari war zu erschöpft und zu überfordert, um sich länger gegen das Unausweichliche zu stemmen.

Voller hoffnungsloser Ergebenheit betrat sie wieder die Hütte. Sie nahm sich die blaue Decke aus dem Korb und legte sich darin eingewickelt vor die Tür. Ein feiner Windzug von draußen ließ ihre Haare flattern. Es war ein tröstliches Gefühl.

Inari schloss die Augen, eine Hand über dem Seelenvogel auf ihrer Brust, und schlief ein.

Verborgene Absichten

Aleksi steht in der Tür. Er trägt eine Laterne in der Hand und hinter ihm presst sich die Nacht in die Hütte. Sein Gesicht ist hager und angespannt, die dunkelroten Haare fallen ihm zerzaust in die Stirn. Seine Brust hebt und senkt sich viel zu schnell. Er sieht aus, als wäre er hierher gelaufen.

Inari weiß, dass sie erleichtert sein sollte, ihn zu sehen, aber das Gefühl will sich nicht einstellen. Irgendetwas an seinem Anblick nagt an ihr.

Sein Blick irrt durch die Hütte und wird von einer Bewegung in der schattigen Ecke unterm Esstisch angezogen. Er erstarrt an der Türschwelle.

Inari folgt seinem Blick und entdeckt ein Kind, das mit dem Rücken zur Wand auf dem Boden kauert. Das Einzige, was unter dem Tisch zu sehen ist, sind die Beine und die langen hellen Zöpfe, die über die fest getretene Erde streifen. Dann setzen kurze Finger einen Kreisel auf den Boden und versetzen ihn in Bewegung. Es pocht schmerzhaft in Inaris Schläfen.

»Hallo«, sagt Aleksi zögernd. Seine Stimme erbebt in Inaris Knochen – tief und melodisch, wie eine große Bronzeglocke. Sie weiß nicht, wann sie ihn das letzte Mal hat sprechen hören. Ihr Gedächtnis nimmt den Klang gierig in sich auf.

Das Gefühl, dass etwas hier nicht stimmt, wächst. Aleksi spricht nicht mit ihr. Nicht mit Worten.

Das Kind hält den Kreisel an und kriecht unter dem Tisch hervor. Es ist vielleicht sechs Jahre alt und trägt ein einfaches braunes Hemd mit einigen

Flecken. Seine Augen sind groß und ernst, als es zu Aleksi aufsieht. Eines hat die Farbe von dunklem Honig, das andere von jungem Moos.

»Hallo«, sagt Nea. Inari weiß, dass sie es ist, genauso wie sie weiß, dass Aleksi am Leben ist.

Sie träumt.

»Möchtest du zu meiner Mutter?«, fragt die kleine Nea und kommt geschmeidig auf die Beine, den Kreisel immer noch in ihren Händen.

Aleksi zögert. Er kann den Blick nicht von dem Mädchen abwenden, als hätte er in einen Fuchsbau gespäht und einen Schwan darin entdeckt.

»Deine Mutter?«, wiederholt er schließlich.

Ein Schatten setzt sich in der Ecke auf. Im Licht der Feuerstelle erkennt Inari die blaue Wolldecke, die die hochgewachsene Frau um sich geschlungen hat. Ein langes, übernächtigtes Gesicht späht Aleksi missmutig entgegen. Suvi.

»Was willst du hier? Wenn ihr mich nie schlafen lasst, kann ich auch nichts bewirken!«

Jetzt rückt sich die Szene für Inari zurecht: Sie träumt eine Erinnerung, wie während ihrer Gefangenschaft in der Zwischenwelt. Ihr Körper liegt schlafend in der unheimlichen Hütte, in der Suvi gestorben ist. Ist das hier Suvis Erinnerung?

Die Zurechtweisung der Schamanin reißt Aleksi aus seiner Überraschung. Die Eindringlichkeit kehrt in seinen Blick zurück, als er Suvi ansieht.

»Du musst kommen. Niskas Fieber ist schon den dritten Tag so hoch, ich weiß nicht, ob sie die Nacht überstehen wird.«

Suvi zieht die Decke enger um sich und reibt sich mit der Hand übers Gesicht. Ihr Arm ist dünn und käsig bleich wie der Rest von ihr. Sie sieht so knochentief erschöpft aus wie Nea manchmal.

»Wenn sie leben soll, wird sie es überstehen«, sagt sie kurz angebunden, ohne Aleksi anzusehen. »Ich kann nichts für sie tun.«

»Natürlich kannst du etwas für sie tun!« Endlich betritt er die Hütte und mit ihm schwappt die Wut herein, die tief in seinen Augen brodelt. Suvis Gesicht verzerrt sich vor Angst, sie drückt sich gegen die Wand.

»Bleib weg!«, schreit sie. »Komm mir bloß nicht zu nahe! Die Seuche klebt an dir wie Staub!«

»Dann tu etwas dagegen!«, schnappt er. Sein Körper verdeckt das Licht der Feuerstelle und lässt nur das Flackern seiner Laterne über Suvis panisches Gesicht laufen. »Bist du Schamanin oder nicht?«

»Wenn ich es könnte, wenn irgendeiner von uns es könnte, meinst du nicht, dass wir es längst getan hätten?«, faucht sie.

»Dann komm und nimm Niska wenigstens den Schmerz!« Tränen schimmern in seinen Augen. Inari will ihn berühren, aber in diesem Traum, dieser Erinnerung, ist sie nur hilflose Zuschauerin. »Sie treibt von einem Albtraum zum nächsten, sie erkennt nicht einmal unsere Tochter! Wenn sie … wenn sie schon von uns gehen soll, dann geleite sie zumindest in Frieden in die nächste Welt!«

Suvi funkelt ihn wütend an.

»Ich werde meine Magie doch nicht für etwas verschwenden, was die Menschen ganz allein schaffen! Wer, denkst du, hält die Vivaara davon ab, uns in dieses Tal zu folgen? Und es gibt vielleicht etwas, das wir tun können …« Sie reißt gedankenverloren an einer Haarsträhne und sieht zur Seite. »Wenn nicht für die Kranken, so für die Überlebenden …«

Aleksi tritt noch einen Schritt auf die Schamanin zu. Seine Finger sind um den Griff der Laterne verkrampft, als wolle er sie Suvi gleich an den Kopf werfen. Doch da fällt sein Blick auf Nea, die sich hinter dem Tischbein versteckt hat und ihn ängstlich mustert. Er holt Luft und seine Wut zieht sich wieder tiefer in sein Inneres zurück. Inari weiß, wie sich diese Glut im Bauch anfühlt, die jederzeit überraschend auflodern kann. Sie hat vergessen, dass auch ihr Vater sie hatte.

»Bitte«, versucht er es noch mal. »Du und Niska wart mal Freundinnen. Unsere Kinder sind gleich alt. Willst du, dass Inari mit ansehen muss, wie ihre Mutter qualvoll stirbt?«

Auch Suvi sieht jetzt Nea an. Die Panik sickert aus ihren Augen, ihr Gesichtsausdruck glättet sich. Inari spürt ihren Willen wie einen spitzen Stein, der von der ruhigen Wasseroberfläche verborgen wird.

»Geh zurück zu deiner Familie, Aleksi«, sagt sie wieder gefasst. »Niska braucht dich jetzt. Und falls sie es nicht schafft, schwöre ich, dass ich einen Weg finden werde, sie zurückzubringen. Sie alle zurückzubringen.«

Da ist sie wieder, die eiserne Entschlossenheit in ihren Augen, die Inari Angst macht. Maris hat Recht – diese Frau wird erst ihren Frieden finden, wenn sie ihren Schwur erfüllt hat. Ganz egal, wen oder was sie dafür benutzen muss.

Die Erinnerung erschaudert. Inari kann sie für einen Moment um sich zusammenraffen wie einen Umhang im Sturm. Aleksi sieht wieder Nea an und das Mädchen schaut zurück. Ein Druck wächst auf Inaris Schläfen. Die Oberfläche von Suvis Gedanken kräuselt sich und enthüllt die scharfen Kanten darunter. Die Schamanin sieht Inari an und lächelt ...

***

Inari wurde durch ein scharrendes Geräusch wach. Ihr Herz schlug schwerfällig, als wäre es in ein Schlammloch gefallen. Während sie geschlafen hatte, musste die Tür zugefallen sein. Die Hütte war still.

Sie setzte sich auf und die blaue Decke rutschte von ihren Schultern. Im kühlen Licht, das durch die Rauchöffnungen hineindrang, starrten die gestickten Tiere sie aus großen leeren Augen an.

Benommen und verwirrt rieb Inari sich über das Gesicht. Hinter ihren Augen taumelten Traumbilder umher. Suvis Lächeln war in ihrer Brust stecken geblieben. Um ihre Schläfen schien ein Band aus Eisen zu liegen. Aber bevor sie ihre Gedanken sortieren konnte, erklang von draußen wieder das Scharren, begleitet von einem vertrauten Bellen.

»Taavi?«, rief sie ungläubig und erhob sich schwankend. Ihr war schwindelig und ihre Kehle fühlte sich rau an. Wie lange hatte sie geschlafen?

Inari stemmte sich gegen die Tür, aber sie klemmte. Mit einem Mal kam ihr die Luft in der Hütte stickig vor, die Wände schienen sich ihr von allen Seiten zu nähern. Verzweifelt wie ein wildes Tier kratzte sie am massiven Holz.

»Ist da jemand? Lasst mich raus!«

Das Scharren brach ab. Im nächsten Moment wurde die Tür mit einem widerstrebenden Knarzen aufgerissen. Kalte Luft schlug Inari entgegen. Aleksi stand vor ihr. Nach Suvis Erinnerung traf sein Anblick sie wie ein eisiger Regenguss – die fahle Hautfarbe, der rasierte Kopf, die abgetragene Kleidung, das schlaffe Gesicht. Auch wenn er ihr nun zumindest in die Augen sah, war sein Blick gedämmt, wie das Licht der Sonne hinter einer dicken Wolkenschicht.

Ungebeten erinnerte Inari sich an Niskas Worte: »Lass dich von deiner Liebe nicht blenden. Erinnere dich daran, wie er zu Lebzeiten war, und sieh ihn dir jetzt an.«

Sie sah ihn jetzt. Und der Anblick gefiel ihr nicht.

Hastig wandte sie den Blick ab und schob sich an Aleksi vorbei nach draußen. Sie hatte kaum einen Schritt aus der Tür getan, da prallte Taavi gegen ihre Beine. Warmer Hundeatem stieg ihr entgegen. Inari lachte auf und sank auf die Knie, um die Arme um Taavi zu schlingen.

»Mein Brummbär, was machst du denn hier?«

Sie drückte ihr Gesicht gegen sein Fell und ihr Herz beruhigte sich langsam. Sie war wach und frei und in Sicherheit. Der Traum hatte ihr nicht weitergeholfen, aber das war ihr im Moment gleichgültig. Taavi schob seine feuchte Schnauze in ihre Halsbeuge und schnaufte ihr zufrieden ins Ohr.

Als Inari wieder aufstand, fühlte sie sich etwas fester auf den Beinen, aber ihr Kopf tat noch weh. Aleksi beobachtete sie aufmerksam.

»Hat Taavi dich zu mir geführt?«, fragte sie ihn. Er nickte nach kurzem Zögern und deutete mit der Hand den Berg hinauf in Richtung ihrer Hütte.

»Du warst bei Mama?« Die Erinnerung an ihren Streit lag immer noch wie ein Stein in Inaris Magen. Sie seufzte und beschäftigte sich einen Moment damit, ihren Zopf neu zu flechten. Wie immer kurz nach dem Aufwachen fühlte sich ihr Körper schwerfällig und fremd an. Ihre Finger wollten sich nicht so biegen, wie sie es sollten.

Aleksi deutete auf Suvis Haus, ohne es anzusehen, und dann auf Inari.

»Ich dachte, ich finde dort Antworten«, sagte sie ausweichend. Er sah sie weiterhin auffordernd an. »Ich habe herausgefunden, dass Nea meinen Seelenvogel gestohlen hat«, erzählte sie schließlich. »Und ich verstehe einfach nicht warum. Wenn sie mich tot sehen wollte, hätte sie mich nicht aus der Zwischenwelt retten müssen.« Sie ließ ihre Hände sinken und berührte kurz die Zwergmöwe an ihrer Brust. »Ich weiß, dass sie das Tal nicht verlassen will. Wollte sie mich auf diese Weise einschüchtern und dazu bringen, mich nicht mehr dafür einzusetzen? Aber was spielt meine Meinung schon für eine Rolle bei dieser Entscheidung? Savo und die anderen hören doch auf jedes ihrer Worte.«

Um Aleksis vom Tod entfremdetes Gesicht nicht mehr ansehen zu müssen, beobachtete Inari den Himmel, während sie sprach. Die dicken grauen Wolken hingen immer noch tief über dem Tal und die Spannung eines Gewitters knisterte in der Luft. Es war immer noch sehr kalt.

Aleksi berührte sie an der Schulter. Etwas Drängendes lag in seinen Augen, als er in den Wald deutete. Inari dachte zuerst, dass er sie dazu anhalten wollte, sich mit Niska zu versöhnen, doch er zeigte nicht in Richtung der Hütte. Ein scharfer Schmerz zog durch Inaris Kopf.

»Der Totenhain«, erkannte sie schließlich. »Du willst, dass ich dort hingehe? Nea hat es uns verboten.«

Aleksi stieß noch einmal den Finger in dieselbe Richtung, nachdrücklich. Inari seufzte und massierte geistesabwesend ihre Schläfen.

»Ich wünschte, du könntest mir einfach sagen, was in dir vorgeht«, murmelte sie. Wieder zog die Erinnerung an den lebendigen Aleksi an ihrem inneren Auge vorbei – wortkarg, aber leidenschaftlich, bereit, alles für seine Familie zu tun, mit diesem glühenden Kern, den Inari von sich selbst kannte. Was war von diesem Mann geblieben? Wie viel konnte sie noch dem Tod entreißen?

Sie legte ihre Hand über seine und drückte seine Finger.

»Lass uns gehen. Vielleicht ist Nea da, dann kann ich ihr meine Fragen stellen. Sie hat mein Leben gerettet – so viel schulde ich ihr noch.«

Aleksi nickte und wirkte erleichtert. Bevor sie sich auf den Weg machten, kehrte er zu Suvis Hütte zurück, schloss die Tür und rollte den Stein wieder davor. Inari beobachtete ihn verwirrt.

»Warst du es, der den Stein zuvor verrückt hat?«, wollte sie wissen. »Warum?«

Er machte eine vage Handbewegung und starrte dann frustriert auf seine Finger. Die Gebärdensprache schien ihm genauso zu entgleiten wie das laut gesprochene Wort. Inari rieb sich wieder über die Schläfen. Langsam gewöhnte sie sich daran, auf ihre Fragen keine Antworten zu erhalten.

Kalte Gedanken

Der Wald war totenstill. Tiere und Vögel schienen vor dem heraufziehenden Sturm den Atem anzuhalten, selbst die Bäume wirkten geduckt. Die Luft rieb fast schon schmerzhaft gegen Inaris Haut, die sich roh und empfindlich anfühlte. Es fiel ihr schwer, sich darauf zu besinnen, dass sie wach war. Einzig Taavis Wärme an ihrer Seite verankerte sie in der Welt der Lebenden.

Ein Teil von ihr wartete darauf, dass Aleksi sich spurlos zwischen den Bäumen auflöste, aber er blieb.

Als die Lichtung mit dem Totenhain endlich in Sicht kam, wurden Inaris Schritte immer langsamer. Etwas Schweres, Fremdes senkte sich auf ihre Gedanken herab. Taavi winselte und drückte sich gegen ihre Beine. Inari rieb sich über die Brust und spürte das Flattern des Seelenvogels unter ihrer Hand. Aleksi nahm sie sanft am Arm und zog sie zwischen den letzten Bäumen hinaus ins Freie.

Die Birken leuchteten. Das Licht war ein kaltes, krankes Weiß, wie entblößter Knochen. Inari wollte blinzeln, konnte aber nicht einmal mit den Wimpern zucken.

Nea stand vor der vordersten Birkenreihe, eine zierliche Gestalt, die vor der geballten Macht der Totenmagie so vergänglich wirkte wie die Atemwolke vor Inaris Gesicht. Maris stand etwas abseits, die Arme vor der Brust verschränkt. Er entdeckte Inari und Aleksi zuerst.

»Da ist sie doch«, sagte er. Nea wirbelte herum und ihre Augen weiteten sich, als sie Inari sah.

»Den Ahnen sei Dank!«, rief sie aus. »Ich hatte Angst, dass dir etwas passiert ist!«

Der Teil von Inari, der nicht eingefroren war, wunderte sich darüber, dass Nea ihre Stimme benutzte und nicht ihre Hände. Dann sah sie, dass Neas Arme an ihrem Körper herabhingen wie gebrochene Äste. Ihr Armreif glomm in dem gleichen Licht, das auch die Birkenstämme erfüllte.

Nea folgte ihrem Blick und presste die Lippen zusammen.

»Die Zwischenwelt ist in Aufruhr«, sagte sie. Ihre Worte klangen etwas ungelenk, als wäre ihre Zunge nicht mehr daran gewöhnt, normale Laute zu formen. »Ich habe Leevis Seele begleitet und bin dabei fast selbst verloren gegangen.« Sie sah von ihren reglosen Armen wieder hoch zu Inari. »Ich dachte, dass ich dich dort gespürt hätte. Deswegen habe ich deinen Vater geschickt, um nach dir zu sehen.«

»Geschickt …?«, wiederholte Inari langsam. Ihre Lippen fühlten sich taub an.

»Ja. Er hat seit gestern hier am Hain Wache gehalten, wenn ich es nicht konnte.« Nea runzelte die Stirn und musterte Inari prüfend. »Stimmt etwas nicht? Geht es dir nicht gut?«

Inari wusste nicht, wie es ihr ging. Sie fühlte sich, als wäre ihr Innerstes nach außen gekehrt worden, als würde jeder Windzug den Kern ihres Selbst erzittern lassen. Unter Neas und Maris' Blicken kam sie sich nackt und wund vor.

Sie versuchte sich an ihrer Wut festzuhalten, die sie fern in sich aufflackern spürte.

»Seit wann schickst du meinen Vater dorthin, wo es dir gefällt?«, fragte sie.

Nea runzelte die Stirn und sah Aleksi an. Er bewegte wieder seine Finger, ohne dass sie sinnvolle Gebärden formten. Verärgert schüttelte er seine Hände, als könnte er die Worte so zurechtrütteln. Nea seufzte und begegnete wieder Inaris Blick.

»Dein Vater teilt meine Meinung über die Gefahr, in der wir alle uns befinden. Er hat mir seine Hilfe angeboten.«

Die Wut brannte heißer. Inaris Beine trugen sie wie von selbst zu Nea, obwohl das Leuchten der Birken ihr immer noch in den Augen schmerzte. Taavi folgte ihr langsam, widerwillig, den Schwanz eingezogen.

»Seine Hilfe wobei?«, wollte Inari wissen. Ihre Stimme klang seltsam in ihren Ohren. »Mich zu töten?«

Von Nahem wirkte Nea völlig farblos, als hätte der Totenhain ihr jede Lebendigkeit ausgesaugt. Ihr Gesicht war eine Maske der Erschöpfung und Anspannung. Sie rührte sich nicht, auch als Inari nach ihren Händen griff. Sie fühlten sich kalt und leblos an.

»Ich habe nie versucht, dich zu töten«, sagte Nea langsam. »Inari, was redest du da?«

»Du hast meinen alten Seelenvogel gestohlen. Veli hat ihn gestern in deinem Zimmer gesehen.« Inaris Finger gruben sich in Neas Handgelenke, aber die Schamanin schien kein Gefühl mehr darin zu haben. Sie starrte Inari an wie gebannt.

»Er wurde mir vor die Tür gelegt, gleich nachdem ich dich aus der Zwischenwelt zurückgebracht hatte«, sagte sie leise. »Eine Warnung, denke ich. Deswegen habe ich dich gebeten, dich fernzuhalten. Ich wollte nicht, dass dir etwas passiert ...« Ihre Stimme brach. »Aber es ist zu spät, oder? Etwas ist schon passiert ...«

»Ich weiß nicht, was du meinst«, wisperte Inari. Aber sie spürte es. Etwas Fremdes kroch durch ihre Gedanken, ihre Glieder, und schwoll durch die Nähe der Totenmagie an. Sie wollte wieder die tröstliche Form ihres Seelenvogels berühren, aber ihre Hände konnten sich nicht von Neas lösen.

Abrupt warf Nea den Kopf herum.

»Aleksi! Bring sie hier weg, sofort!«, schrie sie.

Taavi bellte – es war sein wütendes Bellen, völlig überdreht und mit Knurren gemischt. Mit Mühe drehte Inari den Kopf.

Aleksi rang mit Maris. Die beiden Männer waren ungefähr gleich groß und kräftig, aber Aleksi bewegte sich hölzern, zögernd. Es sah so aus, als müsste er über jede Bewegung nachdenken. Maris schlug seinen Kopf gegen eine der Kiefern, die die Lichtung umstanden. Inari glaubte es knacken zu hören.

»Soll ich dir noch mal den Schädel einschlagen, du sturer Bock?«, knurrte Maris. »Wann lernst du endlich, dich nicht einzumischen?« Als Aleksi gegen den Baumstamm zusammensackte, zog Maris ein Messer von seinem Gürtel.

»Nein!«, schrie Nea. »Hör auf!« Sie versuchte sich erfolglos aus Inaris Griff loszureißen. Taavi lief kläffend vor ihr auf und ab und sah immer wieder zu Inari hoch. Er wartete auf den Befehl, Maris anzugreifen. Aber Inari konnte kein Wort hervorbringen. Sie kam sich vor wie versteinert.

Maris zog Aleksi das Messer über die Kehle. Ein präziser Schnitt, wie wenn Inari Wild ausnahm. Das Blut spritzte über Aleksis Totenkleidung. Er rutschte am Baumstamm herunter. Maris trat ihm gegen die Schulter.

»Bleib unten oder du kannst deiner Tochter beim Sterben zusehen«, sagte er ungerührt und wischte sein Messer an Aleksis Ärmel ab.

Tränen liefen über Neas Wangen. Sie stemmte sich gegen Inaris Griff, als wollte sie sich ihre eigenen Arme ausreißen, aber Inari bewegte sich nicht vom Fleck. Sie war ein Fels, ein Baum, mit dem Land verwachsen, während ihr Geist hoch über allem kreiste.

Sie spürte, wie sich ihre Hände bewegten. Mit ferner Neugierde beobachtete sie, wie sie Neas rechte Hand fallen ließ und die linke mit dem Knochenreif in die Höhe hob.

»Das hier gehört mir«, sagte Inari mit einer Stimme, die in ihren Ohren völlig falsch klang. Ehe Nea etwas erwidern konnte, zog Inari ihr Jagdmesser. Ohne Vorwarnung hackte sie Neas linke Hand ab.

Nea schnappte nach Luft. Es war ein leises Geräusch, eher voller Überraschung als Schmerz, doch Inari spürte es wie einen Axthieb gegen ihre Schläfe. Der Teil von ihr, der das Geschehen bisher aus unbeteiligter Höhe beobachtet hatte, stürzte auf einmal wieder herunter und tauchte an die Oberfläche ihrer Gedanken.

Sie ließ Neas abgeschlagene Hand fallen, als hätte sie sich daran verbrannt. Blut bedeckte ihr Hemd, ihre Finger, die Klinge und das Gras zu ihren Füßen. Im geisterhaften Schein der Birken wirkte es tiefschwarz.

»Was ... tust du da?«, stieß Nea hervor, immer noch eher verständnislos als erschrocken oder wütend. Sie schien keine Schmerzen zu empfinden. Nur ihre Schulter zuckte, als sie versuchte, ihren Arm zu bewegen und den blutenden Stumpf zu bergen. Der Knochenreif rutschte über ihr Handgelenk und landete auf dem Boden.

»Ich …« Inaris Stimme erstarb in ihrer Kehle. Etwas anderes bewegte sich in ihren Gedanken, eine kühle Präsenz, deren Willen in ihren Adern summte. Inaris Finger schlossen sich fester um den Griff des Messers.

Neas Augen weiteten sich. Verspätet flutete Angst hinein. Sie wich zurück, stolperte und fand gerade noch rechtzeitig ihr Gleichgewicht wieder. Bevor sie weglaufen konnte, tauchte Maris hinter ihr auf und hielt sie an den Schultern fest.

»Was hast du getan?«, schrie sie ihn an. »Sie hat doch nichts mit alldem zu tun!«

»Du solltest dich nicht so viel bewegen«, sagte Maris ruhig. »Du verlierst viel Blut.«

»Lass es fließen«, sagte Inaris Stimme. »Ihr Leben gehört dem Land.«

Nea erstarrte.

»Maris«, sagte sie gepresst. »Lass mich los.«

»Es tut mir leid«, sagte er. Er sah nicht sie an, sondern Inari. »Ich gehorche nur der Herrin.«

Inaris Mund lächelte. Die kalten Gedanken in ihrem Kopf stiegen auf wie eine Flut, die alles überschwemmte. Sie bückte sich und hob den Armreif auf, ohne sich am Blut zu stören.

»Sieben Jahre hast du meine Knochen getragen, dummes Gör. Was für eine Verschwendung von Macht.«

Nea hatte aufgehört, gegen Maris' Griff zu kämpfen. Ihre Augen waren dunkel und flach.

»Mutter.«

In der warmen Erde

Natürlich war es Suvi. Unter Neas durchdringendem Blick fragte Inari sich, warum sie sie nicht viel eher erkannt hatte. Diese glatte, seidige Kühle wand sich genauso durch ihren Kopf wie Suvis Stimme in der Zwischenwelt, voller Spott und Macht und Selbstsicherheit. Ihr Wille pulsierte durch Inaris Adern. Sie war ihr hilflos ausgeliefert.

»Lass Inari frei«, sagte Nea. Sie sprach immer noch wie jemand, der nicht daran gewohnt war, aber trotz der stockenden Worte schwang ein befehlsgewohnter Ton in ihrer Stimme.

Suvi schnaubte verächtlich.

»Ihr Körper gehört genauso mir wie dieser Reif.« Sie ließ den blutverklebten Knochenreif durch ihre Finger wandern. Er war zu schmal, um über Inaris Hand zu passen. Suvi ließ ihn in die Tasche gleiten, die Inari über der Schulter trug. Neas Blick folgte der Bewegung.

»Was willst du, Mutter?«, fragte sie, bemerkenswert gefasst. Aus ihrem Armstumpf lief immer noch Blut und sammelte sich auf dem Boden. »Deine Macht über das Land hast du an mich weitergegeben. Du bist nur noch eine herumirrende Seele. Soll ich dir helfen, deinen Frieden zu finden?«

Inaris Körper bewegte sich. Suvi stieg über Neas abgetrennte Hand hinweg und schloss zu ihrer Tochter und Maris auf. Sie hielt immer noch Inaris Messer in der Hand.

»Sie haben dir meine Macht gegeben«, zischte sie Nea ins Gesicht, »und was hast du damit gemacht? Nichts! Du solltest unseren Clan stark machen und Rache nehmen! Aber selbst als dir die Chance in den Schoß gefallen ist, endlich etwas zu tun, hattest du zu viel Angst!«

Sie gab Nea eine Ohrfeige. Inari zuckte innerlich zurück. Sie fühlte sich wie in einem engen, tiefen Brunnenschacht, in den alle Sinneswahrnehmungen verzögert und verzerrt hineinfielen.

Suvi grub ihre Finger in Neas Wange und verschmierte das Blut von ihrer aufgeplatzten Lippe über ihr Kinn.

»Dein Blut ist so dünn wie Schmelzwasser. Ich habe bei deiner Geburt die Geisterbegabung in dir gesehen und dachte, dass sie genügen würde, aber ich habe mich getäuscht. Es gehört eben doch mehr dazu, Schamanin zu sein.«

Nea öffnete den Mund, um etwas zu sagen, aber Suvi schlug sie wieder, bevor sie dazu kam.

»Vergrab sie«, befahl sie Maris. »Sie kann ihr bisschen Leben dem Land geben, dann ist sie zumindest für etwas gut.«

Maris warf einen Blick dorthin, wo Aleksi immer noch reglos auf dem Boden lag. Inari konnte nicht sehen, ob er wieder angefangen hatte zu atmen.

»Es ist vielleicht besser, sie hier zu behalten, Herrin«, schlug Maris vorsichtig vor. »Als Pfand …«

»Hast du etwa auf einmal Angst vor ihm?«, fragte Suvi scharf und Maris zuckte zusammen. »Du hast ihn umgebracht, als er noch voller Kraft und Leben war, traust du es dir etwa nicht zu, gegenüber seiner Leiche die Oberhand zu behalten?«

Ihre Worte fielen so beiläufig, dass ihre Bedeutung nur langsam in Inari einsank. Nea begriff schneller.

»Du hast Maris damals befohlen, Aleksi zu töten«, sagte sie rau. »Warum?«

Oh. Maris hatte ihren Vater ermordet. Der Mann, mit dem Inari ein Morgenmahl geteilt hatte. Der sie am Pass gerettet hatte.

Es fühlte sich an, als würde eisiges Wasser den Brunnen füllen und ihr langsam über das Kinn steigen. Ihre Gedanken drehten sich in immer enger werdenden Kreisen.

Sie spürte, wie ihre Lippen sich zu einem Lächeln verzogen. Suvis Verachtung brannte wie Säure.

»Er wollte verhindern, dass ich den Körper seiner Tochter für mich beanspruche. Er hat gedroht, dem ganzen Clan zu offenbaren, was ich mit dir und Inari getan habe. Was für ein Narr! Als hätte ich Angst vor ihm. Als würde sein Blut ihm irgendein Recht auf dich geben, nachdem ich dich großgezogen habe!«

Nea starrte sie an, als würde sie nach einer Lüge in Inaris Gesicht suchen. Aber Inari wusste, dass Suvi die Wahrheit sagte. Sie spürte die fremde Selbstzufriedenheit in ihrer eigenen Brust. Es gefiel Suvi, ihre Überlegenheit zu demonstrieren und ihre Macht über Nea auszukosten. Inaris Wahrnehmung verengte sich auf Neas erschrockenes Gesicht.

»Aleksi ist mein Vater …?«, brachte diese heiser hervor.

»Aber ja. Das erklärt vieles, meinst du nicht? Du bist so feige wie er.« Suvi legte ihr wieder eine Hand auf die Wange und strich mit dem Daumen über ihre Augenbraue. »Und hübsch bist du wie deine Mutter«, sagte sie. Ein Anflug von Zärtlichkeit ließ ihre Stimme – Inaris Stimme – für einen Moment wärmer klingen. »Und genauso nutzlos.«

Abrupt stieß sie Nea von sich und wandte sich ab.

»Bring sie weg«, sagte sie scharf zu Maris. »Ich habe noch Arbeit vor mir.«

Maris zerrte Nea in den Hain hinein. Die Schamanin wand sich und stemmte ihre Füße in den Boden, aber der Kampf war aussichtslos. Taavi sah ihr winselnd hinterher. Die Birken schienen beiseitezurücken und sich hinter Maris und Nea wieder zu schließen. Nur die dunklen Blutflecken zeigten den Weg, den sie genommen hatten.

Inari konnte nicht atmen. Ein ferner Teil von ihr wusste, dass sie gefangen in ihrem eigenen Kopf war und nicht nach Luft ringen konnte, aber es fühlte sich genauso an. Suvis Offenbarung rollte ihre Kehle herunter, als hätte sie Seewasser geschluckt, und füllte ihre Lungen aus. Panik erstickte alle Fragen nach Suvis Plänen. Wenn Nea Niskas und Aleksis Tochter war, wer war dann Inari?

Suvi seufzte.

»Ich hatte große Hoffnungen in dein Mädchen gesetzt«, sagte sie im Plauderton an Aleksi gewandt. »Als sie geboren wurde, hat sie die Zwischenwelt erhellt wie ein Sonnenaufgang. Aber die Gabe ist eben nicht alles. Ich hätte sie nicht vertauschen sollen.« Sie drehte Inaris Hände um und betrachtete ihre Handflächen. »Die Seele fühlt sich im eigenen Fleisch und Blut doch eher zu Hause.«

Die Wahrheit überrannte Inari. Sie wollte fliehen und sich mit anderen Dingen ablenken, wie sie es immer getan hatte, wenn die Trauer um Aleksi oder die Einsamkeit sie zu überwältigen drohten. Aber hier gab es keine Fluchtwege. Sie konnte sich nur hilflos gegen die Wände werfen, die Suvi errichtet hatte, um sie in ihrem Kopf einzusperren. Sie konnte den Schmerz der Erkenntnis nur ertragen.

Ihr Leben war eine Lüge. Ihre leibliche Mutter hatte sie mit einem anderen Kind vertauscht, weil sie nicht gut genug gewesen war, und benutzte sie jetzt nur wegen ihres Körpers. All die Zeit war Inari ihrem Vater hinterhergelaufen – und er war nicht einmal ihr Vater.

Und er hatte es gewusst.

Neuer Schmerz wallte in Inari auf, als sie an die letzte Erinnerung dachte, die Suvi mit ihr geteilt hatte. Aleksi hatte Nea damals zum ersten Mal gesehen, als er Suvi um Hilfe angefleht hatte. Er musste die Ähnlichkeit mit Niska erkannt haben. Die verschiedenfarbigen Augen. Der gleiche zierliche Körperbau. Wie hatte Inari es nicht eher bemerkt?

Aleksi hatte es seitdem gewusst und sich deswegen vor seinem Tod von Inari entfernt. So lange hatte sie sich gefragt, was sie falsch gemacht hatte, warum er ihr von einem Tag auf den anderen nicht mehr ins Gesicht sehen konnte … Aber er hatte nur Suvi in ihr gesehen. Suvis braune Haare, Suvis blaue Augen, Suvis hochgewachsene Statur.

Kein Wunder, dass es der toten Schamanin so leichtgefallen war, in ihren Körper einzufallen. Bei Nea hatte das Ritual versagt. Bei Inari hatte es gereicht, sie in das Haus zu locken, das von Suvis Seele durchdrungen war. Und Inari hatte sich bereitwillig dort zur Ruhe gebettet, wie ein Opferlamm, und sich Suvi ausgeliefert …

Und jetzt würde Nea ihretwegen sterben.

Der Gedanke entzündete Inaris Widerstand. Wie konnte sie sich in Selbstmitleid wälzen, während Neas Blut noch an ihren Händen klebte? Während Suvi mit diesen Händen noch mehr Schaden anrichten wollte? Während Aleksi – ob nun ihr Vater oder nicht – wenige Schritte entfernt gegen den endgültigen Tod kämpfte?

Das Letzte, was sie zu Niska gesagt hatte, war, dass sie sie hasste …

Inaris Wille sammelte sich wie eine aufgestaute Flutwelle. Immer noch drangen alle Sinneswahrnehmungen wie aus weiter Ferne zu ihr, doch das musste genügen. Suvi hielt das Jagdmesser in ihrer Hand und Inari konzentrierte sich mit aller Macht darauf.

Sie stellte sich vor, dass ihr Bewusstsein Wurzeln trieb, die sich durch ihre Adern ausstreckten und in ihren Fingerkuppen ballten. Sie beschwor das Gefühl des Messerhefts herauf, die weichen Lederstreifen, das vertraute Gewicht, den Luftwiderstand, wenn sie die Klinge bewegte …

Ihre Finger. Ihre Hand. Ihr Körper.

Inaris Hand zuckte. Unkoordiniert schnitt das Messer durch die Luft und fuhr über ihre Brust. Schmerz entflammte in einem Bogen, der kurz vor ihrer Kehle abstoppte, als Suvi Inari wieder die Kontrolle über ihre Hand entriss, so mühelos, als würde sie einem unartigen Kind ein Spielzeug wegnehmen.

»Guter Versuch«, sagte sie. »Vielleicht wäre aus dir mit etwas Training doch noch eine passable Schamanin geworden.«

Sie ließ das Messer achtlos fallen. Inaris Blut vermischte sich auf dem Boden mit Neas.

»Jetzt reicht es aber«, fuhr Suvi fort. »Wir haben keine Zeit für dumme Spiele.«

Ihr Wille schloss sich um Inari wie eine Faust. Inaris Gedanken flackerten. Die Verbindung zu ihren Sinnen riss ab, ihre Erinnerungen zerfaserten und verloren ihren Sinn.

Inari war umgeben von schwerer Dunkelheit, die von allen Seiten gegen sie presste und ihr jeden Raum nahm, einen Gedanken an den anderen zu reihen. Instinktiv stemmte sie sich gegen die fremde Gewalt, deren Namen sie nicht mehr wusste. Schon zog ihr Bewusstsein sich von den Rändern her zusammen wie ein abgefallenes Blatt im Herbst. Übrig blieb ein vages Gefühl von Bedauern. Dann nur noch ein schneller Herzschlag.

Aber obwohl der Druck nicht nachließ, wurde der Herzschlag nicht schwächer. Das Gefühl wuchs und wurde vertrauter – ein Flattern in ihrer Brust, eine warme Berührung, ein weiches Licht. Das war alles, was ihr geblieben war, und Inari richtete ihre ganze Kraft darauf.

Neas eindringlicher Blick, als sie ihr ihren neuen Seelenvogel gab. Holzgeruch. Die großen runden Augen der Zwergmöwe.

Pass gut auf sie auf, ja? Dann passt sie auch auf dich auf.

Auf unsichtbaren Flügeln schlüpfte Inari durch Suvis Finger. Die seltsamen Farben der Zwischenwelt tanzten um sie herum, aber sie wandte sich ab. Sie wollte sich nicht in einer anderen Welt verlieren. Ihre eigene brauchte sie.

Neas Magie, die sie in die Erschaffung des Seelenvogels gegossen hatte, pulsierte durch Inaris Wesen. Aber sie wusste, dass diese geborgte Kraft nicht genug war, um Suvis Umklammerung abzuwerfen und wieder die Kontrolle über ihren Körper zurückzugewinnen. Statt sich bei dem Versuch völlig zu verausgaben, streckte Inari sich nach einem anderen Anker in der Welt der Lebenden aus. Sie fand eine warme Präsenz, die ihr vertraut war und die sie willkommen hieß. Mit einem erleichterten Aufatmen ließ sie sich hineinsinken.

Die Welt stürzte wieder auf sie ein. Noch bevor Inari die Augen öffnete, wurde sie von Wahrnehmungen überflutet, die sie nicht einordnen konnte – heiß, scharf, metallisch, eisig, fremd, fremd, fremd. Ihre Nase zuckte und Inari nieste, überfordert von den vielen Informationen, die ihr Geruchsinn ihr vermittelte.

Taavi, wurde ihr langsam klar. Sie befand sich in Taavis Körper.

Als sie ihre Augen öffnete, um zumindest einen gewohnten Sinn auszuprobieren, wurde sie aus der Welt um sich herum nicht schlauer. Der Totenhain ragte vor ihr auf wie eine Reihe abgebrochener Zähne. Es schmerzte, auch nur in seine Richtung zu sehen. Die Farben waren völlig verkehrt und das fahle Leuchten war nur noch intensiver geworden.

Das scharfe, heiße Ding, das Inari endlich als Geruch erkannt hatte, überdeckte fast alles andere. Als sie der Quelle nachspürte und den Kopf drehte, entdeckte sie eine Gestalt, die sich bis zum Himmel erstreckte. Sie war wie eine Fackel, die mit falschen Farben brannte. Ihr Licht ließ Inaris – Taavis – Herz ängstlich gegen ihre Brust hämmern. Der scharfe metallische Geruch klebte an der Gestalt und am Boden zu ihren Füßen, wo ein Klumpen Fleisch lag.

Blut, dachte Inari, als sich ihre Wahrnehmungen langsam sortierten. Neas Blut und Neas Hand. Und die absonderliche Gestalt war Suvi in Inaris Körper. Taavi nahm den Unterschied so deutlich wahr wie Inari einen jähen Kälteeinbruch. Suvi hatte einen eigenen Geruch, erdig und süß, der Inaris prickelnde Frische überlagerte.

Taavis Instinkte hielten ihn an zu fliehen, doch er duckte sich eng gegen den Boden und rührte sich nicht vom Fleck. Über allen Sinneseindrücken lag klar und mächtig sein Drang, Inari zu beschützen – das war der Rahmen seines Lebens, das war die unerschütterliche Tatsache, die der Welt einen Sinn verlieh. Wärme breitete sich durch Inaris Gedanken aus und glättete die aufgewühlten Wogen.

Es war schwierig, ihre Interpretationen der Welt über Taavis Sinneseindrücke zu legen, aber Inari ließ nicht nach, bis alles wieder zusammenpasste.

Suvi hatte Inaris Kopf in den Nacken gelegt und sah in den Himmel auf. Sie stand so still da, dass Inari sich im ersten Moment fragte, ob sie Suvis Seele irgendwie doch aus ihrem Körper gedrängt hatte. Doch dann begann Suvi zu singen. Die Laute fielen von Inaris Lippen, ohne dass Inari ihre Bedeutung erfassen konnte – ein endlos scheinender Strom an Worten, der lauter und leiser und wieder lauter wurde und an Macht gewann.

Inari musste an Neas Gesang für die Toten denken und wich unwillkürlich zurück. Aber Suvis Gesang zog nicht an ihr, wie Neas es getan hatte. Die Magie, die Inari durch Taavis Sinne wie einen bitteren Nebel um Suvi wahrnahm, stieg in die Höhe auf. Die Luft knisterte. Inari spürte den neuen Druck in ihren Zähnen und ihren Ohren. Wolken verdichteten sich über dem Totenhain und schirmten das Licht des Tages ab. Die Birken schienen umso heller zu schimmern.

Taavi drängte sie immer noch dazu, die Flucht zu ergreifen, aber jetzt konnte Inari endlich wieder eigene Gedanken fassen. Was auch immer Suvi tat, Inari konnte sie nicht aufhalten, ob mit Körper oder ohne. Die Einzige, die eine Chance hatte, war Nea. Falls sie noch am Leben war.

Inaris Angst um Nea verflocht sich mit Taavis Beschützerinstinkt. Auf einmal trat Suvis unverständlicher Singsang zurück, und der Blutgeruch nahm Inaris ganze Welt ein. Sie brauchte die dunklen Flecken zwischen den Birken nicht zu sehen, um zu wissen, wohin sie laufen musste. Taavi vertraute wie immer ihrer Führung, auch in seinem eigenen Körper, und kämpfte nicht dagegen an, als Inari sich in den Hain vertiefte.

Die Birken sahen immer noch nicht aus wie normale Bäume. Mit Taavis Sinnen erschienen sie Inari wie Krallen, die sich um sie zu schließen drohten. Sie fühlte die Aufmerksamkeit der Bäume wie einen festen Griff im Nacken. Nur Neas Geruch trieb sie immer tiefer hinein. Irgendwo hoch über ihnen krachte es, aber Inari nahm es nur aus großer Entfernung wahr.

Maris stand am Fuß einer Birke, die noch keine weißen Trauerbänder trug. Auf den ersten Blick konnte Inari Nea nicht entdecken, doch Taavis Nase beharrte darauf, dass sie in der Nähe sein musste. Dann bemerkte Inari die aufgehäufte Erde neben Maris und Angst schoss ihr das Rückgrat herunter.

Ehe sie sich bewusst dazu entschließen konnte, stürzte sie sich knurrend auf Maris. Er fuhr überrascht herum, konnte aber nicht mehr verhindern, dass sich Taavis Zähne in seine Wade vergruben. Der Geschmack von Blut explodierte in Inaris Mund. Instinktiv zuckte sie zurück, als hätte sie sich verbrannt – so heftig, dass sie fast Taavis Körper verlassen hätte. Panisch klammerte sie sich an ihre dünne Verbindung zur Welt der Lebenden.

Als sie sich wieder unter Kontrolle hatte, war Maris nicht mehr zu sehen und Taavi atmete heftig. Inari wogte mit Zuversicht und Ruhe durch seinen Körper und er wedelte mit dem Schwanz, als hätte sie ihn gestreichelt.

Nea, dachte Inari. Der Name pochte in Taavis Brust. Sie roch Nea, ganz nah, vermischt mit feuchter Erde und Blut und der Übelkeit, die von den Bäumen ausging. Mit jedem verstreichenden Moment wurde der Geruch schwächer.

Inari erinnerte sich an Suvis Worte und dachte an die Zwergmöwe im Wurzelwerk. Sie musste keinen Befehl aussprechen, nicht einmal den Beschluss fassen – Taavi spürte ihre Dringlichkeit und fing an zu graben.

Dünne Wurzeln glitten durch die Erde wie Würmer, aber die Hundekrallen rissen sie entzwei. Inari überkam das Gefühl, nicht in Erde, sondern in warmem Fleisch zu graben. Übelkeit krampfte ihren Magen zusammen. Nur Neas Geruch in Taavis Nase hielt sie davon ab, die Flucht zu ergreifen.

Aber da war sie. Taavis Pfoten legten Neas Schulter frei, ihre Brust, endlich ihr Gesicht. Ihre Augen waren geschlossen. Sie atmete nicht.

Inari rief Neas Namen. Taavi bellte. Vorsichtig senkte sie den Hundekopf und stieß Nea mit der Nase an, wie Taavi das manchmal bei Inari tat, wenn sie im Wald eingeschlafen war. Neas Haut war kalt. Taavi leckte ihr über die Wange und das Ohr und zerriss mit einer Pfote weitere Wurzeln, die sich um ihren Hals winden wollten. Inari stellte sich vor, wie sie das schmale Mädchengesicht mit beiden Händen berührte und sie auf die Stirn küsste.

Wach auf. Komm zurück zu mir.

Als wäre sie Neas Seelenvogel und könnte sie zurück in die Welt der Lebenden führen.

Ein Atemzug riss sich aus dem reglosen Körper. Neas Augenlider flatterten. Taavi bellte wieder und Inaris Freude klang in diesem Laut mit, heiß und stark wie der Sommer. Neas Augen waren dunkel und unfokussiert, aber ihre Lippen bewegten sich.

»Inari …?«, hauchte sie.

Taavi stupste sie mit der Nase an. Zaghaft hob Nea den frei geschaufelten Arm und berührte sein Fell. Zumindest schien sie ihre Arme wieder bewegen zu können. Ebenso vorsichtig streckte sie ihre Gedanken nach Inari aus. Im Gegensatz zu Suvis unnachgiebigem Druck fühlte Nea sich an wie Regen, der erfrischend auf Inaris Gesicht fiel und ihr Bewusstsein von sich selbst schärfte.

Nea setzte sich langsam auf. Die Erde schien sie nur widerwillig gehen zu lassen, aber wo Nea die Wurzeln mit den Fingern ihrer übrig gebliebenen Hand berührte, zogen sie sich zurück. Ihr Handstumpf blutete nicht mehr – über die offene Wunde war Moos gewachsen. Ihr Geruch wurde stärker, sie schien wieder zu sich selbst zurückzufinden.

»Ich danke euch«, sagte sie leise. »Aber wir müssen fort von hier. Der Hain weiß, was geschehen wird.«

Inari sah sich um. Die Bäume raschelten, als würden sie etwas sagen. Nea schien ihre unausgesprochene Frage zu hören.

»Suvi ruft Feuer herab.«

In dem Moment sah Inari es auch: Ein Blitz zuckte über den Himmel. Suvi sang ein Gewitter herbei.

Vater

Sie hatten den Hain kaum verlassen, da schlug der erste Blitz ein. Die Birken fingen sofort Feuer. Die Rinde platzte auf, die Blätter fielen funkensprühend ins Gras. Es fiel Inari schwer, die Bäume nicht als lebendes Fleisch zu sehen, und der Anblick lief in einer Welle von Schmerz und Ekel durch Taavis Körper. Sein Fell sträubte sich.

»Die Bäume sind nicht mehr zu retten«, sagte Nea mit belegter Stimme und strich Taavi über den Hals.

Die dichte Wolkendecke hatte es auf der Lichtung vorzeitig dunkel werden lassen. Einzig die Flammen erhellten die Szene. Suvi stand immer noch direkt vor dem Hain, Inaris Arme in die Luft erhoben, die Augen geschlossen. Der Wörterstrom aus ihrem Mund war zu einem stetigen Summen geworden, das in Taavis Knochen vibrierte. Inari verstand nicht, wie ihr Körper diesen Laut hervorbringen konnte.

Nea schwankte und ging in die Knie. Besorgt schnüffelte Taavi sie ab. Die Schamanin starrte ins Feuer, während Tränen über ihre Wangen liefen.

»Es ist vorbei«, flüsterte sie. »Jetzt wird sie nichts mehr davon abhalten, das Tal zu verlassen.«

Die vertraute Frustration wallte in Inari auf. Das war es, was Nea selbst jetzt noch am meisten beschäftigte? Nicht der Diebstahl von Inaris Körper oder die Enthüllung, dass Aleksi umgebracht worden war, um das Geheimnis der vertauschten Kinder zu wahren?

Nea drückte ihr Gesicht gegen Taavis Flanke.

»Du verstehst nicht«, sagte sie leise. »Es geht nicht um die Lumi. Es geht um die Zukunft aller.« Sie schluckte schwer. Inari spürte die Nässe auf ihren Wangen. »Erinnerst du dich an die toten Tiere und Vögel? Das Tal stirbt. Und zwar unseretwegen. Die Toten brauchen die Energie der Lebenden, um nicht zu verfallen. Das hat das Ritual damals getan: Tod und Leben aneinandergekettet. Wenn wir Schamanen singen, lenken wir das Leben aus dem Land in die Toten. Jeden Tag, jede Stunde. Deswegen darf das Lied nie verstummen.«

Inaris Gedanken rasten. Sie sah wieder die tote Hirschkuh vor sich. Savo hatte die Vivaara beschuldigt, also wusste er nicht, dass die Schamanen dafür verantwortlich waren. Wusste überhaupt jemand davon?

»Nur sehr wenige«, antwortete Nea. Ihre Gedanken waren einander so nahe, dass sie Inaris unausgesprochene Fragen zu hören schien. »Das Ritual war nie als dauerhafte Lösung gedacht. Meine Mutter ...« Sie stockte und korrigierte sich rau: »Suvi und die anderen suchten nur nach einem Weg, die Vivaara fernzuhalten und die Seuchentoten zu konservieren, bis sie sie ganz zurückbringen könnten. Aber es gab keinen. Sie – wir – konnten nur Regeln aufstellen, um die Überlebenden nicht zu gefährden.«

Regeln. Wie das Verbot, nachts die Häuser zu verlassen, wenn Nea am See sang. Inari erinnerte sich an die Schwäche, die sie erfasst hatte, als sie ihr zugehört hatte. So fühlte es sich also an, wenn die Magie einem das Leben aus dem Leib sog. So hatte Nea damals auch den Schwan geheilt – sie hatte der Umgebung das Leben entzogen, um seine Wunden zu heilen.

Das alles für Inari in Worte zu fassen schien Nea etwas zu beruhigen. Sie setzte sich auf und wischte sich die Tränen von den Wangen. Ihre Haare kräuselten sich in der Hitze des Feuers.

»Deswegen können Alya, Pekko und ich uns nicht zur selben Zeit am selben Ort aufhalten«, erklärte sie mit gefestigter Stimme. »Das Land braucht Zeit, um sich zu erholen. Ansonsten würde das Totenlied den ganzen Landstrich tot zurücklassen. Und genau das hat Suvi vor.«

Taavis Fell sträubte sich wieder. Suvi sang immer noch, ohne ihre Umgebung zu beachten. Nea musterte sie mit einem bitteren Zug im Mundwinkel.

»Sie will, dass wir zusammen mit den Toten das Tal verlassen und zu den Vivaara gehen. So stellt sie sich ihre Rache vor – dass wir all diese Menschen töten und ihre Länder verwüsten. Und solange das Totenlied erklingt, würde jeder aus unserem Clan wiederauferstehen, falls er getötet wird. Wir wären unsterblich und todbringend. Eine Armee von ewig hungrigen Untoten.«

Inari verschlug es den Atem. Jetzt erst ergaben Suvis Worte aus der Zwischenwelt einen neuen, grauenerregenden Sinn. Sie hatte Aleksi mit einem zerbrochenen Gefäß verglichen, das kein Leben mehr in sich bewahren konnte. Deswegen brauchten die Toten einen ständigen Zufluss von Leben. Und wenn dieses Leben von ihren Erzfeinden kam, erreichte Suvi auf einen Schlag ihre beiden wichtigsten Ziele.

»Warum hast du mir das nicht schon früher erklärt?«, wollte Inari wissen und schickte ihre Frage wie einen Pfeil dorthin, wo ihre und Neas Gedanken sich berührten. Die Schamanin lächelte traurig.

»Du wolltest deinen Vater unbedingt ins Leben zurückbringen. Ich wusste nicht, wie weit du dafür gehen würdest. Und dann lag da auf einmal dein Seelenvogel vor meiner Tür und ich hatte Angst, dich weiter in Gefahr zu bringen.« Ihr Blick suchte Maris, der in Suvis Nähe stand und wachsam in den Wald spähte. Blut klebte an seinem rechten Bein. »Maris muss ihn gestohlen haben, um dich Suvi auszuliefern. Hätte ich dich nicht in der Zwischenwelt gefunden, hätte sie deinen Körper schon früher an sich gerissen. Er muss ihr auch von der Ringelung der Seelenbäume erzählt haben und dass die Toten so zurückkehren können. Deswegen hat sie jetzt ihre Chance ergriffen. Und ich dachte, er verbringt nur aus Trauer so viel Zeit in unserem alten Haus …« Wut verfinsterte ihr Gesicht. Sie schaute auf ihren Handstumpf. »Er war die ganze Zeit ihr Diener und ich habe es nicht gemerkt.«

Hass ballte sich in Inari zusammen wie eine harte glühende Faust. Taavi zog die Lefzen hoch und knurrte, gut hörbar trotz des Knackens und Rauschens der brennenden Bäume. Maris hatte auch sie getäuscht. Jetzt erst fielen ihr Velis Worte ein. Es war Maris gewesen, der ihn gestern in Neas Zimmer bestellt hatte, so dass der Junge Inaris alten Seelenvogel bei ihr finden konnte. Und das kurz nachdem Inari in Maris' Gegenwart erzählt hatte, dass sie Veli darum gebeten hatte, sich im Haus umzusehen. Er hatte Nea und sie gegeneinander ausgespielt, um Suvi die Rückkehr in die Welt der Lebenden zu ermöglichen. Wieso hatte sie auch nur ein Wort geglaubt, das aus seinem Mund gekommen war?

Neas Hand auf Taavis Hals erstarrte.

»Sie sind hier«, flüsterte sie.

Inari wandte den Kopf mit Mühe von Maris ab. Da, am Waldrand, versammelten sich Menschen. Mit ihren Augen hätte Inari sie für Dorfbewohner gehalten, aber Taavis Nase war klüger. Diese Menschen rochen nach Tod. Reglos standen sie zwischen den Bäumen. Der Feuerschein entriss hier und da eine weiße Leichenkluft den Schatten, kahl rasierte Köpfe, starre Gesichter.

Aleksi war unter ihnen.

Seine Kleidung war voller Blut, aber der Schnitt an seiner Kehle hatte sich geschlossen und war zu einer Narbe verblasst. Er stützte sich an einem Baumstamm ab, stand ansonsten aber wieder aufrecht.

Durch Taavis Sinne spürte Inari zum ersten Mal eine geballte Aufmerksamkeit von Aleksi und den anderen Toten ausgehen. Sie begriff, dass die Toten zwar nicht mit Worten oder Gebärden kommunizierten, aber trotzdem die gegenseitigen Absichten wahrnahmen, wie Wellen im See, die sich durchdrangen und vermischten. In ihrer körperlosen Form, zwischen der Welt der Toten und der der Lebenden gefangen, fühlte Inari sich Aleksi näher als je zuvor seit seinem Tod.

Er sah Inari und Nea an. Nea holte scharf Luft und ihre Hand vergrub sich in Taavis Fell. Die Wahrheit über ihre Abstammung hatte sie genauso erschüttert wie Inari, auch wenn sie es zu verbergen versuchte. Sie waren beide betrogen worden.

Schmerz lief über Aleksis Gesicht. Inari hatte keine Ahnung, was in ihm vorging. Er trat auf die Lichtung hinaus.

»Hör auf, Suvi«, sagte er. »Es ist genug.« Die Stimme klang rau, lange unbenutzt, aber es war ohne Zweifel seine.

Inari wusste nicht, ob es Taavi oder Nea zu verdanken war, aber sie spürte, wie Aleksis Seele sich in seinem Körper ausbreitete. Und nicht nur bei ihm. Auch die anderen Toten regten sich, als ihre Seelen, vom Feuer befreit, in sie zurückkehrten. Auf einmal schien die Lichtung überfüllt zu sein, wo sie nur einen Augenblick zuvor still und verlassen gewirkt hatte.

Suvi öffnete die Augen. Inari zuckte zusammen – mit dem fremden Ausdruck sah ihr Gesicht Suvis so ähnlich, dass es ein Wunder war, dass Niska die Abstammung ihrer Tochter nie hinterfragt hatte.

»Willkommen zurück unter den Lebenden«, sagte sie lächelnd zu Aleksi. »Wie fühlt es sich an, wieder du selbst zu sein?«

»Ich bin immer noch tot. Das Einzige, was sich geändert hat, ist, dass ich jetzt noch deutlicher spüren kann, wie falsch das hier ist.«

»Falsch?«, wiederholte sie verächtlich. »Du undankbarer Hund. Ich habe alles aufs Spiel gesetzt, um euch zu retten! Nicht einmal der Tod hat mich davon abgehalten, einen Weg zu finden, wie wir in die Welt zurückkehren können!«

»Das hier ist keine Rettung«, sagte Aleksi. »Nichts ist schlimmer, als zwischen Leben und Tod gefangen zu sein. In dieser Weise eine Ewigkeit zu verbringen ist Folter. Selbst die Seuche war gnädiger.«

Zustimmendes Gemurmel aus den Reihen der Toten begleitete seine Worte.

»Lass uns gehen, Suvi«, fuhr er fort. »Wir waren lange genug die Puppen der Schamanen. Wir wollen nicht das Leben wiederkäuen, bis nichts mehr davon übrig ist. Die Lebenden müssen ihren Weg ohne uns weitergehen.«

Er sah Suvi an, aber Inari hatte das Gefühl, dass er zu ihr sprach. All die Zeit hatte sie ihn angefleht, ihr zu antworten, und nun war sie es, die stumm sein musste. Aber endlich verstand sie. Niska hatte es vor ihr begriffen – die Toten wollten kein neues Leben. Sie wollten bloß endlich ihren Frieden.

Nea weinte wieder. Inari spürte, dass auch sie gewusst hatte, was die Toten verlangten. Vielleicht war das der Pakt, den sie mit Aleksi geschlossen hatte: Er half ihr, den Totenhain vor der Zerstörung zu bewahren, und sie durchtrennte dafür das Band, das ihn und die anderen noch ans Leben fesselte.

Die ganze Zeit hatte Inari Nea vorgeworfen, dass sie bloß die Macht festhalten wollte, die ihr das Totenlied verlieh. Dabei war es Nea, die bereit war loszulassen.

Nur Inari hatte sich an die Vergangenheit geklammert.

Genauso wie Suvi.

»Ihr habt eine Pflicht gegenüber eurem Clan!«, fauchte die Schamanin. Ihr wütender Blick peitschte über die Toten hinweg und Blitze schlugen neben ihr in den Boden ein. Der Geruch stach in Taavis Nase und ließ ihm das Fell zu Berge stehen. »Wenn ihr nicht gehorchen wollt, töte ich eben alle im Dorf, einen nach dem anderen! Eure Familien werden bestimmt bereit sein, gegen die Vivaara zu ziehen und uns alle zu rächen!«

Sie drehte den Kopf und ihr Blick fand Nea und Inari. Die Wut in ihren – Inaris – Augen machte grimmiger Befriedigung Platz.

»Angefangen mit deiner Tochter.«

Noch bevor sie ausgesprochen hatte, stürzte Aleksi sich auf sie. Er wollte sie herumreißen, aber Maris kam mit seinem gezogenen Messer dazwischen. Aleksi wich der Klinge im letzten Moment aus. Er rutschte über das Blut am Boden und schaffte es gerade noch, Inaris Jagdmesser aufzuheben und damit Maris' nächsten Angriff abzuwehren. Die beiden Männer umkreisten einander wachsam.

Inari wollte zu Aleksi stürmen, aber Neas Hand grub sich in Taavis Nackenfell. Im nächsten Moment schlugen Blitze um sie herum ein.

Taavis Herz zuckte schmerzhaft. Spannung schoss durch seinen krampfenden Körper und riss Inaris Gedanken in Fetzen. Wespen schienen unter ihrer Haut zu wüten. Doch der Schmerz floss ab, gerade als sie sich sicher war, hier und jetzt endgültig zu sterben. Der Blitz lief über Neas Hand ihren Arm hoch und durch ihren ganzen Körper, bis er sich durch ihre Füße in die Erde entlud. Der Boden grollte.

Rauch stieg um sie herum auf. Es roch scharf und verbrannt. Neas Haare standen von ihrem Kopf ab, genauso wie Taavis Fell.

»Aleksi wird nichts geschehen«, brachte sie atemlos hervor. »Bring den Reif an dich.«

Inari wusste sofort, was sie meinte – den Armreif, den Suvi Nea vom

Handgelenk geschnitten hatte. Suvi hatte ihn in Inaris Umhängetasche verstaut. Aber wozu sollte der Reif gut sein?

»Wenn du ihn zerstörst, wird sie nicht wissen, wann sie an der Reihe ist zu singen«, erklärte Nea hastig. Sie spähte durch den Rauch in Suvis Richtung. »Der Himmel ist völlig verzogen, am Sonnenuntergang kann sie sich nicht orientieren. Dann bricht der Gesang ab und das alles hat ein Ende.«

Dann würden die Toten endgültig sterben. Trotz allem, was Inari nun wusste, lähmte diese Vorstellung sie. Sie würde Aleksi endgültig verlieren. Kerttu und Mikael könnten sich nicht einmal von Elsa verabschieden. Allen in der Siedlung, die gerade auf ein Wiedersehen mit den Verstorbenen zu hoffen begonnen hatten, würde diese Chance entrissen werden. Und es betraf nicht nur Savholt, sondern auch die anderen Dörfer. Konnte Inari diese Entscheidung für das ganze Tal treffen?

Der nächste Blitz schlug ein. Diesmal krachte es so laut, dass Taavi erschrocken aufjaulte. Der Boden erschauderte. Inari fühlte sich wie auf dem Rücken eines riesigen Tieres, das sie abzuwerfen versuchte.

»Lauf!«, schrie Nea. Ein feines rotes Farnmuster zeichnete sich auf ihrem Handrücken ab und verschwand unter ihrem Ärmel. Die Magie leuchtete in ihren Augen.

Wortlos entschuldigte Inari sich bei Taavi und rannte los. Suvi bemerkte den Hund erst, als er fast neben ihr war. Unbeeindruckt hob sie eine Hand, die nach Blitz und Tod roch. Inari wich der Berührung aus und schnappte nach dem Lederriemen, an dem ihre Tasche hing. Suvi wankte. Sie schaffte es, Taavis Flanke mit ihren Fingern zu streifen, aber der Hund war zu schwer – sie verlor das Gleichgewicht und stürzte zu Boden. Der Riemen riss und Inari verschwand mit der Tasche im Dunkel des Waldes.

Über Taavis Flanke zog ein eisiger Schmerz. Als er aufjaulte, fiel ihm die Tasche aus dem Maul. Inaris Habseligkeiten verstreuten sich auf dem Waldboden – unter ihnen auch Neas Armreif.

Sie wollte nach ihm schnappen, aber die Kontrolle über Taavis Körper entglitt ihr. Er winselte und biss an seiner Seite herum, als könnte er mit den Zähnen das herausziehen, was ihm so wehtat. Seine Krallen rissen den Boden auf. Inari versuchte ihn zu beruhigen, aber er war voller Angst. Der Schmerz grub sich immer tiefer, durch Haut und Knochen.

Da legten sich auf einmal Arme um Taavis Körper und drückten ihn zu Boden. Er verbiss sich in einen Unterarm, aber auch als Inari Blut schmeckte, ließ der sanfte Druck nicht nach. Inari erkannte Mila, die sich neben dem Hund hinkniete und ihn mit einer Stärke festhielt, die man ihren dünnen Gliedmaßen nicht ansah.

Ein anderer Toter rieb Erde in Taavis Wunde. Es brannte, aber auf eine Art, die Inari durchatmen ließ. Die Kälte, die sich in Taavis Adern festgesetzt hatte, wich. Das war es nicht, wofür die Kraft des Landes gedacht war, und Inari spürte den Widerstand gegen den Zwang der Magie.

»Dieser Albtraum muss enden«, sagte Mila ruhig, als hätte Taavi seine Zähne nicht in ihrem Arm vergraben. Irgendwie schien sie zu wissen, dass Inaris Seele sich in der Hundebrust versteckt hatte. Sie drückte einen Kuss gegen Taavis Stirn. Er beruhigte sich augenblicklich und ließ ihren Arm los.

Bevor Inari einen Weg fand, ihre Dankbarkeit auszudrücken, gellte Neas Schrei durch den Wald.

»Bring mir auf der Stelle den Reif zurück, Inari!« Die Stimme klang wie Donnergrollen. Inari erschauderte. Wie konnte ihre eigene Stimme sich so anhören? In diesem Moment schrie Nea erneut auf und es gab keine Zeit mehr zum Zaudern.

Mila und der andere Tote ließen Taavi los. Er sprang sofort auf die Beine und schüttelte sich. Die Wunde brannte noch, fühlte sich aber nicht mehr so an, als würde sie Taavi entzweireißen. Er nahm den Reif in die Zähne und rannte zurück auf die Lichtung.

Maris lag mit Inaris Messer im Bauch auf dem Boden und bewegte sich nicht mehr. Aleksi kauerte schwer atmend neben ihm. Er starrte wie gebannt dorthin, wo Suvi Nea an sich gedrückt hielt. Die Umarmung sah so intim aus, dass Inari verstört am Waldrand stehen blieb – Suvi hatte den Arm um Neas Taille geschlungen und Nea mit dem Rücken zu sich eng an ihre Brust gezogen. Mit der einen Hand hielt sie Neas Handgelenk fest, die andere streichelte ihr übers Gesicht. Wo ihre Finger Nea berührten, fuhren Blitze ihre Widerhaken aus und brannten rote Striemen in Neas Wange und Stirn. Nea schrie nicht mehr, ihr Blick unter halb gesenkten Lidern ging ins Leere.

»Da bist du ja«, sagte Suvi, als sie Taavi entdeckte. »Denkst du, du könntest mich überlisten? Bring mir den Reif, wenn dir etwas an dieser Göre liegt.« Sie schüttelte Neas schlaffen Körper.

Taavi zog die Lefzen hoch. An seinen Zähnen klebte noch Milas Blut. Doch Inaris wütende Entschlossenheit zerfiel zu Asche. Nea hatte ihr eingeschärft, den Reif zu zerstören, aber Inari wusste nicht, ob sie es ertragen konnte, sie leiden zu sehen.

Suvi bohrte einen Finger in Neas Kehle, dort, wo ihr Puls schlug. Es knisterte und Nea begann zu zucken.

Panik durchfuhr Inari. Nein, sie konnte nicht zusehen. Es ging nicht.

Immer noch knurrend schlich Taavi über die Lichtung. Nach dem kühlen Schatten des Waldes war die Hitze, die vom brennenden Hain ausging, schwer zu ertragen. Das Feuer loderte so hoch, dass es die Wipfel der umstehenden Bäume erreichte. Seltsamerweise stieg kaum Rauch auf und die Flammen blieben auf den Flecken begrenzt, auf dem die Birken gestanden hatten. Es war wie ein Anblick aus der Zwischenwelt.

Inari musste Taavi zu jedem Schritt zwingen. Er sträubte sich dagegen, Suvi näher zu kommen, deren Geruch so falsch war, dass es ihm den Magen verdrehte. Die Schamanin beobachtete den Hund lauernd, die Hand um Neas Hals geschlossen. Doch bevor er bei ihr ankommen konnte, sprang Aleksi auf und entriss Taavi den Reif.

Es geschah so schnell. Taavi ließ den Reif bereitwillig los, bevor Inari eingreifen konnte. Der Mann, den sie so lange für ihren Vater gehalten hatte, ließ seine Hand kurz über Taavis Kopf streichen. Aleksi sah Inari an, mit einem Blick, der durch den Hundekörper hindurch bis auf den Grund ihrer Seele drang, und sagte: »Ich habe dich immer geliebt. Es tut mir leid.«

Dann stürzte er sich zusammen mit dem Reif in die Flammen.

Scherben

Aleksi war fort.

Diesmal für immer.

Inari starrte ins Feuer, das ihn verschlungen hatte. Sie spürte förmlich, wie die Nähte, die sie in ihrem Inneren zusammenhielten, aufrissen. Er war tot und mit ihm der Schlüssel zu ihrer Vergangenheit. Die Geschichte ihres Lebens war völlig umgeschrieben worden und der Einzige, der ihr die neue Gestalt erklären konnte, hatte sich ihr für immer entzogen.

Was blieb ihr noch?

Taavi hob den Kopf zum stürmischen Himmel und stieß ein gequältes Heulen aus.

Suvi fluchte und stieß Nea zu Boden, wo diese liegen blieb wie ein toter Fisch.

»Bis zum Schluss ein Narr!«, zischte sie. Ihr Blick wanderte über Maris' leblosen Körper am Boden und dann über die Toten, die am Waldrand ausharrten. »Stürzt euch nur hinterher, wenn ihr wollt!«, schrie sie. »Denkt ihr, es ändert etwas? Ich kann die ganze Nacht singen, ob nun mit Reif oder ohne! Eure Seelen gehören unserem Clan!«

Wütend warf sie den halb aufgelösten Zopf zurück, der ihr über die Schulter gefallen war. Die Geste war beiläufig und vertraut, nur hatte Inari sie noch nie von außen gesehen. Der Anblick war so bizarr, dass er sie aus dem dunklen Strudel ihrer Gedanken riss. Taavis Heulen brach ab.

Suvi bewegte Inaris Körper, als hätte sie noch nie etwas anderes getan. Als wäre es ihr Recht. Fast erwartete Inari, sie im nächsten Moment an ihrem Schal knabbern zu sehen, wie sie selbst es tat, wenn sie nachdachte. Kerttus Schal.

Erkannte Inaris Körper den Ringelblumenduft, auch wenn Suvi sich nicht an Kerttus Berührungen erinnerte? Würde die Schamanin bemerken, dass Inaris Hände und Lippen nach Kerttus Haut verlangten? Welche Teile von Inaris Leben würde sie sich noch nehmen, weil sie es als ihr Recht ansah?

Die Vorstellung, wie Suvi in ihrem Körper umherging und jeden Stein in Inaris Leben umdrehte, um ihren Nutzen daraus zu ziehen, entzündete den Hohlraum in ihrer Brust. Neue Wut brodelte in ihr hoch. Suvi mochte sie geboren haben, aber sie hatte jedes Recht auf ihr Leben aufgegeben, als sie sie gegen Nea eingetauscht hatte wie eine faule Rübe. Wie konnte sie es wagen, Inaris Gesten zu stehlen und die Menschen zu verletzen, die Inari liebte?

Mit einem wütenden Bellen stürzte Taavi sich auf die Schamanin. Suvi drehte sich verspätet zu ihm herum und verfehlte ihn mit dem ersten Blitz, den sie vom Himmel sang. Der Hund sprang über Nea hinweg und riss Suvi zu Boden. Inari überließ ihm die Zügel. Es war viel zu seltsam, ihr eigenes verzerrtes Gesicht vor sich zu sehen.

Sie ließ ihre Wut anschwellen und fütterte damit Taavis Wildheit. Sollte er doch nach ihrer Kehle schnappen und ihr Herzblut ausströmen lassen. Wenn Inari schon nicht mehr über ihren eigenen Körper bestimmen konnte, wollte sie zumindest sein Ende selbst wählen.

Aber Suvi wehrte seinen Angriff mit ihrem Arm ab. Inari spürte, wie tief Taavis Zähne in ihr Fleisch sanken, doch die Schamanin schien keinen Schmerz zu spüren, wie Mila. Ihr Blick bohrte sich in Inaris.

»Ich schicke dich zu deinem Vater«, keuchte sie und grub ihre freie Hand in Taavis Flanke. Zu spät trieb Inari ihn dazu an, wegzuspringen.

Schmerz, heißer, brodelnder Schmerz, fraß sich durch Taavis Körper und explodierte in seiner Brust. Inari konnte nicht atmen, nein, Taavi konnte nicht atmen, alles stand in Flammen …

Sie versuchte sich schützend um Taavis Seele zu legen und ihn vor den

Schmerzen abzuschirmen. Dunkelheit senkte sich auf sie herab, doch sie hielt Taavi nur noch fester an sich gedrückt. Es war ganz allein ihre Schuld, dass er so leiden musste. Zumindest konnte sie nun bei ihm sein, wenn das Ende kam.

Aber obwohl Inari seine Panik spürte, erhob sich Taavis Wille, sie zu beschützen, über alles andere. Ein letztes Mal. Noch während sie sich an ihn klammerte, schüttelte er ihre Seele ab wie Wassertropfen von seinem Fell.

Schreiend fiel Inari in die Dunkelheit, als Taavis Leben verlosch.

***

Sie war die Spannung hoch oben über der Erde. Sie war der Gedanke, der sich in einem Blitz entlud. Ihr Herz war das Donnergrollen zwischen den Wolken.

Das Tal war ihr Körper – der Wald und die Berge und die Erde und der See, ein Netzwerk aus pochendem Leben, das sie wie einen unterirdischen Strom unter ihren Gedanken spürte.

Oh, dachte sie. Nahm Nea so die Welt wahr?

Es war wunderschön.

Endlich verstand Inari, was sie ihr Leben lang beim Aufwachen empfunden hatte: Die wahre Freiheit lag hier, zwischen den Welten, frei von den Fesseln des Körperlichen. Kein Wunder, dass es ihrer Seele jeden Morgen schwergefallen war, in ihren Körper zurückzufinden. Die schlummernde Schamanengabe in ihr hatte sie in ihren Träumen weiter wandern lassen als andere. Und als sie Nea nähergekommen war, hatte ihre Magie diese verborgene Saite in Inari angeschlagen. Sie waren sich so ähnlich, doch keine von ihnen hatte es rechtzeitig erkannt.

Nun hielt sie nichts mehr zurück. Es war ganz einfach, den Verzweigungen des Stroms zu folgen. Inari ließ sich durch die Leben von Menschen treiben, die sie seit ihrer Kindheit kannte. Sara wiegte ihren Säugling und sang leise vor sich hin. Onni lenkte sein Boot ans Ufer, besorgt in den brodelnden Himmel spähend. Savo untersuchte den Huf eines seiner Pferde, doch seine Gedanken waren weit weg und schwer vor Trauer. Ronna saß eingesperrt im Keller seines Hauses.

»Was willst du noch von mir?«, murmelte sie. Inari dachte im ersten Moment, dass sie zu ihr sprach, aber in Ronnas Kopf war nur Platz für Leevi. Sie sah ihn so deutlich vor sich wie die Säcke und Krüge um sich herum. »Gibst du mich denn nie frei?«

Inari strebte fort, bevor sie sich in diesem qualvollen Strudel verfangen konnte. Der Strom trug sie dorthin, wo ihr Herz hinwollte: zu Kerttu, die mit Mikael und Elsa am Tisch saß.

Kerttu strahlte ihre Schwester an und sah um Jahre jünger aus. Elsa hatte sich ein buntes Tuch um den Kopf gebunden, um ihren kahl geschorenen Schädel zu verdecken, und fragte Mikael mit den Händen über das Mädchen aus, in das er früher verliebt gewesen war. Ihr Lächeln wirkte etwas verkrampft, aber ihre Geschwister schienen es nicht zu bemerken.

Als Elsa Inaris Nähe wahrnahm, hielt sie mitten in einer Frage inne. Für einen Moment flossen ihre Gedanken ineinander. Inari spürte Elsas Zerrissenheit. Die Welt der Lebenden wog schwer auf ihr. Jedes Wort, jede Regung musste aus der Totenstarre gemeißelt werden. Die Trauer über ihr verlorenes Kind klaffte wie ein Abgrund in ihrer Brust. Das Einzige, was sie antrieb, war ihr Entschluss, ihre Geschwister nicht zu enttäuschen, aber auch die Liebe zu ihnen fühlte sich an wie ein schlecht sitzender Mantel. Elsa hatte Angst, was darunter zum Vorschein kommen würde, wenn er einmal abfallen sollte.

Als Inari sich wieder aus ihrem Bewusstsein zurückzog, war die wilde Freude fort, die sie bisher auf ihrer Seelenwanderung erfüllt hatte. Sie betrachtete Elsa, die wie erstarrt am Tisch saß und versuchte sich wieder zusammenzureißen, während Kerttu und Mikael sie besorgt mit Fragen bestürmten.

Endlich verstand sie Aleksi. Egal, was Suvi dachte, das hier war kein Leben. Das zerbrochene Gefäß ließ sich nicht einreden, dass es heil war. Es bestand nun einmal aus Scherben. Sie konnte niemanden zwingen, nur für das Glück anderer und für die Pflicht gegenüber dem Clan weiter zu existieren. Aleksi hatte es für Inari versucht, aber am Ende war er ins Feuer gegangen, um seinen Frieden zu finden.

Das Tal atmete um sie herum. Am Himmel brodelte der Sturm. Inaris Gedanken flogen so schnell wie nie zuvor. Endlich wusste sie, was zu tun war.

Sie stand vor ihrer Mutter. Es war schwer, anders über Niska zu denken, auch wenn Inari es inzwischen besser wusste.

»Mama.«

Ihre Stimme ließ Niska zusammenzucken. Mit großen Augen sah sie sich um, als würde Inari sich in irgendeiner Ecke der Hütte verstecken.

»Inari? Wo bist du?«

»Nicht hier. Zumindest nicht körperlich.« Inari hätte sie gern berührt, aber sie wusste nicht wie. Nea hätte es vielleicht gekonnt.

Niska sank auf die Knie und brach in Tränen aus. Ihr sonst so sorgfältig gebundener Haarknoten hing halb aufgelöst über ihren Rücken, ihre Hände waren wieder wund geschrubbt. Die Angst entfaltete sich in ihrem Herzen wie ein giftiger Farn.

»Komm zu mir zurück«, stieß sie zwischen Schluchzern hervor. »Bitte, Inari, es tut mir so leid ... Komm zurück ...«

»Mir tut es leid.« Inaris ganzes Dasein schwoll mit Zärtlichkeit an. »Ich liebe dich. Du hattest Recht, was Papa angeht. Er hat seinen Frieden gefunden. Aber ich brauche deine Hilfe.«

Niska wischte sich über die nassen Wangen und sah sich wieder vergeblich nach Inari um.

»Ich tue alles für dich, alles ... Bitte sag mir, wie ich dich zurückholen kann.«

Inari wusste nicht, ob es überhaupt noch möglich war, sie zurückzuholen. Ihre Seele fühlte sich zu groß und zu weit an, um in einen einzigen Körper zu passen. Aber sie schuldete es den Menschen, die sie liebten, es zumindest zu versuchen.

Auf den Flügeln des Sturms

... Mit der Nadel meiner Mutter
Nähe ich dein Totenkleid
Und das Muster deines Namens
Sticke ich auf meinen Leib ...

Niskas schwankende Stimme begleitete ihren Weg durch den Wald. Mit dem Grollen des Sturms am Himmel war sie kaum zu hören. Inari war die Einzige, die sie kommen sah, einen unsicheren Schritt nach dem anderen. Immer wieder musste Niska innehalten und sich an einem Baum abstützen, wenn eine Welle von Panik ihre Beine erzittern ließ und ihr den Atem raubte.

Inari konnte ihre Gedanken und Empfindungen so leicht lesen wie Tierspuren im Schnee. Selbst mit Handschuhen und einem Schal, der fast ihr gesamtes Gesicht verdeckte, fühlte Niska sich der Außenwelt erbarmungslos ausgeliefert. Die Berührung einer Flechte oder eines Spinnennetzes löste ein Jucken aus, das sich bis tief unter ihre Haut zu graben schien und ihren Kopf mit Visionen von Krankheit und Tod erfüllte.

Trotzdem ging sie weiter. Inari hatte bis zu diesem Tag nicht gewusst, was für ein eiserner Kern sich in ihrer Mutter verbarg. Das war es, was Aleksi so an ihr geliebt hatte. Wenn es um ihre Familie ging, war Niska zu jedem Opfer bereit.

»Es ist nicht mehr weit«, sagte Inari. Sie spürte Suvis Nähe wie das Flattern von Mottenflügeln gegen ihr Gesicht. Auch die Toten waren noch da. Ihre Anwesenheit schlug Wellen in dem Strom des Lebens, auf dem Inari dahintrieb. Auch sie spürten ihr Näherkommen und machten Niska Platz, bevor diese sie sah. Inari hatte ihnen ihren Plan nicht verraten, aber sie verbarg ihre Absichten nicht. Die Korruption des Lebens im Tal musste ein Ende haben.

Suvi sang nicht. Sie saß mit angezogenen Beinen auf der Lichtung und hatte die Augen geschlossen. Das Feuer im Hain war etwas niedergebrannt. Inari spürte, dass Suvis Seele sich weit geöffnet hatte, um das Auf und Ab des Totenliedes genau verfolgen zu können. Ohne den Armreif konnten die anderen Schamanen sie nicht wissen lassen, wann sie an der Reihe war, den Gesang zu übernehmen. Die Sonne war immer noch hinter Wolken und Rauch verborgen. Suvi musste sich voll und ganz darauf konzentrieren, den richtigen Zeitpunkt abzupassen.

Sie bemerkte Niska erst, als diese aus dem Wald trat.

»Du«, stellte sie verwundert fest und öffnete die Augen. »Ich dachte, du kannst deine Hütte nicht mehr verlassen?«

Obwohl Inari sie vorgewarnt hatte, starrte Niska Suvi im ersten Moment bloß an. Inari fragte sich, ob sie ohne Vorwarnung erkannt hätte, dass sie nicht ihrer Tochter gegenüberstand.

»Inari hat mich gebeten zu kommen«, sagte Niska schließlich und schob den Schal herunter, so dass ihr blasses Gesicht zum Vorschein kam. »Sie hat mir erzählt, was du hier tust. Was du getan hast.« Sie schluckte schwer. »Suvi, wie konntest du nur? Deine eigene Tochter weggeben ... Mein Kind stehlen ... Besteht dein Herz aus Stein? Kennst du gar keine Scham?«

»Scham spielt keine Rolle, wenn es um das Überleben eines Volkes geht.« Doch trotz ihrer gleichgültigen Worte konnte Suvi Niskas Blick nicht lange halten. Inari dachte an die Erinnerung, die Suvi in der Zwischenwelt mit ihr geteilt hatte. Was auch immer in ihrer Jugend zwischen ihnen gewesen war, eine Spur davon hatte die Zeit überdauert.

»Wenn du schon mal hier bist, habe ich eine gute Nachricht für dich«, sagte Suvi, bevor Niska etwas erwidern konnte. Sie stand auf und streckte sich. Da, wo Taavi sich in ihrem Arm verbissen hatte, klaffte ein blutverschmierter

Riss in Inaris Tunika, aber es schien Suvi nichts auszumachen. Es erfüllte Inari mit neuer Wut zu sehen, wie achtlos die Schamanin mit ihrem Körper umging. »Du kannst deine Tochter mitnehmen, wenn du willst. Ich habe keine Verwendung mehr für sie.«

Ungläubige Hoffnung wallte in Inari auf. Gab Suvi auf? Sollte es so einfach sein?

Doch dann schnappte Niska erschrocken nach Luft und Inari folgte ihrem Blick. Hinter Suvi lag Nea immer noch auf dem Boden, ein Bündel Rentierfell und Knochenschmuck. Neben ihr entdeckte Inari einen weiteren reglosen Körper – Taavi. Der Anblick war wie ein Schnitt durch das Herz, das sie nicht mehr hatte.

»Sie ... sie lebt noch?«, fragte Niska verunsichert und ging zögernd auf Nea zu.

»Aber ja. Sie ist zäh.« Suvi lächelte, aber nicht so spöttisch wie sonst. Es war ein Lächeln, das Inari an die junge Suvi erinnerte, voller Wehmut und Zärtlichkeit. »Sie hat viel von dir, weißt du.«

Niska fuhr herum und maß sie mit einem scharfen Blick.

»Hast du sie mir deswegen gestohlen? Aus Eifersucht?«

Das Lächeln verschwand. Suvi schnaubte abschätzig.

»Sei nicht töricht. Alles, was ich tue, tue ich für unseren Clan.«

Niska ging neben Nea auf die Knie und drehte sie vorsichtig herum. Ihr Gesicht war von einem Flechtwerk roter Wunden überzogen, aber sie atmete noch. Inari spürte ihre Seele, tief in sich zusammengerollt, um dem Schmerz zu entkommen.

»Alles, was du tust, tust du für dich«, stieß Niska aus. Zärtlich strich sie mit einer behandschuhten Hand Haarsträhnen aus Neas Gesicht zurück. Als sie wieder zu Suvi aufsah, schimmerten Tränen in ihren Augen, aber auch Wut. »Aleksi hat immer wieder gesagt, dass du uns unser Glück nicht gönnst, aber ich habe dir vertraut! Ich hätte auf ihn hören und dich im Geburtshaus nicht mal in die Nähe unserer Tochter lassen sollen!«

»Wenn er so ein guter Ehemann war, warum hat er dir dann nicht erzählt, was ich getan habe?«, gab Suvi bissig zurück. »Er hat es herausgefunden, als er mich an dein Krankenbett holen wollte und Nea gesehen hat. Aber er hat dir nie ein Wort gesagt, oder?«

Ihre Fragen fanden einen dumpfen Widerhall in Inaris Herzen. Aleksi hatte niemandem etwas gesagt. Er hatte sich bloß immer weiter von seiner Familie zurückgezogen und nach seinem Tod Inari mit der Frage zurückgelassen, ob es ihre Schuld war. Und jetzt würde er nie darauf antworten können. Alles, was sie hatte, waren seine letzten Worte und sie wusste nicht, ob sie je ausreichen würden.

»Er wollte Inari schützen«, sagte Niska leise, als würde sie Inaris Schmerz spüren. »Sie ist unsere Tochter, egal wessen Blut sie in sich trägt. Aber er konnte auch Nea nicht im Stich lassen, nicht nachdem er wusste, was du mit ihr vorhattest.« Zart fuhr sie über Neas Wange. »Und dafür hast du ihn töten lassen.«

»Er hat einfach nicht verstanden, was nötig ist. Der Clan …«

»Hör doch auf, Suvi!«, unterbrach Niska sie wütend. »Ich kann deine Ausreden nicht mehr hören! Wenn es dir wirklich nur um unseren Clan geht, dann gib Inari ihren Körper zurück! Du hast getan, was du wolltest, die Toten sind zurückgekehrt. Was unser Volk als Nächstes unternimmt, müssen wir alle gemeinsam entscheiden. Du hast deinen Teil getan. Nea kann den Rest übernehmen.«

»Nea hat in sieben Jahren nichts unternommen!« Der Rest von Wärme wich aus Suvis – Inaris – Gesicht. »Nimm sie mit oder lass sie hier sterben, mir ist es gleich. Meine Aufgabe ist noch lange nicht beendet.«

Sie wollte sich abwenden. Inari flüsterte ihrer Mutter etwas ins Ohr. Die Wut wich aus ihrem Gesicht. Niska holte zitternd Luft.

»Sie ist es nicht, die hier sterben wird, Suvi«, sagte sie mit belegter Stimme.

Die Schamanin lachte auf und blieb stehen.

»Drohst du mir etwa? Nur zu!« Blitze zuckten über ihrem Kopf. Inari sah förmlich, wie sie an ihren Fingerspitzen hingen, und schmeckte die aufgeladene Luft.

Niska presste die Lippen zusammen. Mit einer Hand strich sie weiterhin durch Neas Haar.

»Dein Arm«, sagte sie rau. »Das war Taavi, nicht wahr? Weißt du, wen er kurz vorher bis aufs Blut gebissen hat? Mila.«

»Sie hat mein Mitgefühl«, erwiderte Suvi trocken. »Wie gut, dass weder sie noch ich Schmerz empfinden.«

»Ihr empfindet vielleicht keinen Schmerz, aber eure Körper leben. Inaris Körper lebt.« Niska erschauderte. Inari spürte, wie Panik ihr die Stimme abzudrücken drohte. Doch sie würgte die Worte hervor: »Mila ist an der Seuche gestorben, Suvi. Ihr Körper lebt und so lebt auch die Krankheit in ihrem Blut weiter.«

Endlich verrutschte der spöttische Ausdruck in Suvis Gesicht. Sie hielt Inaris Arm von sich, als könnte sie ihn vom Rest des Körpers abtrennen.

»Nein«, sagte sie flach. »Nein, das kann nicht sein.«

»Inari hatte die Seuche nie«, redete Niska weiter. Ihre Hände hatten sich zu Fäusten geballt. »Du weißt, dass man nicht noch mal daran erkranken kann, wenn man sie einmal überlebt hat. Aber ich habe Inari von mir ferngehalten, auch als ich krank war.« Sie kniff die Augen zusammen und eine Träne lief ihr über die Wange. »Es ist deine Schuld, dass sie sich jetzt angesteckt hat«, flüsterte sie. »Du willst uns alle retten, aber du hast die Seuche ins Tal zurückgebracht.«

»Nein!« Suvi stürzte zu ihr und packte sie an den Schultern. »Du lügst!«, schrie sie. »Du willst doch bloß, dass ich diesen Körper wieder aufgebe!«

»Fass mich nicht an!« Panisch schüttelte Niska ihre Hände ab und kroch rückwärts über das Gras. Ihr Gesicht hatte den Rest Farbe verloren. Die Hitze des brennenden Hains leckte über ihren Rücken. Inari durchfuhr plötzlich die Vorstellung, wie Niska sich ins Feuer warf, Aleksi hinterher. Doch sie hielt inne, bevor sie den Flammen zu nah war, und starrte gehetzt zu Suvi hoch.

Die Schamanin war wie erstarrt. Inari erinnerte sich genau daran, welche Angst Suvi ergriffen hatte, jedes Mal, wenn von der Seuche die Rede war. Sie hatte Aleksi angeschrien, als dieser sie an Niskas Krankenlager holen wollte. Nicht die Vivaara, sondern die Seuche war Suvis größter Feind, ein Feind, vor dem sie völlig machtlos war. Ihre größte Angst.

»Nein!«, schrie Suvi schrill. Sie taumelte einige Schritte von Niska zurück und wirbelte dann noch mal herum. »Dieser verdammte Köter!« Blitze zuckten vom Himmel und bohrten sich in Taavis toten Körper.

Wut überschwemmte Inari in einer riesigen Welle.

»Lass ihn in Ruhe!«, schrie sie und Donner krachte in ihrer Stimme.

Suvi zuckte zusammen.

»Inari!«, zischte sie dann. »Du hast genauso den Verstand verloren wie deine Mutter! Du hast deinen eigenen Körper zum Tode verurteilt!«

»Lieber tot als in deinen Händen!«, warf Inari zurück.

In ihrer Wut nahm sie alles plötzlich klarer wahr. Sie spürte die Blitze wie eine Verlängerung ihrer Gedanken. Der Sturm stand nicht nur Suvi zu Diensten. Ohne die Beschränkungen ihres Körpers glitten die Energien für Inari ineinander, so instinktiv und logisch wie das Anspannen des Bogens, der Hieb mit der Axt. Sie konnte überall sein und alles tun.

Ihr Leben lang hatte Inari die Magie der Schamanen für geheimnisvoll und unnahbar gehalten, dabei war sie so leicht zu meistern wie der erste Atemzug. Man musste nur auf seine eigenen Instinkte vertrauen.

»Du wirst sterben«, sagte sie zu Suvi. Blitze rissen den Boden um sie herum auf. »Langsam und qualvoll, so wie die Menschen, denen du damals nicht beistehen wolltest.« Ihre Stimme grollte in der Luft und ließ das Feuer wieder höher aufstieben. »Niemand wird bei dir sein. Niemand wird deine Hand halten. Niemand wird deine letzten Worte hören. Die Zukunft unseres Clans wird ohne dich entschieden. Und deine Seele wird endgültig verloren gehen, denn kein Schamane wird ihr den Weg in die nächste Welt weisen.«

Suvi sank auf die Knie und beugte sich zitternd über das Gras. Inari spürte die Panik in ihr wüten, verheerender als jedes Feuer. Doch während Niska nach all den Jahren wusste, wie sie diese Angst in den Griff bekam, sprangen Suvis Gedanken orientierungslos umher und fraßen einander auf. Ihr Herzschlag drohte ein Loch in ihre Brust zu stanzen, ihr Atem stockte in ihrer Kehle, Übelkeit wollte ihr Innerstes nach außen kehren. Der Körper, der sie befreit hatte, war ihr zur Falle geworden.

Und währenddessen ging hinter den Bergen die Sonne unter.

Weit weg, am anderen Ende des Tals, verstummte ein Gesang, der die ganze Zeit in Inaris Hinterkopf pulsiert hatte. Doch diesmal gab es niemanden, der den nächsten Vers wieder aufnahm. Die Magie, die das Leben im Tal seit elf Jahren in neue Bahnen lenkte, dehnte sich, faserte aus – und riss.

Einen Moment lang schien das ganze Tal den Atem anzuhalten.

Dann wurde Inari von einer gewaltigen Welle erfasst, die durch das endlos verästelte Netz von Lebensenergie lief. Sie rauschte durch Baumwurzeln, Adern und Flussläufe, ließ die Menschen kurz innehalten und durchatmen, überspülte alle Grenzen und durchdrang die Berge.

Und die Toten starben.

Mila streckte sich erleichtert auf dem Waldboden aus. Elsa rutschte vom Stuhl und schloss vor dem erschrockenen Aufschrei ihrer Schwester die Augen. Die rastlosen Wächter der drei Pässe sanken in sich zusammen, wo sie standen, und niemand nutzte den Augenblick, um ins Tal einzufallen.

Es war vorbei.

Inari war so erleichtert, dass sie sich von dem Kreislauf einfach mitreißen ließ. Der Triumph der Natur erfüllte sie. Sie spürte, wie der Strom eine fadenscheinige Präsenz ergriff und forttrug – Suvis Kälte löste sich in dem Lebenstaumel auf und hinterließ nur eine vage Erleichterung. Vielleicht war auch die Schamanin froh, endlich loslassen zu können.

Erst als Inari von einer vertrauten Präsenz umfangen wurde, kam sie wieder zu sich.

Sie hatte immer noch keine Augen, um zu sehen, und auch keine Ohren, um zu hören, aber sie wusste, dass Aleksi bei ihr war. Seine Liebe drang bis in den letzten Winkel ihres Selbst.

»Du hast genug getan. Kehr nach Hause zurück.«

Sehnsucht nach langen Abenden in der Hütte, erfüllt mit Geschichten und Gesang, schäumte in Inari auf. Doch gleichzeitig drängte es sie weiter fort – der rastlose Strom rief nach ihr. Es gab noch so viel zu entdecken, in dieser Welt und in allen anderen. Inari umfasste nun so vieles. Wie konnte sie zurückkehren in ein Leben, in dem sie nicht mit dem Sturm fliegen konnte?

»Niemand wird dir den Sturm je wieder nehmen.« Das war Neas Wärme, ihre unerschütterliche Selbstsicherheit. »Aber du solltest erst mal deine eigene Welt entdecken, bevor du in andere aufbrichst.«

Eine weitere vertraute Berührung füllte Inari mit Trauer und Dankbarkeit – Taavi. Treu bis zum Schluss.

»Komm zurück, Inari. Komm zu mir zurück.«

Die Stimme ihrer Mutter. Inari lächelte. Der Strom des Lebens entglitt ihr, aber sie spürte seinen Puls weiterhin in ihren Gedanken. Sie würde nie wieder davon getrennt sein.

Doch nun tauchte sie an die Oberfläche und holte tief Luft.

Der letzte Winter

Noch am selben Abend fing es an zu schneien.

Inari bekam davon nichts mit. Sie erinnerte sich nicht einmal daran, wie sie in ihren Körper zurückgekehrt und aufgewacht war. Nachdem Elsa zusammengebrochen war, hatte Kerttu im Dorf Alarm geschlagen und war mit Savo und einigen seiner Männer zum Totenhain hochgestiegen. Dort hatten sie eine völlig verzweifelte Niska, eine Reihe von Toten und zwei verletzte Schamaninnen gefunden.

Nachdem Niska erzählt hatte, dass Inari an der Seuche erkrankt war, hatte Savo sie schnell in ihre Hütte bringen lassen und Männer abgestellt, um sie zu bewachen. In der Siedlung gab es noch weitere Menschen, die nie krank gewesen waren, und allein die Vorstellung, dass die Seuche wieder um sich greifen könnte, löste Panik aus.

Inari machte es nichts aus, das Haus nicht verlassen zu dürfen. Sie hätte es ohnehin nicht gekonnt. Die Seuche fiel über sie her wie ein Rudel hungriger Wölfe. Ihr Körper wurde von Fieber und Schüttelfrost geplagt. Sie war zu schwach, um auch nur die Hand zu heben. Niska wusch sie und flößte ihr regelmäßig Kräutertees und eine stärkende Brühe ein. Sie zögerte nicht, Inaris schweißnasse Haut zu berühren. An ihr maß Inari das Vergehen der Tage, sie war ihr Anker in einem Meer der Ungewissheit.

Während ihr Körper gegen die Seuche kämpfte und Bläschen ihre Haut überzogen, riss Inaris Seele an ihren Fesseln. Instinktiv suchte sie vor den

Schmerzen Zuflucht in der Zwischenwelt, aber sie bekam sie nicht zu fassen. Ihr Körper war zu einem Gefängnis geworden. Es war so schwer, sich wieder daran zu gewöhnen, Arme, Beine und Augen zu haben. Sie sehnte sich nach der Leichtigkeit, mit der sie in die Gedanken der Menschen und das Leben der Bäume eingetaucht war. Die Vorstellung, dass ihr diese Freiheit nun verwehrt war, ließ ihr Tränen über die spröden Wangen laufen.

Sie wusste nicht, wie viele Tage vergangen waren, als Nea sie zum ersten Mal besuchen kam. Savos Wachmänner ließen sie ohne Einwände passieren, wo sie Kerttu und Mikael aufgehalten hatten.

Inari holte scharf Atem, als sie Nea sah. Ihr Gesicht und ihr rechter Arm waren von verästelten Narben überzogen. Ihr linker Arm endete in einem Stumpf, über den sie den Ärmel ihres Pelzmantels gefaltet hatte. Ihr blondes Haar hatte sie so kurz geschnitten, dass ihre Haut hindurchschimmerte. Sie sah aus wie ein Geist.

»Es ist nicht schlimm«, versicherte sie Inari mit einem schwachen Lächeln. »Narben sind ein Zeichen dafür, dass man überlebt hat.« Vorsichtig berührte sie den Verband um Inaris Arm, wo Taavis Zähne ihren Abdruck hinterlassen hatten.

Inari stiegen wieder Tränen in die Augen. Sie weinte mehr und schneller als früher. Sie hatte das Gefühl, leicht und haltlos zu sein wie eine Pusteblume – jeder Windhauch konnte sie davontragen.

»Du wirst dich daran gewöhnen«, sagte Nea beim nächsten Besuch, tief in der Nacht, nachdem Niska schon zu Bett gegangen war. Sie lagen beide in Inaris Bett und Nea strich ihr eine Paste auf ihre Hände und ihr Gesicht, damit die Kruste, die die Pusteln hinterlassen hatten, besser abheilte. Dank des scharfen Kräutergeruchs und Neas Wärme fühlte Inari sich so fest in ihrem Körper und der Gegenwart verankert wie schon lange nicht mehr.

»Hast du dich auch so gefühlt, nachdem du Schamanin geworden bist?«, fragte Inari leise. Es war immer noch ungewohnt, dass Nea mit ihrer Stimme antwortete. Aber ohne die Totenmagie gab es keinen Grund mehr, sie zu schonen.

»Ich bin in die Magie hineingewachsen – nicht hineingesprungen wie manche andere.« Sie grinste neckend und Inari trat unter der Decke nach ihr. Nea trat zurück und sie rauften miteinander, bis Inari schwindelig wurde. Mit einem erstickten Kichern sank Nea auf ihr Kissen zurück. »Du wirst lernen, deine Seele auf Wanderschaft zu schicken, wann immer du es möchtest«, erklärte sie dann. »Aber am Anfang rate ich dir, eher mit deinen Beinen zu wandern. Du musst dich an deinen Körper gewöhnen. Die Magie läuft dir nicht weg.«

Inari beobachtete, wie die Salbe auf ihren Händen im Licht der Feuerstelle schimmerte. Ihr ganzer Körper schmerzte dumpf, aber sie wusste, dass sie das Schlimmste überstanden hatte. Die Krankheit war bei ihr nicht so schlimm verlaufen wie bei Niska oder anderen, die daran gestorben waren. Insgeheim dachte Inari, dass ihr Vater sie irgendwie vor der größten Gefahr abgeschirmt hatte.

»Es fühlt sich immer noch nicht an wie mein Körper«, gestand sie. »Ich habe Angst einzuschlafen, weil ich mir vorstelle, dass Suvi dann wieder Macht über mich gewinnt.«

Neas verschiedenfarbige Augen waren ernst, als sie Inari musterte.

»Suvi ist fort«, sagte sie fest. »Ich habe die Zwischenwelt abgesucht und keine Spur von ihr gefunden. Die Hütte, in der sie gestorben ist, wurde vor drei Tagen in Brand gesetzt. Ihre Seele hat keinen Halt mehr in dieser Welt.«

»Das hast du die letzten Jahre auch gedacht«, wandte Inari ein.

»In den letzten Jahren habe ich nicht nach ihr gesucht«, sagte Nea und ließ ihren Blick fallen. »Ich hatte Angst, ihr wieder gegenüberzustehen.«

Inari konnte sie mit ihren eingeschmierten Händen nicht berühren, also stupste sie sie wieder mit dem Fuß an.

»Und jetzt hast du keine Angst mehr?«

Nea atmete tief aus und sah dann mit einem zaghaften Lächeln zu ihr auf.

»Jetzt weiß ich, dass ich nicht allein bin.«

Auch auf Inaris Gesicht kroch ein Lächeln.

»Nein, das bist du nicht.«

***

Die anderen beiden Schamanen lernte sie einige Tage später kennen. Nea brachte sie mit, nachdem Inari endlich wieder das Haus verlassen durfte. Sie war so schwach, dass sie an den Weg herunter ins Dorf nicht einmal denken wollte, aber sie bestand darauf, die Sauna aufzusuchen. Die Schamanen begleiteten sie. Nichts einte die Lumi so sehr wie die Liebe zum gemeinsamen Schwitzen.

Die Hitze sog Krankheit und Grauen aus Inaris Körper. Umgeben von den vertrauten rußgeschwärzten Wänden und von duftendem Rauch spürte sie, wie das Gewicht der Gegenwart tief in sie einsank. Der Schweiß auf ihrer Haut gehörte ihr ganz allein. Zum ersten Mal, seitdem sie in Suvis Hütte aufgewacht war, fühlte Inari sich wieder wie sie selbst.

»Vom Totenhain ist nichts mehr übrig«, sagte Pekko. Er hatte eine ruhige Art, die Inari mochte, und wirkte so alt wie die Berge. »Wir können froh sein, dass Suvi nicht den ganzen Wald abgebrannt hat.«

»Sie war schon immer unbesonnen und impulsiv«, sagte Alya und kniff die Augen zusammen, um Inari durch den Rauch hinweg zu betrachten. »Offenbar hat sie diese Eigenschaften vererbt.«

Auch die Wut tief in ihrem Bauch fühlte sich vertraut an. Inari hielt den Blick der Schamanin herausfordernd. Sie hatte das alles nicht überstanden, um sich zu rechtfertigen.

Nea legte ihr die Hand auf die Schulter und antwortete an ihrer Stelle.

»Wir waren jahrelang besonnen. Beinahe hätten wir das Tal damit getötet.« Sie ließ ihren Blick unbeeindruckt über die beiden anderen wandern. »Inari hat uns eine Zukunft eröffnet.«

Alya schnalzte ungeduldig mit der Zunge und lehnte sich zurück, ohne sich daran zu stören, dass sie Ruß auf ihren nackten Schultern verteilte.

»Und wie stellst du dir diese Zukunft vor?«

Nea grinste plötzlich und stieß Inari neckend mit der Schulter an. Inaris Wut ebbte wieder ab. Sie hatten beide überlebt. Es gab keine Geheimnisse mehr zwischen ihnen. Was auch immer noch geschehen würde, Nea war auf ihrer Seite.

»Wir haben da schon einige Ideen.«

***

Die Lichtung war unter einer dicken Schneeschicht begraben. Einzig die Kränze aus Fichtenzweigen, mit weißen Bändern umschlungen, verrieten den Ort, an dem der Totenhain gestanden hatte. Inaris Stiefel knirschten im Schnee. Der Geruch von Rauch hing immer noch in der Luft. Vor fast einem Monat hatten sie hier die Leichen der Toten verbrannt, die endlich tot sein durften.

Kerttu kniete vor einem der Kränze. Statt eines weißen Bandes zierte diesen Kranz ein silberner Armreif mit Wellenmustern. Kerttu hielt ein kleines Schälchen in der Hand, aus dem sie mit einem Löffel eine dickflüssige braungelbe Masse kratzte und auf dem Kranz verteilte. Als das Schälchen leer war, beugte Kerttu sich tief über den Kranz, so dass ihre Tränen darauf fielen.

Honig und Tränen. Die Süße des Lebens und das Salz der Trauer. Der Vivaara-Brauch versetzte Inari einen Stich, der sich richtig anfühlte. Sie lernte selbst noch, das Gewicht ihrer Trauer zu tragen.

Sie hielt Kerttu ihre Hand hin und zog sie auf die Beine. Schneeflocken hingen in Kerttus offenem Haar und klebten an ihren Wimpern. Ihre Hand war kalt.

»Es tut mir leid«, sagte Inari leise, wie so oft. Kerttu schüttelte wie immer den Kopf.

»Elsa wollte ihren Frieden und du hast ihn ihr gegeben. Es gibt keinen Grund, dich zu entschuldigen.« Sie kniff die Augen zusammen, um frische Tränen zurückzudrängen. »Ich konnte ihr wenigstens noch mal sagen, dass ich sie liebe. Es ist gut so.«

Inari legte ihr einen Arm um die Hüften. Sie versuchte Kerttus Worte zu glauben, aber es gelang ihr nicht immer. Es war schwer, Aleksi gehen zu lassen, auch wenn sie wusste, dass er es so gewollt hatte.

»Wie geht es Niska?«, fragte Kerttu, nachdem sie einen Moment lang geschwiegen hatten.

Inari schnaubte.

»Du darfst sie ruhig weiterhin meine Mutter nennen.«

Kerttu warf ihr einen prüfenden Blick zu.

»Willst du das denn auch?«

»Sie ist meine Mutter, auch wenn sie mich nicht geboren hat«, sagte Inari fest. »Und kein Fremder, der mal eine Nacht mit Suvi verbracht hat, wird Aleksi als meinen Vater verdrängen. Suvi hat genug angerichtet, ich lasse mir von ihr nicht auch noch meine Familie wegnehmen!«

Kerttu lächelte schief und drückte sich gegen Inaris Seite. Sie setzten sich langsam in Bewegung.

»Eher hat sie deine Familie erweitert. Nea wohnt ja schon fast bei euch.«

»Eifersüchtig?«, neckte Inari und Kerttu bohrte ihr einen Ellbogen in die Seite. Lachend drückte Inari ihr einen Kuss auf die Schläfe, bevor sie wieder ernst wurde. »Ich habe ihr angeboten, bei uns einzuziehen. Ich will nicht, dass sie allein ist.« Sie seufzte. »Maris' Verrat und sein Tod schmerzen sie, aber sie will es nicht zugeben. Und Suvis Schatten ist schwer abzustreifen. Ich denke, dass es ihr und meiner Mutter guttun wird, Zeit miteinander zu verbringen. Suvi hat nicht alles zerstört, was zwischen ihnen sein könnte.«

»Die weise Schamanin hat gesprochen«, kommentierte Kerttu belustigt. »Erwarte jetzt aber keine Ehrfurcht von mir, ja? Dafür kenne ich dich zu gut, Hühnchen.«

Inari wusste, dass sie mit Absicht einen neckenden Tonfall anschlug. Suvis Schatten lastete auch auf Inaris Brust. An manchen Tagen brodelte so viel hilflose Wut in ihr, dass sie aus dem Haus lief und sich in den eisigen Bach stürzte, um nicht Stühle und Regale klein zu schlagen.

Seit sie wieder genesen war, verbrachte sie ganze Tage und Nächte im Wald. Endlich verstand Inari ihren Vater und seinen Drang, allein zu sein. Die Bäume urteilten nicht und forderten keine Erklärungen. Inari konnte sich ganz darauf konzentrieren, den besten Weg durch das Dickicht zu finden, während ihre rastlosen Gedanken wie Laub zu Boden fielen. Taavi fehlte ihr auf diesen Wegen wie ein Lungenflügel. Doch langsam, Tag für Tag, legten sich die Erinnerungen und die neuen Erkenntnisse zu Mustern zusammen, die nicht mehr schmerzten.

Im Schatten der Bäume hielt Inari inne und zog Kerttu zu einem Kuss heran. Ihre Lippen schmeckten nach Honig und Tränen. Inari spürte das Leben unter ihrer Haut brodeln und gegen ihr eigenes pressen. Manchmal fand sie diesen neuen Sinn überwältigend und erschreckend, aber in Momenten wie diesen verlieh er jeder Berührung eine Intimität, die sie nicht mehr missen wollte.

Kerttu behielt sie in ihren Armen, auch nachdem sie sich voneinander gelöst hatten.

»Und du kommst wirklich mit?«, fragte sie leise. »Trotz deiner Mutter, trotz Nea?«

Inari lächelte sie an und strich ihr eine Schneeflocke aus dem Haar.

»Nea hat gesagt, ich soll zuerst diese Welt erkunden, bevor ich mir die anderen vornehme. Und ich will das Meer sehen. Mit dir zusammen.«

Kerttu sog scharf die Luft ein und sah weg.

»Obwohl ich es war, die die Bäume geringelt hat?«, fragte sie rau. »Ohne mich wäre das alles nicht passiert.«

Inari seufzte.

»Es war sehr rücksichtslos und egoistisch von dir, mich auf diese Weise zwingen zu wollen, mit dir zu gehen.« Sie hob Kerttus Kinn an, damit sie wieder ihren Blick traf. »Aber ich verzeihe dir. Und du hast mich befreit. Uns alle.«

Kerttu lächelte wieder. Ihre Augen leuchteten. Inari konnte es kaum erwarten zu sehen, wie sich das Meer darin spiegelte.

Epilog

Der Pass lag vor ihnen. Inari erinnerte sich noch genau daran, wie sie das letzte Mal hier gestanden hatte – wütend und verzweifelt wie ein gefangenes Tier, kurz davor, aus ihrer Heimat verstoßen zu werden. Am Anblick der felsigen Bergflanken hatte sich nichts geändert, doch nun schlug Inaris Herz voller Vorfreude.

Sie verließen das Tal.

Die Vorbereitungen hatten länger gedauert, als Inari lieb gewesen war. Sie mussten die drei Siedlungen im Tal zu einer zusammenlegen, da die meisten Menschen nicht bleiben wollten. Savo hatte durchgesetzt, dass Savholt auserwählt wurde. Es war nicht das größte Dorf, aber die Menschen wollten in der Nähe der einzigen verbleibenden Schamanin leben.

Nea hatte beschlossen zu bleiben. Sie hatte gesagt, dass sie den Rest der Lumi nicht ohne Beistand zurücklassen wollte, aber Inari kannte sie inzwischen zu gut, um diese Erklärung zu glauben. Nea brauchte Zeit. Sie musste herausfinden, wer sie war, wenn sie nicht in Suvis Fußstapfen zu gehen versuchte. Sie musste lernen, ein Mädchen zu sein, nicht nur eine Schamanin. Es fiel ihr nicht leicht, aber mit Inaris und Kerttus Hilfe hatte sie im Winter schon erste zaghafte Freundschaften geschlossen. Es tat gut, sie wieder öfter lächeln zu sehen.

Auch Niskas Gesellschaft half. Inari war froh zu sehen, dass die beiden langsam zueinanderfanden – scheu und vorsichtig, als könnten sie einander mit Worten und Berührungen verbrennen, aber doch mit der Unaufhaltsamkeit der Jahreszeiten. Oft genug war Inari spät am Abend eingeschlafen, während die beiden noch redeten und Tee tranken.

Manchmal sah Inari einen verzweifelten Hunger in Neas Gesicht, der sie an ihre eigene lange gehegte Einsamkeit erinnerte – das dringende Bedürfnis nach Nähe, nach jemandem, der sie verstand und so annahm, wie sie war. Suvi hatte ihr viel vorenthalten. Umso froher machte es Inari zu sehen, wie Niskas Herzlichkeit die hohlen Stellen in Neas Herz ausfüllte.

Es fügte sich alles ineinander wie der wiederhergestellte Kreislauf des Lebens im Tal. Nea blieb und zog bei Niska ein, um sich mit großer Selbstverständlichkeit so um sie zu kümmern, wie Inari es früher getan hatte. Nach dem Feuer im Totenhain hatte ihre Mutter es nicht wieder geschafft, das Haus zu verlassen. Früher wäre Inari enttäuscht gewesen, aber nachdem sie selbst erfahren hatte, wie sich Niskas Angst anfühlte, konnte sie es ihrer Mutter nicht mehr übelnehmen. Sie alle mussten mit ihren Ängsten leben, so gut sie es vermochten. Vielleicht würde Niska sie eines Tages überwinden, vielleicht auch nicht. Aber sie hatte das Recht darauf, ihr Leben so zu verbringen, wie sie es wollte.

Und genau das war es, was Inari nun tat.

»Sieh es dir noch einmal an.« Alya trat neben Inari und legte ihr die Hand auf die Schulter. Sie hielt ihr narbenzerfurchtes Gesicht in die Sonne. »Für ein Gefängnis ist es wunderschön, nicht wahr?«

Inari folgte ihrem Blick. Das Tal breitete sich vor ihnen aus: die mit zäher Heide bewachsenen Bergflanken, die Reihen aufrechter Kiefern und Fichten, zwischen denen am Morgen noch der Nebel hing, die in der Sonne glitzernden Bäche, die blumenbewachsenen Wiesen, auf denen Rehe grasten, der lang gezogene See, auf dessen ruhiger blaugrüner Oberfläche schon Fischerboote schaukelten. Ein Adler kreiste am Himmel und streifte Inari mit seinem scharfen, wilden Geist.

Savholt war von hier aus nicht zu sehen, doch das Dorf stand Inari genau vor Augen. Die Menschen verrichteten ihre Arbeiten, so wie sie es hier seit zwölf Jahren taten. Vor der Hütte, die Inari so lange ihr Zuhause genannt hatte, wachte nun eine aus Birkenholz geschnitzte Hundefigur an Taavis Stelle. Drinnen tranken Nea und Niska gerade Kräutertee und redeten leise über all das, was sie bisher versäumt hatten. Inari wusste, dass sie ihre Gedanken nur etwas ausstrecken musste, um an Neas zu stoßen. Auch wenn sie das Tal verließ, würde diese Verbindung nicht abreißen.

Und es war nicht für immer.

»Es war ein Gefängnis«, sagte Inari schließlich. »Aber es war auch unser Zuhause.«

Sie drehte sich um und bemerkte, dass die anderen stehen geblieben waren und sie beobachteten. Viele der Menschen, mit denen sie aufbrach, kannte Inari kaum, aber schon bedachten sie sie mit der gleichen Ehrfurcht, die sie auch Pekko und Alya zukommen ließen. Wie seltsam, dass das nun ihr Leben war.

»Es ist normal, Angst zu haben«, sagte sie etwas lauter, so dass ihre Stimme zwischen den Felsen widerhallte. »Solange wir uns von unserer Angst nicht fesseln lassen. Wir sind Lumi. Unser Weg folgte schon immer dem Mond und dem Wild. Und jeden Winter werden wir wieder hierher zurückkommen, Geschichten austauschen und die ehren, die heute nicht mehr bei uns sein können.«

Sie sah zustimmendes Nicken, aber auch Tränen. Alya schnalzte missbilligend mit der Zunge.

»Wenn wir nicht langsam loskommen, stehen wir noch nächsten Winter hier!«

Gelächter brach den Bann des Abschiednehmens. Einer nach dem anderen warf einen letzten Blick auf das Panorama und wandte sich ab.

Kerttu wartete auf sie, als Inari sich endlich in Bewegung setzte. Dort, wo früher die Toten Wache gehalten hatten, nahm sie Inaris Hand und reichte ihr mit der anderen eine Blume.

Die zarten weißen Glockenhäubchen wiegten im Wind. Das frische Grün des Stängels hob sich gegen die blasse Narbe in Inaris Handfläche ab, die Taavis Krallen hinterlassen hatten.

Tränen prickelten in ihren Augen. Sie hoffte, dass ihr Vater ihre Liebe spürte, wo auch immer seine Seele nun wanderte.

Kerttu zog an ihrer Hand und Inari folgte, die Finger fest um die Schneeschelle geschlossen.

Sie hatten noch einen langen Weg vor sich, bevor sie die Berge hinter sich lassen würden. Inari konnte es kaum erwarten zu sehen, was auf der anderen Seite lag.

Danksagung

Manchmal sind es gerade die Geschichten, die unbemerkt am Wegesrand Wurzeln schlagen und im Stillen wachsen, die die schönsten Blüten tragen. So ging es mir mit »Tal der Toten«, das heute immer noch als Fragment in meiner Schublade liegen würde, wenn nicht liebe Menschen darauf bestanden hätten, dass ich mehr daraus mache. Jana hat mir den Anstoß gegeben, die Geschichte zu Ende zu schreiben, Anna hat bei jedem Kapitel mitgefiebert und Linda mich bei unseren Schreibtreffen angespornt – vielen Dank, meine Lieben! Ich danke auch dem Impress-Team, besonders Pia und Kerstin, deren Unterstützung mir viel bedeutet. Ohne Rebecca hätte mein Roman viel mehr unnötige Adjektive und Gedankenstriche, vielen Dank für dein kritisches Auge! Ein großer Dank geht außerdem an meine Leser*innen auf Wattpad, die mir mit ihrem Enthusiasmus und ihren klugen Fragen über so manche Schreibflaute hinweggeholfen haben. Und an Gordon, der immer mit Tee, Schokolade und Katzen zur Stelle war, um meine Akkus wieder aufzuladen.

Ein besonderer Dank gilt meiner Familie für das hartnäckige Nachfragen auf jeder Familienfeier – ja, ich schreibe immer noch, und ja, es ist immer noch Fantasy. Ich hoffe, das Ergebnis gefällt euch.

Ria Winters Debütroman »Tal der Toten« belegte beim Schreibwettbewerb von tolino media und Carlsen Impress den dritten Platz.

Impress
Die Macht der Gefühle

Impress
Ein Imprint der CARLSEN Verlag GmbH
Februar 2020

Lektorat: Rebecca Steltner
Umschlagbild: shutterstock.com / © Zolotarevs / andreiuc88 / Rushvo / Massimo Discepoli / Ihnatovich Maryia / schankz
Umschlaggestaltung: formlabor
Satz und Umsetzung: readbox publishing, Dortmund
Druck und Bindung: CPI Books GmbH, Birkach
ISBN 978-3-551-30249-6
Printed in Germany
www.carlsen.de/darkdiamonds

Alle Bücher im Internet: www.carlsen.de